La prisionera de oro

La prisionera de oro

Raven Kennedy

Traducción de
María Angulo Fernández

Rocaeditorial

Título original en inglés: *Gild*

© 2020, Raven Kennedy

Primera edición: septiembre de 2022

© de esta traducción: 2022, María Angulo Fernández
© de esta edición: 2022, Roca Editorial de Libros, S. L.
Av. Marquès de l'Argentera 17, pral.
08003 Barcelona
actualidad@rocaeditorial.com
www.rocalibros.com

Impreso por EGEDSA
Printed in Spain – Impreso en España

ISBN: 978-84-19283-17-7
Depósito legal: B. 12903-2022

RE83177

A todos aquellos que lo intentan,
pero no pueden ver las estrellas.
Nunca dejéis de mirar el cielo.

1

$\mathcal{M}$e acerco el cáliz de oro a los labios mientras contemplo un espectáculo de cuerpos tersos y desnudos a través de mis barrotes. La luz es tenue, un detalle que por supuesto no ha sido fruto del azar, ni de la casualidad. El crujir de las llamas ilumina las promiscuas siluetas que se mueven en ardiente tándem. Siete cuerpos enroscados entre sí, sacudiéndose para alcanzar el clímax a la vez. Yo, en cambio, estoy apartada de todos ellos, como una mera espectadora.

El rey me ha citado aquí, aunque de eso han pasado ya un par de horas. Está acompañado de su harén —cuyos integrantes se conocen como «monturas reales»— y el ambiente que se respira propicia la lujuria, la pasión, el deseo. Esta noche ha decidido dar rienda suelta a sus placeres en el claustro, seguramente por la acústica de ese lugar. A su favor debo reconocer que el eco de los gemidos es una auténtica maravilla para los oídos.

—¡Sí, mi rey! ¡Sí! ¡Sí!

Noto que la piel de alrededor de mis ojos se tensa; tomo un buen trago de vino y aparto la mirada para observar el cielo nocturno. El claustro es grandioso. Todas y cada una de las paredes son enormes paneles de cristal, igual que la bóveda. Es un lugar privilegiado, pues allí uno puede disfrutar de las mejores vistas de palacio.

Eso cuando sucede el milagro, es decir, cuando deja de nevar y se vislumbra algo.

Ahora mismo nos azota una tormenta de nieve, como de costumbre. Una cortina de copos blancos desciende del cielo y, por la mañana, ya habrá tapado todos los paneles de cristal. Pero en este preciso instante me parece distinguir el fulgor de una estrella solitaria en el cielo, una estrella que intenta asomarse entre el cúmulo de nubes y la acechante blancura. Como siempre, los zarcillos de vapor se inmiscuyen en el paisaje, como si se creyeran los centinelas del cielo, como si quisieran acaparar todas las vistas, como si pretendieran arrebatármelas. Pero he atisbado un destello, y estoy agradecida por ello.

Me pregunto si en un momento dado los monarcas de tiempos inmemoriales construyeron este claustro para poder trazar mapas astrales y descifrar las historias que los dioses nos dejaron escritas en el cielo. No imaginaban que la naturaleza frustraría sus planes arrojándoles esos nubarrones, los cuales, además de vigilar sus movimientos, sirven para burlarse de sus esfuerzos y privarnos de la verdad.

O tal vez los miembros de la realeza diseñaron este majestuoso espacio para ver cristales cubiertos de escarcha. Quizá lo construyeron para resguardarse de las terribles ventiscas que sacudían la nación, para sentir que, ahí dentro, estaban protegidos de ese tremendo frío blanquecino. La arrogancia de los soberanos áuricos no conoce límites, por lo que a nadie le extrañaría que hicieran algo así. Y hablando de reyes… mis ojos se deslizan hacia el soberano, que en ese momento está penetrando a una de sus monturas mientras las demás se contonean y juguetean entre sí para proporcionarle más placer.

Quizá esté equivocada. Quizá este lugar no fuese ideado para que los mortales contempláramos lo que sucedía en el cielo, sino para que los dioses pudiesen observar lo que ocurría aquí abajo. Quizá esos antiguos monarcas trajeran a sus monturas aquí arriba como ofrendas visuales para los dioses, para que disfrutaran de ese libertinaje. Según las historias que he leído, los dioses son criaturas morbosas y libidinosas, por lo que no me sorprendería. Y tampoco los juzgo. Las monturas reales tienen talentos excepcionales.

A pesar de que no tengo más remedio que presenciar este espectáculo lascivo, y a pesar de que la cúpula suele estar cubierta de nieve, lo cierto es que me gusta venir aquí. Es lo más cerca que jamás voy a estar de sentirme fuera de estas cuatro paredes, o de notar la caricia de la brisa en mi mejilla, o de llenar los pulmones de aire fresco.

¿El lado bueno? Nunca tengo que preocuparme de que se me reseque la piel por el viento, ni de que se me entumezcan los dedos por el frío, ni de abrigarme para no sufrir una hipotermia y desmayarme sobre la nieve. Al fin y al cabo, esos parecen los efectos de una tormenta de nieve.

Intento ser positiva y tomarme la vida con optimismo, pese a vivir en una jaula hecha a medida, a mi medida. Una cárcel bonita para una reliquia bonita.

—¡Oh, sublime! —grita una de las monturas, Rissa, si no me equivoco. Sus jadeos me devuelven a la realidad. Tiene la voz ronca, una melena rubia y unos rasgos que evocan una belleza natural. Desvío la mirada hacia la escena que tengo delante. No puedo evitarlo. Las seis monturas se están dejando la piel para impresionar al monarca. El seis es el número de la suerte del rey, puesto que gobierna el Sexto Reino de Orea. Está un pelín obsesionado con dicho número, la verdad. Cada dos por tres lo veo a su alrededor. En los seis botones de cada camisa que los sastres hacen para él. En las seis puntas de su corona de oro. En las seis monturas con las que está fornicando esta noche.

11

Ahora mismo, cinco mujeres y un hombre están satisfaciendo sus necesidades carnales. Los criados han traído una cama hasta aquí arriba para que pueda gozar del momento con todas las comodidades posibles. Para ellos debe de ser un engorro desmontar esa cama tan grande, subir las empinadas escaleras de tres pisos con ella a cuestas y montarla de nuevo aquí arriba para después tener que repetir la misma operación. Pero ¿qué voy a saber yo? No soy más que la montura favorita del rey.

Arrugo la nariz al recordar esa expresión. Prefiero que me llamen «la favorita del rey». Suena mejor, aunque sé que significa lo mismo.

Soy suya.

Apoyo los pies en los barrotes de la jaula y me acomodo entre las almohadas. Observo las nalgas tersas del rey mientras cabalga a una de sus monturas. A su lado tiene a dos mujeres arrodilladas sobre el colchón, que le entregan sus senos desnudos para que él los masajee y pellizque a dos manos.

El rey tiene debilidad por los senos. Le fascinan.

Echo un vistazo a mi pecho, que está envuelto en seda dorada. Parece más una toga que un vestido; se anuda en los hombros, cae en forma de cascada y se ajusta en la cintura con unos broches de oro. Todo lo que llevo, toco o veo es de oro.

Todas las plantas del claustro, plantas que fueron fértiles, verdes y frondosas, son meras estatuas metálicas. De hecho, el claustro en sí mismo, a excepción del cristal transparente de las ventanas, es dorado. Como las sábanas doradas sobre las que el rey está follando ahora mismo, como los copos dorados que adornan las vetas de madera del armazón de la cama. Como el mármol dorado del suelo, con estrías más oscuras bruñidas sobre la superficie, que, a primera vista, parecen riachuelos limosos congelados. Como los pomos dorados. Como las hiedras doradas que decoran las paredes bañadas en oro. O como las columnas doradas que soportaban el peso de tanta riqueza y opulencia.

El oro es el elemento principal de este lugar, el castillo de Alta Campana del rey Midas.

Suelos de oro. Marcos de oro. Alfombras, cuadros, tapices, almohadas, sábanas, platos, armaduras de caballeros; joder, pero si hasta la mascota del rey es un pájaro de oro macizo. Todo lo que uno puede ver aquí es dorado, dorado y dorado, incluida toda la infraestructura del palacio. Cada ladrillo, cada escalón, cada viga.

Cuando el sol ilumina el castillo, el resplandor debe de ser cegador. Aunque por suerte para los que viven fuera de los muros de palacio, dudo que eso haya pasado nunca. Aquí jamás ha brillado el sol en todo su esplendor. Si no nieva, graniza. Y si no nieva ni graniza, significa que se avecina ventisca.

Siempre que se acerca una ventisca, la campana repica para alertar a la población y para advertirlos de que no salgan de casa. ¿Y esa gigantesca campana del torreón, la que está en el punto más alto del castillo? Sí, también es de oro macizo. Y, maldita sea, el sonido es atronador.

No soporto ese sonido. El repiqueteo es más ensordecedor que vivir la peor granizada de la historia bajo un techo de cristal, pero, con un nombre como «castillo de Alta Campana», supongo que no disponer de una campana así de ruidosa e insufrible sería todo un sacrilegio.

Ha llegado a mis oídos que el redoble se oye a decenas de kilómetros de distancia. Así que, entre el estruendo de la campana y el resplandor dorado de la fachada, algo me dice que el castillo de Alta Campana no pasa desapercibido. Está construido sobre la ladera de esta montaña rocosa envuelta en nubes y cubierta de nieves perpetuas. El rey

13

Midas no conoce el significado de la palabra «sutileza». Alardea de su famoso poder y, ante tal ostentación, se suceden dos clases de reacciones; hay quien se queda maravillado y se inclina a sus pies, y hay quien sufre un ataque de envidia y rabia.

Me acerco al borde de la jaula para servirme más vino, pero el cántaro está vacío. Frunzo el ceño al darme cuenta e intento ignorar los chillidos y gruñidos que se oyen a mis espaldas. El rey está montando a otra montura, Polly. La reconozco de inmediato porque sus jadeos me resultan tan molestos e irritantes como un dolor de muelas. Siento la opresión de los celos en el pecho. Ojalá pudiese servirme más vino.

Cojo un puñado de uvas de la tabla de quesos que me han servido y me las meto todas en la boca. ¿Y si fermentasen en mi estómago y me embriagara un poco? La esperanza es lo último que se pierde, ¿verdad?

Me zampo varias uvas más, regreso a la esquina de la jaula y me recuesto sobre los mullidos cojines dorados que hay en el suelo. Apoyo el tobillo derecho sobre el izquierdo y contemplo los cuerpos de las monturas; se retuercen y contorsionan en un baile hipnótico para impresionar al rey.

Tres de ellas son nuevas, por lo que todavía no sé sus nombres. El chico nuevo está de pie sobre el colchón, totalmente desnudo, y por el gran Divino, es guapísimo. Su cuerpo roza la perfección. Es evidente por qué el rey lo ha elegido; porque, con esos abdominales tan marcados y ese rostro tan femenino, da gusto mirarlo. No hace falta ser adivino para saber que, cuando no está prestando sus servicios al rey, está sudando en el gimnasio para esculpir toda esa musculatura.

Ahora mismo tiene los antebrazos apoyados sobre uno de los travesaños de la cama de cuatro postes y una montura está encaramada, cual ardilla sobre una rama, con las piernas extendidas mientras él le besa y le lame la entrepierna. Su equilibrio y maestría escénica son impresionantes.

La tercera recién llegada está de rodillas frente al chico, succionándole la verga como si quisiera sacarle el veneno de la mordedura de una serpiente. Y..., caramba, se le da de maravilla. Ahora entiendo por qué la han seleccionado. Ladeo la cabeza mientras tomo notas mentales. Nunca se sabe, tal vez algún día me pueda ser útil.

—Ya me he aburrido de tu coño —espeta Midas de repente, y aparta a Polly. Un segundo después le da un azote a la montura que hasta entonces le ofrecía sus senos—. Tú, levántate. Quiero tu culo.

—Por supuesto, mi rey —ronronea ella antes de darse la vuelta y colocarse de rodillas, con el culo en pompa. El rey la atraviesa con su miembro todavía húmedo de los fluidos de Polly, y la mujer deja escapar un gemido.

—Farsante —murmuro por lo bajo. Es imposible que le haya gustado, aunque tampoco puedo poner la mano en el fuego porque no lo he vivido en mis propias carnes. Nunca me han penetrado por detrás, gracias al Divino.

Los resuellos y gritos ahogados se intensifican cuando dos monturas alcanzan el orgasmo, ya sea fingido o real, y el rey empotra a la chica con fuerza antes de derramar su semilla con un profundo gruñido. Con un poco de suerte, esta vez habrá saciado su placer sexual, porque estoy cansada y, para colmo, me he quedado sin vino.

En cuanto la mujer se desploma sobre el colchón, el rey le vuelve a dar una sonora palmada en la nalga, pero esta vez para que se retire.

—Podéis volver al ala del harén. Ya he acabado con vosotros esta noche.

Sus palabras interrumpen los gemidos del resto de las monturas, que enmudecen de inmediato. El chico mantie-

15

ne la erección, pero ninguno se queja, ni hace pucheros, ni ignora las órdenes del rey. Todos saben que hacerlo sería una tremenda estupidez.

En un abrir y cerrar de ojos, se desenredan y se marchan desnudos, en fila india, con algunos recovecos aún húmedos y pringosos. Ha sido una noche muy larga.

Me pregunto si las monturas acabarán la faena en el ala del harén. Es una lástima, pero voy a quedarme con la duda porque no se me permite entrar ahí, por lo que no sé qué dinámicas siguen cuando el rey no está a su alrededor. De hecho, no se me permite ir a ningún lado, a menos que esté en mi jaula, o en la presencia del rey. Como su preferida, vivo recluida, pero a salvo. Una mascota que debe ser protegida.

Repaso cada centímetro del cuerpo de Midas mientras él se pone su batín dorado y las últimas monturas desfilan por la puerta. Siento mariposas en el estómago con tan solo verlo ahí, con el torso al descubierto y con su apetito sexual saciado.

Es hermoso.

No luce una silueta musculosa y atlética, ya que vive rodeado de lujos y comodidades, pero es esbelto y de espaldas anchas y fuertes. Con treinta años recién cumplidos, Midas es un monarca joven. El filo de la juventud suaviza sus rasgos masculinos. Tiene la piel bronceada, lo cual es bastante extraño teniendo en cuenta que en este rincón del mundo solo llueve y nieva, y el pelo rubio con destellos pelirrojos. Esos mechones color escarlata resaltan aún más bajo la luz de las velas. Su mirada es intensa y penetrante, de color castaño oscuro. Es un hombre que no te deja indiferente. Tiene carisma, un carisma al que soy incapaz de resistirme.

Deslizo la mirada hacia abajo; reconozco esa cintura afilada y atisbo el perfil de su miembro ya flácido bajo su toga de seda.

—¿Echando un vistazo, Auren?

Al oír mi nombre, doy un respingo y desvío toda mi atención a su rostro. Sonríe con suficiencia. Me ruborizo, pero no me molesto en disimular.

—A ver, las vistas no tienen desperdicio —respondo, y después encojo un hombro y dibujo una sonrisa irónica.

Él se echa a reír y después empieza a pavonearse frente a los barrotes de mi jaula. Me encanta cuando sonríe. Cuando lo hace, no siento mariposas en el estómago, sino una bandada de pájaros aleteando. Estoy celosa de esos malditos animales que vuelan a su antojo, libres.

Me repasa con la mirada; empieza por mis pies descalzos y hace una parada en mi pecho. Intento no moverme, aunque en realidad su escrutinio me inquieta, me pone nerviosa. Ladeo la cabeza, expectante. He aprendido a mantenerme estática, casi petrificada, porque sé que a él le gusta.

Su mirada examina cada centímetro de mi cuerpo, como una caricia lenta, suave.

—Mmm. Esta noche estás para comerte.

Me pongo de pie casi a cámara lenta, hasta que la tela de mi vestido dorado roza la punta de mis pies, y después me acerco a los barrotes. Estoy frente a él. Agarro uno de los delicados travesaños que nos separan.

—Podrías dejarme salir de esta jaula y probar un mordisco.

Me esfuerzo por mantener ese tono juguetón y una expresión sensual, aunque mis entrañas arden de deseo.

«Sácame. Tócame. Hazme tuya.»

Mi rey es un hombre complicado. Sé que se preocupa por mí, que le importo, pero últimamente quiero… más. Y sé que es culpa mía. No debería querer más. Debería conformarme con lo que tengo, pero no puedo evitarlo.

Ojalá Midas me mirara como yo le miro a él. Ojalá su

17

corazón latiera con el anhelo y el deseo con que mi corazón late por él. No soy ingenua, ni creo en los cuentos de hadas. Sé que eso jamás sucederá. Lo único que pido es que pase más tiempo a mi lado.

Sé que es pedir demasiado. Es un rey. Su lista de asuntos que atender debe de ser interminable. Llevar la corona implica cargar con el peso de infinidad de obligaciones, obligaciones que escapan a mi entendimiento. Que me dedique parte de su tiempo ya debería ser motivo de celebración.

Y precisamente por eso entierro mis anhelos. Sepulto mis aspiraciones y sueños bajo una tonelada de nieve y se quedan en mis adentros. Me distraigo. Me revuelvo. Trato de ocupar el tiempo con lo que puedo. Me cruzo con varias personas a diario, pero da lo mismo. Me despierto sola. Me acuesto sola.

18   No se lo reprocho a Midas, y tampoco puedo enfadarme por ello. Sería absurdo. No me llevaría a ningún sitio (vivo en una jaula, así que podríamos decir que soy toda una experta en eso).

La sonrisilla de superioridad de Midas se convierte en una sonrisa de oreja a oreja en cuanto oye mi atrevida y sugerente proposición. Esta noche tiene ganas de jugar, algo a lo que no estoy acostumbrada. Esa mirada traviesa me hipnotiza. Me recuerda a cómo éramos cuando nos conocimos, cuando nos hicimos amigos. Yo no era más que una chica perdida. Él apareció de repente y me mostró una vida distinta. Nunca olvidaré esa sonrisa. Gracias a él, volví a sonreír.

Midas me repasa de nuevo con la mirada. Me halaga que me preste tanta atención. Se me pone la piel de gallina. Mi silueta se asemeja a la de un reloj de arena, con un pecho voluptuoso, una cintura de avispa y unas caderas más que pronunciadas. Sin embargo, la gente no suele fijarse en eso cuando me ve por primera vez. De hecho, ni siquiera él se fija en mis curvas.

Cuando la gente me mira, no se percata de mi exuberante silueta, ni se toma la molestia de intentar descifrar mi mirada enigmática. No, solo les preocupa una cosa: el brillo de mi piel.

Porque mi piel es de oro.

No es dorada. No es un simple bronceado. Tampoco está pintada, ni bañada, ni teñida. Mi piel es de ese metal preciado, brillante y satinado que todo el mundo conoce como oro.

Soy de oro macizo, igual que todo en este palacio. Incluso mi melena y los iris de mis ojos desprenden un resplandor metálico. Soy una escultura de oro andante. Todo en mí es dorado, salvo mi sonrisa, el blanco de mis ojos y mi lengua rosada y atrevida.

Soy una criatura excepcional, un lujo inalcanzable para los mortales, un rumor. Soy la preferida del rey. Su montura más preciada. La chica que tocó y convirtió en oro, la joya que guarda a buen recaudo en una jaula, en la torre más alta de su castillo. Mi cuerpo está marcado con su sello personal, y todos saben que soy una de sus posesiones más valiosas.

La mascota dorada.

Soy la querida del rey Midas, soberano y mandatario de Alta Campana y del Sexto Reino de Orea. El pueblo acude en tropel para admirar el resplandeciente castillo, pero también para verme a mí. Todos saben que las posesiones del monarca valen más que todas las riquezas del reino entero.

Soy la prisionera de oro.

Pero en qué prisión tan bonita vivo.

2

El cansancio y la fatiga se esfuman si tengo a Midas delante de mí.

Solo tengo ojos para él. Solo puedo pensar en él. Todas mis terminaciones nerviosas están pendientes de él. Midas no aparta su mirada de mí, y aprovecho la oportunidad para examinar los hermosos rasgos de su cara, la seguridad y convicción que desprende su mirada.

Me está dedicando toda su atención, y empiezo a perdonarle que me haya traído aquí esta noche, que me haya obligado a ser testigo de unos placeres carnales desde mi jaula, que no me haya permitido participar en la diversión mientras sus monturas se abrían de piernas para él.

Midas levanta una mano y desliza los dedos entre los barrotes.

—Auren, eres muy importante para mí —murmura en voz baja, con ternura.

Me quedo petrificada. El aire que ha quedado atrapado en mis pulmones despierta todos mis sentidos. Se va acercando poco a poco, hasta que la yema de un dedo acaricia mi mejilla. Siento un cosquilleo en la piel, pero sigo manteniéndome inmóvil como una estatua. Estoy hecha un manojo de nervios y me da miedo que algo tan mundano como un parpadeo o un sutil movimiento le distraigan y se aleje de mí.

«Por favor, no dejes de tocarme.»

Me muero de ganas por dar un paso al frente y acurrucarme a su lado, por abalanzarme sobre los barrotes y devolverle la caricia, pero sé que no debo hacerlo. Así que hago de tripas corazón y me quedo quieta, aunque no soy capaz de disimular el brillo del anhelo en mi mirada de oro.

—¿Has disfrutado del espectáculo de esta noche? —pregunta, y recorre el perfil de mi labio inferior con el dedo. Abro la boca y siento que mi aliento envuelve su pulgar. Se me acelera el pulso.

—Me gustaría participar más —contesto, aunque solo puedo pensar en sus dedos, que siguen rozándome los labios mientras hablo.

Midas levanta la mano para acariciarme el pelo. Juguetea con varios mechones y observa cómo brillan a la luz de las velas.

—Eres demasiado valiosa para juntarte con las demás monturas, ya lo sabes.

Le dedico una sonrisa tímida.

—Sí, mi rey.

Midas suelta los mechones de pelo, me da un golpecito con el dedo en la punta de la nariz y aparta la mano. Respiro hondo y me concentro para controlar mis instintos y quedarme inmóvil, para no arquear mi cuerpo hacia él como se dobla una rama cuando sopla el viento. Él es mi brisa, y yo solo quiero doblegarme.

—No eres una montura normal y corriente, y por eso no puedo montarte a diario, Auren. Tú vales mucho más que ellas. Además, me gusta que siempre estés ahí, observándome. Me pone cachondo —dice con una mirada intensa y penetrante.

Es curioso, pero Midas es capaz de despertar en mí un deseo desenfrenado y, un segundo después, hacerme sentir una decepción devastadora. Sé que no debería, pero esta vez no pienso morderme la lengua. Le replico, y lo hago por culpa de la desilusión que se revuelve en mis entrañas.

—Pero las otras monturas me miran con resentimiento, y los criados cuchichean a mis espaldas. ¿No crees que sería más lógico que me dejaras participar una noche, aunque solo pueda tocarte? —propongo. Soy consciente de que suena un poco patético, pero bebo los vientos por él.

Me lanza una mirada entrecerrada. Ese simple gesto basta para darme cuenta de que he ido demasiado lejos. He cruzado el límite. Le he perdido. He estropeado el juego pícaro como quien rompe un pergamino en mil pedazos.

Su expresión cambia en un santiamén y sus rasgos se endurecen. Su carisma empieza a derretirse como la nieve sobre brasas ardientes.

—Tú eres mi montura real. Mi preferida. Mi posesión más valiosa —dice con una voz tan severa y autoritaria que no puedo hacer otra cosa que agachar la mirada—. Me importa una mierda lo que los criados y las otras monturas digan. Eres mía y hago contigo lo que quiero, y si lo que me apetece es tenerte encerrada en tus aposentos o en una jaula a la que solo yo puedo acercarme, pues eso haré, porque ese es mi derecho.

Sacudo la cabeza y me reprendo por haber hablado de más. «Estúpida, estúpida.»

—Tienes razón. Es que pensaba…

—No estás aquí para pensar —ladra Midas. La hostilidad que emana su voz me deja anonadada. No puedo respirar. Estaba de tan buen humor, y lo he arruinado todo—. ¿Es que no te trato bien? —prosigue, y empieza a zarandear los brazos mientras su voz retumba en el inmenso claustro—. ¿Es que no te confiero toda clase de comodidades?

—Claro que sí…

—Ahora mismo hay decenas de putas en la ciudad que

viven rodeadas de mugre, que mean en cubos y que se abren de piernas en la calle para ganarse cuatro monedas. Y, aun así, ¿tú te quejas?

Aprieto los labios. Tiene razón. Mi situación podría ser mucho peor. De hecho, *era* mucho peor. Y fue él quien me salvó.

Tengo que aprender a valorar lo bueno. Ser la preferida del rey tiene sus ventajas. Gracias a eso gozo de una seguridad y protección que otros no tienen. Quién sabe qué me habría sucedido si el rey no me hubiese rescatado. Podría estar a las órdenes de personas horribles. Podría estar viviendo en un lugar infestado de enfermedades en el que reinara la crueldad. Podría estar temiendo por mi vida.

Después de todo, esa era mi vida antes de él. Una víctima del tráfico de menores. Viví demasiados años a merced de gente malvada. Y vi con mis propios ojos verdaderas atrocidades.

En una ocasión logré escapar y tuve la gran suerte de que una familia amable y bondadosa me acogiese en su hogar. Eran buenas personas, igual que mis padres. Creí que por fin había escapado de la brutalidad de la vida, hasta que aparecieron unos saqueadores y me lo arrebataron todo. Estaba destinada a llevar una vida miserable y desgraciada, pero entonces llegó Midas y me rescató.

Fue mi salvación. Se convirtió en mi refugio. Sabía que a su lado estaría a salvo de la violencia que había destruido mi alma. Y entonces me transformó en su famosa estatuilla.

No tengo ningún derecho a quejarme, ni a reclamarle nada. Cuando pienso en cómo podría estar viviendo… en fin, la lista de calamidades y desgracias es tan larga e hiriente que prefiero no pensarlo. Cada vez que rememoro el pasado se me hace un nudo en el estómago, así que intento no hacerlo. La indigestión y el vino no son buenos amigos, y la cantidad de vino que bebo cada noche es desmesurada.

Y por eso siempre intento mirar el lado bueno de las cosas.

En cuanto al rey, se da cuenta de que estoy arrepentida, su expresión cambia de forma radical. Me parece advertir orgullo en su mirada, como si le complaciera el hecho de haberme hecho cambiar de opinión. Vuelve a suavizar los rasgos, y me regala una suave caricia en el brazo. Si fuese un gato, ahora mismo me pondría a ronronear.

—Así se comporta mi chica más valiosa —murmura, y el nudo de angustia y preocupación que sentía en el estómago se afloja un poquito. Para él soy muy valiosa, y siempre lo seré. El vínculo que nos une al rey y a mí es incomprensible a ojos de los demás. Nadie entiende nuestra relación. Le conocí antes de que le nombraran rey, antes de que la gente se arrodillara ante él, antes de que los súbditos le veneraran, antes de que este castillo fuese de oro. De eso ya han pasado diez años. Toda una década juntos ha hecho que ese lazo sea irrompible.

—Lo siento —digo.

—Está bien, está bien —susurra él, y pasa el dorso de su mano por mi muñeca—. Pareces cansada. Regresa a tus aposentos. Te haré llamar por la mañana.

Se aparta y no puedo evitar arrugar el ceño.

—¿Por la mañana? —pregunto, extrañada. No suele convocarme antes de que se haya puesto el sol.

Asiente con la cabeza, se da media vuelta y se aleja.

—Sí, el rey Fulke partirá mañana al castillo de Rocablanca.

Hago un esfuerzo tremebundo para no dejar escapar un suspiro de alivio. No soporto al rey Fulke, gobernante del Quinto Reino. Es un vejestorio decrépito, un tipo ruin y grosero que alardea de su poder de duplicación. Puede duplicar todo lo que se le antoje con tan solo tocarlo. Gracias al gran Divino, no funciona con las personas. De lo contrario, pondría la mano en el fuego de que habría intentado duplicarme hace años.

Preferiría no volver a ver a Fulke nunca más, pero sé que es imposible, pues él y Midas son aliados desde hace varios años. Ambos reinos comparten fronteras, por lo que nos visita varias veces al año, casi siempre con varios carruajes abarrotados de objetos para que Midas los convierta en oro. Estoy convencida de que, en cuanto llega a su castillo, duplica todos esos objetos. Gracias a su alianza con Midas, se ha convertido en un monarca muy muy rico.

Todavía no he averiguado qué consigue mi rey a cambio, pero dudo que Fulke se esté enriqueciendo a costa de la buena voluntad y desinteresada generosidad de Midas. El que fue mi salvador no es famoso por ser un rey abnegado y altruista, pero, ciertamente, cuando eres rey tienes que cuidar de ti y de tu reino. Y no le critico por ello.

—Oh —respondo, a sabiendas de lo que eso implica. El rey Fulke querrá verme antes de marcharse. Tiene una especie de obsesión conmigo, y ya ni siquiera se molesta en disimularlo.

¿El lado bueno? Esa fascinación que siente por mí hace que Midas me preste más atención. Son como dos críos peleándose por un mismo juguete. Siempre que Fulke revolotea a mi alrededor, Midas se vuelve más protector y se asegura de que Fulke no se acerque a mí más de lo debido.

Si se da cuenta de que la presencia del otro rey me incomoda, no me lo reprocha, ni tampoco me regaña por ello.

—Ven al salón del desayuno a primera hora. Fulke y yo estaremos dándonos un buen festín, y agradeceremos tu compañía —me informa, y yo me limito a asentir con la cabeza—. Retírate a tus aposentos y descansa para estar fresca por la mañana. Mandaré a alguien a buscarte cuando sea el momento.

Inclino la cabeza.

—Sí, mi rey.

Midas me dedica una última sonrisa, se ajusta el nudo del batín y me deja sola en el claustro, que de repente me parece una estancia oscura y cavernosa.

Suelto un suspiro y clavo la mirada en los barrotes de oro que me rodean. Los detesto. Nunca lo he dicho en voz alta, pero los odio. Ojalá tuviese la fuerza necesaria para separarlos y así inmiscuirme entre ellos. No huiría, porque jamás lo haría. Sé que aquí vivo muy bien. Lo único que pido es poder deambular a mi aire por el castillo, poder seguir a Midas hasta su habitación privada… Esa es toda la libertad que anhelo.

Por mera diversión, agarro dos barrotes y tiro de ellos con todas mis fuerzas.

—Vamos, vamos. Malditos palillos de oro —le farfullo a mis brazos endebles.

Debo admitir que no puedo presumir de un cuerpo atlético y trabajado. Sé que debería invertir parte de mi tiempo libre en hacer algo de ejercicio. No soy una mujer muy ocupada, para qué engañarnos. Podría hacer *sprints* de un lado a otro de mi habitación, o escalar hasta los travesaños de la jaula y hacer dominadas, o incluso…

Se me escapa una carcajada y dejo caer las manos. Me aburro, pero no tanto. Es evidente que la montura masculina que he visto esta noche, el de las abdominales marcadas, está mucho más motivado que yo.

Miro más allá de los barrotes y me fijo en la jaula que cuelga de un pedestal, a unos metros de distancia. En su interior hay un pájaro de oro macizo que parece haberse quedado congelado sobre su posadero. Era un pinzón de nieve, o eso creo. Recuerdo una panza tan blanca como la nieve de los paisajes que había sobrevolado y unas alas extendidas, dispuestas a surcar los vientos gélidos del invierno. De aquel suave plumaje solo quedan unas líneas metálicas. Jamás volverá a desplegar las alas, ni a trinar.

—No me mires así, Lingote —digo. Esa mirada fija e inalterable me pone nerviosa—. Lo sé. —Suspiro—. Sé que para Midas es importante que esté en mi jaula, a salvo de cualquier peligro, igual que tú —admito, y echo un fugaz vistazo a todos los lujos que tengo al alcance de la mano.

Los manjares, las almohadas, los ropajes. Hay gente que mataría por tener esa clase de cosas, y no es un decir. Matarían por ello, literalmente. La pobreza es un detonador rabioso y despiadado. Sé de lo que hablo.

—Reconozco que ha intentado agasajarme con todo tipo de lujos para que esté más cómoda. No debería ser tan avariciosa, ni tan desagradecida. Las cosas podrían ser mucho peor, ¿verdad?

El pájaro sigue mirándome sin parpadear. Al final me rindo y dejo de hablarle a esa criatura inerte que exhaló su último aliento hace mucho tiempo. Ya ni siquiera recuerdo el sonido melódico de su gorjeo, aunque supongo que debía de ser hermoso. Hasta que un día su cuerpo se solidificó en un espectro silencioso y reluciente.

«¿Ese es el futuro que me espera?»

No puedo evitar pensar en lo que puede ocurrir dentro de cincuenta años. ¿Mi cuerpo se volverá totalmente sólido, como el del pinzón de nieve? ¿Mis órganos se fundirán? ¿Mi voz enmudecerá? ¿Mi lengua se atrofiará? ¿Los blancos de mis ojos se desangrarán, dejaré de parpadear, me quedaré ciega? Quizá sea yo quien viva postrada en el posadero de mi jaula, atrapada e inmóvil para siempre. Los curiosos se acercarán para verme con sus propios ojos y me hablarán a través de los barrotes, a sabiendas de que jamás obtendrán una respuesta por mi parte.

Es un miedo que me atormenta, aunque nunca me he atrevido a expresarlo en voz alta. ¿Y si algo cambia? Quizá algún día me convierta en una estatua humana.

Por ahora, lo único que puedo hacer es seguir gorjeando, seguir atusándome mis plumas proverbiales. Mientras mis pulmones funcionen, debo seguir respirando. Lingote y yo no somos iguales. O, al menos, de momento.

Me giro y paso la mano por varios barrotes. «El lado bueno, Auren. Tienes que mirar el lado bueno de las cosas.»

Por ejemplo, la jaula en la que vivo. No es en absoluto pequeña. Con los años, Midas ha ido expandiéndola para que pueda moverme por el último piso del palacio a mis anchas. Contrató los servicios de los mejores arquitectos y albañiles para crear un laberinto de pasillos con barrotes y espaciosas jaulas circulares. Y lo hizo por mí.

Por mi propio pie puedo ir al claustro, al salón principal, a la biblioteca y al real salón del desayuno, además de a mis propios aposentos, que ocupan la totalidad del ala norte. Es mucho más espacio del que gozan la mayoría de los súbditos del reino.

Mis aposentos incluyen un cuarto de baño, un vestidor y una habitación. Son estancias fastuosas, repletas de lujos. Todas y cada una de ellas albergan una jaula descomunal en su interior y están conectadas por una colección de pasadizos con barrotes por los que puedo ir de un lugar a otro. De esta manera, nunca tengo que salir de mi jaula, a no ser que Midas quiera que le acompañe a otra estancia del palacio. No es algo que ocurra muy a menudo y, a decir verdad, cuando ocurre es para llevarme al salón del trono.

Pobre chica de oro que vive en la abundancia. Sé que parezco una ingrata, y lo odio. Es como una herida infectada que se esconde bajo mi piel. Hurgo en esa herida y vuelvo a abrirla, aunque sé que no debería tocarla, que lo más sensato sería dejar que cicatrizara, que se cerrara.

A pesar de que vivo rodeada de opulencia y de riquezas, a pesar de que todo lo que veo es majestuoso y sublime, debo reconocer que el lujo y la ostentación ya no provocan ningún efecto en mí. Supongo que es normal. Al fin y al cabo, llevo viviendo aquí muchísimo tiempo. ¿Qué más da que tu jaula sea de oro macizo si no se te permite salir de ella? Una jaula siempre será una jaula, por muy dorada y brillante que sea.

Y ese es el meollo del asunto. Le supliqué que me llevara con él, que me protegiera. Midas ha cumplido su promesa. Soy yo quien está arruinándolo todo. Es mi mente la que conspira contra mí, la que me susurra ideas absurdas al oído.

A veces, cuando bebo varias copas de vino, me olvido de que vivo encerrada en una jaula, me olvido de esa herida envenenada.

Y por eso bebo tanto vino.

Dejo escapar otro suspiro y deslizo la mirada hacia la bóveda de cristal. Se han arremolinado varias nubes provenientes del norte. La luna, que ha quedado rezagada, ilumina esas siluetas esponjosas.

Lo más seguro es que esta noche caiga una buena nevada en Alta Campana. No me sorprendería que por la mañana todas las ventanas del claustro amanecieran cubiertas de polvo blanco y una buena capa de hielo. Un día más, no podré vislumbrar el cielo.

¿El lado bueno? Que por ahora todavía distingo esa estrella solitaria asomándose entre los nubarrones.

Recuerdo que, cuando era pequeña, mi madre me contaba que las estrellas eran diosas esperando romper ese cascarón de luz. Una historia entrañable para una cría que perdió a su familia y su hogar de un plumazo.

Tenía cinco años. En el cielo titilaba un millar de estrellas. Me despertaron en mitad de la noche. Junto con otros niños del barrio, caminamos en fila india. El sonido de una batalla encarnizada rompía el silencio nocturno. Nos arrastrábamos con sigilo entre la oscuridad para tratar de llegar a un lugar seguro, pero estábamos rodeados de peligros. Lloré a moco tendido cuando mis padres se despidieron de mí con un sinfín de besos y arrumacos. Me dijeron que debía marcharme. Que debía ser valiente. Que se reunirían conmigo pronto.

Una orden, un deseo, una mentira.

Sin embargo, alguien debió de enterarse de que nos estábamos escapando a hurtadillas. Alguien debió de irse de la lengua. Logramos escabullirnos, pero no llegamos a ningún lugar seguro. Antes de que pudiésemos salir de los muros de la ciudad, unos bandidos nos atacaron desde las sombras, como si hubieran estado esperándonos. Degollaron a quienes nos escoltaban. Su sangre se derramó sobre nuestros diminutos y asustados rostros. Han pasado muchos años, pero esa imagen sigue atormentándome.

En ese momento supe que no se trataba de una pesadilla. Intenté gritar, pedir ayuda, avisar a mis padres, decirles que habían cometido un tremendo error, pero alguien me tapó la boca con una mordaza de cuero que sabía a corteza de roble. Estábamos a punto de convertirnos en niños robados y, por mucho que gritara, no iba a poder evitarlo. Todos llorábamos a lágrima viva. Arrastrábamos los pies, resignados. El corazón nos latía con tanta fuerza que parecía que fuese a explotar. Estaban destruyendo el que había sido nuestro hogar. Se oían gritos, chirridos metálicos y llantos desesperados, pero también silencio. Y ese silencio sepulcral era el peor sonido de todos.

Con la mirada clavada en aquellos puntos de luz que refulgían en el cielo rezaba porque las diosas nacieran, sa-

31

lieran de su brillante cascarón y vinieran a salvarnos. Solo así podría volver a mi cama, al abrazo de mis padres, a sentirme a salvo.

Pero mis plegarias fueron en vano.

Puede parecer extraño o incluso ilógico, pero no les guardo rencor porque cada vez que contemplo la bóveda celeste recuerdo a mi madre. O, al menos, una parte de ella. Una parte a la que llevo aferrándome veinte años. La memoria y el tiempo no son buenos amigos. Se rechazan, caminan en direcciones opuestas, tensan la cuerda que los une y amenazan con romperla. Forcejean, y por desgracia somos nosotros quienes perdemos. La memoria y el tiempo. A medida que pasan los años, los recuerdos se desvanecen, se desdibujan. Es ley de vida.

No recuerdo el rostro de mi madre. No recuerdo la voz de mi padre. Ya no puedo rememorar el calor del último abrazo que me dieron.

Todo eso se ha evaporado.

La estrella solitaria parpadea, pero las lágrimas me nublan la visión. Un segundo después, unos nubarrones de tormenta apagan su fulgor y me impiden verla. Siento una punzada de decepción en el pecho.

Si la leyenda es cierta y las estrellas son diosas a punto de nacer, alguien debería avisarlas de que mejor se queden donde están, envueltas en una luz firme y segura. Porque aquí abajo… En fin, aquí abajo la vida es oscura y solitaria, el ruido de las campanas es atronador y no hay, ni por asomo, suficiente vino.

3

*P*or la mañana, el maldito repique de la campana me arranca de un sueño profundo. En cuanto abro los ojos empiezo a notar un martilleo en la cabeza, señal de que se avecina una buena jaqueca.

Siento que me pesan los párpados. Me froto los ojos para deshacerme de esa visión turbia y borrosa. Al incorporarme, la botella de vino que al parecer seguía sobre mi regazo se cae y rueda por las baldosas doradas hasta desaparecer. Echo una ojeada a mi alrededor y veo a dos de los escoltas del rey haciendo guardia al otro lado de los barrotes.

Mi jaula ocupa casi toda la habitación, pero aun así queda espacio suficiente para que los guardias puedan hacer sus rondas sin necesidad de colarse en mi jaula.

Me seco el hilo de baba que se estaba escurriendo por la comisura de los labios y me desperezo mientras espero que el tañido de la campana enmudezca de una vez por todas. Empiezo a notar los efectos del alcohol que tomé anoche, justo antes de caer rendida.

—Cállate —refunfuño a la dichosa campana, y me paso las manos por la cara.

—Ya era hora de que se despertara —oigo de fondo.

Miro a los guardias con el rabillo del ojo y reconozco a Digby; es mayor que su compañero, tiene el pelo canoso y una barba espesa y abundante. Está custodiando la puerta. Es mi guarda personal y lo cierto es que hace años que ocupa el puesto. Es servicial, disciplinado y serio. Siempre se ha negado a charlar conmigo, o a participar en mis jueguecitos para beber.

¿El guardia que acaba de hablar? Ese es nuevo. A pesar de la resaca, me espabilo al instante. La presencia de un guardia nuevo no es algo que ocurra todos los días.

Estudio al recién llegado. A primera vista, diría que ronda los diecisiete inviernos; advierto las cicatrices del acné juvenil en sus mejillas, y aún conserva esas piernas larguiruchas y desgarbadas. Lo más seguro es que lo hayan reclutado en la ciudad. Cuando los hombres cumplen la mayoría de edad, se les alista en el ejército del rey Midas de forma automática, a menos que se dediquen a la agricultura o a la ganadería.

34

—¿Cómo te llamas? —le pregunto, y me acerco a los barrotes.

Me mira y se pone derecho bajo su armadura dorada, con el emblema de la campana tallado en el pecho.

—Joq.

Digby le lanza una mirada asesina.

—No hables con ella.

Joq se muerde el labio, pensativo.

—¿Por qué no?

—Porque esas son las órdenes, y punto.

El novato se encoge de hombros. Observo el intercambio de palabras con gran curiosidad. Me pregunto si se atrevería a aceptar la propuesta de jugar conmigo para achisparnos un poco.

—¿Crees que tiene una vagina de oro? —pregunta Joq de repente, y me mira de refilón.

Ha quedado bien claro. No le interesa emborracharse conmigo. Bueno saberlo.

—Es de muy mala educación hablar de la vagina de alguien cuando ese alguien está delante —le replico. Mi respuesta le sorprende, pues veo que arquea las cejas.

—Pero eres una montura —insiste él, con el ceño arrugado—. Si estás aquí, es por tu vagina.

Uau, eso sí que no lo he visto venir. Decidido: Joq es un capullo.

Agarro los barrotes y le miro con los ojos entornados.

—Las monturas femeninas no estamos aquí solo por nuestras vaginas. Además tenemos un escote de infarto —le contesto con indiferencia.

El tipo no ha debido de pillar el sarcasmo en mi voz porque no parece avergonzado, sino más bien entusiasmado. Además de capullo, Joq es imbécil.

Digby se vuelve hacia él.

—Ándate con cuidado, chaval. Si el rey te oye hablar del cuerpo de su preferida, tu cabeza aparecerá clavada en una estaca de oro en menos que canta un gallo.

Joq sigue repasándome de arriba abajo con la mirada, como si no estuviera escuchando a Digby.

—Es un ejemplar único, eso es todo lo que digo —se defiende él. Es evidente que no piensa cerrar el pico—. Me habían llegado rumores de que Midas había convertido en oro a su montura favorita, pero siempre creí que era un mito. —Se rasca la parte de atrás de la cabeza. Tiene el pelo de un castaño oscuro que me recuerda al color del barro y lo lleva muy alborotado y desaliñado—. ¿Cómo crees que lo hizo?

—¿Hacer el qué? —pregunta Digby, que está empezando a perder la paciencia.

—Ejem… Tenía entendido que convierte en oro macizo todo lo que toca y, siguiendo esa lógica, esa chica debería ser una estatua de oro.

Digby le lanza una mirada cargada de desprecio.

—Mira a tu alrededor, muchacho. El rey convierte en oro macizo algunas cosas, pero otras mantienen su forma y tan solo se vuelven doradas, como las cortinas y cosas por el estilo. No tengo ni idea de cómo coño lo hace, pero tampoco me importa, porque esa clase de asuntos no me incumben. Lo que sí me incumbe es vigilar esta ala del castillo y defender a capa y espada a su preferida. Y eso es lo que hago. Si fueses listo, harías lo mismo y dejarías de soltar chorradas por la boca. Vete, haz tu ronda.

—Está bien, está bien. —A pesar del escarmiento, Joq me mira con el rabillo del ojo una última vez. Después se da media vuelta y se escabulle por la puerta para hacer la ronda pertinente.

Sacudo la cabeza.

—Ah, los guardias jóvenes de hoy en día. Son una panda de imbéciles, ¿verdad, Dig?

Digby me mira durante una fracción de segundo y después clava la mirada al frente. Si algo he aprendido después de tantos años juntos es que se toma su trabajo muy muy en serio.

—Te aconsejo que te prepares, señorita Auren. Es tarde —dice con voz ronca.

Suspiro y me masajeo la sien para tratar de aliviar la jaqueca. Cruzo la arcada que conduce al pasadizo revestido con barrotes que separa las distintas estancias. Lo atravieso y me adentro en el vestidor. Digby se queda en la otra habitación para darme algo de privacidad.

No todos los guardias son tan respetuosos. Más de un *voyeur* descarado me ha seguido hasta el vestidor y, en esos casos, me alegro de vivir detrás de este muro de barrotes. Por suerte, dispongo de una especie de cortina dorada que cuelga del techo y que cubre parte de la jaula. Me proporciona la intimidad que necesito para cambiarme sin que me vean, aunque la tela es tan fina y delicada que estoy segura de que se puede entrever la sombra de mi silueta. Y por eso me siguen esos capullos.

Digby es demasiado pudoroso para mirarme con lujuria. Nunca se ha extralimitado en sus funciones, ni ha soltado una palabra inapropiada, ni le he pillado comiéndome con los ojos. Y por eso lleva tantos años siendo mi guardia personal. Los demás no han durado mucho en el puesto. Me pregunto si es verdad que el rey Midas clava sus cabezas en estacas de oro.

El vestidor está sumido en una oscuridad gris y deprimente. Solo hay un tragaluz en el techo y las ventanas están cubiertas de nieve, como siempre. Sobre la mesita hay un farolillo, así que lleno el depósito de aceite y enciendo la llama. El vestidor se ilumina de esa luz cálida y me pongo manos a la obra con mi rutina de la mañana. Sé que Midas me espera y no puedo llegar tarde a la reunión.

Echo una ojeada a los armarios y estanterías del vestidor e intento decidir qué ropa ponerme para la ocasión. Todas las prendas son doradas y todas están cosidas con hilo de oro, por supuesto. Soy la preferida de Midas y, como tal, siempre luzco ropajes dorados.

Me dirijo al fondo de la habitación y elijo un vestido de corte imperio con la espalda al descubierto. No tengo ningún vestido que me cubra la espalda. Es por mis cordones.

Les llamo cordones porque no encuentro una palabra mejor. Tengo veinticuatro cordones de oro que brotan de ambos lados de mi columna vertebral, desde los hombros hasta el coxis. Son muy largos y cuando camino los voy arrastrando, como si fuesen la cola de un vestido de novia.

Por eso la gente piensa que forman parte del atuendo, o del vestido. Nadie se imagina que, en realidad, están pegados a mi cuerpo. Para mí también fue toda una sorpresa, la verdad. Empezaron a crecerme justo antes de que Midas me salvara. No aparecieron de la noche a la mañana, como por arte de magia. Durante varias semanas sufrí fiebres altas y sudores fríos, por no hablar del tremendo dolor que me recorría toda la espalda mientras iban prolongándose. Hasta que un día dejaron de crecer.

Según tengo entendido, soy la única persona en Orea con cordones. Todos los miembros de la realeza tienen poderes mágicos, por supuesto. No pueden ascender al trono sin ese don. Pero algunos plebeyos también gozan de algún talento mágico. Una vez vi a un bufón al que se le iluminaban las puntas de los dedos cada vez que los chasqueaba. Cada noche preparaba un espectáculo de marionetas y de luces y sombras junto a la muralla.

En cuanto a mis cordones, no solo son bonitos o insólitos; ni tampoco un complemento de mi atuendo. Son prensiles. Puedo controlarlos igual que controlo los brazos o las piernas. Aunque siempre los lleve lánguidos y hacia atrás, como si fuesen una capa de tela dorada, puedo moverlos a mi antojo, y son mucho más fuertes de lo que aparentan.

Me quito el camisón y dejo ese minúsculo retal arrugado sobre la pila que hay junto a los barrotes; las doncellas vendrán más tarde para recoger la colada. Me pongo el vestido nuevo que he elegido y lo ajusto bien para que cubra las partes que no quiero dejar al descubierto.

Me acomodo frente al tocador y contemplo mi reflejo en el espejo. Levanto los cordones y empiezo a moverlos para que me arreglen el desaguisado que tengo en la cabeza. Parece que tenga un nido de cigüeñas. Me trenzan varios mechones y los recogen en un precioso moño alto, y todo en un santiamén. Han quedado un par de mechones sueltos que sujeto con una horquilla a la altura de la nuca. Tengo una melena densa y abundante, pero el rey es tan celoso y posesivo que no deja que nadie se acerque a mí, ni siquiera el peluquero real. Me corto el pelo yo, y se me da de pena.

Una vez tuve un trágico accidente con la tijera y me corté el flequillo torcido. Tuve que esperar dos meses a que me creciera para esconderlo detrás de las orejas. No era un corte favorecedor, desde luego. Desde aquella debacle he intentado mantener las manos lejos de las tijeras, y solo me limito a cortar las puntas. Aprendí la lección, vaya si la aprendí.

Aun así, creo que un flequillo recto también habría sido un fiasco. Una no puede decidir algo tan serio como cortarse el flequillo con una botella de vino en el estómago.

Una vez terminado el recogido, me levanto del tocador y regreso a mi habitación. Y en ese preciso instante entra una doncella. Se acerca a Digby. Ha debido de subir la escalera a toda prisa porque le falta el aliento.

—El rey Midas convoca a la preferida en el salón del desayuno.

Digby asiente con la cabeza, y la mujer se marcha a toda prisa, no sin antes mirarme con el rabillo del ojo.

—¿Preparada? —me pregunta Digby.

Echo un vistazo a mi alrededor, como si estuviese repasando una lista mental, y tamborileo los dedos sobre mi mejilla.

—Ya que lo preguntas, debo hacer varios recados antes. He quedado con un par de amigos y tengo gestiones pendientes. Ya sabes, soy una mujer muy ocupada —le respondo, y esbozo una sonrisa.

Pero Digby ni se inmuta. Ni siquiera sonríe. Todo lo que consigo sacarle es una mirada llena de paciencia.

Suspiro.

—¿Algún día vas a empezar a reírte con mis chistes, Dig?

Niega lentamente con la cabeza.

—No.

—Un día de estos, cuando menos te lo esperes, voy a conseguir arrancarte esa coraza de guardia huraño. Tiempo al tiempo.

—Si tú lo dices, señorita Auren. ¿Estás preparada? No debemos hacer esperar a su majestad.

Inspiro hondo y rezo porque el dolor de cabeza empiece a aflojar antes de verle la cara al rey Fulke.

—De acuerdo. Sí, estoy preparada. Pero si me permites un consejo, cambia esa actitud tan rigurosa. Suéltate. Charla conmigo, aunque sea del tiempo. Y una broma inocente de vez en cuando no estaría mal. ¿Es mucho pedir?

Digby se mantiene impertérrito. Ni siquiera mueve un músculo de la cara.

—Está bien, está bien. Vamos —gruño—. Nos vemos dentro de ochenta y dos segundos —añado con cierto sarcasmo, y le lanzo un beso—. Te voy a echar de menos.

Me doy la vuelta, salgo de mi habitación y me dirijo hacia un pasadizo que añadieron exclusivamente para mí. Me desplazo por ese suelo dorado con mis pantuflas de seda, mientras mis cordones y el bajo del vestido se arrastran a mi paso. Está sumido en una oscuridad casi absoluta, pero es muy corto, tres metros a lo sumo. En un abrir y cerrar de ojos me planto en la biblioteca, que es inmensa pero apesta a pergamino mohoso y podredumbre, aunque sé de buena tinta que los criados la limpian a diario.

Me adentro en la parte enjaulada de la biblioteca, atravieso otro pasadizo oscuro, paso por el claustro y por fin llego al vestíbulo que da al salón del desayuno. Me detengo bajo la arcada y me masajeo de nuevo la sien. Escucho al rey Midas hablando con un criado y distingo el inconfundible sonido de platos y bandejas.

Cojo aire, empujo los portones y entro en la diminuta jaula del salón. Al otro lado de los barrotes se extiende una mesa para banquetes larguísima con seis bandejas a rebosar de comida, seis cántaros y seis ramos de flores de oro macizo, a juego con los platos y las copas. El oro y el número fetiche de Midas siempre están presentes.

Se me revuelve el estómago con tan solo ver tal exceso de comida. Doy gracias por no tener que sentarme a la mesa con ellos. Supongo que sería un pelín asqueroso que vomitara sobre esos manjares.

La luz grisácea y mortecina que se filtra por las ventanas rebaja un pelín toda esa opulencia. Unas intensas llamas crepitan en la chimenea, pero da igual que aviven el fuego constantemente. El ambiente nunca llega a calentarse. En ese salón se ha instalado un frío permanente que el fuego solo puede atenuar.

El rey Midas preside la mesa. Se ha vestido con una túnica preciosa y lleva la corona de oro de seis puntas. No veo ni un solo mechón rubio fuera de lugar.

41

El rey Fulke está sentado a su izquierda. Por encima del cinturón asoma el barrigón de un tragaldabas. Y tal y como manda la moda tradicional del Quinto Reino, luce unos leotardos de terciopelo. Para la ocasión, también ha elegido una túnica de color púrpura —el color de su tierra— a conjunto con los leotardos. Se ha puesto la corona de oro sobre la calvorota para recordarnos que es un monarca. Está torcida, pero eso no parece importarle. No puedo evitar fijarme en las piedras preciosas de color violeta; son del tamaño de mi puño.

Me cuesta imaginar a Fulke como un joven guapo y atractivo. De él solo queda una piel arrugada y un cuerpo rechoncho y tripudo. Pero lo que más me repugna del monarca es su dentadura amarillenta, resultado de muchísimos años fumando en pipa. Bueno, eso y la lascivia que percibo en sus ojos cada vez que me mira. Las dos cosas me repelen por igual.

Ahora mismo, sobre esas piernas regordetas forradas con leotardos de terciopelo, tiene a dos monturas rubias bastante ligeritas de ropa sentadas a horcajadas. Las mujeres le alimentan con bocados dulces y trocitos de fruta, como si él no pudiese comer solito.

Polly está sentada sobre su muslo derecho y Rissa sobre el izquierdo. Polly sujeta una fresa entre los labios y se la ofrece mientras él le masajea los senos. Imagino que voy a presenciar esa clase de desayuno.

Cuando las monturas me ven entrar en el salón, me dedican una miradita cargada de rabia y luego siguen a lo suyo, ignorándome por completo. No soy santo de su devoción. Y no solo porque soy la preferida del rey, sino porque Fulke me come con los ojos siempre que viene de visita. No hace falta ser un genio para darse cuenta de que me codicia.

42

Supongo que, desde su punto de vista, soy su competencia. Todo el mundo sabe lo que les ocurre a las monturas reales que quedan obsoletas. Las echan como a un perro callejero y las sustituyen por monturas más jóvenes, más firmes, más guapas.

Sin embargo, estoy convencida de que, si me diesen la oportunidad de pasar un buen rato con ellas, me ganaría su respeto y su aprecio. Soy una chica dicharachera y muy divertida. A ver, no te queda más remedio cuando te pasas la vida sola. Lo último que quiero es aburrirme a mí misma.

Tal vez esperaré a que Midas esté de buen humor para pedirle que me presente a algunas de las chicas y que les dé permiso para compartir unas horas conmigo, aunque solo sea una noche. No me vendría mal un poco de compañía, además de mi silencioso, fiel e incondicional guardia personal.

Y hablando de Digby, él y otros cinco guardias reales están en posición de firmes en la pared del fondo. Ni siquiera pestañean ante el espectáculo erótico en el que se está convirtiendo el desayuno. Qué profesionalidad.

Los otros hombres que comparten mesa con los reyes son sus consejeros. Hay dos monturas más revoloteando por la sala. Una está masajeando los hombros de uno de los asesores de Fulke, mientras que la otra se dedica a lanzar miraditas insinuantes y coquetas al resto de los hombres.

—Ah, preciosa —ronronea el rey Midas desde su silla al ver que me acerco—. Qué bien que nos acompañes mientras desayunamos.

«Por supuesto que os acompaño, básicamente porque tú me lo has ordenado.»

Pero, en lugar de soltarle esa fresca, dibujo una recatada sonrisa, asiento con la cabeza y me acomodo en la banqueta tapizada que han colocado frente a mi arpa. Empiezo a puntear las cuerdas con suavidad, porque sé que eso es lo que quiere mi rey. Si estoy aquí es para entretener al público.

Siempre es lo mismo. Cada vez que nos visitan representantes extranjeros de reinos lejanos, al rey Midas le gusta exhibirme, presumir de mí. Me siento en el salón del desayuno, pero sin poner un pie fuera de mi jaula protectora. Desde ahí las visitas suelen mirarme con una mezcla de curiosidad y deseo mientras adulan al rey Midas por su extraordinario poder y se zampan un par de huevos revueltos y un trozo de tarta de fruta.

—Mmm —murmura el rey Fulke mientras mordisquea un riquísimo bocado, aunque no me quita los ojos de encima—. Debo reconocer que me encanta contemplar a la zorra que convertiste en oro.

Sus palabras me ponen los pelos de punta, pero intento disimular. ¿Sabes qué es más humillante que el hecho de que te llamen «montura»? Que te llamen «zorra». A estas alturas de la vida ya debería haberme acostumbrado, pero

43

lo cierto es que no lo soporto. Me entran ganas de propinarle una buena tunda de latigazos con mis cordones. Pero, en lugar de eso, cambio el tono del arpa y toco una de mis canciones favoritas, «El cuco amartillado». Creo que es perfecta para este momento.

El rey Midas se ríe por lo bajo y le da un mordisco a una pieza de fruta.

—Lo sé.

Fulke parece pensativo.

—¿Seguro que no quieres convertir en oro a una de mis monturas? ¿No vas a cambiar de opinión? —pregunta al mismo tiempo que pellizca las nalgas de Polly.

Midas sacude la cabeza.

—No. Ese honor se lo reservo solo a mi Auren —responde sin alterar la voz—. Me gusta que sea distinta a las demás.

Fulke suelta una risotada de decepción y yo me muerdo el labio en silencio. Para mí es todo un elogio que Midas me reivindique como suya, y solo suya. Polly y Rissa cruzan una miradita de evidente desagrado y empiezan a toquetearse entre ellas sobre la mesa, como si quisieran recuperar la atención de los reyes.

—Salta a la vista por qué la escogiste —continúa Fulke, ignorando por completo a Rissa, que en ese momento le está acariciando la entrepierna—. Su belleza no tiene igual.

Siento un cosquilleo en la piel. En parte por la expresión babosa de Fulke, en parte por los puñales que me lanzan Rissa y Polly cada vez que me miran. Observo a mi rey. A juzgar por el brillo de sus ojos, está feliz y satisfecho. Cuando sabe que alguien le envidia por lo que tiene, se hincha como un pavo.

—Es hermosa, de eso no cabe la menor duda —dice Midas con aire engreído—. Y es mía.

Me sonrojo de inmediato. Ese tono posesivo siempre me provoca sofocos. Le dedico una mirada a través de las cuerdas del arpa y punteo una nota aguda a propósito.

Fulke por fin desvía la mirada hacia Midas.

—Una noche, Midas. Te pagaré por pasar una noche con ella. Y pienso ser muy generoso.

Se me resbalan los dedos por las cuerdas y una nota aguda resuena en el salón, arruinando así mi *crescendo* favorito. Clavo mis ojos dorados en Midas. Se negará en redondo, pero, por el sagrado Divino, no puedo creerme que Fulke se haya atrevido a hacerle esa oferta. ¿Y si Midas se abalanza sobre el rey Fulke e intenta matarlo a golpes aquí, sobre la mesa de banquetes, por hacerle esa proposición?

Se me revuelven las tripas y el salón enmudece de repente. En una ocasión, uno de los embajadores financieros de Midas le sugirió algo parecido y él mandó cortarle todos los dedos de manos y pies, uno a uno. Después arrojó los veinte dedos en una cuba de oro fundido y los colgó en la puerta de la casa en la que vivía el tipo. ¿Un castigo ejemplar? Sin lugar a dudas. Fue un mensaje bastante claro para todos los que tenían la osadía de mirarme con lascivia durante demasiado tiempo y para los que se planteaban hacerle proposiciones indecentes.

Los guardias y las monturas se ponen tensos, y todos esperamos la respuesta de Midas con el aliento contenido. Los consejeros observan a los dos monarcas con los ojos como platos, nerviosos y expectantes. La nota que había quedado suspendida en el aire se desvanece. El silencio que reina en el salón es ensordecedor.

El rey Midas deja el tenedor sobre la mesa y después fulmina a Fulke con la mirada. El tiempo parece ralentizarse. La espera se me hace eterna. El corazón me late a mil por hora. ¿Le hará pagar tal impertinencia? Y, de ser así, ¿qué tendrá en mente?

45

Midas apoya el codo sobre el reposabrazos de su asiento y descansa la barbilla sobre los nudillos de la mano, y todo sin apartar la mirada de Fulke. Se me revuelven las tripas de nuevo, pero esta vez por un motivo distinto. Distingo un brillo en los ojos de mi rey, un indicio de cavilación.

Oh, gran Divino, ¿en serio está considerando la oferta?

4

*N*o. Imposible.

Me niego a pensar que mi rey esté planteándose la propuesta de ofrecerme a otro hombre. Midas jamás permitiría que nadie se acercara a mí, y mucho menos que me pusiera las manos encima. Es demasiado posesivo conmigo. Él me ama. Me valora. Y así me lo ha demostrado desde que apareció montado en su caballo y me rescató.

Pero los segundos van pasando y él sigue sin decir ni mu. Siento que en cualquier momento el corazón me va a explotar en el pecho.

—¿Y bien? ¿Qué dices? —presiona Fulke—. Tú pones la cantidad.

Midas ladea la cabeza y la bilis me quema la garganta. «¿Qué diablos está pasando?»

Por fin Midas levanta la mano y hace un gesto señalando el salón que los rodea, como si quisiera recordarle a Fulke dónde está. Paredes de oro, techos de oro, suelos de oro. Una chimenea de oro, retratos con marcos de oro, puertas de oro. Allá donde mires, oro, oro y oro.

—Por si todavía no te habías dado cuenta, no necesito oro. Acumulo más riquezas que las que atesoran los otros cinco reinos juntos, incluyendo el tuyo. Soy el hombre más rico que existe.

«Gracias, Divino.»

Pero, en lugar de ofenderse o amedrentarse, Fulke hace un gesto con la mano, como restándole importancia al tema.

—Bah, no me refería a lingotes de oro, sino a otra cosa que sé que deseas.

Observo la escena con suma atención. La jaqueca vuelve a taladrarme el cerebro. Siento que la sien me palpita al ritmo de un tambor de guerra. Un redoble que anuncia una amenaza. Un ritmo que atemoriza, que intimida.

«¿Cómo puede estar pasando esto?»

Por norma general, el rey Fulke se dedica a soltar comentarios impúdicos y obscenos sobre lo que le gustaría «hacerme», pero Midas jamás le ha tomado la palabra ni ha considerado la idea. Por lo que la cosa quedaba siempre así, bien porque Midas hacía oídos sordos, bien porque zanjaba el tema. Nunca había llegado tan lejos como hoy. Fulke se ha vuelto un insolente deslenguado, y Midas… Midas le observa con esa mirada astuta y maliciosa. Conozco muy bien esa mirada. Sé lo que está pensando.

Siento un remolino de emociones en el estómago.

Uno de los consejeros de Fulke se inclina hacia delante, claramente nervioso.

—Su majestad…

—Cállate —espeta Fulke, que no se molesta ni en mirarle. El tipo obedece sin rechistar y mira de reojo a los demás.

Midas se revuelve en su asiento y, sin darme cuenta, yo hago lo mismo. Levanta el dedo índice con una expresión sombría, como si estuviese a punto de cazar a su presa.

—Una noche con ella, y me entregas a tu ejército para el ataque que voy a capitanear la semana que viene. Quiero que movilices a tus soldados hoy mismo para que se unan a mis tropas en la frontera con el Cuarto Reino.

«¿Qué?»

No doy crédito a lo que está sucediendo. Estoy en *shock*. El oxígeno se queda atrapado en mis pulmones y mis dedos se enroscan alrededor de las cuerdas del arpa. En cierto modo, es como si quisiera agarrar la realidad con mis propias manos y romperla en mil pedazos. Aprieto con tanta fuerza que los hilos tirantes me cortan las yemas de los dedos y empiezan a brotar gotas de sangre dorada. Pero ni siquiera noto el dolor.

Fulke suelta una sonora risotada y aparta a las monturas de su regazo para poder inclinarse sobre la mesa. Polly y Rissa se apresuran para colocarse detrás de él.

—No hay tiempo para eso, Midas. Es imposible que mi ejército pueda unirse a tus tropas en menos de una semana. Además, ya sabes cuál es mi postura al respecto.

—El tiempo apremia, en eso llevas razón, pero podemos conseguirlo si envías el mensaje ahora mismo y yo ordeno a mis tropas que cambien de rumbo —argumenta Midas, como si ya hubiese puesto en marcha todo el engranaje.

La cabeza está a punto de estallarme.

«¿Va a obligarme a fornicar con otro rey para conseguir un ejército?»

—Va en contra de la Alianza de Orea —replica Fulke.

—No me vengas con pamplinas. Como si tú no hubieras enviado soldados a debilitar la frontera con el Cuarto Reino.

Fulke abre las ventanas de la nariz.

—El Cuarto Reino estaba emprendiendo una ofensiva en mi frontera y su podredumbre había empezado a expandirse. Tan solo me limité a defender lo que es mío.

El rey Fulke se está poniendo de mal genio. Midas, en cambio, parece un niño con zapatos nuevos.

—Y yo tan solo me limito a ser previsor. Ha llegado

el momento de pararle los pies al rey del Cuarto Reino, y debemos hacerlo antes de que invada un territorio que no le pertenece.

Observo consternada la escena. ¿Se está preparando para lanzar una ofensiva sobre el Cuarto Reino? *Nadie* lanza una ofensiva sobre el Cuarto Reino. Si al rey Ravinger se le conoce con el apodo de Rey Podrido es por algo. Es un hombre poderoso, brutal y despiadado. ¿En qué demonios está pensando Midas?

Los reyes aliados se miran en silencio. Los dos consideran sus opciones, se juzgan entre sí, estudian la situación. Parecen dos eruditos que tratan de descifrar textos antiguos escritos en una lengua muerta, pasando página tras página mientras intentan comprender fragmentos sueltos sin tener ni la más remota idea.

Los segundos pasan y, de repente, se oye el bufido de la ventisca que azota el castillo. Es un reflejo de la tempestad que se ha desencadenado en mis entrañas.

El mismo consejero que antes ha intentado interrumpir se acerca al rey Fulke y le susurra algo al oído. Fulke escucha con atención y, un segundo después, asiente con la cabeza.

Fulke pasa un dedo rechoncho alrededor del filo de la copa dorada que tiene enfrente sin dejar de mirar a Midas con expresión reflexiva.

—Somos aliados, Midas. Estoy dispuesto a brindarte mi apoyo en tu cruzada por frenar la invasión del Cuarto Reino. Pero la sangre y el sudor de mi ejército valen mucho más que una noche con una puta.

Midas se encoge de hombros, mostrando así indiferencia absoluta.

—En eso te equivocas. Te estoy ofreciendo una noche con la famosa preferida del rey, con la montura real que nadie ha tocado salvo yo, y cuyo cuerpo vale mucho más que todas las riquezas que atesoras en tu caja fuerte. El intercambio es más que justo.

Fulke entrecierra los ojos. Sufro un ligero vahído y empiezo a ver todo borroso. El dolor de cabeza se ha transformado en un martilleo insoportable y la angustia azuza mi jaqueca como un jinete malvado y cruel que fustiga al caballo para que galope más rápido.

—Un mes.

Al oír la contraoferta de Fulke, siento un tremendo escozor en la garganta. Hundo los dedos en las cuerdas.

—Una noche —repite Midas, que no parece dispuesto a dar su brazo a torcer—. Una noche con ella a cambio de tu promesa de lealtad. Compartiremos la victoria sobre el Cuarto Reino y nos repartiremos sus tierras. De lo contrario, no me dejarás otra opción que replantearme nuestra alianza.

Ahogo un grito. La tensión que se respira en el ambiente se puede cortar con un cuchillo. De no ser porque tengo la mirada puesta en Fulke, no habría visto ese brillo de estupefacción en sus ojos. Ha sido fugaz, casi efímero, pero lo he visto. La idea de perder el apoyo de Midas le asusta, y no es de extrañar. La sorpresa deja paso a la rabia, pero no lo bastante rápido. Midas también se ha dado cuenta, lo sé. Le ha dado donde más le duele.

—¿Me estás amenazando? —gruñe Fulke.

—En absoluto. Forjamos esta alianza hace más de siete años. Tenemos un enemigo en común. Y ahora te ofrezco una manera de consolidar más nuestro acuerdo de colaboración. Entregarte a mi preferida es un gesto de gratitud.

El dolor de cabeza se hincha en el interior de mi cráneo como un globo aerostático; siento la presión detrás de los ojos y, de forma inconsciente, abro la boca.

—No.

Después de ese arrebato inesperado, todo el mundo se vuelve hacia mí, pero el corazón me late tan fuerte que no puedo pensar con claridad. Es como si el dolor que me machacaba el cerebro se hubiese trasladado hasta el pecho.

No sé en qué momento me he puesto de pie, pero de repente me doy cuenta de que no estoy sentada en la banqueta. Extiendo las manos manchadas con chorretones de sangre, como si quisiera parar aquel sinsentido.

—No, mi rey. Por favor...

Midas me ignora y Fulke, haciendo gala de su desfachatez, escudriña cada centímetro de mi ser; la mitad de mi cuerpo está iluminado por la luz cálida y anaranjada que emana de la chimenea y la otra mitad, sumida en la sombra.

—¿Una noche, sin interrupciones, para hacer con ella lo que desee? —pregunta Fulke para confirmar.

Midas asiente con la cabeza. Inclino todo el cuerpo hacia delante, pero los barrotes impiden que me desplome sobre el suelo. Me sujeto a esas barras metálicas y siento el frío del oro en los cortes de los dedos. Estoy temblando.

—Quiero la mitad del Cuarto Reino.

—Por supuesto —responde Midas, como si ya hubiese cerrado el acuerdo, como si hubiese estado planeando ese escenario de negociación desde que Fulke llegó a palacio.

Siento los ojos de Fulke arrastrándose por todo mi cuerpo.

—Acepto las condiciones, Midas.

Mi rey levanta la barbilla. Es el inconfundible gesto de la victoria.

—¿Tu ejército?

Fulke se acerca a uno de sus asesores y le consulta algo al oído. Asiente.

—Mis soldados se movilizarán esta misma noche.

Mi alma se llena de rencor y amargura. Una marea de

inquina y aborrecimiento inunda mi estómago. Algo en mí se niega a creer lo que está pasando.

No permite que nadie me ponga un dedo encima. Soy suya, y solo suya. O eso es lo que lleva diez años repitiendo como un mantra. Soy su montura más valiosa. Jamás ha dejado que una sola persona, súbdito o monarca, se acerque a mí.

Midas me salvó. Me sacó de la ruina más miserable y me metió en un castillo. Yo le entregué mi corazón y él, su eterna protección. Un flechazo. Siempre me ha dicho que se enamoró de mí a primera vista. Yo también caí rendida a sus pies. ¿Cómo no hacerlo? Fue el primer hombre que me trató con respeto, con bondad. ¿Cómo es capaz de destruir nuestra historia y regalarme a un tipejo como Fulke?

Me aferro a los barrotes y siento un nudo en la garganta que me impide respirar. Empiezo a entrar en pánico.

53

—No, Tyndall, por favor.

Polly y Rissa ahogan un grito al oírme pronunciar el nombre de pila del rey Midas. Ningún vasallo se atreve a dirigirse a él así. Ha decapitado a más de un súbdito por mucho menos. El nombre queda suspendido en el aire y, por un momento, me parece que retumba en el salón. Cuando yo no era más que una niña y él mi caballero justiciero ataviado en su armadura dorada, dejaba que le llamara Tyndall. Pero ha llovido mucho desde entonces.

Estoy segura de que mi pequeño lapsus ha sido una jugarreta de mi subconsciente; supongo que, en el fondo, pretendía tocar la fibra sensible de mi salvador, pero, a juzgar por cómo está apretando la mandíbula, no lo he conseguido.

Me lanza una mirada más afilada que el cuchillo que tiene a la derecha de su plato.

—No olvides cuál es tu lugar en este palacio, Auren. Eres mi montura real y, como tal, te puede montar quien yo quiera.

Los ojos se me llenan de lágrimas. «No llores —me digo—. No te derrumbes.»

Fulke inclina la cabeza y me observa con un deseo irrefrenable. Solo le falta relamerse. Para él, ya soy suya.

—Puedo castigarla, si quieres. Se me da de maravilla domar a las monturas reales.

Una lágrima amenaza con escurrírseme de los ojos y, aunque trato de contenerla, acaba recorriendo mi mejilla como el nudo corredizo de una horca.

Midas dice que no con la cabeza.

—Nada de castigos. Sigue siendo mi preferida.

Supongo que ese es el lado bueno.

Fulke asiente de inmediato, como si le inquietara que Midas pudiese cambiar de opinión.

—Desde luego. No pienso ponerle la mano encima. Solo la verga —añade, y se ríe a carcajadas. Esa enorme panza empieza a menearse como una montaña de gelatina y los asesores le siguen la corriente, aunque tienen los nervios a flor de piel.

El rey Midas no le ríe la gracia porque tiene toda su atención puesta en mí. Su mirada me atrapa y siento una mezcla de decepción, miedo y sumisión. Ahora mismo me daría un bofetón por haber lloriqueado anoche sobre la vida tan solitaria que estaba condenada a vivir. Pues bien, esto es lo que me merezco por haber sido una desagradecida.

—Mi rey… —le suplico en voz baja. Es la última bala de la recámara, el último intento de llegar a su corazón, de atravesar esa coraza de monarca inflexible y desalmado capaz de hacer cualquier cosa para fortalecer su reinado. Pero en la mirada parduzca de Midas no advierto una pizca de comprensión o de afecto, sino la frialdad y aspereza de la corteza de un tronco sin raíces.

—¿Acaso me has oído decir que podías parar de tocar?

Me quedo perpleja, casi boquiabierta. Pestañeo varias veces y aparto las manos de los barrotes. Está pasando. Está pasando de verdad.

—Y ahora, siéntate en la banqueta y toca tu estúpida música. Aquí los únicos que hablamos somos los hombres, Auren.

Al oír esas palabras, no puedo evitar encogerme de dolor. Me da la sensación de que ha entrado en la jaula y me ha fustigado con un látigo. Mis cordones se estremecen en la espalda, como si quisieran esconderse. Poco a poco, me doy la vuelta y regreso a la banqueta. Me acomodo en ella, aunque me tiembla todo el cuerpo. Parezco una piedra que alguien ha depositado en el fondo de un estanque, golpeada por los sedimentos, oprimida por el peso del agua que no me permite ver la luz del sol.

Mi alma se despega de mi cuerpo y me vuelvo una autómata. Acerco mis manos ensangrentadas a las cuerdas del arpa. Siento un pellizco en la piel que envuelve las venas de la sien y yergo la espalda, como si esa postura firme y rígida fuese un escudo capaz de protegerme de miradas penetrantes y afiladas.

Las notas de la canción «Serendipia trémula» empiezan a sonar de forma involuntaria.

Cada punteo de cuerda me desgarra la piel de los dedos, pero también el corazón. Cada nota es un lamento, cada movimiento un suplicio, cada cadencia una punzada de dolor reverberante. Las gotas de sangre se deslizan por las cuerdas. Es mi dulce sacrificio.

Dedico la canción a mi rey. A mi protector. A mi salvador. Al hombre que amo y venero desde que tenía quince años. Mientras toco esa hermosa melodía, rememoro el día en que la aprendí y la toqué por primera vez. Midas tarareaba la canción en voz baja con el cricrí de los grillos y el crepitar de una hoguera de fondo.

> En un instante entre miles de instantes
> bailamos bajo la luz del amanecer
> y saboreé el brillo de tus labios
> en aquella danza de romance sin agravios.

Otra lágrima se resbala por mi mejilla; el evocador sonido de su voz es un recuerdo de un pasado demasiado lejano.

El hombre que prometió protegerme hasta el final de sus días me está entregando a otro, y no hay nada que pueda hacer, salvo resignarme.

5

El rey Fulke retrasa su partida de palacio. No puede irse ahora que ha movilizado a su ejército para ayudar a Midas a atacar en secreto al Cuarto Reino. Y menos a sabiendas de que su homólogo le ha concedido una noche con su preferida.

Cada día que pasa, sus tropas se acercan un poco más al ejército de Midas, y presiento que Fulke va a asaltar mi jaula de un momento a otro.

Me aferro al libro que tengo sobre el regazo. Aunque tengo los ojos clavados en la página, lo cierto es que no he leído una sola palabra. Estoy demasiado ocupada tratando de afinar el oído y escuchar la conversación que están manteniendo al otro lado de los barrotes.

Estoy sentada en el centro de mi jaula, dentro de la biblioteca, pero estoy ahí como mero elemento decorativo, como un florero. Con la espalda recta y mis cordones acomodados sobre el diván, intento escuchar todo lo que se está diciendo con suma atención.

El rey Midas y el rey Fulke llevan seis días reuniéndose con su consejo de asesores aquí, extendiendo mapas sobre el escritorio y urdiendo una estrategia para atacar y vencer al Cuarto Reino.

Según tengo entendido, los soldados de Fulke se unirán a las tropas de Midas mañana a primera hora. Cruzarán la frontera e invadirán el Cuarto Reino juntos. En otras palabras, violarán el acuerdo de paz de los seis reinos de Orea.

«Y, ahora, siéntate en la banqueta y toca tu estúpida música. Aquí los únicos que hablamos somos los hombres, Auren.»

Supongo que Midas no esperaba que siguiera su consejo al pie de la letra. Quiso ponerme en mi lugar, y eso he hecho durante toda la semana, sentarme en la banqueta y tocar mi estúpida música mientras los hombres hablaban.

Han hablado, y vaya si lo han hecho. Y yo he sido testigo de todas sus conversaciones. Los he escuchado. Los he observado. He descifrado sus maquiavélicos planes para atacar al Cuarto Reino. Es curioso lo que uno puede llegar a confesar delante de una mujer que considera un bonito objeto decorativo.

Midas decidió celebrar todos los consejos de guerra en la biblioteca de la planta superior para gozar de mayor privacidad, lo que significa que he podido estar presente en todas las conversaciones y negociaciones. Cuando menos, ha sido una experiencia reveladora.

Enseguida me di cuenta de que Midas llevaba varias semanas, o tal vez meses, planeando la invasión y el ataque al Cuarto Reino. Y eso, sumado a su inmediata respuesta a la indecente propuesta de Fulke, me lleva a pensar que también lo tenía calculado.

Lo que significa… Lo que significa que me citó en el salón del desayuno como cebo o, mejor dicho, como carnaza. Midas me colocó a los pies de Fulke como si fuese una moneda de oro y, como era de esperar, Fulke mordió el anzuelo. No pudo resistirse a la tentación de recogerme del suelo y meterme en el bolsillo. ¿Cómo hacerlo después de tanto tiempo codiciándome?

Desde la perspectiva de Fulke, no solo va a pasar una noche con la montura preferida de Midas, sino que además tiene la oportunidad de hacerse con la mitad de las tierras y riquezas del Cuarto Reino. Debo admitir que no logro comprender cómo funciona la mente y el cerebro de un rey. Tampoco veo la lógica en los consejos de los asesores. Pero hay algo que sé a ciencia cierta: todos los hombres, sean reyes o súbditos, ansían lo que no poseen. Y estos dos hombres ansían el Cuarto Reino.

—¿Estás seguro? —pregunta el rey Fulke mientras todos se sientan alrededor del mapa de Orea que hay tallado en la mesa de oro macizo. En esa maqueta se distingue cada cordillera y cada río de los siete reinos—. Porque debe quedar bien claro que quien rompió el acuerdo fue el Cuarto Reino, y no nosotros. Lo último que queremos es que los demás reinos nos declaren la guerra.

—Eso no ocurrirá —responde Midas en un alarde de confianza—. Quieren deshacerse del Rey Podrido tanto como nosotros. La única diferencia es que ellos no se atreven a enfrentarse a Ravinger. Le tienen miedo.

—¿Y no crees que es lo más sensato? —replica Fulke—. Sabes tan bien como yo de lo que es capaz. El Rey Podrido —repite con un gruñido—. El apodo se lo ha ganado a pulso y refleja la cruda realidad. Los soldados que vigilan la frontera aseguran que el olor es insoportable. Se tapan los agujeros de la nariz con cabos empapados en aceites y, aun así, aseguran que el hedor a putrefacción les quema los ojos.

Siento un escalofrío en la columna vertebral, como la caricia de un dedo gélido, y todos mis cordones se estremecen. La reputación del Rey Podrido le precede. Se cuentan historias de cómo pudre los cultivos de sus súbditos para mantenerlos a raya y evitar cualquier intento de rebelión. Es un rey desalmado y cruel, o eso asegura

59

la leyenda. Dicen que ni siquiera en el campo de batalla actúa con el honor y la dignidad que se espera de un rey, sino que recurre a su poder para pudrir y descomponer los cuerpos de sus enemigos y esparce los cadáveres por sus campos y jardines para que se los coman los gusanos.

—Se ha encargado de infundir miedo y terror en todos nosotros para volverse intocable y, por lo tanto, invencible —le rebate Midas, y ladeo un pelín la cabeza para no perderme el más mínimo detalle—. Pero no lo es, y se lo vamos a demostrar. Vamos a arrebatarle su reino.

Fulke, que está sentado al otro extremo de la mesa, levanta la vista del mapa y pasa sus manos rechonchas por encima de una bruñida cordillera.

—¿Y las minas de Raíz Negra?

«Ah, por fin.»

Reconozco que el día que escuché a Midas anunciar que iba a lanzar un ataque en el Cuarto Reino me quedé perpleja, estupefacta. Aquel desayuno marcó un antes y un después. La noticia me dejó de piedra y todavía sigo confundida. Me cuesta entender por qué alguien se arriesgaría a atacar el reino de Ravinger. Intuía que, en realidad, el motivo principal no era que el monarca estuviese traspasando las fronteras. No cuadraba, y sabía que tenía que haber algo más.

Así que esa misma noche hice mis propias indagaciones; me colé en la biblioteca, subí los peldaños de la jaula de puntillas para no hacer el más mínimo ruido y rebusqué entre las estanterías más altas de la sección de historia y geografía algunos libros que pudieran servirme de ayuda. Algunos quedaban fuera de mi alcance, pero, por suerte, encontré uno con el mapa de recursos naturales de Orea extendido en la primera página.

Y entonces vi las minas. Ahí estaban, en el mismísimo corazón del Cuarto Reino.

Midas esboza una sonrisa astuta.

—Las minas serán nuestras.

Aunque estoy en la otra punta de la biblioteca, advierto el brillo de la emoción en sus miradas. Solo les falta frotarse las manos. No he averiguado qué esconden esas minas, pero, sea lo que sea, debe de ser muy valioso porque salta a la vista que ansían lo que hay en su interior.

Fulke asiente con expresión de calma y tranquilidad. Sus asesores, en cambio, se miran con el rabillo del ojo con gesto emocionado. Ni siquiera se toman la molestia de disimular; supongo que solo pueden pensar en las riquezas que van a rebosar de las arcas reales, y no en las vidas de inocentes que están a punto de poner en peligro. Debe de ser mucho más fácil mover figuritas de caballería sobre un mapa entre los muros de un castillo que tratar de sobrevivir con una espada en el campo de batalla.

—Quiero la ladera norte —exige Fulke, que hoy ha elegido unos leotardos de color púrpura claro a juego con la túnica y un cinturón de cuero que se ha atado por debajo de la cintura.

Midas arquea una ceja, y su asesor de confianza frunce el ceño, nervioso, pero, en lugar de comentar la jugada en voz baja, Midas baja la barbilla.

—Muy bien. Podrás quedarte con la ladera norte de Raíz Negra.

Fulke dibuja una sonrisa de oreja a oreja y da una palmada.

—¡Ah, decidido entonces! Ahora lo único que tenemos que hacer es esperar a que nuestros ejércitos se reúnan esta noche y nos entreguen un reino en bandeja.

—Eso es —dice Midas, que parece estar de muy buen humor.

—¿Cuál es el siguiente punto del día? —pregunta Fulke, dirigiéndose a uno de sus asesores.

61

El asesor, un tipo larguirucho que lleva unos leotardos lilas bastante parecidos a los de Fulke, desenrolla un pergamino y empieza a enumerar una lista larguísima de temas que deberían discutir hoy mismo, pero mi cabeza sigue dándole vueltas a qué puede haber en esas minas que ponga tan nerviosos a los dos monarcas. Por hacerse con lo que albergan en su interior están dispuestos a romper el acuerdo de paz y a librar una guerra que pueden perder. ¿Y por qué ahora? O están muy seguros, o muy desesperados, o hay algo que se me escapa. Advierto un movimiento con el rabillo del ojo que me distrae de mis pensamientos. Es Rissa, que está bailando junto a la ventana.

Fulke, haciendo gala de su reputada obscenidad, ha venido acompañado de Rissa y de Polly. El consejo se ha reunido cada día en la biblioteca, y cada día Fulke ha venido del brazo de al menos una montura real. Intuyo que Rissa y Polly son sus favoritas porque casi siempre elige a una de ellas, o a las dos. Unas veces le dan masajes en la espalda y otras le sirven un apetecible tentempié. En resumen, están a su entera disposición.

Las dos jóvenes lucen su melena rubia platino con unos pomposos tirabuzones y han escogido vestidos a juego; además de una abertura lateral desde los tobillos hasta las caderas, los atuendos tienen un escote de infarto que les llega al ombligo.

Polly se ha encargado de ir rellenando las copas de vino durante la reunión, y los mandatarios, que tienen la mano demasiado suelta, han aprovechado el momento para manosearle el interior de los muslos. Sin embargo, a Rissa le han encomendado otra tarea nada más entrar en la biblioteca: bailar. En estos momentos, sigue bamboleándose junto al ventanal con una elegancia seductora, contoneando el cuerpo al ritmo de una música inexistente.

Fulke le ha ordenado que bailara para ellos, pero de

eso ya han pasado tres horas. Y no ha parado ni un solo minuto. ¿Lo más indignante del asunto? Que no la han mirado ni una sola vez, tan solo de refilón. Todo ese esfuerzo, para nada.

Mientras observo los movimientos de Rissa, me fijo en detalles que pasan desapercibidos a ojos de los demás. Aunque a primera vista parece que no se esfuerce mucho, lo cierto es que sí. En más de una ocasión se ha retorcido de dolor, aunque cabe decir que lo ha disimulado muy bien. Y debajo de esa cautivadora mirada azul advierto la sombra de unas ojeras bastante marcadas, señal inequívoca de una evidente falta de sueño. Tengo el presentimiento de que el rey Fulke la mantiene ocupada toda la noche y, para colmo, no la deja descansar durante el día.

Los hombres empiezan a comentar las rutas que seguirán sus ejércitos después del ataque. Están absortos en la conversación. Sin hacer ruido, cierro el libro y lo apoyo sobre el regazo. La encuadernación es de un dorado tan brillante que podría servir como espejo. Paso la mano por esa cubierta lisa y pulida, y contemplo mi propio reflejo durante unos segundos antes de posar la mirada de nuevo en Rissa.

Me pongo de pie y, sin soltar el libro, me desperezo con aire despreocupado para no llamar la atención. Deambulo por la jaula sin rumbo aparente y me voy acercando a Rissa, que sigue danzando en la otra punta.

Cuando estoy a apenas un metro del ventanal frente al que está bailando, apoyo la espalda en los barrotes, abro el libro por una página al azar y simulo estar leyendo. Espero unos instantes y giro la cabeza hacia Rissa.

—Un truco infalible es dejarte caer al suelo y fingir haberte desmayado por puro agotamiento. Puedes contar conmigo, respaldaré tu versión —le digo con un hilo de voz.

63

Rissa titubea y, durante medio segundo, el contoneo de caderas se detiene. Si las miradas mataran, estaría muerta.

—No me hables, coño de oro —responde con frialdad—. Estoy trabajando.

—¿A qué viene tanta obsesión por mi coño? —murmuro.

Risa pone los ojos en blanco y farfulla algo entre dientes.

—Eso es justo lo que llevo años preguntándome.

Me vuelvo, ofendida por el comentario, y le pongo mala cara, pero se le escapa un suspiro extenuado y vuelvo a compadecerme de ella.

—Mira, sé que estás cansada. Puedo arreglármelas y montar un numerito para distraer al personal —le propongo, y miro alrededor de mi jaula. No dispongo de muchas cosas, tan solo algunas estanterías repletas de libros, tanto fuera como dentro de mis barrotes, un diván y algunas sábanas de seda y cojines desparramados por el suelo.

—No necesito tu ayuda —dice apretando los dientes y con los ojos clavados en un punto fijo bastante alejado de mí. De repente, se tropieza y veo que está a punto de perder el equilibrio. Me muerdo el interior de la mejilla.

Me odia, y no piensa cambiar de opinión. Empiezo a estar harta de esa animadversión gratuita e injustificada. Está cansada porque lleva horas bailando sin parar, y yo estoy cansada de que me vean como una rival y me desprecien por ser quien soy. Quiero ayudarla, y pienso hacerlo con o sin su permiso.

Echo un vistazo al libro chapado en oro que todavía sujeto en la mano y, sin pensármelo dos veces, tomo una decisión. No medito los pros y los contras, no trazo un plan elaborado. Deslizo la mano entre los barrotes y arrojo el libro con todas mis fuerzas.

¡Bam!

Le golpea a Rissa en la cara.

«Mierda.»

El impacto hace que eche la cabeza hacia atrás de una forma bastante brusca y su cuerpo lánguido se viene abajo. No es la primera vez que veo a Rissa agacharse o ponerse de rodillas frente a un grupo de hombres, pero nunca la había visto desplomarse como un peso muerto. Cabe reconocer que hasta para eso es grácil y elegante.

Se cae de culo y la tela casi transparente del vestido se enmaraña entre esas piernas larguísimas. Intenta ahogar los chillidos tapándose la boca.

Observo la escena atónita, con los ojos como platos. Quizá debería habérmelo pensado un pelín mejor o, como mínimo, haber apuntado un pelín mejor. Rissa no deja de retorcerse de dolor.

Levanto los pulgares como queriendo decir «¡ha funcionado!» y dibujo una sonrisa bastante forzada.

—Los hemos distraído —susurro, como si hubiéramos logrado un objetivo.

A ver, esa era la idea, pero en ningún caso pretendía darle un porrazo en la cara a la pobre chica. Según mis cálculos, el libro le rozaría el pecho y así podría fingir que sus tetas, y no ella, necesitaban un descanso. A Midas le fascinan ese par de senos, por lo que me había parecido un plan infalible.

Cuando se aparta la maraña de tirabuzones de la cara veo las primeras gotas de sangre derramándose por la barbilla y manchándole los dedos. Le está sangrando la boca, y a borbotones. Genial. No solo le he golpeado en la boca, sino que además no he caído en la cuenta de que el maldito libro pesa un quintal.

—¿Qué demonios has hecho, Auren?

Doy un respingo y, al girarme, me topo con la mirada enfurecida de Midas. Diez pares de ojos me miran con una mezcla de asombro e incredulidad, y empiezo a inquietarme.

Me siento entre la espada y la pared, y sé que debo reaccionar rápido. Al final, opto por hacerme la ingenua.

—Me ha dado un tirón en la mano y se me ha resbalado el libro sin querer, su majestad.

Él aprieta la mandíbula.

—Se te ha resbalado —repite sin alterar la voz, aunque es evidente que no se lo ha tragado. No soporto que me mire con tanta frialdad, así que agacho la cabeza.

El corazón me palpita cada vez con más fuerza.

—Sí, su majestad.

Rissa está llorando a moco tendido a mis espaldas y tengo que hacer un esfuerzo sobrehumano por no cambiar la expresión. Mi intención no era golpearla con tanta fuerza, maldita sea. ¿Dónde estaba toda esa fuerza hercúlea la semana pasada, cuando trataba de separar los barrotes para escapar de mi condenada jaula? Dichosos músculos.

En la mirada de Polly se entrevé un odio acérrimo, un rencor sin límites. El rey Fulke, en cambio, se echa a reír.

—Una pequeña disputa entre monturas, ¿eh, Midas? —bromea.

—Eso parece —responde Midas de forma inexpresiva.

Me mordisqueo el labio inferior y, al fin, el rey desvía la mirada hacia otro lado.

—Llévate a la montura de vuelta al ala del harén —le ladra Midas a uno de los guardias, y me da la espalda.

Dos de los guardias salen disparados hacia Rissa; en mi humilde opinión, obedecen tan rápido porque están impacientes por marcharse de la biblioteca.

—¿Lo ves? Ha funcionado —murmuro en un intento de mostrarle el lado bueno del porrazo que le he dado; la herida sigue sangrando a borbotones. Si tuviese que apostar, diría que todavía no está preparada para valorar con optimismo lo ocurrido.

—¿Auren? —llama el rey Midas con falsa indiferencia. En ese preciso instante, los guardias están recogiendo a Rissa del suelo para llevársela a sus aposentos.

—¿Sí, mi rey? —musito, pero él ni se molesta en girarse. Solo veo su espalda, porque está inclinado sobre el mapa de Orea.

—Puesto que has despojado al rey Fulke de su bailarina, vas a relevarla en sus funciones.

«Maldito karma.»

Durante un breve instante me planteo la posibilidad de arrojarme un libro para librarme del dichoso bailecito, pero la descarto *ipso facto*. La mirada ansiosa del rey Fulke y la tensión que advierto en los hombros de Midas me dejan bastante claro que me obligarían a bailar incluso con la boca ensangrentada.

Las buenas obras nunca quedan impunes.

Presa de la impotencia, aprieto la mandíbula y me dirijo hacia el centro de la jaula. Empiezo a mover las caderas y a mecer los brazos sobre la cabeza. El rey Fulke se relame los labios mientras me observa con una sonrisa de satisfacción. Los ácidos gástricos empiezan a burbujear en mis tripas. La cuenta atrás para que Midas me entregue a ese vejestorio ya ha comenzado. Cada vez que Fulke me mira, veo cómo se va vaciando el reloj de arena.

No bailo, ni por asomo, con la misma finura y elegancia que Rissa, pero inspiro hondo, tarareo mentalmente una versión ralentizada de «El cuco amartillado» y utilizo esa melodía para guiar mis movimientos. Qué no daría yo para martillar el cuco del rey Fulke en este preciso momento.

Fulke no se pierde detalle de ninguno de mis contoneos de cadera. Hago todo lo posible por pasar de él y clavo la mirada en un punto de la pared. Sin embargo, a pesar de todos mis esfuerzos por fingir que no existe, Fulke se levanta del asiento y se acerca a la jaula con un andar tranquilo y sosegado. Oigo el inconfundible roce de los leotardos de terciopelo y unos segundos después se planta delante de mí. Nos separan más de dos metros, pero a mí me parece demasiado poco.

—Mañana por la noche te haré mía, mascota —anuncia con una amplia sonrisa. Enrosca las salchichas que tiene como dedos alrededor de uno de mis barrotes dorados y empieza a acariciarlo de arriba hacia abajo de una forma que pretende ser sugerente y provocativa.

Los ácidos de mi estómago están en plena ebullición.

En sus ojos percibo el brillo de un monstruo hambriento y agitado, pero mantengo la mente fría y me obligo a canturrear la melodía que resuena en mi cabeza, a bailar al ritmo de la canción y a simular que no está ahí. Pero a Fulke no le gusta que lo ignoren, así que da un paso al frente y se coloca justo delante de mis narices.

—Pienso correrme tantas veces encima de ti que tu piel ya no parecerá de oro —añade antes de rechinar una asquerosa carcajada.

Esas palabras tan vulgares y groseras me dejan tan estupefacta que, de forma inconsciente, dejo de bailar y hundo la mirada en él. Tiene esa sonrisa socarrona dibujada en la cara, la viva imagen de la satisfacción de haber ganado.

—Oh, sí, pienso jugar contigo.

Los cordones de mi espalda se arquean, como una serpiente justo antes de sisear. Deslizo los ojos hacia Midas y me percato de que él también me está mirando.

Ese cruce de miradas me tranquiliza, y me da esperanzas. ¿Mi rey habrá entrado en razón? ¿Se habrá dado cuenta de que el acuerdo que ha firmado con Fulke es degradante, humillante y horrible por partes iguales? ¿Habrá cambiado de opinión y estará dispuesto a poner freno a este sinsentido?

Sin embargo, Midas no dice nada. No hace nada. Simplemente se queda como un pasmarote mientras Fulke me habla con semejante chabacanería, como si no le importara en lo más mínimo.

Trago saliva, aparto mi mirada punzante del traidor de Midas y se la dedico al tipo repulsivo que tengo delante de mí. Fulke se pasa la lengua por esa dentadura amarillenta y prosigue:

—Mmm, sí. Bañaré todo tu cuerpo en mi esperma y no podrás caminar con las piernas juntas en una semana —promete, y tengo que hacer de tripas corazón para mantener el pico cerrado y no salir corriendo de la biblioteca. No lo hago porque sé a ciencia cierta que Midas me obligaría a regresar de inmediato.

—¿Auren? —llama el rey Midas, captando así mi atención. Siento que el corazón me da un vuelco y recupero el optimismo. «Para esto de una vez por todas. Protégeme. Rompe el acuerdo y…»—. No estás bailando.

Es una orden. Sus palabras me vapulean como si me hubiera fustigado con un látigo. Me estremezco. Fulke no oculta esa sonrisa arrogante y socarrona. Se reúne junto a los demás alrededor de la mesa y deja de vejarme, al menos por ahora.

La tristeza me humedece los ojos y, todavía temblorosa, levanto los brazos. El bochorno y la humillación me abrasan la piel y empiezo a sudar.

«Siéntate en la banqueta.»

«Toca tu estúpida música.»

«Aquí los únicos que hablamos somos los hombres.»

Me muevo al son de las conversaciones que han retomado y la negociación se convierte en el acompañamiento del latido rítmico de mi corazón. Cada vez que balanceo las caderas o meneo los brazos es como si alguien moviera los hilos de una marioneta sobre un escenario. Lo único que me apetece es escapar de ahí, esconderme en mi habitación y enterrarme bajo las sábanas para no tener que soportar ni un segundo más esas miraditas cargadas de desdén, de deseo y de traición. Pero no puedo hacerlo.

¿El lado bueno? Me consuelo pensando que, al menos, las cosas no pueden ponerse peor.

Y, de repente, la puerta de la biblioteca se abre y aparece una mujer hermosa de cabellera blanca y pómulos marcados. Luce una corona de oro preciosa.

«La reina Malina.»

Rectifico. Acaban de ponerse peor.

¿Las monturas? Sí, me detestan. Pero ¿la reina? La reina me odia con toda su alma.

6

—Malina, no esperaba que nos honraras con tu presencia esta mañana —dice el rey Midas, y se vuelve para saludar a su esposa con una sonrisa poco genuina.

Polly se apresura en alejarse de la mesa con la jarra de vino en la mano y baja la mirada. Me consuela comprobar que la reina también atemoriza y amilana a las demás monturas.

Malina echa un fugaz vistazo a su alrededor y estira la comisura de los labios en un intento de sonreír.

—Ya lo veo, ya —responde ella con aire despreocupado. Camina con los hombros cuadrados, la espalda erguida y la barbilla bien alta, como uno imagina que camina la realeza. Los consejeros reales se inclinan en una pomposa reverencia. De lejos, con ese vestido verde esmeralda y esa cantidad ingente de zafiros adornándole el cuello y las orejas, parece un pavo real. A la reina le gusta alardear de su poder y de su elegancia, y por eso suele atraer miradas y, al mismo tiempo, intimidar a los presentes.

Mira por encima del hombro a Polly y, como era de esperar, se fija en ese atuendo que deja tan poco a la imaginación antes de dirigirse de nuevo a Midas.

—¿En serio? ¿Mientras diseñas una estrategia, Tyndall? Qué burdo y ordinario —le reprocha.

Pobre Polly, está avergonzada. Sus mejillas moteadas

se tiñen de rojo y, para esconderse detrás de sus tirabuzones, agacha aún más la cabeza. Midas suele ser muy prudente y siempre mantiene a su esposa separada de las monturas. Pero hoy ha quedado claro que la reina ha pisoteado las líneas que, con sumo cuidado, él había dibujado.

Los asesores observan al matrimonio, pero ninguno se atreve a decir una sola palabra. Hasta Fulke tiene su bocaza cerrada.

El rey Midas estira los labios, como si el comentario le hubiese divertido, pero no es más que puro teatro; le conozco demasiado bien y en su mirada advierto la sombra del enfado y la indignación. La realidad es que no se soportan, no se pueden ni ver.

Llevan casados casi una década. El rey no le perdona que en diez años no haya podido darle un heredero, y la reina está resentida con él porque considera que el trono le pertenecía por nacimiento. El problema fue que Malina nació sin ningún don especial, por lo que no se le permitió reinar sola. Así lo dictan las leyes de Orea. Y por eso no tuvo más remedio que contraer matrimonio con un hombre que ostentara algún poder mágico. De lo contrario, habría tenido que renunciar a la corona.

En otras palabras, sigue siendo la reina porque se casó con Midas, aunque, para qué engañarnos, su marido es quien lleva la batuta porque dirige y gestiona el reino a su antojo.

Si debe posicionarse, el pueblo de Alta Campana no es unánime. Hay quien todavía le es leal a Malina porque, después de todo, su familia ha gobernado Alta Campana durante generaciones. Su padre falleció poco después del enlace matrimonial y por eso muchos siguen considerando a Midas como un forastero.

El pueblo siente lástima por ella. Todavía recuerdan a la hermosa princesa que, de la noche a la mañana, perdió todos sus privilegios y se quedó en la estacada. Se compadecieron de ella cuando no manifestó ningún poder especial. Y ahora les da pena porque no puede tener hijos.

Pero en Alta Campana también hay quien apoya y respalda a Midas con los ojos vendados, sobre todo la nobleza. Le besarían los pies si pudiesen, pues les ha proporcionado grandes riquezas. No debemos olvidar que Alta Campana estaba en la ruina cuando Midas llegó al reino. Salvó a un Sexto Reino pobre y desamparado y apareció con una propuesta de matrimonio bajo el brazo. Haciendo gala de su extraordinario poder y de su infinita fortuna, todos se enamoraron de él. El padre de Malina le entregó la mano de su hija porque, como habrás imaginado, no pudo rechazar una propuesta tan tentadora. Me pregunto si Malina se arrepiente de esa decisión.

Observo a la pareja, que parece estar desafiándose en un duelo silencioso. La tensión podría cortarse con un cuchillo, pero lo cierto es que, cuando están juntos, el ambiente siempre se tensa. Podríamos decir que su relación se basa en la tolerancia mutua, y en nada más.

Me quedo inmóvil y recojo los cordones de mi espalda. Aunque me dé rabia reconocerlo, la verdad es que forman una pareja estupenda. Si bien Midas es carismático por naturaleza, Malina es la viva imagen del aplomo y la entereza. Es perfecta. Su tez es tan pálida que incluso se le transparentan las venas azules en las manos, el cuello y las sienes. Pero no creas que es una palidez enfermiza y cadavérica. Es una blancura elegante. Incluso ha conseguido que las plebeyas envidien su cabellera blanca. Según tengo entendido, nació así. Es un rasgo familiar del apellido Colier.

Miro al rey, después a la reina, y de nuevo al rey. Siento un sinfín de retortijones en el estómago, una sensación que conozco demasiado bien. Me pasa siempre

73

que veo a Malina en persona. Desde que Midas me trajo a Alta Campana, la reina no ha dudado en demostrar por activa y por pasiva que me aborrece. Al principio, no la culpaba por ello.

La tensión se rebaja un poco cuando, al fin, Midas inclina la cabeza, dispuesto a concederle la victoria de esta batalla.

—Ya has oído a la reina —le dice a Polly, y zarandea una mano—. Tu presencia es burda y ordinaria. Puedes retirarte.

No hace falta que se lo diga dos veces. Polly se da media vuelta y desaparece de la biblioteca tan rápido como le permiten las piernas; ni siquiera deja la jarra de vino sobre la mesa.

Ahora que Malina ha logrado zafarse de Polly, desvía sus ojos hacia mí. Me fulmina con una mirada más gélida y letal que nuestros inviernos, que ya es decir porque en una ocasión nos azotó una tormenta de nieve que duró veintisiete días seguidos.

—No deberías dejar suelto a tu juguetito de oro mientras se reúne el consejo de guerra, esposo —dice la reina Malina con acritud.

Me mordisqueo los labios para no decir nada.

Se vuelve hacia su marido e, ignorando al resto de los hombres presentes en la sala, pregunta:

—¿Puedo hablar contigo a solas?

Midas está molesto, pero es evidente que Malina no va a marcharse hasta conseguir tener una charla con él.

—Disculpadme —les murmura Midas a sus asesores, y sale de la biblioteca con su esposa pisándole los talones.

El rey Fulke le da una palmadita en la espalda cuando pasa delante de él.

—Ah, las mujeres, Midas —dice con una risotada condescendiente.

La reina cierra los puños, pero los esconde entre las faldas de su vestido y no dice nada. Se quedan charlando en el vestíbulo.

Está bien, esta es mi oportunidad. No pienso quedarme merodeando por aquí y darle a Fulke el gustazo de tontear conmigo. A hurtadillas, salgo pitando de la biblioteca, atravieso el arco de la entrada y me sumerjo en la negrura del pasillo a toda prisa.

—¿Adónde ha ido?

A juzgar por el tono de voz, Fulke está molesto, lo que me empuja a ir aún más rápido. Soy imbécil. Tenía tanta prisa por largarme de la biblioteca que no he caído en la cuenta de que he tomado el camino equivocado. En lugar de ir hacia mis aposentos privados, me estoy dirigiendo hacia el claustro.

En fin, qué se le va a hacer. Se me ocurre que puedo esconderme ahí hasta que Midas regrese o Fulke se haya marchado.

Al llegar al claustro me invade una sensación de alivio, de paz. Cruzo el pasadizo abovedado y me adentro en la jaula que el rey Midas mandó construir en aquel inmenso espacio apenas iluminado.

La cúpula que ocupa el techo está totalmente cubierta de nieve, aunque ya lo imaginaba. La oscuridad que invade el claustro lo convierte en un espacio claustrofóbico. Los cristales de las ventanas soportan el tremendo peso de la nieve y por ellos se cuela un resplandor gris, glacial. Poco a poco, el estómago empieza a asentarse. Albergaba la esperanza de poder entrever el cielo, pero no he tenido suerte.

¿El lado bueno? La cama que Midas utilizó ayer por la noche ya no está. Algo es algo.

Acaricio las hojas de hiedra dorada que decoran las paredes de cristal y arrastro los pies por las relucientes baldosas del suelo. Allá donde mire hay plantas y esculturas de oro macizo. La colección es espectacular. Una pequeña exhibición de la riqueza que atesora el rey Midas.

El oro es el motivo principal del palacio, pero, por alguna razón, en este salón parece obsceno, exagerado. Tal vez sea porque está rodeado de enormes ventanales, un detalle que lo hace más vulnerable a la desolación que hay fuera. O tal vez sea porque ahí ni siquiera vive una planta. Estoy segura de que Midas, cuando contempla el claustro, ve abundancia y riqueza. Yo, en cambio, solo veo un cementerio de oro.

Me encamino hacia la otra punta de la jaula porque sé que allí voy a encontrar un montón de cojines y mantas. En el claustro siempre hace un frío glacial; el espacio es inmenso, casi descomunal, y los techos son altísimos. Las dos chimeneas están encendidas y en su interior crepitan unas llamas grandiosas, pero no es suficiente para calentar la estancia.

Pateo un par de almohadas para colocarlas donde me apetece, me siento y me cubro hasta la cintura con una de las mantas. Tal vez incluso…

De golpe y porrazo, alguien empuja la puerta principal del claustro; aquella inesperada visita me sobresalta.

—¿Y te ha parecido un tema tan importante como para interrumpir mi reunión, Malina?

Tardo medio segundo en reaccionar; el rey y la reina se han escabullido del vestíbulo y han venido aquí para poder charlar a solas.

—¿Tu reunión? —le espeta Malina—. Tyndall, ¿cómo has podido lanzar un ataque contra el Cuarto Reino sin consultármelo antes?

Mierda. Mierda divina.

Si me descubren aquí… Me estremezco, pero esta vez no es por el frío. Tengo que salir de aquí, y ahora.

7

El rey y la reina no se quedan charlando en el umbral de la puerta. Sus pisadas retumban en el claustro como pequeños chasquidos de un látigo. Es imposible que pueda escabullirme hacia el pasillo sin que me vean. Se están acercando, pero, por suerte, hay varias plantas en macetas justo delante de los barrotes que me cubren.

¿El lado bueno? Que al menos puedo camuflarme con el resto de la decoración.

Me envuelvo en la manta y me tumbo boca abajo. Me arrastro hacia los cojines para que parezca que está todo un pelín desordenado. Lo último que quiero es que se percaten de que hay una persona ahí dentro. Respiro hondo e intento no mover ni un solo músculo.

—No respondo ante ti, Malina. Soy el rey, y gobernaré tal y como considere conveniente.

—No has contado conmigo en la toma de decisiones, y lo has hecho de forma deliberada. Me aseguraste que las tropas iban a desplazarse a la frontera para probar tácticas de ataque —rebate la reina.

—Y eso están haciendo —contesta Midas con tono displicente.

Oigo que Malina resopla.

—Si piensas declarar una guerra, deberías consultármelo. Alta Campana es *mi* reino, Tyndall. Los Colier lo hemos gobernado durante generaciones —le espeta con vehemencia. Arqueo las cejas, sorprendida. La reina es una mujer intrépida, desde luego.

—Y, sin embargo, eres la primera sucesora del linaje Colier que no ha heredado ningún don, ningún poder —replica Midas, y su fuerte voz de barítono resuena en el claustro—. Además de no haber manifestado ningún talento especial, tu familia gastó hasta la última moneda de las arcas reales. Este reino estaba en la ruina más absoluta cuando llegué. De no ser por mí, seguirías siendo una princesa vestida con harapos, endeudada hasta el cuello y sin ninguna perspectiva de futuro. Así que deja el discursito ese de que Alta Campana es tu reino. Lo perdiste en cuanto puse un pie dentro.

El corazón me late tan fuerte que temo que puedan oír las pulsaciones. Es... una conversación muy privada. Una conversación que no debería llegar a mis oídos. Malina me los arrancaría de cuajo si supiera que estoy escuchándola.

Sé que no debería hacerlo, pero la curiosidad me está matando; con sumo cuidado, saco un dedo por fuera de la manta y la levanto casi a cámara lenta para poder echar un vistazo. A través del diminuto agujero, veo al rey y a la reina, que deben de estar a unos tres metros de distancia. Tienen las mejillas enrojecidas por la rabia, pero sus miradas destilan la inconfundible frialdad del odio.

No es ningún secreto que la reina carece de un poder mágico, pero el rey nunca se lo ha echado en cara de una forma tan directa, sin tapujos. O puede que sí. Quizá, de puertas para dentro, esa sea la tónica habitual de su relación.

—Eso no tiene nada que ver —farfulla la reina Malina, claramente molesta—. El problema es que estás violando los tratados de paz que, durante varios siglos, los seis reinos hemos cumplido y respetado. ¡Y lo has hecho sin tan siquiera discutirlo conmigo!

—Sé muy bien lo que me hago —se defiende el rey, que en ningún momento ha perdido la serenidad—. Si me permites un consejo, no olvides cuál es tu lugar aquí y haz lo que todos esperan de ti, esposa.

Ella entrecierra esa mirada azul glacial.

—¿Y qué esperan? ¿Que me quede en mis aposentos junto con las damas de la corte, bordando y dando largos paseos por el jardín de hielo? —dice entre risas irónicas, y sacude la cabeza—. No puedes encerrarme como a tus monturas, Tyndall. No soy como ellas.

—No, desde luego no eres como ellas —recalca él con evidente desdén.

Malina enfurece y, de inmediato, su tez pálida se tiñe de un rosa muy subido. No puedo evitar fijarme en que cierra los puños y, de nuevo, los guarda entre las faldas.

—¿Y de quién es la culpa de que ya no visites mi lecho?

Hago una mueca de dolor. Siento que me queman los oídos. La conversación era privada, pero ahora ya es íntima.

Midas suelta una risotada que pretende ser una mofa.

—Eres estéril —escupe, y veo que la reina echa la cabeza hacia atrás, como si acabara de darle una bofetada con la mano abierta—. No me gusta perder el tiempo. Y es justo lo que estamos haciendo —añade, y hace un gesto señalando el espacio que los separa—, perder el tiempo. En fin, si has terminado tu numerito femenino, lo siento, pero tengo trabajo que hacer.

Se da media vuelta, dispuesto a irse, pero, antes de que pueda dar un paso, la voz de la reina retumba en cada rincón del claustro.

—Sé la verdad, Tyndall.

Observo la escena con los ojos como platos. Me pregunto a qué verdad se refiere.

79

Los segundos pasan. Midas está tan tenso, tan rígido, que parece una estatua de mármol. Al final se da media vuelta; la expresión de su mirada es tan vitriólica y mordaz que incluso la reina retrocede un par de pasos. Parece ser que Malina se está guardando un as bajo la manga. Lástima que no tengo la más remota idea de a qué se refiere.

—Yo en tu lugar, querida esposa, me andaría con mucho mucho cuidado —le aconseja Midas con gran hostilidad.

Una amenaza, clara y llanamente, sin rodeos. Su tono de voz transmite una crueldad sin límites y, de inmediato, se me erizan los pelillos de la nuca. Malina le observa impasible mientras yo trato de ni siquiera pestañear para no revelar mi presencia en el claustro.

—Regresa a tus aposentos —añade con frialdad.

La reina traga saliva. Veo que le tiemblan las manos y que las esconde de nuevo bajo las faldas. Aun así, mantiene ese semblante distinguido, levanta la barbilla y se marcha del claustro con andares monárquicos. Al salir, da un portazo que retumba como un trueno. Desde luego, la reina no es una mujer florero, ni una florecilla débil e indefensa.

En cuanto a mí, estoy muerta de miedo. No me atrevo ni a respirar por temor a romper el silencio sepulcral que se ha instalado en el claustro. Espero unos segundos y empiezo a notar el calor asfixiante que acompaña a la apnea.

Midas respira hondo, se estira la túnica dorada para asegurarse de que no tenga ni una sola arruga y se pasa una mano por la cabeza, por si algún mechón rebelde se le había escapado. Unos segundos después, se da media vuelta y desaparece de mi vista. Cierra la puerta al salir, pero, hasta que oigo que sus pasos desaparecen, no me atrevo a soltar el aire.

Retiro la manta y me levanto en un santiamén; ya puedo espabilarme si pretendo llegar a mis aposentos antes de que Midas regrese a la biblioteca. ¿El colmo? Tendré que cruzar la biblioteca de puntillas si pretendo pasar inadvertida. Si el rey me manda llamar y no estoy en mi habitación, sospechará que estoy en el claustro y, por lo tanto, que he escuchado la acalorada charla que ha mantenido con su esposa, y eso…, en fin, no augura nada bueno para mí.

Me pongo de pie, salgo a toda prisa del claustro, atravieso el pasadizo privado y me detengo en seco frente al que conduce a la biblioteca.

Desde mi escondite oigo a los asesores murmurando y al rey Fulke, que debe de estar comiendo con la boca abierta para poder engullir y respirar al mismo tiempo. Mastica y respira, mastica y respira. Es asqueroso. Asomo la cabeza y veo que todo el mundo está apiñado alrededor de la mesa, que nadie presta la más mínima atención a los barrotes de mi jaula y que Midas todavía no ha regresado. «Un golpe de suerte», pienso para mis adentros.

Está anocheciendo y ese resplandor grisáceo y sombrío empieza a apagarse poco a poco, aunque ese no es motivo para dejar de trabajar. Estoy convencida de que los consejeros reales se pasarán toda la noche en vela, trabajando a conciencia, como han hecho durante los últimos días, y no quiero quedarme aquí encerrada con ellos.

Si quiero pasar la noche recluida en mis aposentos, tengo que conseguir llegar antes de que Midas vuelva a la biblioteca. Es la única manera. Ojos que no ven, corazón que no siente. O eso espero. Imagino que estará de un humor de perros después de la conversación con Malina y no quiero convertirme en su punto de mira.

Ya es mala pata que para llegar a mis aposentos privados tenga que cruzar la biblioteca. Midas se encargó personalmente de que reformaran toda la planta superior del castillo para que pudiera campar a mis anchas. Mandó construir jaulas en cada una de las habitaciones y, para que pudiera trasladarme de una a otra sin poner un pie fuera de esas pajareras doradas, hizo añadir una serie de pasadizos para conectarlas entre sí. Y eso significa que solo tengo un modo de ir de una punta a otra del castillo: cruzar toda la planta superior, lo cual implica pasar por cada habitación.

Echo un segundo vistazo para comprobar que todos siguen enfrascados en sus asuntos y empiezo a caminar de puntillas por la zona enjaulada de la biblioteca con la mirada clavada en el pasadizo que hay al otro extremo de la sala. Ando rápido, pero con suma prudencia; sé que, si acelero el paso, atraeré toda clase de miradas, pero tengo que darme prisa y escabullirme de ahí antes de que Midas vuelva.

Y, justo cuando estoy a un paso de alcanzar el pasadizo, oigo a mis espaldas.

—Ah, has vuelto.

Me quedo petrificada y, con el rabillo del ojo, veo que no me están mirando a mí, sino a Midas, que acaba de entrar en la biblioteca. Me recojo las faldas del vestido y, de un salto, me adentro en el pasadizo abovedado. Y es entonces cuando echo a correr a toda velocidad, y no paro hasta haber atravesado el cuarto de baño y el vestidor. Ya en el sosiego y serenidad de mi habitación, apoyo la espalda en la pared y suelto un suspiro, aliviada.

Descanso la cabeza unos minutos y doy gracias por haber llegado sana y salva a mi refugio espiritual. Trato de asimilar todo lo ocurrido. Todavía no me creo que haya logrado irme de rositas.

Repaso mentalmente todo el cúmulo de información que he recopilado, y no solo de la discusión marital que sin querer he presenciado, sino también de frases sueltas que he ido pescando a lo largo de toda la semana durante los consejos de guerra. Ni siquiera la reina Malina aprueba el temerario ataque de Midas.

La verdad es que tampoco me sorprende que no haya discutido ciertas decisiones con su esposa. Forma parte de su carácter. Es un hombre de ideas claras y, si algo se le pone entre ceja y ceja, no va a parar hasta conseguir su objetivo. De hecho, siempre he admirado la seguridad que desprende, esa confianza ciega en sí mismo. A diferencia de Malina, no pertenece a una estirpe real y, por lo tanto, no le educaron para ser rey. Y aunque a veces se pasa de estricto y riguroso, sabe gobernar. Alta Campana necesitaba dinero y un líder carismático, y consiguió ambas cosas en cuanto Midas se sentó en el trono.

Parpadeo. Se están filtrando los últimos rayos de sol, y la oscuridad de la noche ya ha empezado a arrastrarse como una marea negra. Siento un escalofrío en la espalda; me froto los brazos para deshacerme de ese cosquilleo gélido. ¿El lado bueno? Si Midas hubiese querido convocarme en la biblioteca, a estas alturas ya lo habría hecho.

La poca luz que iluminaba mi habitación se ha desvanecido, y todo ha quedado sumido en una negrura casi opaca. Despego la espalda de la pared y me dirijo hacia el fondo de la habitación. La penumbra no me supone un problema, pues conozco mi jaula como la palma de mi mano. Palpo la mesita, que está pegada a los barrotes.

A tientas, busco el candelabro que sé que está ahí, pero, en lugar de toparme con la base metálica y fría, mis dedos entran en contacto con algo cálido. Algo que se mueve.

Aparto los dedos de inmediato, pero no llego a tiempo. Una mano desconocida me agarra por la muñeca y tira de mí con una fuerza sobrehumana. El tirón es tan violento que me arroja sobre la mesa y, de forma casi instintiva, me

83

sujeto a ella con ambas manos. De repente, el desconocido, que me tiene casi inmovilizada, me suelta la muñeca y me agarra por el pelo.

Levanto la cabeza, presa del pánico y la desesperación, y me revuelvo para tratar de quitármelo de encima, pero quien sea que está sujetándome no piensa soltarme así como así.

Cambio de estrategia y empiezo a arañarle los brazos sin un ápice de piedad. Si es necesario, pienso arrancarle la piel a tiras. De repente, noto unas gotas entre las uñas. Es sangre. El desconocido aúlla de dolor y un segundo después me aporrea la cabeza contra los barrotes. El dolor es tan agudo que veo las estrellas.

Me fallan las rodillas y me da la impresión de que voy a perder el equilibrio en cualquier momento. Siento que la cabeza me va a explotar. Pero ese bárbaro no afloja, ni siquiera un poco. Me arde el cuero cabelludo y no aguanto más, suelto un chillido que retumba en la habitación, pero, en cuanto ese gemido sale de mis labios, otra mano me abofetea la boca para enmudecerme.

Por desgracia, esa misma mano también me cubre la nariz. No puedo respirar.

Los golpes me han dejado bastante aturdida y, por si fuera poco, apenas veo una sombra en mitad de la oscuridad nocturna. Estoy aterrorizada. Sin embargo, el miedo no me paraliza, sino más bien lo contrario; empiezo a menear los brazos para intentar atacar a ese desconocido en un intento de vengarme. Noto que la garganta se constriñe, que empieza a faltarme el oxígeno.

Y, en medio de todo eso, me asalta una idea que me deja totalmente perpleja: alguien que no es Midas me está tocando.

Que recuerde, ninguna otra persona me ha tocado, ni siquiera rozado sin querer. Nadie se atrevería. Aparte de las fugaces caricias que me regala el rey, no recibo otras muestras de afecto y cariño. En otras palabras, migajas. Esa parte de mí necesitaba mimos y atención, no una descarga sensorial.

—Levántala.

Es una orden. El tono de voz es tranquilo, pero firme. No percibo lástima, ni compasión. Siento un vacío en el estómago cuando reconozco la voz. La reina.

Quien sea que me está sujetando tira con violencia de mi cabeza hasta aplastarme la cara contra los barrotes. ¿El lado bueno? Al menos retira esa manaza de mi boca y nariz. Trato de recuperar el aliento, pero tengo el cuello torcido, casi dislocado, y noto el borde de la mesa clavándose en mis caderas. Pestañeo varias veces en un intento de enfocar la vista. Reconozco la silueta de la reina Malina de inmediato. Sostiene una vela que, en mitad de esa penumbra casi opaca, crea un espectáculo de luces y sombras aterrador. La blancura de su rostro parece haberse iluminado.

—¿Crees que no te he visto ahí agazapada, escuchando a escondidas? —pregunta, y acerca tanto la vela que noto la llama lamiéndome la mejilla. Intuyo que es una amenaza.

Abro la boca, dispuesta a responder, pero la reina se adelanta y continúa antes de que pueda articular una sola palabra.

—Cállate.

No hace falta que me lo diga dos veces. Acto seguido, la mano que me sujeta por el pelo tira de nuevo. Siento un dolor terrible en la cabeza, y se me humedecen los ojos.

Malina me mira con total indiferencia.

—La preferida del rey —escupe, como si fuese la palabra más repugnante de su vocabulario. Lo más probable es que lo sea—. Es una pregunta que me perturba desde hace muchos años; por qué quiso convertir en oro

85

a una huérfana inepta y encerrarla aquí, como si fuese un trofeo en una estantería. —Echa un vistazo a mi jaula con evidente expresión de desdén—. Midas siempre ha tenido ciertas obsesiones.

No soy ninguna obsesión. El rey me quiere. El problema es que su esposa se niega a admitirlo.

Y, como si pudiese leerme los pensamientos, suelta una carcajada y dice:

—¿En serio crees que te has ganado su corazón? —pregunta; en su voz reconozco una mezcla de pena y burla, y se inclina para poder mirarme directamente a los ojos. Está tan cerca que incluso noto su aliento escapándose de esos labios pálidos—. Oh, querida, no eres más que un perro callejero que el rey cobija en su perrera. Un premio del que le gusta alardear para suscitar interés.

Calumnias. Sé que todo lo que está diciendo es mentira, pero no soy de piedra. Esas palabras llenas de odio y de envidia me afectan y eso, junto con el indescriptible dolor que siento en la cabeza, hace que se me acumulen más lágrimas en los ojos. Una logra escaparse y rueda por mi mejilla.

Malina suspira, sacude la cabeza y clava la mirada en el ventanal, que está cubierto de nieve.

—En aquellos tiempos era una cría inocente y estúpida, una princesa sin poderes mágicos que no iba a poder reinar sola. Y entonces apareció Tyndall.

Observo a la reina impávida y trato de mantenerme inmóvil porque sé que cualquier gesto, por mínimo que sea, me va a provocar más dolor.

—Mi padre comparó a Midas con un regalo de los dioses. Era un joven apuesto que llegó con una romántica propuesta de matrimonio y las manos cargadas de oro. No es de extrañar que aceptara su mano la mar de feliz. Su llegada fue una serendipia. Encarnaba el salvador que

86

necesitábamos. Poco me importó que viniera acompañado de su mascota de oro.

La cabeza me da vueltas. Intento no pensar en el dolor y concentrarme en las palabras de la reina. La rabia me está carcomiendo por dentro. ¿Cómo he podido dejar que me pillara? Me reprocho no haber sido más precavida y más astuta al entrar a mis aposentos. Y me reprendo por no haberme dado cuenta de que Malina estaba ahí, esperándome como una leona para abalanzarse sobre mí.

—Después de todo, ¿qué hombre no tiene sus vicios? —añade Malina, que, con ese tonito de desprecio, ya ha dejado bien claro lo que opina de mí—. El capricho de Tyndall fue transformarte en una reliquia. Una chica huérfana y con la piel bañada en oro que tiene encerrada en una jaula para no compartirla con nadie más y de la que presume siempre que se le presenta la ocasión. Es de mal gusto y, a mi parecer, chabacano. Para mí no significaste nada entonces, y no significas nada ahora. ¿Y sabes por qué?

Aprieto los dientes y siento el ardor de la ira en los párpados. Mis cordones empiezan a arrastrarse hacia las piernas de la persona que me tiene totalmente inmovilizada. Lo último que quiero es que descubran que puedo mover los cordones a mi antojo, pero en este momento, mi orden de prioridades ha cambiado y antepongo mi propia seguridad a mi secreto.

Malina y yo habíamos tenido algún que otro encontronazo en el pasado, pero en general tratamos de evitarnos. Nunca me había atacado así. Es una reacción que no esperaba de ella y me temo que va a marcar el inicio de algo mucho más violento. Puedo soportar comentarios denigrantes y miraditas despectivas, pero ¿esto? ¿Vivir atemorizada y con la sospecha de que pueda estar escondida entre las sombras para pillarme desprevenida y castigarme? Solo con pensarlo me entran escalofríos.

—¿Por qué? —pregunto, que es lo que ella está deseando oír.

A Malina le brillan los ojos.

—Porque tú estás ahí dentro, y yo aquí fuera.

Una verdad como un templo, pero una verdad que me desgarra el corazón con las zarpas afiladas de un monstruo.

No sé qué ve en mi expresión, pero le hace sentir victoriosa y esboza una sonrisa. Desvía la mirada al hombre que me está sujetando.

—Puedes soltarla.

Mis cordones empiezan a retroceder de inmediato.

Ese constante jalón de pelo desaparece, pero antes de liberarme me golpea una última vez contra los barrotes. Me agarro de los chapiteles dorados de la jaula para no desplomarme sobre el suelo y, con sumo cuidado, me palpo el cuero cabelludo. Y en ese instante reconozco al guardia personal de la reina. Ese tipo fornido y serio luce una barba espesa y una mirada llena de petulancia y malicia. Tengo que hacer de tripas corazón para contenerme y no estrangularle con mis cordones.

—Recuerda cuál es tu lugar, montura —dice la reina, captando así mi atención. Se da la vuelta para irse—. Para Midas no eres más que una mascota que puede montar cuando le plazca. Un recuerdo del que fanfarronear —añade, y se detiene justo en la puerta y me mira por encima del hombro—. La próxima vez que te pille espiándome, te cortaré esas orejas doradas.

Cierro los puños. La palabra «zorra» reverbera en mi cabeza, pero no me atrevo a pronunciarla.

Malina le hace un gesto al guardia.

—Asegúrate de que lo haya entendido bien.

No entiendo ese último comentario y frunzo el ceño. Sin previo aviso, el guardia se vuelve, desliza el brazo entre dos barrotes y me atesta un puñetazo en la tripa.

El impacto me arroja al suelo. Me doblego de dolor mientras toso y trato de no vomitar.

—¿Has oído a la reina? —gruñe.

—S-sí... —consigo escupir, y le lanzo una mirada furibunda.

—Bien.

Y sin mediar más palabra, se da media vuelta y se marcha dando unos pisotones que solo pueden pertenecer a una bestia. Al menos tiene la delicadeza de cerrar la puerta con suavidad.

Qué maldito infierno. Ojalá no me hubiese levantado de la cama esta mañana.

Tardo un par de minutos en recuperar la respiración y en reponerme. Reúno fuerzas y consigo ponerme en pie, pero el dolor de la tripa y del cuero cabelludo es tan agudo que ni siquiera puedo encender una vela. A duras penas puedo caminar hasta la cama. ¿El lado bueno? Al menos los barrotes de la jaula les han impedido hacerme algo peor.

Me tumbo sobre la cama y enrosco los cordones a mi alrededor, como si fuesen fundas de seda que pudiesen protegerme del mundo entero, como un capullo que envuelve a la oruga.

Sin embargo, no es Malina o su guardia personal lo que me quita el sueño. Ni tampoco ese dolor punzante en la cabeza, ni el moretón de la barriga. Lo que no me deja dormir es saber que el tiempo se está agotando. Es cuestión de días, si no de horas, que los ejércitos invadan las fronteras del Cuarto Reino. Y que el rey Fulke reclame su pago.

Yo.

8

*O*dio madrugar.

Me gusta quedarme remoloneando en la cama y, por lo general, no suelo estar muy activa por las mañanas. Casi siempre me despierto con una resaca espantosa por el vino de la noche anterior, así que podríamos decir que no me levanto fresca y llena de energía. Además, no hay día que amanezca con un sol espléndido. Hace varios años que no entra un solo rayo de sol a mi habitación.

Me desperezo y empiezo a espabilarme. Esta mañana, sin embargo, me he levantado de peor humor; aparte de que esas primeras horas del día me parecen tediosas, presiento que el tiempo se ha agotado.

No me preguntes por qué, pero lo sé. Tal vez sea porque noto el aire de la habitación muy cargado. O quizá sea por el bufido de la ventisca que asola el castillo, los estridentes lamentos de la Viuda de la Tempestad, un viento borrascoso y huracanado que sopla en Alta Campana. Me está advirtiendo de que los últimos granitos de arena ya descansan en la parte inferior del reloj, como una piedra en el fondo del mar. Me he quedado sin granitos que contar. Despego los ojos y echo un vistazo a la ventana. Me entra un escalofrío al ver el cristal recubierto por una capa de hielo. Empujo los cordones de la espalda y suelto un gruñido. Tengo el cuerpo dolorido. Después de la paliza de anoche, es como si tuviese un cardenal gigante en la cabeza y en la tripa.

Me incorporo poco a poco y, a través de los barrotes, veo que Digby ya ha empezado su ronda matutina. Una lástima que no estuviese rondando por mis aposentos anoche, pero debo reconocer que es culpa mía, y solo mía.

Cuando tenía dieciocho años, me pasé varios meses tratando de convencer a Midas de que dejara de enviarme guardias por la noche. Horas y horas de discusiones y negociaciones. Me sentía intimidada al saber que había un tipo vigilándome mientras dormía. Al final se dio por vencido y accedió a que pudiese disfrutar de más privacidad por las noches. Ahora me arrepiento un poquito de aquella decisión.

Aunque Malina es la reina, dudo que Digby hubiera permitido que uno de sus hombres me asaltara durante su turno de guardia. Como mínimo, creo que habría informado a Midas de lo sucedido. Algo que yo no pienso hacer. No tengo ni la más mínima intención de decirle una sola palabra a Midas. Solo conseguiría que Malina se enfadase aún más, y es lo último que necesito.

Me cuesta una barbaridad ponerme en pie, y no puedo evitar hacer muecas de dolor cada vez que muevo un músculo. Digby me mira con los ojos entrecerrados y el ceño fruncido. Está preocupado por mí, y no me extraña.

—Estómago revuelto. Demasiado vino —miento, y me doy unas palmaditas en la tripa por si no le había convencido. No quiero que sospeche, ni que me haga preguntas. Las preguntas son peligrosas.

Me doy la vuelta y me froto los ojos para deshacerme de ese letargo matutino y, con el rabillo del ojo, distingo un vestido colgado en uno de los barrotes de la jaula. Es de una gasa dorada tan transparente que no puede considerarse un vestido.

Aprieto la mandíbula al verlo, y sin darme cuenta me pongo rígida. Midas ha escogido ese vestido para mí. Es un mensaje claro y directo.

Esta noche me vestiré como una montura. Esta noche el rey abrirá la puerta de mi jaula.

Observo ese retal de tela que pretende ser un vestido con un escote de vértigo y unas aberturas en ambos lados. Mis cordones se enroscan al mismo tiempo que cierro los puños; estoy en tensión. El estilo de ese vestido encaja a la perfección con las palabras de la reina Malina.

«No eres más que una mascota. Un recuerdo del que fanfarronear.»

Le doy la espalda al dichoso vestido, atravieso la habitación y entro en el vestidor. Noto la mirada de Digby siguiéndome a todas partes.

Cuando por fin estoy a solas en el vestidor, me detengo en mitad de la oscuridad y dejo escapar un suspiro. Me obligo a aflojar los puños y, de mala gana, mis cordones se desenroscan. Oigo que la puerta de la habitación contigua se abre y se cierra, señal de que Digby se ha marchado a hacer su ronda por el resto de la planta superior y así me regala una dosis extra de intimidad.

Me doy la vuelta y me acerco a la mesita del tocador con los cordones serpenteando tras de mí. Alargo el brazo y, a tientas, enciendo la lamparilla para iluminar un poco el vestidor porque, un día más, la ventana está cubierta hasta arriba de nieve.

Utilizo los cordones para desvestirme, y dejo que el camisón caiga a mis pies. Desnuda, me coloco delante del espejo y examino el reflejo. Mi piel dorada se ve menos lustrosa y un pelín enturbiada en la zona del estómago; se distingue un cardenal del tamaño de un puño y varios moretones más pequeños del primer golpe que recibí. Presiono la tripa con los dedos y noto una punzada de dolor. Me recuerda al juego de té de Midas; todas las piezas son de oro y los criados se pasan horas sacándoles brillo. La mancha deslustrada en la tripa pide un abrillantado a gritos.

Suspiro, aparto la mano del estómago y descuelgo la túnica larga hasta los pies del perchero que hay junto al espejo. Me pongo la túnica y la ajusto un poco a la altura de la cintura.

Después compruebo el estado de mi cuero cabelludo; paso los dedos por la cabeza con muchísimo cuidado, pero aun así el dolor es insoportable. Ahogo un grito. Intuyo que peinarme va a ser un verdadero suplicio.

—¿Cómo has dormido?

La voz de Midas me sobresalta de tal manera que no puedo evitar llevarme una mano al corazón.

—Maldito sea el Divino, qué susto me has pegado —le regaño. No he oído el ruido metálico de la puerta al abrirse, ni sus pasos acercándose desde mi habitación.

Desde donde está, dibuja una sonrisa y reclina el cuerpo sobre los barrotes que hay cerca del pasadizo.

—Ts, ts, Auren. No deberías maldecir a los dioses.

Me tranquilizo al saber que es Midas quien se ha inmiscuido en mis aposentos con tal sigilo. La luz cálida de la lamparilla le favorece, sin duda. Su túnica dorada parece más bien de color mantequilla y su melena adopta un color que me recuerda al coñac caliente.

—¿En qué puedo servirte, mi rey? —pregunto, y, aunque utilizo las palabras apropiadas, mi voz suena insegura. Poco convincente. Midas se da unos golpecillos en la barbilla con aire pensativo mientras me estudia de pies a cabeza. Esa mirada penetrante me inquieta, me pone nerviosa. Y la tela de mi túnica es tan fina que siento que estoy totalmente desnuda ante él.

—Sé que estás enfadada conmigo —dice al fin. Sus palabras me pillan desprevenida.

Estudio su expresión mientras intento averiguar qué puede estar pensando. No sé qué decir, así que opto por el silencio como respuesta. En su mirada intuyo tristeza y, por un instante, se desprende del personaje del poderoso rey Midas y solo veo a Tyndall.

—Háblame, Auren. Echo de menos tu voz, pasar tiempo a tu lado —murmura, y su petición me ablanda un poquito.

Estoy furiosa con él. Me han molido a palos. Ya no sé qué significo para él y tampoco logro darle sentido a lo que está ocurriendo a mi alrededor. Y, sin embargo, no puedo decírselo porque no sé cómo hacerlo. Así que, en lugar de despejar mis dudas, me aclaro la garganta y digo:

—Has estado muy ocupado.

Él asiente, pero se queda donde está, y yo hago lo mismo. Pero lo que nos separa no son esos tres metros de distancia, sino un abismo infranqueable. Una brecha que él mismo ha abierto. Me aterroriza acercarme demasiado al borde del precipicio, dar un paso en falso y caer en picado porque, ahora mismo, no me veo capaz de recuperarme de otro batacazo así.

Le miro fijamente. La sangre me hierve con una mezcla de esperanza y miedo. Midas ha sido muy duro conmigo, muchísimo. Sé que está sometido a mucho estrés, y sé que no debería haberme comportado de esa manera en público. Perdí los papeles. Por no hablar del acuerdo con Fulke.

Le fulmino con la mirada.

«Me vas a entregar a Fulke.»

En mis adentros, le estoy gritando a pleno pulmón. Y, de repente, empiezo a oír esa vocecita molesta en el fondo de mi cabeza. Este sí es Midas. Este sí es el justiciero que me salvó la vida. Sin corona, sin título. Tan solo un hombre fuerte, seguro de sí mismo y con un objetivo cla-

95

ro. El mismo que me rescató y me acogió entre sus brazos. Él me ayudó a resurgir de mis cenizas y me hice famosa en todo el Sexto Reino, qué diablos, en toda Orea. Me convirtió en su premio de oro y me colocó en un pedestal. Pero, antes de todo eso, Midas era mi amigo.

Cuando le miro, veo en él algo que los demás no ven. Algo que el rey no quiere que vean. Veo la sombra de la preocupación en sus cejas. La tensión en sus hombros. El estrés en las arrugas que empiezan a asomar alrededor de sus ojos.

—¿Estás bien? —pregunto en voz baja.

La pregunta parece sorprenderle porque, al oírla, su actitud cambia por completo. Se pone derecho y, de repente, ese ambiente de reflexión y entendimiento que se había instalado entre nosotros se desvanece.

—Esta noche necesito que te comportes, Auren.

Parpadeo varias veces y pongo en marcha mi engranaje mental porque quiero pensar que no he interpretado bien sus palabras. Quizá no se ha expresado bien, o quizá esté hablando con segundas, o quizá deba leer entre líneas. Aun así… no consigo descifrar el mensaje.

Tengo la garganta reseca.

—¿Que me comporte?

—Esta noche ponte el vestido. Obedece a los guardias. No hables a menos que alguien te haga una pregunta y todo irá bien. Confías en mí, ¿verdad? —pregunta con esa mirada penetrante y obstinada.

Siento un ligero escozor en los ojos. «Confiaba en ti —quiero decir—. Ahora ya no sé qué pensar.»

—¿Acaso no debería confiar siempre en ti? —replico con voz temblorosa.

Midas me dedica una sonrisa.

—Por supuesto que sí, preciosa.

Y, tras pronunciar esa última palabra, se marcha del

vestidor. Me quedo inmóvil hasta que sus pasos desaparecen a lo lejos y la puerta se cierra tras él. Silencio.

No me doy cuenta de que estoy conteniendo la respiración hasta que suelto un suspiro larguísimo. Me dejo caer sobre el sillón del tocador. Aunque estoy frente al espejo, tengo la mirada perdida. Me tiemblan las manos porque el torbellino de emociones me abruma.

Estoy confundida y tengo sentimientos encontrados. Se me revuelve el estómago y siento que voy a vomitar en cualquier momento.

—Contrólate, Auren. Piensa con la cabeza —digo en voz alta, y me froto los ojos con las palmas de las manos porque no quiero romperme a llorar.

Midas quiere que me comporte. Me ha pedido que confíe en él. ¿Acaso cree que no se ha ganado mi confianza después de todos estos años?

La respuesta debería ser un «sí» rotundo. La respuesta debería ser fácil. El problema es que no lo es.

Inspiro hondo, me pongo en pie y, sin pensármelo dos veces, cojo la lamparilla de cristal y la arrojo con todas mis fuerzas contra el espejo, presa de la ira.

Un estruendo resuena en el vestidor. El espejo ha quedado hecho añicos, y no puedo estar más orgullosa. Reconozco que he disfrutado de ese momento. Con la respiración entrecortada, observo lo que queda del espejo y distingo un cuerpo deforme y distorsionado, un cuerpo partido en reflejos diferentes.

—¿Mi señora?

Al volverme, descubro a Digby al otro lado de mi jaula, mirándome con una mezcla de curiosidad y preocupación a través de los barrotes. Sin la luz de la lamparilla, que yace rota en el suelo, la habitación ha quedado sumida en penumbra. El único resplandor proviene de la vela que sujeta el guardia en la mano. Dice algo más, pero entre el pitido que me taladra los oídos y mis propios jadeos no consigo oírlo.

Sacudo la cabeza y trato de concentrarme.

—¿Qué?

Ladea la cabeza y desliza su mirada marrón hacia abajo. Todavía un poco aturdida, sigo su línea visual hasta llegar a mi mano y la giro. En cuanto veo la palma de mi mano, mi cerebro por fin conecta con el sistema nervioso, y caigo en la cuenta de que, al coger la lamparilla, me he abrasado la mano.

Me toco la palma con suma suavidad y noto una ligera punzada de dolor. No es muy grave, tan solo tengo la piel descolorida y un pelín irritada.

—Estoy bien —aseguro.

Digby gruñe pero no dice nada.

Dejo caer la mano y le miro de reojo.

—Ya me imagino lo que estás pensando —digo, y niego con la cabeza—. Oh, pobrecita. La preferida del rey ha tenido un berrinche en su habitación dorada, rodeada de todos sus caprichos de oro —comento con tono de burla hacia mí.

—Yo no he dicho eso.

Esa respuesta brusca y huraña me sorprende. Es una respuesta curiosamente… amable. Me da la impresión de que Digby, un tipo brusco y huraño, ha querido consolarme. Se da la vuelta y sale de la habitación antes de que pueda contestarle, dejándome con los ojos como platos y una sonrisita en los labios.

Reaparece en cuestión de segundos con una lamparilla nueva. Es más grande, por lo que sospecho que la ha cogido de la biblioteca, pero cabe entre los barrotes. La deja en el suelo.

—Gracias —murmuro, y enseguida la cojo y la coloco sobre la mesa. Ahora que hay más luz, me percato de la magnitud de la tragedia. A los criados que tengan que limpiar este desastre no les va a hacer ninguna gracia.

Me arrodillo para recoger los cristales rotos de la lamparilla y, de inmediato, Digby golpea la jaula con los nudillos para llamar mi atención.

—Déjalo.

Mi mano queda suspendida en el aire.

—Pero…

—Que lo dejes.

Arqueo una ceja y resoplo.

—¿Sabes? Para no ser muy parlanchín, eres bastante mandón.

Me mira fijamente, sin pestañear.

No quiero discutir, así que suelto otro suspiro y me levanto.

—Está bien, está bien. No hace falta que sigas fulminándome con la mirada.

99

Digby asiente con la cabeza y se acaricia esa barba grisácea y desaliñada. Está satisfecho porque esta batalla la ha ganado. Mi guardia de confianza se toma mi protección muy en serio. Y, por lo visto, también me protege de mí misma.

—Sabía que eras mi amigo, Dig —bromeo, y, aunque no avisto ni la sombra de una sonrisa, prefiero pensar que le ha hecho gracia. Me aferro a esas emociones y arrinconó el huracán de sentimientos que me azota cada vez que pienso en Midas—. Oye, ¿qué te parece si mezclamos juego y alcohol? —le propongo, esperanzada.

Digby pone los ojos en blanco.

—No —contesta él, y acto seguido gira sobre sus talones y se marcha con aire satisfecho; sabe que no voy a montar otra pataleta, ni a romper más cosas.

—Oh, vamos, una partidita —añado, pero ni siquiera se gira, tal y como suponía. Su actitud me hace sonreír un poco más.

Ahora que estoy sola otra vez, me siento frente al espejo roto y, de golpe y porrazo, ese ambiente alegre y distendido se desvanece. Estudio durante unos instantes las tres versiones de mí y enseguida me pongo manos a la obra; utilizo los cordones para desenredarme el pelo para así poder trenzarlo después; paso el cepillo con sumo cuidado porque todavía tengo el cuero cabelludo muy sensible. Soy como un soldado poniéndose la armadura antes de una batalla. Por ahora, y mientras el sol no se esconda tras el horizonte, sé que estoy a salvo. Por ahora, todavía tengo tiempo.

Pero esta noche, en cuanto anochezca y las estrellas empiecen a titilar en el cielo, no me quedará otra que interpretar el papel de la mascota preferida del rey. No me quedará otra que comportarme.

Sin embargo, hay una pregunta que lleva atormentándome toda la mañana. ¿Qué sucedería si no lo hiciera?

9

$\mathcal{M}$e tomo mi tiempo para desenredarme cada mechón de pelo y trenzarlo. Hago todo de forma lenta y pausada, como si moverme a paso de tortuga pudiese cambiar el destino. Opto por fingir y actuar como si tuviese todo el tiempo del mundo.

En la vida uno puede fingir muchas cosas. Si te esmeras, incluso puedes llegar a creerte tus propias mentiras. Todos somos actores; todos nos subimos a un escenario y, con el foco iluminándonos de pleno, interpretamos el papel que sea necesario para sobrevivir al día, para poder conciliar el sueño por las noches.

Ahora mismo, me muevo por inercia y no dejo que mi mente cavile lo que va a ocurrir esta noche. Pero mi cuerpo lo sabe. Noto una presión terrible en el pecho y me cuesta respirar.

Intento distraerme, mantenerme ocupada, pero se me acaba el repertorio de melodías que tocar con el arpa y ya no soy capaz de bordar una sola puntada más. En un momento dado estoy tan nerviosa que empiezo a caminar por la jaula como si fuese un tigre desorientado que no deja de andar de un lado al otro.

¿El lado bueno? La quemadura de la mano apenas se nota. Solo tengo un pequeño corte en el centro de la palma y, en esa zona, mi piel dorada cobra un color más anaranjado. La tripa me duele horrores, pero el cuero cabelludo ha mejorado… a menos que lo toque, entonces veo las estrellas.

Echo un vistazo a la única ventana de mi habitación, pero solo veo una ventisca rabiosa que hace revolotear confetis blancos y los arroja hacia el cristal. Se acerca el crepúsculo. Ojalá pudiera colgar el sol en el cielo y mantenerlo ahí bien atado, pero solo las estrellas conceden deseos y últimamente no he visto ni una.

Si los cálculos no me fallan, a estas horas los ejércitos de Fulke y de Midas ya deben de haberse reunido frente a la frontera del Cuarto Reino. Podría inmiscuirme en la biblioteca y averiguarlo, pero es el último lugar donde me apetece estar hoy.

Sigo pensando que invadir las tierras del rey Ravinger es una tremenda locura. Además de que Midas está a punto de romper un acuerdo de paz que se ha respetado durante siglos, Ravinger no es famoso por su magnánima bondad y espléndida generosidad. Si lo llaman el Rey Podrido es por algo. No solo ostenta el poder de arrasar campos de cultivo y descomponer todo lo que encuentre a su paso, sino que corre el rumor de que su crueldad no conoce límites. Y por eso todos sus súbditos y miembros de la corte le temen.

Su reino se ha marchitado porque él mismo se ha encargado de destruirlo, sembrando su propia maldad allá donde pisa. Su poder le permite deteriorar todo lo que se le antoje: cosechas, animales, tierras, personas…, pero, en mi opinión, lo peor es que es un tipo perverso y maquiavélico.

Espero que Midas sepa lo que está haciendo porque tener a Ravinger de enemigo puede ser muy peligroso. Si Midas fracasa, no quiero imaginarme las riquezas que tendrá que entregar para compensar las consecuencias, y eso me da miedo. Él confía en que puede solucionar todos sus problemas con oro, y empiezo a dudar de que tenga razón.

Midas no valora en absoluto la abundancia que le rodea. ¿Y por qué iba a hacerlo? No hay más que echar un fugaz vistazo al castillo; cada superficie, cada objeto decorativo, todo, es de oro. Sabe que nunca le faltarán recursos económicos, que puede ampliar su fortuna hasta el infinito. La reina Malina opina que soy un objeto de mal gusto y chabacano, pero ¿y qué opina del palacio en el que vive y todo lo que hay en su interior? Las suelas de sus zapatos son de seda tejida con hilo de oro, aunque solo sus pies sudorosos lo saben. Las mazmorras que construyeron bajo el castillo, y donde mueren decenas de prisioneros, son de oro macizo. Incluso los baños donde meamos son de oro.

Si algo he aprendido en estos años es que uno se acostumbra a la opulencia y, al final, termina por no apreciarla. Pierde sentido. Y valor. Puedes atesorar todo el oro del mundo y, sin embargo, sentirte vacío y pobre.

103

Aunque pensándolo bien… quizá el verdadero motivo por el que Malina me odia no es que Midas se quedara conmigo después de casarse con ella. Tal vez le reproche que no la hubiese convertido en oro a ella. Por lo que eso representa a ojos de los demás.

Y, de repente, empiezo a sentir lástima por ella. Por ese matrimonio tan vacío de amor. Por su vientre estéril. Por haber perdido el reino incluso antes de heredarlo. Por tener que competir contra una huérfana de oro.

Mientras cavilo todo esto, me apoyo sobre los barrotes de oro y contemplo cómo nieva. Esos celos, de ser reales, se han ido enconando con el paso de los años. Ahora ya no puedo hacer nada para arreglarlo. Lo hecho, hecho está. La reina jamás me verá con otros ojos. Así es, y no me queda más remedio que asumirlo.

Aunque si está celosa porque Midas no la convirtió en oro, es que no ha entendido nada. No negaré que tiene sus ventajas…, pero también tiene inconvenientes.

Nadie se fija en mí, tan solo en el resplandor metálico que emana mi piel. Nadie se molesta en mirar más allá de los mechones dorados de mi cabellera. Aparte del blanco de mis ojos y dientes, para el resto de los mortales no soy más que una escultura de oro. Un bonito mueble que admiran, pero no escuchan. Un lujo que podrían comprar para pasar una noche inolvidable.

La puerta de mi habitación se abre de forma repentina y, sin querer, me aparto de la ventana. Al volverme veo entrar a una doncella y se acerca a Digby, que sigue en posición de firmes cerca de la pared. Me da la impresión de que está hecha un manojo de nervios. Le comenta algo a Digby al oído.

En cuanto se marcha, cruzo a toda prisa la jaula y me coloco frente a él.

—¿Qué está pasando?

Digby señala el vestido, que todavía está colgado en la percha.

—Ya es hora.

Siento un vacío en el estómago y, por un momento, pienso que voy a desmayarme.

—¿Ya? —pregunto; no reconozco la voz que ha salido de mi boca. Es una voz tímida e insegura. Parezco un ratoncillo asustado, y esta noche no puedo permitirme parecer un ratoncillo asustado. Tengo que ser fuerte.

Digby dice que sí con la cabeza. Resoplo y un zarcillo de pelo oscila delante de mi cara. Me obligo a tragar saliva, como si así pudiera tragarme los nervios y enterrarlos en lo más profundo de mi ser.

Me doy la vuelta y, con el corazón latiéndome a mil por hora, descuelgo el vestido transparente de la percha y me dirijo hacia el vestidor. Me planto delante del espejo roto, me quito la túnica y me pongo el atuendo que Midas ha elegido para mí. Los cordones se encargan de casi todo y muevo los brazos como una autómata, con expresión inmutable.

Cuando por fin termino de prepararme, observo ese finísimo retal de gasa al que se atreven a llamar vestido e intento no estremecerme. Tal y como sospechaba, es tan translúcido que no deja nada a la imaginación; se transparentan todas mis curvas, e incluso se intuyen las puntas bruñidas de mis pezones.

De los hombros cuelgan dos mangas transparentes de encaje dorado, y el escote, además de pronunciado, es tan abierto que incluso se advierte el moretón de mi estómago. Tiene dos hendiduras a ambos lados de la falda, desde los tobillos hasta las caderas, por lo que me resulta imposible cubrirme las piernas. El vestido es bastante fluido y holgado, de forma que cualquiera podría deslizar la mano por debajo de la tela y acariciar partes íntimas.

Midas nunca me ha vestido así. A ver, mi armario está lleno de vestidos sensuales que realzan la silueta, pero ninguna de esas prendas es tan provocativa como esta. Mi cuerpo, o la mayor parte de él, es privado. Solo el rey puede disfrutar de él. Pero hoy, por primera vez en mi vida, estoy vestida como una verdadera montura real, lista para ser montada.

Sé que el ocaso es inminente porque percibo el frío nocturno en el aire. Alzo la mirada y, a través de la claraboya, veo que la oscuridad de la noche ya se ha comido los últimos rayos de sol. Me invade una sensación de abatimiento y desánimo, y siento un escalofrío que me pone la piel de gallina.

«Esta noche necesito que te comportes.»

«Un recuerdo del que fanfarronear.»

105

«Siéntate en la banqueta.»

«Aquí los únicos que hablamos somos los hombres.»

Aprieto los dientes y me sublevo, al menos en espíritu. ¿Midas quiere que me ponga esto? De acuerdo, me lo pondré. Pero no ha dicho que no pueda adornarlo un poquito. Mis cordones se alzan y me pongo manos a la obra. Tardo unos minutos en ajustar y plegar y dar varias puntadas. Después de esos retoques, reconozco que me siento muy satisfecha con el resultado. He envuelto el corpiño del vestido con mis cordones, que he atado entre sí creando un diseño trenzado precioso, y los he sujetado en la cintura de manera que caen en cascada sobre la falda.

Aun así, me siento más expuesta de lo que me gustaría, pero ha mejorado mucho, muchísimo. Al menos he conseguido cubrir mis partes más íntimas. Todavía debo andarme con cuidado cuando camino porque, a pesar de los cordones que caen de la cintura, las piernas siguen asomándose por las hendiduras del vestido. Como mínimo, ya no siento que estoy desnuda.

Esta mañana me he trenzado el pelo y me lo he recogido en un moño desenfadado, dejando varios mechones sueltos que caen sobre la espalda. Prefiero no volver a castigar mi ya de por sí dolorido cuero cabelludo y mantener el peinado. Escucho varias voces murmurando en mi habitación; intuyo que acaban de llegar más guardias para escoltarme hasta la biblioteca.

A estas horas debería estar muerta de hambre, porque no he probado bocado en todo el día, pero sé que no sería capaz de comer nada por mucho que quisiera. Cuando oigo a Digby decir mi nombre, me calzo unas pantuflas de satén y estiro la espalda.

«No seas un ratoncillo, Auren.»

Me dirijo hacia la habitación y me topo con el grupo

de guardias que me esperan al otro lado de los barrotes. Hace meses que no pongo un pie fuera de la jaula. Que Midas me conceda el permiso de salir de esa pajarera no es algo que ocurra todos los días. Así es de posesivo conmigo. Pero cuando ocurre, es para cenar conmigo, porque añora mi compañía, o para que esté a su lado en el salón de trono y así pueda presumir delante de los dignatarios que vienen de visita oficial.

Al verme, le pasan una llave maestra a Digby. Es una llave de hierro forjado, negra como el carbón, que encaja a la perfección en la cerradura. Es bastante irónico que esa llave sea el único objeto que no esté hecho de oro.

El chirrido metálico de la llave al girar es tan estridente que siento que me revienta los tímpanos y libera un centenar de luciérnagas que se chocan contra mi cabeza mientras revolotean desorientadas.

Digby empuja la puerta y los demás guardias se hacen a un lado; mantienen las distancias porque saben que mi fiel y leal guardia personal no les va a quitar el ojo de encima. Y saben que, si se extralimitan en sus funciones, Digby informará al rey *ipso facto*, y ninguno querría estar en esa tesitura.

Con la puerta abierta de par en par, salgo de mi jaula, como saldría un corazón de una caja torácica.

Los cordones no se arrastran a mi paso, como es habitual, pero me reconforta saber que los llevo atados alrededor de mi torso, como un escudo protector. Salgo de la habitación custodiada por dos guardias de seguridad a cada lado.

Solo oigo mis pisadas, aunque me acompañan cuatro pares de pies. El miedo se intuye en el suave sonido de mis pantuflas al rozar esos suelos pulidos y relucientes, pero también en mi respiración entrecortada.

«Confías en mí, ¿verdad?»

107

«¿Acaso no debería confiar siempre en ti?»

«Por supuesto que sí.»

Esa respuesta es todo lo que tengo. Debo confiar en él.

Pero no pienso ser un ratoncillo.

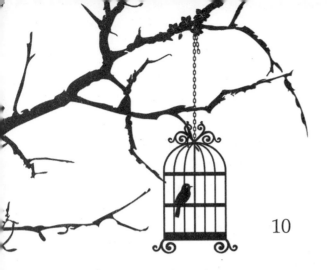

10

Recuerdo la primera vez que entré en este palacio. Fue hace diez años. Deambular por los salones de un palacio después de haber vagado por lugares oscuros y espeluznantes... fue surrealista. Tuve que pellizcarme para asegurarme de que no estaba soñando.

Por aquel entonces tenía quince años, pero ya no era una niña. Había perdido la inocencia, o al menos así lo describirían ciertas personas, aunque yo jamás utilizaría esa expresión.

No perdí la inocencia. No fue culpa mía. Me la arrebataron a pedazos. Jamás olvidaré cómo me fueron despojando de esa bendita ingenuidad poco a poco, hasta dejarme vacía y sin nada, expuesta a la crueldad del mundo con un chip metido en el hombro y un sabor amargo permanente en la parte trasera de la lengua.

Cuando llegué a Alta Campana de la mano de Midas y crucé los muros de este palacio por primera vez, ya no era inocente. Sin embargo, él me devolvió algo que pensé que jamás recuperaría.

La confianza.

Midas todavía no había sido nombrado rey y el castillo no estaba hecho de oro. Tengo que hurgar en lo más profundo de mi memoria para recordar cómo era antes, y aun así me cuesta muchísimo recuperar esa imagen.

Los muros se construyeron con la misma piedra grisácea y moteada de las montañas heladas sobre las que yace el palacio. A pesar de ser una edificación majestuosa e impresionante, tenía un aire plomizo y melancólico, pues la fortaleza de color ceniza parecía estar enterrada en la nieve.

Cuando me mudé aquí, aunque estaba rodeada de riquezas y grandes lujos, a mí también me envolvió un aura plomiza y melancólica, pues sabía que nuestro tiempo juntos se había terminado.

—Voy a pedirle la mano en matrimonio a la princesa del Sexto Reino.

La noticia me sorprendió y desconcertó por partes iguales. Nunca había mencionado nada al respecto. Sabía que tenía planes y una lista infinita de ideas y propuestas, pero nunca le presté mucha atención. En aquellos momentos yo estaba embelesada, casi hipnotizada; solo quería saborear la tranquilidad, la seguridad y la amistad que me brindaba Midas. Aunque en el fondo siempre supe que eso no duraría para siempre.

Miré a Midas, a mi apuesto nómada, que en ese momento tenía varios copos de nieve entre sus mechones rubios. Habíamos acampado junto a una grieta helada; se habían formado carámbanos alrededor del agujero y se asemejaba a una geoda, pero con diamantes en lugar de dientes que resplandecían bajo la luz de una luna menguante.

—¿Por qué?

Tal vez percibiese en mi voz desilusión y tristeza, eso nunca lo sabré, pero en sus ojos parduscos me pareció intuir ternura. El fuego crepitaba entre nosotros, emulando así la tensión que se respiraba en el ambiente.

—El reino está en la ruina más absoluta.

Arrugué la nariz.

—¿Cómo es posible que un reino se arruine?

Midas me lanzó una sonrisa, se limpió sus dedos grasientos en los pantalones y arrojó los últimos huesos de la cena que había cazado a la hoguera.

—Un reino puede irse a la quiebra más fácil de lo que imaginas. Pero, en este caso, Alta Campana lleva muchos años pasando penurias y sus súbditos viven en la miseria. No es más que un erial congelado en los confines del mundo. No cultivan la tierra y no tienen minas lo bastante lucrativas como para sustentar el sistema. El reino se está desmoronando y, sin los aliados apropiados y un sólido tratado de comercio, tarde o temprano tocará fondo. Me asombra que los demás monarcas todavía no hayan movido ficha.

Enrosqué los dedos de los pies, que llevaba enfundados en unas botas de piel, y traté de leer entre líneas porque quería averiguar sus verdaderas intenciones. Midas era siete años mayor que yo, por lo que tenía más experiencia y madurez. Sin embargo, no era una chica cándida e ingenua.

—¿Y qué va a pasar conmigo? —le pregunté; tenía un nudo en la garganta que amenazaba con dejarme muda.

Midas se acercó y se sentó delante de mí. Tenía las botas cubiertas de nieve.

—Te vienes conmigo. Te hice una promesa, ¿verdad? —preguntó, y, de inmediato, sentí una oleada de alivio por todo el cuerpo.

Fue como un bálsamo de serenidad que me hizo olvidar hasta el frío nocturno.

—Contigo a mi lado, salvaré el Sexto Reino de la ruina. Lo haremos juntos.

Dibujé una sonrisa. Contemplé una vez más esa piel lisa y suave que Midas insistía en rasurar cada mañana, a pesar de que éramos un par de peregrinos agotados que viajábamos sin otra compañía que la nuestra. Había días en que no nos cruzábamos con un alma. Era un joven meticuloso con su imagen, y con todo lo demás.

No hacía falta que me explicara el plan con pelos y señales, pero aun así lo hizo. Me confió sus vulnerabilidades, sus esperanzas, sus sueños. Un muchacho sin un linaje influyente, sin familia, sin tierras. Quería salvar un reino. Quería devolver la gloria y el honor a un lugar que estaba pereciendo poco a poco en una tumba de hielo.

Perdimos la noción del tiempo y, cuando nos quisimos dar cuenta, ya era noche cerrada. Se explayó y confesó todos sus proyectos, sus intenciones, mi papel en su vida. Era un plan brillante, un plan que llevaba tiempo elaborando y, a simple vista, sin fisuras. Había pensado en todos los detalles. Me quedé impresionada.

Midas me ofreció la mano, que acepté de buen grado, y me ayudó a ponerme en pie. Eran las manos de un hombre fuerte, de un hombre seguro.

—Vivirás en un palacio, Auren. Estarás a salvo. A mi lado.

—Pero te casarás con ella.

Midas me acarició la mejilla con el pulgar y ladeé la cabeza para alargar unos segundos más esa caricia. Las caricias de los hombres siempre me habían repugnado, hasta que le conocí a él. Cada vez que Midas me tocaba, sentía que en mi interior se abrían decenas de flores para absorber la luz del sol.

—Sí, si todo va bien, ella tendrá mi apellido. Pero tú tendrás mi amor, preciosa.

¿Qué importa un anillo cuando tienes un corazón?

Me hizo el amor allí mismo, sobre un montón de nieve que, en aquel instante, parecía una nube esponjosa y bajo una tienda hecha de retales de cuero que se empapó de la sal de nuestro sudor y se impregnó del ardor de nuestros gemidos. No me soltó en toda la noche, hasta que la última estrella se apagó en el cielo.

Poco a poco, me voy acostumbrando a la luz del pasadizo, más brillante que la de mi habitación, y empiezo a bajar los peldaños de la escalera; los guardias no se separan de mí en ningún momento. Nada queda de aquellos tablones de madera envejecida que forraban los suelos de palacio. Y de aquellos solemnes muros de piedra gris, ni rastro. Cualquier marca en las baldosas de oro se pule para que desaparezca, aunque en algunas zonas el metal maleable se ha desgastado por el paso de miles de personas. Las paredes relucen gracias al trabajo de los sirvientes, y el pasamanos de la escalera desprende un ligero olor a vinagre y a sal, una mezcla un pelín abrasiva que se utiliza para abrillantar todas las superficies.

Mis aposentos están ubicados en la última planta, lo que significa que nos esperan seis larguísimas escalinatas más. Empiezo a notar calambres en las piernas, señal de que llevaba demasiado tiempo confinada en mi jaula.

Los retratos de monarcas ya difuntos me observan cuando paso frente a ellos. El número de candelabros va aumentando a medida que vamos bajando para disipar la oscuridad de la noche con sus llamas. Noto el latido del corazón en los tímpanos cuando llegamos a la primera planta. Oigo una música de fondo que debe de provenir del salón de baile.

Mis escoltas se detienen frente a un par de portones esculpidos. El guardia que custodia el salón se hace a un lado y empuja los portones.

—Puedes pasar.

—Ya, el problema es que no me apetece mucho —murmuro.

Digby se aclara la garganta y respiro hondo antes de

113

enfrentarme a esa avalancha de luz, calor y ruido que viene del salón.

«No pienso huir despavorida para esconderme. No soy un ratoncillo.»

Mis cordones se ajustan alrededor de mi torso, aunque solo un poquito, lo justo para darme esa dosis de coraje y valor que necesito para entrar en el salón de baile. Cruzo el umbral y echo una rápida ojeada al inmenso espacio.

El centro del salón está ocupado por los músicos, que están tocando una balada tranquila y muy bonita, por cierto. Varias parejas se deslizan por el salón al ritmo de esa melodía; las notas incentivan la sensualidad y el tono va cambiando hasta transformarse en un arrullo más intenso, más acalorado, más evocador. El baile se convierte en una colección de tela y piel, de piernas que se balancean al compás de una melodía impalpable.

Tres inmensos candelabros iluminan el salón y bañan el suelo con miles de destellos fulgurantes. Debe de haber unas doscientas personas ahí congregadas y todas parecen estar disfrutando de lo lindo de la ostentosa riqueza del rey Midas. Para la ocasión han elegido atuendos extravagantes y muy muy coloridos.

La mezcla fragante de sudor colectivo y de perfumes basta para abrumarme. Aunque fuera se ha desatado una tormenta de nieve y el tamaño del salón es descomunal, el calor que desprenden todos esos cuerpos me provoca un hormigueo en el cuello y, de repente, empiezo a notar gotas de sudor en el escote. O quizá sea por los nervios.

Pero el espectáculo no termina ahí. Se han dispuesto unas mesas larguísimas junto a las paredes, donde los invitados beben a diestro y siniestro. Advierto más de un rostro colorado por el alcohol. Y hay monturas por todos los rincones del salón que se dedican a que la fiesta sea todavía más promiscua y libertina de lo que ya es, lo que me lleva a pensar que la celebración ha empezado hace un buen rato.

Dos grupos están saciando sus deseos contra la pared, como si estuvieran en la privacidad de una alcoba. Un par de hombres están compartiendo a una montura femenina en el centro de la pista de baile. Se ha subido la falda y aflojado el corpiño para que ellos puedan manosearle el cuerpo. Sus gemidos se oyen en toda la pista de baile, y con esos suspiros guturales, al mezclarse con la música, parece que esté cantando su propia versión de la serenata.

Y más allá de todo eso, en la otra punta del salón, sobre una tarima, está mi rey.

Ahora mismo es la viva imagen del infame Rey Dorado, el apodo que se ha ganado a pulso. Todo en él es de oro, desde las botas hasta la corona, y todos los invitados lo miran y saben que es el portento de riquezas, el maestro de la fortuna, el gobernante de la opulencia.

Doy un paso al frente y, de inmediato, su mirada cobriza se posa en mí.

Está aposentado en el trono, solo. La reina no ha acudido al baile, lo cual tampoco me sorprende teniendo en cuenta la clase de velada que están celebrando. Tiene a tres monturas reales a su alrededor; dos están sentadas en los reposabrazos del trono y la tercera está postrada a sus pies, con la cabeza apoyada sobre su rodilla en una postura de evidente devoción y sumisión.

Ninguna de las tres lleva corpiño, de manera que sus senos están totalmente expuestos, y lucen una falda transparente muy parecida a la mía, solo que la suya es negra. Detrás del trono distingo a varios guardias, algunos de la corte real de Midas, otros de la corte del rey Fulke. Los blasones de dos reinos, uno dorado y otro púrpura, unidos para demostrar al público que son aliados.

115

El rey Fulke está sentado en su propio trono —lo ha mandado traer expresamente—, junto a Midas y con Rissa sentada a horcajadas sobre su regazo. No puedo evitar imaginarme ahí, obligada a dejar que esas manos esqueléticas me soben el cuerpo y esa dentadura amarillenta me mordisquee la piel.

«Esta noche necesito que te comportes.»

Desvío la mirada de nuevo a Midas, que en ese instante le está comentando algo a uno de sus guardias de seguridad, pero estoy demasiado lejos como para oírlo. Un segundo después, la música deja de sonar y los bailarines paran en seco. Todos los invitados se vuelven para mirar al monarca. Se levanta del trono y las monturas se escabullen hacia un rincón.

—Ciudadanos de Alta Campana —anuncia Midas; su voz grave resuena en el salón de baile—. Esta noche celebramos la fuerza del Sexto Reino.

Ante semejante anuncio, todos empiezan a vitorear al rey, a gritar palabras que no logro descifrar. Debería aplaudir la noticia, pero soy incapaz de fingir alegría. Lo han hecho. Han atacado el Cuarto Reino y, a juzgar por la ovación y los festejos, la victoria debe de haber sido aplastante.

—Sin embargo, nada de esto hubiera sido posible sin la inestimable ayuda del rey Fulke y de nuestra alianza con el Quinto Reino —prosigue Midas, y hace un gesto magnánimo hacia el rey que tiene al lado.

Fulke lleva la corona torcida sobre la calvorota y tiene las mejillas sonrojadas por el exceso de alcohol, pero como mínimo ha tenido la delicadeza de quitarse a Rissa de encima.

—Rey Fulke, tal y como te prometí, te regalo una noche junto a mi montura de oro, mi preferida —declara Midas, y, a pesar de la distancia que nos separa, siento el peso sofocante de su mirada sobre mí—. Auren, acércate.

Doscientos pares de ojos se giran para mirarme. Empiezo a oír murmullos frenéticos y, de repente, los invitados se apartan y empiezan a formar una especie de pasillo frente a mí que va directo al rey. No contento con entregarme al rey Fulke, Midas además piensa hacer un escarnio público de ello.

—Camina.

Aunque el susurro de Digby es apenas perceptible, retumba en mis oídos. Trago saliva y, a regañadientes, obligo a mis piernas a andar hacia delante. Mi cuerpo obedece mis órdenes como un autómata, pese a que todos mis instintos me empujan a dar media vuelta y huir en dirección contraria. Los otros guardias se quedan atrás, pero Digby no se despega de mí. Caminamos juntos y, con el rabillo del ojo, veo que mantiene la expresión rígida y seria.

Todos me miran con los ojos como platos mientras cuchichean todo tipo de comentarios que me saturan los oídos. Hay quien alucina con la brillantez dorada de mi piel, pero también hay quien hace sus apuestas sobre cuánto creen que valen mis uñas.

Por la forma en que me miran, es evidente que no me consideran una mujer, sino una baratija que el rey mantiene escondida en el palacio. Nadie quiere desaprovechar la ocasión, pues saben que verme en persona es algo excepcional, como si fuese un animal en peligro de extinción.

El recorrido se me hace eterno.

Cuando por fin me planto frente a la tarima, todos los invitados enmudecen y lo único que oigo es el latido de mi corazón y el aullido de la ventisca.

Doblo las rodillas e inclino el cuello en una reverencia elegante y bien aprendida.

—Levántate, preciosa.

117

Y eso hago. Nuestras miradas se cruzan y él extiende la mano. Subo los peldaños de la tarima y me coloco a su lado. Es tan guapo que, con solo mirarlo, me duele el corazón. Midas aparta la mirada y se dirige de nuevo al público asistente.

—Que continúen las celebraciones.

En cuanto articula la última palabra, los músicos retoman la balada ahí donde la habían dejado y poco a poco los bailarines empiezan a moverse. El pasadizo que se había formado en el centro del salón se va difuminando hasta desaparecer.

—Hmm, veo que has hecho algunos ajustes —apunta el rey Midas, refiriéndose a los cordones que me envuelven el torso.

Es absurdo negarlo.

—Sí, mi rey.

Chasquea la lengua en señal de desaprobación, pero después me roza la mejilla con un nudillo. Con solo tocarme, Midas consigue que todo mi cuerpo reaccione, que se agite y que hierva en deseos de acurrucarse sobre su pecho y entre sus brazos. Todo mi ser le suplica en silencio que ponga punto final a esta locura, que vuelva a ser el nómada que soñaba despierto entre las nieves, el joven con el que podía charlar hasta perder la noción del tiempo, al que dormía abrazada todas las noches.

Debe de haber intuido ese repentino ataque de nostalgia porque, de repente, Midas me agarra de la barbilla con ternura y me levanta la cabeza para poderme mirar a los ojos.

—Estás espectacular. Lo sabes, ¿verdad?

No puedo responderle porque tengo la lengua atada al nudo del estómago.

Me acaricia la barbilla y después aparta la mano.

—¿Serás una buena chica por mí?

«Esta noche necesito que te comportes.»

«Siéntate en la banqueta.»

Inspiro hondo y me trago la amargura y el rencor.

—Sí, mi rey.

Él sonríe, y su rostro recupera esa belleza innata que consigue encogerme el corazón.

—Ve y siéntate con el rey Fulke —susurra—. Tenemos una deuda con él, y vamos a pagársela.

Nunca en la vida me había sentido como una moneda de cambio, como una mercancía con patas.

Midas asiente con la cabeza en un intento de tranquilizarme y después me da la espalda. Se llena la copa de vino y, en un abrir y cerrar de ojos, vuelve a estar acompañado de dos monturas que le agasajan con elogios un tanto subidos de tono. Ocupa su lugar en el trono y de inmediato le aborda una pareja de nobles. Ya es oficial: estoy sola en esto.

119

Me giro y me acerco al rey Fulke con la cabeza bien alta. No pienso dejar que me vea atemorizada. Tengo la corazonada de que eso le divertiría todavía más, cuando lo que realmente quiero es que pierda todo interés en mí.

Anoche, mientras daba vueltas en la cama, me dije que, pasara lo que pase hoy, no iba a permitir que pudiera conmigo. No tengo escapatoria, así que la mejor opción es lidiar con ello, y punto. Las monturas se ven forzadas a regalar su cuerpo a personas que no conocen, que no aman. Y tienen que hacerlo cada día de su vida. He sobrevivido a cosas peores, así que puedo con esto y con mucho más.

Además, el rey Midas está extendiendo su imperio y ha logrado una hazaña impensable: liberar a Orea del Rey Podrido. Y lo ha conseguido porque una sola noche conmigo vale todo un ejército de soldados.

El rey Fulke sonríe de oreja a oreja, dejando al descubierto esa dentadura amarillenta y podrida. Aunque los cordones me cubren el torso, es capaz de desnudarme con la mirada. Estoy segura de que en su cabeza ya está imaginando lo que hay debajo.

—Esta noche eres mía, y solo mía, mascota dorada. Celebrémoslo.

La música se eleva a un *crescendo*.

Y a mí se me cae el alma a los pies.

$\mathcal{M}$e obliga a darle de comer.

Los camareros no paran de sacar bandejas a rebosar de comida que dejan sobre una mesa que han dispuesto entre los dos tronos. Midas y Fulke parecen disfrutar de ese fastuoso despliegue gastronómico, y también de las monturas que los miman y consienten.

Embutidos, tablas de quesos, degustaciones de bombones, fruta, pan. Pastelitos dulces y salsas avinagradas. Hago que pruebe todos los platos, sin excepción. Estoy sentada en el reposabrazos del trono, con el cuerpo retorcido para evitar cualquier tipo de contacto físico.

Trato de darle bocados pequeñitos y evito a toda costa que se me resbalen de las manos para no tener que agacharme. Pero da lo mismo, Fulke aprovecha cada ocasión para chuparme los dedos, o metérselos en la boca, o para lamerme los nudillos, o para rascarse los dientes con mis uñas.

El trozo de chocolate que estoy sujetando desaparece en su boca y, antes de que pueda apartarme, ya se ha llevado mis dedos a la boca y los lame uno a uno. Suelta una risotada mientras mastica y deja al descubierto unos dientes manchados de chocolate.

—La comida sabe aún más rica si la has tocado tú con esos dedos de oro.

121

Siento las miradas de las otras monturas clavadas en mí, valorándome, juzgándome, calculando su próximo movimiento, tanteando el terreno, creyéndome una amenaza para ellas. Ni se imaginan que, en realidad, no quiero las atenciones del rey Fulke.

Midas está hablando con otro grupo de nobles; a decir verdad, no le han dado un respiro. Lleva todo este rato atendiendo a los aristócratas del reino, que parecen ansiosos por charlar con él. Desde que me ha entregado a Fulke, como quien sacrifica a una oveja de su ganado, no me ha mirado ni una sola vez.

—Abre la boca.

Tengo la mano de Fulke a escasos milímetros de mi boca. Está sujetando un trozo de carne entre los dedos del que gotea una salsa un poco grumosa que aterriza sobre sus leotardos de terciopelo negro.

122 Mi primera reacción es negar con la cabeza; me horroriza la idea de tener sus dedos cerca de la boca, o de que haya toqueteado mi comida. Fulke arquea una ceja canosa y tupida. Una pregunta. Una exigencia.

«Esta noche necesito que te comportes.»

Separo los labios, muy poco, y Fulke me incrusta ese trozo de carne, y lo hace con más fuerza e ímpetu de lo necesario. Intenta meterme los dedos, pero aparto la cara y cierro la boca.

Él dibuja una sonrisa de satisfacción.

—Qué traviesa eres.

Y, en ese instante, me doy cuenta de que Midas me está observando. No puedo evitar tensar los hombros.

—No importa. Nos espera una noche de lo más excitante, ¿no crees?

Un segundo después me embute una rebanada de pan. Queso. Uvas. Mastico toda la comida que Fulke me mete en la boca sin rechistar, sin pensar, sin decir una sola palabra. Trato de estar atenta a todo lo que ocurre en el salón, y mis cordones, en lugar de aflojarse, se mantienen firmes a mi alrededor.

Da un par de golpecitos en el borde de la copa de vino con ese dedo índice huesudo y escuálido y, haciendo gala de su poder, duplica la copa y me ofrece una. Chasquea los dedos y, de inmediato, se acerca una criada para llenar las copas de vino.

—Un brindis por nuestra noche —dice, y se bebe de un trago todo el contenido de la copa.

Doy un sorbo y el vino me sabe amargo.

Cuando Fulke se aburre de darme de comer, coge las dos copas, las deja sobre la mesa y rechaza el resto de los platos que los camareros iban a servirnos. Me alegro de que este jueguecito haya terminado. Me noto el estómago pesado, como si en lugar de comida hubiera ingerido piedras, y todavía noto el nauseabundo sabor de sus dedos en la lengua.

Sin embargo, Fulke no piensa dejarme en paz. Levanta el dedo índice y se señala una mejilla rechoncha y enrojecida por el vino.

—Bésame.

Entrecierro los ojos. Todos los músculos de mi cuerpo se agarrotan. Retuerzo los dedos bajo la falda de mi vestido. Al ver que no me muevo, a Fulke se le enciende la mirada. Ira.

Me pellizca la oreja y tira de mí hasta que mis labios acaban chocándose contra esa mejilla áspera y rugosa. Áspera y rugosa, y no suave y lisa como la de Midas. Una mandíbula redonda y una mejilla regordeta y una piel que huele a vino pero apesta a morbo.

No frunzo los labios porque me niego a regalarle un beso. Fulke sigue apretándome la oreja entre sus dedos y sigo con la boca pegada a su piel.

123

—Ah, por fin. No ha sido tan difícil, ¿verdad? —dice, y suelta una risotada.

Me suelta la oreja y, de repente, me tambaleo sobre el reposabrazos del trono. En un acto reflejo, Fulke me agarra del brazo para impedir que me caiga y me ayuda a recuperar el equilibrio. Esta vez su carcajada se oye en todo el salón.

—No hace falta que te arrodilles frente a mí. Todavía.

Las mejillas me arden de vergüenza, de rabia. Quiero marcharme de ahí. Quiero volver a mis aposentos, a la seguridad y soledad de mi jaula, con los lamentos de la Viuda de la Tempestad como única compañía.

Fulke no me quita la mano de encima, sino que me aprieta el brazo con fuerza. Tanto que intuyo que mañana amaneceré con unos moretones de color bronce.

—Estás demasiado lejos.

124

Y, sin previo aviso, tira de mí y me sienta sobre su regazo. Toda una hazaña teniendo en cuenta que mi cuerpo está rígido, en tensión. Es casi una proeza que haya sido capaz de moverme, la verdad. Aterrizo con bastante torpeza sobre sus muslos y me apresuro en estirar la espalda para no tener que apoyarme sobre su pecho. Busco los reposabrazos para intentar levantarme, pero Fulke me coge de la muñeca y me coloca la mano sobre la entrepierna.

—Aquí, mascota dorada.

Abro los ojos como platos. Se me revuelve el estómago. Noto cómo su miembro flácido empieza a ponerse duro. Y aunque intento por todos los medios apartar la mano, no puedo porque él me está sujetando la muñeca con una fuerza sorprendente.

Vivo en una jaula, pero jamás me he sentido tan atrapada.

—Su majestad.

Los ojos de Fulke se posan en Rissa, que ha aparecido de repente frente a él.

—¿Quieres que baile para ti? —pregunta con una sonrisa seductora. Su melena rubia y ondulada cae en cascada sobre su busto, cubriendo ligeramente sus senos desnudos.

El rey Fulke, con expresión de gula y avaricia, ladea la cabeza, dando así su visto bueno. Ella empieza a bailar. La falda negra hace frufrú al rozar el suelo pulido mientras se contonea al ritmo de la música. Cada vez que balancea las caderas, el bajo del vestido dibuja un arco sobre sus tobillos. Su mirada es pura tentación, igual que la curva de sus labios.

Por fin Fulke despega sus dedos esqueléticos de mi muñeca y enseguida aparto el brazo de una forma un tanto brusca; se reclina sobre el respaldo del trono y centra toda su atención en la actuación erótica de Rissa.

—Mira y aprende —me dice, y se me pone la piel de gallina; su boca está demasiado cerca de mi oído—. Esa sí es una montura que sabe lo que hace. Te aconsejo que te fijes en sus movimientos y aprendas a complacer a un hombre.

Complacer a un hombre. Como si ese fuese el único objetivo en la vida de una mujer, ya sea montura o no. La comisura de mis labios se retuerce en una mueca de profundo desdén.

Rissa no se molesta en ocultar una sonrisa de oreja a oreja al oír el elogio de Fulke. Un instante después me mira directamente a los ojos y sé la pregunta que le ronda por la cabeza, si estaré celosa o no. Por supuesto que no. Estoy aliviada. Nunca sabré si esa era su intención, pero me ha concedido un indulto por el que le estaré eternamente agradecida. Gracias a ella, Fulke ha dejado de prestarme atención, al menos durante unos minutos. Eso mismo fue lo que intenté hacer por ella en la biblioteca.

Estoy segura de que nadie se ha percatado de la peque-

125

ña hinchazón que tiene en la nariz, o de las diversas capas de maquillaje que se ha aplicado en la ojera para cubrir un moretón. Excepto yo, claro está. Siento lástima por ella. No pretendía hacerle daño.

—Mmm, baila bastante bien, ¿no crees, mascota?

Digo que sí con la cabeza. Es más que evidente que a Fulke le fascina que Rissa baile para él, y solo para él. Ella, tan profesional como siempre, continúa bamboleándose de una forma seductora.

Es hermosa. Pómulos marcados. Un rubor en las mejillas natural. Una cabellera dorada que le llega a la cintura. Curvas sinuosas. Y unos labios carnosos y rosados. No me extraña que haya cautivado a Fulke. Y no es únicamente por su extraordinaria belleza, pues todas las monturas de Midas son hermosas, sino por la seguridad que desprende, por su increíble capacidad de adivinar lo que quiere un hombre y cómo seducirlo. Tiene el don de transformarse, de adaptar sus andares o sus palabras para convertirse en la persona que otros buscan o desean.

Fulke apoya una mano sobre mis caderas y hunde los dedos por encima del hueso. Quiere demostrar a todo el mundo que esta noche va a poseerme. Pero se cansa enseguida y me empuja al suelo para que me siente delante de él. Creo que le gusta la imagen de tener a la preferida del rey Midas sentada a sus pies.

Doblo las rodillas de manera que pueda sentarme sobre las piernas porque es la única postura en la que no enseño partes íntimas. Algunos de los nobles que han asistido a la fiesta empiezan a perder la vergüenza, y la compostura, sin duda alentados por un abuso del vino. Se acercan a la tarima y murmuran mientras me observan. En lugar de hacer como si nada, les respondo con una mirada asesina. No pienso agachar la cabeza. Ni mirar hacia otro lado.

«Deja que hablen.»

«Deja que miren.»

Fulke se enzarza en una discusión con Midas y otros hombres sobre las nuevas rutas comerciales que deben establecer con el Cuarto Reino. Después debaten sobre las nuevas oportunidades de inversión en las minas de Raíz Negra. Como si estar en un salón de baile con suelos y paredes de oro macizo no fuese suficiente para ellos.

Ahora que llevo un rato sentada en el suelo, las rodillas y los gemelos empiezan a dolerme. No sé si aguantaré mucho más así de apretujada, por lo que me revuelvo un poco para aliviar la tensión y que la sangre vuelva a fluir por mis piernas.

Me pongo tensa cuando noto la mano de Fulke acariciándome la cabeza, como un amo acaricia a su perro.

—Y hablando de mercancías nuevas —empieza Fulke, mientras continúa jugueteando con mi melena dorada. En sus ojos advierto el brillo de la codicia—. Imagino que un mechón de su pelo debe de valer el salario de un mes de un campesino.

—Hmm —contesta Midas, evadiendo así la pregunta implícita. Mi rey observa la manera en que Fulke me toca y, aunque intuyo que le corroen los celos, no intercede. No le frena.

Noto un crujido nítido y húmedo en los ojos, como si alguien hubiese prendido una mecha y una llama invisible estuviese parpadeando en el centro del iris. Estoy conteniendo las lágrimas, que amenazan con salir a borbotones como lava líquida.

Y justo ahí, en el fondo de unos cimientos hasta ahora sólidos, unos cimientos basados en la sinceridad y la confianza, unos cimientos que han permanecido intactos durante toda una década, se abre una fisura. Como un ligero toque en un cristal, una grieta minúscula que, como una telaraña, se va extendiendo poco a poco.

Rissa deja de bailar y se coloca junto a Fulke para darle un masaje en los hombros, otra de sus grandes habilidades, y se encarama sobre el reposabrazos del trono en una exhibición de flexibilidad y elegancia.

Mientras él parlotea, Rissa prosigue con sus sensuales tocamientos, pasando de los hombros al pecho, recorriendo su abdomen hasta llegar a la cintura de sus pantalones. Le acaricia la entrepierna con una sonrisa pícara, lo cual capta la atención de varios de los hombres allí presentes, que observan la escena con deseo. Un espectáculo erótico que cautiva al rey, y a los mirones.

Y es entonces cuando caigo en la cuenta de que esta mujer, esta montura, tiene un poder. No un poder mágico como el de los reyes y reinas de Orea, sino otra clase de poder: el poder del control. Tiene a todos esos hombres comiendo de la palma de su mano. Y no solo eso: guía sus deseos, dirige sus emociones, alimenta sus fantasías.

Me nombraron montura real hace muchísimo tiempo, pero nunca he logrado una gesta como esa, y nunca he aprendido a hacerlo. La verdad es que tampoco me ha hecho falta porque, hasta hoy, el rey se había negado a compartirme con otro hombre. A su lado debo de parecer la montura más torpe de la historia. Ahí sigo, sentada con la espalda tiesa como un palo, las manos entrelazadas sobre el regazo y estremeciéndome cada vez que Fulke me roza el hombro con la pierna o me acaricia el pelo como si fuese su perro fiel.

—Se te da de maravilla —murmuro en voz baja, para que solo ella oiga el comentario.

—Soy una montura —contesta Rissa, como si esa simple respuesta bastara. Supongo que sí.

—Creo que tú y yo nos vamos a retirar, mascota —dice Fulke, captando así mi atención. Al volverme, veo que tiene la mirada perdida en mi escote—. Levántate.

Quiero atravesar ese coño de oro ahora mismo. No quiero perder ni un minuto más. Midas se ha empeñado en que te quiere de vuelta antes del amanecer.

Y, de golpe y porrazo, me agarra por los brazos y me aúpa con violencia. ¿Lo bueno? Que por fin recupero la sensibilidad en las piernas porque la sangre vuelve a fluir.

—Tú sigue bailando —le ordena a Rissa—. Esta noche no te necesito.

—Sí, majestad —responde ella, y se inclina en una refinada reverencia. Después se da media vuelta y se dirige hacia un grupo de hombres que no le quitan ojo de encima. Reconozco que, cuando camina, lo hace con tal elegancia que da la impresión de estar levitando.

Fulke, que sigue agarrándome de un brazo, se vuelve hacia Midas:

—Uno que se despide. Buenas noches —dice con aires de suficiencia—. Estoy impaciente por tenerla solo para mí.

El rey Midas asiente, pero su mirada se clava en mí.

—Disfruta.

Eso es todo lo que dice. Como si fuese una copa de vino o un delicioso pastel que él mismo sirve en bandeja a Fulke para que me disfrute. Aparto la mirada, dolida y decepcionada. Esa diminuta grieta en forma de telaraña se resquebraja un milímetro más.

Varios de sus guardias nos escoltan al ver que bajamos los escalones de la tarima juntos; sus guardaespaldas me separan de la multitud. Los invitados se ríen por lo bajo y empiezan a gritar toda clase de comentarios lascivos e indecentes.

—¡Montad a la montura de oro como se merece, majestad!

—¡Sáquele brillo a ese coño dorado!

Aprieto los dientes al oír ese repertorio de vulgaridades. Siento que mis cordones quieren desatarse de mi torso, afilarse bien las puntas y vapulearlos en la boca para enmudecer todas esas risitas de desprecio. No contento con ese bochorno, el rey Fulke alienta todavía más al público dándome un sonoro azote en el culo. Los extremos de los cordones se enroscan alrededor de mis costillas.

Tengo que ser fuerte.

No tengo alternativa.

El problema es que... solo me ha tocado el trasero, y ya me han entrado escalofríos. ¿Cómo se supone que voy a permitirle que me toque otras partes del cuerpo? ¿Cómo se supone que voy a sobrevivir a esto?

«Un recuerdo.»

«Siéntate en la banqueta.»

«Compórtate.»

«Confía en mí.»

Y de repente, en ese preciso instante, en mitad del salón de baile y rodeada por decenas de vividores que no paran de burlarse de mí, tomo una decisión: no voy a hacerlo.

12

$\mathcal{N}$o quiero que ese hombre me toque. Me da lo mismo que sea un rey. Me da lo mismo que mi rey me haya ofrecido como moneda de cambio, o que haya ganado una batalla gracias a este asqueroso trueque. No quiero pasar por esto, y no pienso quedarme de brazos cruzados y aceptarlo sin más. No pienso comportarme. Esto… Midas no puede pedirme esto. No puede exigírmelo.

Me detengo en seco justo antes de llegar a esos portones relucientes. El rey Fulke y sus guardias ni se dan cuenta porque están demasiado absortos en la celebración. En la emoción colectiva.

En el momento en que empiezan a acercarse a la salida es cuando los cinco hombres parecen percatarse de mi ausencia. Se vuelven y descubren que me he quedado varios pasos atrás. El rey es el último en darse la vuelta pero el primero en hablar. Frunce esas cejas espesas y grisáceas.

—Ven, mascota.

Noto el cuello rígido como un bloque de mármol, pero aun así consigo negar con la cabeza.

—No.

Juro por lo más sagrado que mi voz retumba en el salón. Sé que parece absurdo teniendo en cuenta que hay unos doscientos invitados, la mayoría ebrios, y que la orquesta sigue entonando balada tras balada. Pero ese solitario monosílabo que pronuncio con un hilo de voz resuena como el gruñido de una avalancha, porque en ese mismo instante todo el mundo enmudece y agudiza el oído para averiguar qué ha podido ocurrir que sea tan grave como para perturbar el ambiente.

—¿Qué? ¿Qué acabas de decir? —pregunta el rey Fulke con cara de pocos amigos. Ahora, en su mirada oscura y tenebrosa, advierto el brillo de la incredulidad, de la ira.

Doy un paso atrás y digo que no con la cabeza. No voy a dejarme vencer por el miedo, no pienso claudicar.

—Soy la preferida del rey —digo con la barbilla bien alta y con una voz firme e inquebrantable, lo cual no casa en absoluto con el temblor de mis manos—. A pesar de mi aspecto, no soy una moneda de oro con la que uno pueda pagarse un capricho.

El silencio que reina en el salón de baile es demoledor. Incluso la tormenta ha amainado. Miro a mi alrededor, aunque no sé por qué. ¿Qué pretendo encontrar? ¿Un aliado? Pero si no tengo ninguno.

No veo venir el bofetón. Fulke me gira la cara de un guantazo y siento una explosión de dolor en los ojos.

Ese vejestorio me ha golpeado con una fuerza sobrehumana. Me mantengo en pie únicamente porque Fulke me agarra de la espalda del vestido. Siento que estruja algunos de mis cordones entre sus nudillos.

Me lleva a empujones hasta Midas, que se ha levantado del trono y se acerca a nosotros con paso firme. La multitud se aparta ante él como si fuese un río caudaloso y lleno de rápidos que pudiese arrasar con todo lo que se encuentra a su paso.

—¿Así es como tus monturas hablan a la realeza? —pregunta Fulke. Está tan furibundo que escupe al hablar, y una gota de saliva aterriza en mi mejilla. No deja de zarandearme—. ¡Debería cortarle la cabeza!

—Recapitulemos. Te regalé su coño, no su cabeza —responde Midas mientras avanza entre la muchedumbre, que observa la escena con la boca casi desencajada.

Mi propio torrente de lágrimas empieza a descender por mis mejillas, lágrimas lastimeras que no conmueven a nadie y que acaban derramadas en el suelo, cerca de mis pies.

Sé que lo más sensato sería mantener el pico cerrado. Lo sé, de veras que lo sé. Pero no puedo contenerme y, además, ya estoy metida en un buen lío, así que ¿por qué no? ¿Qué más puedo perder?

—¿Es que no valgo más que esto? —pregunto en voz baja. No me dirijo a Fulke, sino a Midas. Y no me refiero al brillo dorado de mi piel, sino al amor de mi corazón. ¿Acaso *eso* no vale más?

—¿Disculpa? —dice el rey Midas, que está que echa humo por las orejas y se detiene frente a mí.

A pesar de que no alza el tono de voz, la panda de cotillas que está más cerca sí le oyen, y los invitados se agolpan alrededor de nosotros para no perder detalle de la discusión.

—Tú vales más que todo el oro de este castillo. Pero eres mía, como mío es el castillo, y puedo utilizarte como considere apropiado.

Nunca he oído un corazón romperse en mil pedazos, pero el sonido me recuerda a la grieta de un cristal, que se va resquebrajando hasta hacerse añicos.

«Pero me hiciste una promesa. Me prometiste que me protegerías. Me prometiste que siempre tendría tu corazón.»

Quiero decirlo, pero las palabras se me atragantan. Mis ojos, llenos de lágrimas, gritan esas palabras mudas, pero mi rey no es capaz de oírme.

Midas mira a su aliado.

—Por favor, acepta mis disculpas, rey Fulke. Y perdona la

inocencia de la montura real. Reconozco que la he consenti-
do demasiado. No volverá a sublevarse, puedes estar seguro.

No tengo manera humana de saber si Fulke se ha tran-
quilizado porque no puedo verle. Midas hace una señal a
los guardias que tengo detrás de mí.

—Acompañad a Auren a los aposentos del rey Fulke.

—¡No!

No voy a tirar la toalla tan rápido. Me retuerzo en un intento de zafarme de Fulke, pero no sirve de nada. Dos de sus
guardias me empujan hacia delante como si fuese un peso
muerto. Apretujada entre ese par de armaduras púrpuras,
me invade una ira desconocida para mí, una rabia sin límites. Empiezo a soltarles toda clase de improperios e insultos
por la boca, pero, por mucho que forcejeo, no me sueltan.

Atravesamos el umbral de la puerta, con el rey Fulke
en la delantera.

—¡Cállate! —me espeta—. ¡O te atizaré con el cinturón hasta dejarte esa piel dorada en carne viva!

Obedezco, aunque no estoy del todo convencida de que
vaya a librarme del castigo. Le he desafiado en público y
sé, por experiencia propia, que todo aquel que osa desafiar
a un rey nunca sale impune.

Una vez fuera del salón de baile, me arrastran hacia
el vestíbulo de la entrada y después me empujan bruscamente hacia la enorme escalinata que se ve al fondo. Pero
antes de llegar al pie de la escalera, la puerta principal se
abre de par en par para dejar entrar a un soldado ataviado con la armadura de Fulke. Los guardias de Midas que
custodian la puerta le gritan para intentar pararlo, pero él
no hace caso a las advertencias. Cuando ve a Fulke, sale
disparado hacia su rey.

El soldado lleva una capa púrpura que, a primera vista,
parece que pese un quintal. Veo que está cubierta de nieve
y hielo y que sus botas están manchadas de fango. Debe

de tener la suela helada porque se resbala cada dos por tres, aunque no llega a caerse.

—¡Mi rey!

Fulke para en seco y lo mira con el ceño fruncido.

—¿Qué diablos haces aquí?

El soldado, embarrado de pies a cabeza, al fin nos alcanza. Está jadeando y tiene que hincarse de rodillas para recuperarse y poder hablar. La lámina del pecho está recubierta por una capa de hielo y tiene la piel de la cara enrojecida y cortada por el viento y el frío.

—¿A qué escuadrón perteneces, soldado? —le pregunta uno de los guardaespaldas de Fulke, que no duda en ponerse delante del rey, como escudo humano.

—Vengo de la frontera con el Cuarto Reino, señor —responde el soldado.

El guardia arruga la frente.

—¿Dónde está Gromes?

135

El muchacho sacude la cabeza.

—El mensajero murió en combate. El general intentó enviar a dos de sus hombres, pero también perdieron la vida. Fui el único que consiguió colarse en una de las alas de madera y escapar antes de que nos atacaran desde el cielo. He volado noche y día para llegar a tiempo.

Unos cuantos invitados aparecen de repente en el vestíbulo, borrachos como cubas, riéndose de una forma escandalosa y manoseándose como si estuviesen en un burdel. Han perdido los modales y no son conscientes de dónde están.

Un segundo después aparece Midas, que se acerca con aire decidido y acompañado de seis de sus guardias —seis, ni uno más, ni uno menos—, incluido Digby. Echa un vistazo al mensajero de Fulke y su expresión se torna adusta, seria.

—Acompáñame. Charlemos en privado, lejos de esta panda de chismosos —dice Midas, y señala con la barbilla hacia la habitación del correo, que está a mano izquierda. Albergo la esperanza de poder escabullirme, pero los guardias no me sueltan; me llevan a rastras por un pasillo, en dirección contraria a la escalinata, y nos reunimos todos en esa habitación.

Además de un par de mesas y varias sillas desperdigadas, allí se almacena toda clase de pergaminos, velas, tarros de tinta y plumas para que cualquiera que lo desee pueda escribir una carta y enviarla desde palacio. Alguien cierra la puerta y, sin comerlo ni beberlo, me encuentro atrapada con dos reyes y diez guardias de seguridad.

El mensajero está igual de inquieto y angustiado que cuando ha irrumpido en el castillo. De hecho, respira de forma entrecortada y, con la torpeza típica de los nervios, se coloca detrás de una de las mesas de oro.

—¿Y bien? —exige saber el rey Fulke—. Quiero saber por qué mi mensajero está muerto y por qué te han enviado hasta aquí desde la frontera.

Al mensajero le tiemblan un poco las manos, aunque no sé si de nervios o de agotamiento.

—Mi rey, si pudiese hablar con vos en privado…

A pesar de la humilde petición, Fulke entorna su mirada negra y lúgubre.

—¿Eres un traidor, soldado? ¿Has desertado?

El mensajero abre los ojos, como si no diera crédito a la acusación que acaban de hacerle.

—¿Qué? ¡No, señor!

—¡Pues explícate! —le ordena Fulke, y da un puñetazo encima de la mesa. El muchacho y yo damos un respingo.

El mensajero posa la mano sobre la empuñadura de su espada.

—En cuanto vuestro ejército traspasó la frontera del Cuarto Reino, los hombres del rey Ravinger nos atacaron. Toda vuestra flota fue diezmada, señor.

El rey Fulke frunce las cejas.

—Te equivocas, soldado. Nuestras tropas rompieron la línea defensiva del Cuarto Reino a primera hora de esta misma mañana. Después de la invasión, ocupamos Timón de Barranco. Nuestro ejército, junto con las tropas del Sexto Reino, venció al enemigo. Tomamos al Cuarto Reino por sorpresa, desprevenido. Y ya hemos iniciado negociaciones.

El mensajero mira a su alrededor, como si buscara algo, y finalmente posa la mirada en Midas, que permanece estoico y con una expresión ilegible. Y después vuelve a mirar a Fulke.

—No, su majestad.

—¿No? —repite Fulke, como si fuese la primera vez que oye esa palabra en su vida—. ¿Cómo que «no»? ¿Qué quieres decir con «no»?

—No... No tomamos Timón de Barranco. El puesto de avanzada de Ravinger estaba lleno de soldados. Antes de llegar a las murallas, ya los teníamos encima.

Uno de los guardias de Fulke escupe una grosería y veo que Fulke cierra los puños.

—¿Estás insinuando que toda mi división ha sido aniquilada?

El mensajero vacila.

—Sí, su majestad, y...

El rey Fulke coge uno de los tarros de tinta y lo lanza contra la pared. El tarro se rompe en mil pedazos y la tinta salpica cada rincón de la habitación.

—¿Y qué? —pregunta Fulke, que está hecho un basilisco—. ¡Suéltalo de una vez!

Esto no pinta bien, nada bien. Algo me huele a chamusquina. Hasta hace escasos minutos, estaban celebrando una victoria aplastante. El plan había ido sobre ruedas y habían derrotado al Cuarto Reino. Arrugo la frente mientras mi cabeza intenta atar cabos. ¿Qué ha podido pasar en estos escasos minutos? ¿Cómo es posible que los reyes recibieran una información errónea? ¿O es que este soldado está mintiendo? Y de ser así… ¿con qué propósito?

El mensajero agarra la empuñadura bajo la atenta y furiosa mirada de su rey, y no soy la única que se percata de ese detalle.

—¿Qué estás haciendo, soldado? —pregunta el guardia personal del rey Fulke, dispuesto a desenfundar su espada en cualquier momento. En su tono de voz percibo la sombra de la sospecha. Sin embargo, el mensajero no mira al guardia, ni tampoco a Fulke. Está mirando fijamente a Midas.

Me revuelvo, nerviosa. Todos mis instintos me gritan que algo terrible está a punto de suceder, pero no tengo ni la más remota idea de qué puede ser.

—Explícame por qué esta mañana nos han informado de que tomamos Timón de Barranco al alba si, según tu versión, ¡todas mis tropas fueron masacradas durante el ataque! —ruge el rey Fulke—. ¡Explícame cómo es posible que los hombres de Ravinger hayan podido vencer a mi ejército y a los soldados de Midas sin que nos hayamos enterado!

Los guardias de Fulke rodean al mensajero, como si fuesen una manada de lobos que está a punto de dar caza a un traidor. A un mentiroso.

Sin embargo, están acorralando al hombre equivocado.

El mensajero levanta la barbilla y, aunque en sus ojos veo resignación, adopta una postura de orgullo y amor propio.

—Ah, no han vencido al ejército del rey Midas. Porque el ejército del rey Midas nunca apareció. Las tropas del Sexto Reino nunca llegaron a la frontera del Cuarto Reino y, por lo tanto, no se unieron a vuestra milicia. Vuestros hombres se enfrentaron al rey Ravinger solos, sin ayuda, y los mensajes que habéis recibido a lo largo del día son mentira.

Todos se vuelven hacia mi rey con miradas acusatorias.

—Midas os ha traicionado.

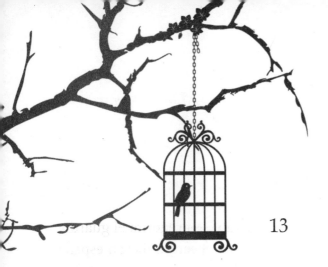

13

*D*urante un segundo, el tiempo que dura un suspiro, nadie se mueve.

Tras la sorprendente declaración del mensajero se hace un silencio absoluto. Y un instante después, los dos grupos de guardias se colocan alrededor de su rey.

El rey Fulke frunce el ceño, confundido.

—Estás equivocado, soldado —le responde al mensajero.

—No, no lo está.

No puedo creerlo. Midas lo acaba de reconocer, y sin rodeos ni diatribas. Observa a Fulke con una mezcla de arrogancia y satisfacción. La expresión de Fulke cambia a medida que pasan los segundos: la turbación y desconcierto iniciales se transforman en incredulidad y esta, a su vez, se transforma en rabia e impotencia. Después de los últimos coletazos del terremoto, Fulke por fin empieza a asimilar lo ocurrido.

—¿Me has traicionado? —pregunta el rey Fulke, y su voz suena como un látigo.

Sus guardias se ponen a la defensiva, dispuestos a desenvainar la espada en cuanto su rey se lo indique. Las espadas de Fulke tienen los plomos púrpura y el escudo del reino —unos carámbanos dentados— tallado en la empuñadura. Unos minutos antes, todos esos hombres estaban bebiendo y riéndose juntos. Ahora la tensión se podría cortar con un cuchillo.

De aliados a enemigos.

Enemigos que eran aliados.

—Espero que esta sea tu última lección de vida, Fulke —responde Midas, que, además de no perder la calma, no parece sentirse en absoluto intimidado por la amenaza que sigue suspendida en el aire—. Los reyes de verdad, los que se visten por los pies, no entregan su ejército a cambio de un coño.

No sé quién se ha quedado más pasmado, si Fulke o yo.

El monarca del Quinto Reino observa a Midas atónito, como si acabara de desenmascararlo, como si acabara de quitarse una venda de los ojos y pudiera verlo tal y como es, como si todo ese oro reluciente y esa inmensurable riqueza ya no pudieran cegarle.

—Tu intención, desde el principio, nunca fue atacar el Cuarto Reino —murmura. A juzgar por su tono de voz, empieza a comprender lo ocurrido.

Midas suelta una carcajada. Sí, se ríe del rey Fulke y no se digna ni disimular.

—Por supuesto. Uno no puede invadir el Cuarto Reino, es *vox populi*. El rey Ravinger aniquila sin piedad a cualquiera que se atreva a violar sus fronteras.

Las caras de los guardias de Fulke son de odio, de un odio profundo y encarnizado, un odio que oscurece sus rasgos y enciende una llama de fuego en sus ojos.

Me quedo horrorizada al darme cuenta de que no se trata de un engaño, sino de una traición que lleva fraguándose mucho tiempo. Una traición con todas las letras. Midas se ha pasado años forjando un vínculo con Fulke, seduciéndole con riquezas y llenándole las arcas de oro. Y Fulke, por su lado, siempre ha aceptado los agasajos de Midas con avaricia. Y sin protestar, claro.

Siempre he sentido curiosidad por saber qué obtenía Midas a cambio. Y ahora ya lo sé. Midas no pretendía enriquecer al rey Fulke, sino que trataba al Quinto Reino como su segunda cámara acorazada. Ha estado utilizando a Fulke como una marioneta para transportar el oro por él mientras aguardaba el momento perfecto para darle una puñalada por la espalda.

Es un plan brillante. Un plan brutal. Y no tengo la más mínima duda de que de la habitación del correo no van a salir los dos reyes cogidos del brazo, ni van a firmar la paz.

Fulke aprieta los labios. Advierto una gota de sudor en su sien izquierda cuando asiente con la cabeza, aunque no sé si lo hace en señal de comprensión o de resignación. Por lo visto, ya ha encajado las piezas del rompecabezas, pero no parece en absoluto asustado.

—Tu ejército no tenía órdenes de atacar las fronteras del Cuarto Reino. Me has engañado y, por tu culpa, han masacrado a todos mis hombres. Y supongo que has aprovechado el momento para invadir mi reino.

Al rey Midas le brillan los ojos de satisfacción y de orgullo. Al rey Fulke, en cambio, le brillan de aversión y de odio.

De aliados a enemigos.

La gota de sudor empieza a resbalarse por la frente de Fulke, creando una línea invisible, como la que Midas ha cruzado.

Nadie me advierte, nadie me pone sobre aviso. No sé cuál de los dos reyes da la orden de atacar primero. Lo único que sé es que, de repente, se desencadena una batalla.

Alguien me atesta un empujón y me arroja al suelo. El golpe me deja sin aire en los pulmones, pero, por suerte, una alfombra tejida a mano amortigua la caída.

El púrpura y el dorado se enfrentan en una explosión de ruidos metálicos ensordecedores.

El carmesí es el siguiente color en aparecer en escena, y lo hace en forma de violentas salpicaduras.

Escucho gritos ahogados. Las espadas se chocan en el aire, y saltan chispas que aterrizan en el suelo. El ataque es despiadado y súbito, lo cual desentierra ciertos recuerdos del pasado. La escaramuza se está librando a escasos centímetros de mí y esos ruidos metálicos amenazan con reventarme los tímpanos. Estoy tendida en el suelo, igual que lo estuve hace muchos años, en un lugar distinto, durante una batalla distinta.

Una batalla en mitad de la noche, bajo una luna amarilla y solitaria, una luna menguante que parecía querer arañar aquel cielo oscuro. Ocurrió hace diez años. Los saqueadores asaltaron la diminuta aldea en la que vivía. Hicieron lo que mejor sabían hacer: robar. Se llevaron todo lo que quisieron. Dinero, ganado, cereales. Mujeres.

El sonido de las espadas al chocar es como una melodía espantosa, y en mi mente empieza a sonar una canción de taberna que solía tocar con el arpa.

> Saquearon la aldea,
> quemaron nuestros hogares.
> No siguen a un caudillo,
> pero se inclinarán por un anillo.

Aquella letra estúpida no deja de repetirse en mi cabeza. Me tapo los oídos para intentar silenciarla. Empiezo a confundir el pasado con el presente, el entonces con el ahora, y poco a poco me voy arrastrando hacia atrás, hacia la pared. Si consigo pasar desapercibida y arramblarme a la pared, entonces podré escurrirme hasta la puerta; y si logro llegar hasta la puerta, podré…

Y en ese preciso instante el cuerpo de un guardia se desploma encima de mí, golpeándome la barbilla contra el suelo con tal fuerza que veo las estrellas, los planetas y la galaxia entera. Gruño bajo el tremendo peso del soldado y empiezo a revolverme y a menearme para sacármelo de encima. Y es entonces cuando me doy cuenta de que está muerto, muy muerto.

De pronto, antes de que mi mente pueda asimilar que tiene encima un cadáver decapitado, alguien me coge por el pescuezo y me levanta del suelo. Me pitan los oídos y esa dichosa canción sigue sonando en mi cabeza, y, en ese instante, noto el filo de un cuchillo acariciándome el cuello.

—¡Maldito cabrón! —grita el rey Fulke, que me tiene aprisionada entre sus brazos.

Empiezo a gimotear. Sus movimientos erráticos hacen que el puñal se empiece a clavar en mi piel y, para colmo, le tiemblan las manos.

—Te crees muy listo, ¿eh? ¿Quieres verme muerto? —desafía con una sonrisa maléfica—. Bien. Pienso llevarme a tu puta de oro al infierno conmigo.

Sentir que la muerte te acecha es algo surrealista. En este caso, Fulke es la viva personificación de la muerte. Su aliento cálido y apestoso se resbala por mi espalda como gotas de vino, empapándome la piel de miedo, de pánico. Aprieta el mango del puñal con tanta fuerza que el filo vibra, y ese temblor hace que se clave aún más en mi cuello. De la herida empieza a salir sangre a borbotones.

Hay ocho hombres tendidos en el suelo o tirados encima de las mesas, envueltos en charcos escarlata y con heridas insalvables. Es un baño de sangre. Aparto la mirada e intento convencerme de que no es más que pintura roja, de que todo esto ha sido una pesadilla provocada por esa macabra cancioncilla y de que, cuando menos me lo espere, me despertaré.

Pero no lo es.

Todos los hombres de Fulke, incluido el mensajero, están muertos. Tres de los guardias de Midas también han perdido la vida en la refriega.

Los dos que han logrado sobrevivir permanecen junto a su rey, dispuestos a protegerle con su propia vida. Sus espadas doradas están manchadas de sangre. Se oyen los aullidos de la ventisca y el granizo golpetea el cristal de la ventana.

Midas me mira, pero no logro descifrar su expresión. La mía, en cambio, no debe de dar lugar a equivocación: pánico, pánico y terror.

Aprieto los ojos bien fuerte porque no quiero ver lo que va a pasar ahora. No quiero ver su reacción cuando Fulke me degüelle.

Es el fin. Voy a morir.

En el momento en que cierro los ojos, noto la presión del filo, como si estuviera acorralándome, atrapándome, cumpliendo la amenaza salvaje de Fulke de quitarme la vida. Inspiro hondo —quizá sea mi último aliento— y contengo la respiración.

Pero antes de que ese afilado puñal se hunda un centímetro más en mi piel, noto que Fulke empieza a tambalearse y, de repente, alguien me agarra del brazo y me aparta bruscamente hacia un lado. Fulke se desploma a mis pies. Su cuerpo se sacude de forma violenta. Echo un fugaz vistazo y me horrorizo. Le han atravesado el torso con una espada.

No quiero que esa imagen se quede grabada en mi memoria, así que miro hacia la derecha y veo a Digby. Había olvidado que Digby estaba en la habitación. Él es quien me está sujetando del brazo. Tiene la cara manchada de sangre y su vaina está vacía.

El sonido de gorjeos es espeluznante y no puedo evitar bajar la mirada. Fulke no deja de retorcerse. Levanta las manos y palpa la espada que sobresale de su pecho. Abre la boca y la cierra, incapaz de articular una sola palabra. Un hilo de sangre asoma por la comisura de sus labios. De pronto, agarra la espada con ambas manos y empiezan a brotar chorros de sangre. Los cortes deben de ser profundos, pero aun así Fulke no suelta la espada, como si quisiera estrangularla con sus propias manos.

Y así es como el rey Fulke fallece, aferrado a esa espada de oro y con la boca entreabierta, como si se le hubiera atragantado un improperio, un insulto. Estoy segura de que nos habría mandado a todos al infierno.

Midas está al otro lado de la habitación, protegido por sus dos guardias. Todos los ojos están puestos en el rey Fulke, que, en ese preciso instante, se ahoga con su propio balbuceo. Al ver toda esa sangre manando de las heridas, tan pringosa y burbujeante como el sirope, empiezo a marearme.

145

Primero, los temblores. Después, el vahído. Siento el latido del corazón amartillándome el cráneo con un tap, tap, tap, ¿o es el sonido del granizo contra el cristal?

Me vuelvo y recuesto la cabeza sobre el cuello de Digby. Estoy incómoda porque la armadura es dura como el acero, pero me da lo mismo. Me tiembla todo el cuerpo y me abrazo a él con fuerza.

—Gracias, gracias, gracias —repito. Me ha salvado. Mi guardia personal, un tipo callado y estoico, acaba de matar a un rey para salvarme la vida.

Oigo voces. Midas, uno de los guardias, tal vez Digby. No entiendo lo que están diciendo, pero en este momento me importa un comino.

Mis pies se balancean un poco. Un resplandor ultravioleta me obliga a abrir los ojos. Siguen charlando. El granizo sigue golpeando la ventana. Y esa maldita canción sigue sonando en mi cabeza.

—Llevadla a sus aposentos —ordena Midas, aunque quizá me lo haya imaginado.

Digby me sostiene entre sus brazos y luego me alza en volandas, de manera que puedo seguir apoyando la mejilla sobre su pecho.

—Estás manchado de sangre. Estoy manchada de sangre —digo, aunque mi voz suena lejana, débil. La sangre puede ser algo intrascendente si se compara con todo lo demás. Ni siquiera sé por qué he dicho eso.

Me abrazo a él mientras nos alejamos de la habitación del correo y empezamos a subir una escalera infinita.

—Necesito ver el lado bueno —balbuceo.

El lado bueno. Necesito ver el lado bueno de esta situación para no desfallecer. Para no hundirme.

El lado bueno… El lado bueno… No me han violado ni me han asesinado.

Por el gran Divino, qué lado bueno tan abismal.

Digby avanza en silencio; no me da ningún consejo ni me sugiere otro lado bueno. Aunque reconozco que tampoco lo esperaba. Sin embargo, oír los pasos firmes y seguros de sus botas me reconforta. La cabeza me da vueltas y esos destellos ultravioleta que me nublan la visión empeoran por momentos.

—Has matado a un rey por mí, Digby —murmuro.

Él gruñe.

Cierro los ojos un momento y me dejo arrullar por el balanceo de sus andares. Un segundo después, o esa es mi percepción del tiempo, abro los ojos y me doy cuenta de que ya hemos llegado a la última planta del palacio. Estamos en mi habitación y en este instante Digby me está arropando en la cama.

Me hago un ovillo bajo las sábanas y me da la impresión de que el colchón se ha convertido en una nube suave y esponjosa. Digby, tras comprobar que estoy bien, se da la vuelta y se marcha sigiloso, para no perturbar la intimidad y serenidad de mis aposentos, con la luz de las velas como única compañía.

Había asumido que esta noche me violaría un rey.

Pero ese rey está muerto, una espada le ha atravesado el pecho. Lo he visto con mis propios ojos. Su sangre me ha calado las pantuflas. Todavía puedo notar su aliento cálido y fétido en el cuello. Ha sido una noche... abrumadora, desde luego. Una noche llena de emociones. En mi cabeza se repite todo lo ocurrido, como si fuesen fotogramas de una película, desde el momento en que me he despertado hasta ahora.

Me quedo tumbada en la cama un buen rato, pensando, escuchando el granizo y el viento, preguntándome si en una vida anterior hice algo que pudiera ofender a una diosa, o si quizá viva demasiado recluida, escondida en los confines del Sexto Reino, bajo un manto de nieve que jamás llega a fundirse. Tal vez ese sea el motivo por el que las estrellas no pueden verme.

Y, durante una hora, eso es lo único que hago, reflexionar y hacerme preguntas que no tienen respuesta. Con la sangre de un rey muerto ya reseca en las pantuflas y un corte superficial en la garganta.

147

14

El sonido metálico de una llave introduciéndose en la cerradura de mi puerta me distrae de mis pensamientos. Oigo varios pasos apresurados y, de repente, entra una ristra de criados, uno detrás de otro. Pasan de largo, como si fuese invisible, y van directos al cuarto de baño. Todos cargan unos cubos llenos de agua caliente.

Un minuto después, se marchan tal y como han venido, en completo silencio. La jaula vuelve a estar cerrada y la llave, echada.

No me giro, no me muevo. Tan solo espero. Y agudizo el oído.

Sé que está detrás de mí, observándome. Mantengo la espalda erguida y la mirada clavada en la ventana, en la ventisca que sigue rugiendo ahí fuera.

Al fin, Midas decide salir de su escondite y advierto una silueta negra justo delante de mi jaula, a apenas un par de metros.

Se queda ahí parado unos instantes y, aunque no puedo verlo con mis propios ojos, sí puedo sentir su mirada clavada en mí, en la herida de mi garganta. Se acerca a la jaula, extiende el brazo y me ofrece la mano. Y espera.

No la acepto.

—Deja que te bañe, que te cure esa herida, preciosa.

Alzo la cabeza. Sigo sin aceptar su mano.

Su cara es la viva imagen del remordimiento.

—Lo sé —añade con voz grave—. Lo sé, pero deja que me explique, por favor. Deja… Quiero abrazarte. Cuidarte. Deja que te ayude, Auren.

La grieta que poco a poco iba dibujando una telaraña en el cristal, resquebrajándolo milímetro a milímetro, se detiene. Se mantiene a la espera, a la expectativa.

Porque no es la primera vez que oigo esas palabras de la boca de Midas. «Deja que te ayude.»

¿Por eso las está utilizando ahora? ¿Para recordármelo?

Cuando vivía como una mendiga en la calle, dormía durante el día y deambulaba por los bajos fondos por la noche. Hambrienta, a menudo. Aterrada, siempre. Me daba miedo comprar cualquier cosa, acercarme a cualquier persona. Solo lo hacía cuando no tenía más remedio, o cuando era estrictamente necesario.

Vagaba siempre sola y hacía todo lo que estaba en mi mano por pasar desapercibida. Era la única manera de que una chica como yo pudiera estar a salvo. No podía acabar en la misma situación de la que había logrado escapar.

Hombres perversos. El mundo estaba gobernado por hombres perversos.

Y aunque traté por todos los medios de mantener un perfil bajo para que nadie se fijara en mí, no lo conseguí. Porque no era invisible.

Sabía que no debía callejear por un mismo sitio durante varios días seguidos. Lo sabía, vaya si lo sabía, pero estaba cansada. Agotada. Sí, metí la pata. Y hasta el fondo. Cometí un error y descuidé lo más importante. Sabía que mi negligencia acarrearía consecuencias, consecuencias terribles. Tan solo era cuestión de tiempo.

Los saqueadores llegaron esa misma noche.

Armados con antorchas y hachas, atacaron la aldea en

la que me estaba escondiendo, la misma que debería haber abandonado hacía días.

Se llevaron todo lo que les vino en gana. Los granjeros que vivían allí estaban condenados, pues no habían recibido ningún tipo de formación defensiva. No tenían más armas que horquetas y palas.

Intenté huir. Demasiado tarde. Ya era demasiado tarde.

Me encontraron en un callejón y me arrojaron a un carruaje, junto con otras mujeres a las que habían sacado de su casa, de su cama. Todas chillaban y lloraban a lágrima viva. Yo, en cambio, ni me inmuté. Me resigné. Sabía que, para mí, todo había terminado. Sabía que no podría volver a escapar. Las parcas nunca conceden segundas oportunidades. Así que erguí la espalda y me preparé para enfrentarme de nuevo a la vida de la que me había fugado.

Y fue en ese momento cuando apareció él. Midas. Como si las mismísimas diosas lo hubieran enviado desde el cielo, montado sobre un caballo moteado gris y acompañado por seis hombres más.

Al principio pensé que quienes gritaban eran los aldeanos, que forcejeaban con los atacantes en un intento desesperado de defender sus hogares, sus familias. Pero entonces vi a varios saqueadores tendidos en el suelo, desangrándose. Poco después alguien abrió la portezuela del carruaje y las mujeres empezaron a correr despavoridas. Oí sus llantos, solo que, esta vez, las lágrimas eran de alivio, de agradecimiento.

Sin embargo, yo no tenía una familia con la que reunirme, nadie a quien abrazar. Así que, casi cojeando y al borde del desfallecimiento, regresé a aquel callejón. Me costaba creer que todo hubiese acabado tan rápido. Había perdido la fe, la esperanza. Pero aun así les di las gracias a las estrellas.

En un momento dado, los sonidos inconfundibles de

151

una batalla encarnizada enmudecieron. Apagaron las llamas que amenazaban con carbonizar los tejados de paja, y el humo que emergía de las hogueras era lo único que me calentaba el cuerpo.

Y de repente advertí una figura al final del callejón. Me acobardé y me acurruqué junto a unas cajas que había ido amontonando, hasta que se detuvo delante de mí. Miré hacia arriba y vi aquel rostro joven y atractivo. Él me sonrió. No fue una sonrisa burlona, ni tampoco una sonrisa maléfica. Era una sonrisa auténtica, una sonrisa de compasión. Una sonrisa bastó para que dejara de temblequear.

Sin dejar de sonreír, me ofreció la mano.

—Ahora estás a salvo. Deja que te ayude.

Estaba a salvo. Y me ayudó.

Y, desde ese momento, se encargó de mantenerme sana y salva. Si quería esconderme del mundo, me dejaba su capa y su capucha. Cuando prefería estar a solas, se aseguraba de que nadie me importunara. Cuando anhelaba cariño y mimos, él me sostenía entre sus brazos.

Y, cuando le besé por primera vez, él me correspondió. Y me devolvió el beso.

«Ahora estás a salvo. Deja que te ayude.»

Estaba harta de sentirme desprotegida y vulnerable frente al mundo y Midas puso punto final a esa etapa de mi vida.

Trago saliva y miro a Midas. Me da la impresión de que estoy reviviendo el pasado, de que está sacándome otra vez de ese callejón oscuro. En cierta manera, siento que quiere recordarme de dónde venimos y todo lo que ha hecho por mí a lo largo de los años.

Se ganó mi confianza. Mi amor. Mi lealtad. No estaría aquí, en esta jaula dorada, de no haberlo hecho.

—Por favor —ruega. Reconozco que me sorprende porque Midas nunca ruega.

No desde que se autoproclamó rey y se colocó una corona de oro.

Titubeo durante unos segundos, pero el pasado es un arma poderosa y, al final, alzo la mano, poso mi palma sobre la suya y entrelazo sus dedos.

Él esboza una sonrisa y veo que se le ilumina el rostro. Me ayuda a levantarme y me guía hasta el cuarto de baño. Noto una ligera sensación de calidez en todo el cuerpo, que sin darme cuenta ha dejado de temblar.

De la bañera de oro emergen unos zarcillos de vapor que desaparecen en el aire y enseguida distingo el inconfundible olor del aceite que han añadido al agua: bayas de invierno.

Midas se detiene en el centro de la habitación. Los criados han encendido todos los candelabros, que bañan la estancia con un resplandor acogedor y muy reconfortante. El espejo que cuelga sobre el lavabo refleja nuestra imagen. Midas se desliza detrás de mí.

Dibuja una línea recta a lo largo de mi espalda y después me acaricia los cordones. Todas esas cuerdas de seda siguen atadas alrededor de mi torso.

Con sumo cuidado, va desenvolviéndome, capa a capa.

No muevo ni un solo cordón para ponérselo más fácil, pero tampoco opongo ninguna resistencia.

Desenreda ese corpiño dorado poco a poco, tomándose todo el tiempo del mundo en cada vuelta, hasta desenlazar el último cordón, que se desliza por mi espalda hasta rozar el suelo. Y, durante todo ese rato, lo observo atentamente en el espejo. El corazón me palpita más rápido de lo habitual.

Después, me ayuda a quitarme el vestido de montura y lo hace casi con veneración, como si fuese una estatua de cristal que pudiera romperse en cualquier momento. No cruza ninguna línea y tan solo se limita a desvestirme.

El vestido cae a mis pies y, durante un breve instante, entrecruzamos la mirada en el reflejo del espejo. Me toma de la mano una vez más y me guía hasta la bañera. Primero una pierna, después la otra. Me siento. El agua me cubre hasta los hombros y sobre la superficie se han creado unas burbujas que se mezclan con el aceite. Ya empiezo a notar sus efectos calmantes en la piel.

Suspiro.

Midas toma asiento sobre un taburete que coloca junto a la bañera. Sumerge una toalla muy pequeña en el agua y me mira a los ojos.

—¿Puedo?

No le respondo ni tampoco asiento con la cabeza. Alzo un pelín la barbilla y con ese simple gesto acepto su invitación. Se inclina hacia delante y, con muchísimo cariño, empieza a curarme la herida. El escozor es terrible y hago una mueca de dolor.

—Lo siento.

Sus palabras son amables pero firmes, igual que los toquecitos que noto en la garganta.

—¿Puedes ser más explícito? —pregunto, y mi voz suena ronca, quizá porque llevo mucho rato callada, quizá por la emoción. O quizá por ambas cosas.

Vuelve a empapar la toalla en el agua caliente para quitarme la sangre reseca del cuello y limpiar el corte.

—Lo último que pretendía era que te hicieran daño.

Arqueo las cejas ante tal arrebato de sinceridad. La confesión me indigna y me enfada a partes iguales, y ese extraño entumecimiento e insensibilidad que he sentido en las últimas horas desaparecen.

—El corte de la garganta es el menor de los daños que he sufrido —contesto, y lo digo muy en serio.

Me aparto de las manos de Midas y me sumerjo por completo en el agua. Con los ojos cerrados, dejo que el agua envuelva todo mi cuerpo, que empape toda mi piel, que su tibieza mitigue todo ese dolor, y rezo porque también pueda sanarme el corazón.

Me incorporo de nuevo, inspiro hondo, apoyo la cabeza en el borde de la bañera y miro a Midas. No me molesto en ocultar el dolor y la rabia que siento porque no quiero escondérselo.

Midas asiente, como si aceptara lo que, en silencio, le estoy tratando de decir.

—Lo sé —dice otra vez, igual que lo ha hecho en la habitación—. Sé lo que estás pensando.

Lo que estoy pensando va mucho más allá del dolor que siento ahora mismo, pero prefiero guardármelo para mí, y solo para mí.

—En el fondo, sabía que no seguirías adelante con ese plan —le digo con tono acusador—. Estaba nerviosa, abatida y profundamente decepcionada, pero una parte de mí quería pensar que tenías un plan alternativo. Que no cumplirías la promesa que le habías hecho a Fulke.

Se me acelera la respiración y el agua que me cubre el pecho empieza a ondear. Los cordones, que hasta ahora flotaban a mi alrededor, empiezan a enroscarse alrededor de mi cuerpo, como si quisieran sujetarme para que no me rompa en mil pedazos.

—Confiaba en ti, Midas. Confiaba en nosotros. Después de todos estos años, después de todo lo que he hecho por...

Midas me coge una mano y la aprieta entre las suyas. Su mirada es sincera, noble.

—Jamás habría permitido que Fulke te tocara un solo pelo.

Arrugo la frente, desconcertada.

—¿Qué?

—Escúchame, por favor —dice—. Sabía que Fulke

te codiciaba. Diablos, todo el mundo lo sabía. Era un necio. Y tuvo la desfachatez y la osadía de pedir lo que era mío.

Pestañeo y trato de rememorar la mañana en que Fulke le hizo tal deleznable propuesta, la misma mañana que firmaron el acuerdo.

—O sea, que me utilizaste como cebo.

Midas ladea la cabeza.

—¿En serio? ¿Eso es lo que piensas?

Su respuesta me confunde todavía más. Ya no sé qué pensar.

—No lo entiendo.

Midas pasa un pie por debajo del taburete y lo arrastra para acercarse un poquito más a la bañera. En ningún momento me suelta de la mano.

—Fulke es un vendedor de carne humana.

La revelación me deja perpleja.

—¿Qué?

Midas asiente con solemnidad.

—Me habían llegado rumores, meras habladurías. Hace unos meses decidí investigar el asunto y descubrí que era cierto. Una vez confirmado, supe que tenía que hacer algo al respecto.

Intento no perder el hilo de la historia para encajar las piezas.

—¿Y fraguaste un plan para eliminarlo del mapa? ¿Para asesinarlo?

Al oír ese tono condenatorio, Midas aprieta los labios.

—¿Habrías preferido que me quedase de brazos cruzados, que hubiera dejado que siguiera vendiendo a su gente a cambio de cuatro míseras monedas?

—Yo no he dicho eso.

—Auren, soy un rey, y a veces los reyes deben tomar

decisiones difíciles. Cuando me di cuenta de que Fulke ya no era un aliado fiable, ni siquiera un buen hombre, decidí que tenía que actuar.

—Y por eso le tendiste una trampa. Le engañaste. Enviaste a sus hombres a una muerte segura y en vano —le acuso—. ¿Cuántos de sus soldados murieron, Midas?

—No masacré a todo su ejército, Auren. Tan solo envié a los hombres que necesitaba para que el plan funcionase. Ni uno más.

Se me escapa un soplido amargo.

—¡Como si eso compensara el daño que has causado!

—Es preferible que un hombre muera con honor en el campo de batalla a que un niño acabe en el mercado de esclavos. ¿No estás de acuerdo, Auren?

Un puñetazo.

Eso es lo que es. Sus palabras son un puñetazo en el estómago, en el corazón, en la garganta. Sabe que esa frase me desgarra por dentro y saca a la luz recuerdos horribles.

—Lo hice por ti, Auren —prosigue Midas, que ha bajado el tono de voz y parece más tranquilo—. Para asegurarme de que no sufrieran lo mismo que sufriste tú.

Al ver que los ojos se me llenan de lágrimas, Midas suelta una grosería y me mira con expresión seria y comprensiva.

—Lo siento. Ya me conoces, ya sabes cómo soy. Cuando se me pone algo entre ceja y ceja, no hay quien me pare. Y cuando elaboro un plan, no veo nada más. No dedico ni un solo minuto a valorar las consecuencias. Me propuse pararle los pies a Fulke. No iba a permitir que algo así volviese a repetirse —explica, y entonces me acaricia la mejilla y me mira directamente a los ojos—. Escúchame, Auren. Nunca habría dejado que te pusiera una mano encima, y mucho menos que se aprovechara de ti. Fue todo una estratagema, una farsa.

Tengo la garganta reseca. Me la aclaro para poder hablar alto y claro.

—¿Y por qué no me dijiste nada? ¿Por qué no me explicaste que era una trampa desde el principio?

—Me preocupaba que Fulke descubriese que lo habíamos engañado, que tú no pudieses interpretar el papel a la perfección. Necesitaba que Fulke estuviese satisfecho. Distraído. Y tú bordaste el papel.

Agacho la cabeza.

—Estaba aterrorizada y muy dolida contigo. No sé si voy a poder pasar página, Midas.

—Ya te lo he dicho, no pensé en las consecuencias —repite, y me regala una última caricia en la mejilla antes de apartar la mano.

—Has matado a un rey, Midas. Lo has utilizado para atacar a otro. ¿Qué piensas hacer ahora? —pregunto, y me invade la desazón, la ansiedad. Me muerdo el labio para intentar calmarme.

—No te preocupes por eso —responde él—. Tengo un plan.

Se me escapa un bufido de resentimiento.

—Y supongo que no piensas contarme los detalles, igual que tampoco me explicaste que ibas a usarme como carnaza para engañar a Fulke.

Midas suspira.

—No me atrevo a revelarte más información. Nadie está al corriente de esto, Auren. Nadie sabía que le iba a tender una trampa a Fulke. No puedo poner en riesgo la siguiente parte del plan, así que tengo que jugar mis cartas con el mismo cuidado. Con la misma meticulosidad. Pero necesito que me perdones, preciosa. Necesito que me entiendas.

¿Le entiendo?

Lo único que sé es que me siento más aliviada. La tensión y los nervios de los últimos días se han desvanecido. Ahora sé que Midas no iba a permitir que Fulke me tocara. Tenía un plan.

Fue una decisión cruel y desconsiderada, pero reconozco que ahora le veo el sentido. Así es Midas, y así lo ha sido siempre. A veces, esa mente brillante y estratégica que tanto admiro no tiene en cuenta las emociones. Es capaz de conspirar y elaborar un plan como un verdadero experto, pero suele olvidarse de la vertiente humana.

—Estaba furiosa contigo.

Midas se ríe y ese sonido alegre rompe la tensión que había entre nosotros y nos acerca un poco más a lo que éramos, a lo que deberíamos ser.

—Lo sé. Pensé que estabas actuando. Quería creer que no habías perdido la fe en mí y que estabas haciendo un papel. Pero, cuando te vi en el salón de baile hecha una furia, comprendí que no estabas fingiendo.

Me sonrojo.

—Sí, siento haberte desafiado delante de todo el mundo.

Él esboza una sonrisa.

—No pasa nada.

Midas se levanta del taburete, descuelga una toalla de una percha y la despliega frente a mí. Me levanto, salgo de la bañera y dejo que me envuelva con la toalla.

Después de secarme y de ponerme un camisón, Midas me lleva de nuevo hacia la habitación. Nos tumbamos en la cama y extiendo los cordones húmedos sobre las sábanas. Recuesto la cabeza sobre su pecho mientras él dibuja círculos con sus dedos sobre mi espalda.

Esto. Esto es lo que he echado de menos. ¿Cuántas noches han pasado desde la última vez que nos abrazamos así? Meses. Tantos que incluso he perdido la cuenta.

—Antes me abrazabas cada noche —murmuro con

los labios rozándole esa piel color oliva. Lleva la túnica desabrochada, por lo que su pecho se asoma de entre los cordones. Cruza las piernas a la altura de los tobillos y los dos nos quedamos así, sobre las sábanas. No necesitamos el calor de las sábanas, pues con el que emanan nuestros cuerpos tenemos de sobra.

Midas sonríe.

—Tienes razón. Pero estarás de acuerdo conmigo en que no era lo más sensato, ni lo más lógico, en un recién casado.

Seguramente no, pero lo anhelaba, lo necesitaba.

—Si la reina estaba celosa, lo demostró de una manera bastante peculiar —contesto mientras rememoro ese primer año en palacio—. Te regaló tres monturas reales para tu cumpleaños.

Recuerdo que aquel regalo me dejó atónita. Atónita y celosa. Su propia esposa le ponía en bandeja a otras mujeres para que fornicara con ellas. Esperaba que lo hiciera. E incluso le animaba a hacerlo. Y no solo conmigo.

La primera vez que se acostó con una de ellas me quedé destrozada. Me partió el alma. Con el tiempo, ya me he acostumbrado. Eso no significa que no me duela, pero lo entiendo. Es un rey. ¿Qué esperaba?

Debe de haber intuido lo que estoy pensando porque, de repente, Midas tira de mí y me coloca encima de él, de manera que nuestros rostros quedan uno delante del otro.

—Cuando estoy aquí, solo estamos tú y yo —me recuerda—. Fuera de esta jaula no existe nada más.

Digo que sí con la cabeza.

—Lo sé.

Desvía sus ojos parduscos hacia la cicatriz de mi cuello y desliza las manos hasta mi cintura.

—Eres mía.

Eso también lo sé.

Recorre todo mi cuerpo con su mirada y siento que me agarra más fuerte. Y es entonces cuando se desata el deseo, la lujuria. Me cuesta respirar. Demasiado tiempo. Ha pasado demasiado tiempo.

Llevo meses anhelando, esperando que me mire así, con ternura, con amor. Que me dedique unos minutos de su tiempo. Que me dé algo más que una breve caricia o una sonrisa distraída. Que no sea el rey que debe comportarse como tal, sino que sea Midas. Mi Midas.

—Eres mía —repite, y mueve las manos, una para sujetarme por la nuca y otra que se escabulle por el bajo de mi espalda, hasta las nalgas. Las agarra con fuerza—. Te he echado de menos —susurra, y siento el calor de sus labios en la garganta, justo debajo del corte—. Esta noche estabas espectacular. Joder, estabas irresistible.

Me arremanga la falda del camisón para poder deslizar las manos. Un segundo después, me toca los muslos. Se me acelera la respiración y suspiro en su boca mientras él me besa desde todos los ángulos.

—Yo también te he echado de menos —respondo.

Él se incorpora, me sienta sobre su regazo y me aferro a sus hombros para no perder el equilibrio. Con esa mirada hambrienta, me quita el camisón mientras yo desato los cordones de sus pantalones.

—Eres guapísima. Joder, eres hermosa.

El corazón me late a mil por hora, y mientras él me besuquea el cuello y la mandíbula, siento el aleteo de miles de mariposas en el estómago. Un segundo después, empuja las caderas y lo siento dentro de mí. Saboreo sus gruñidos e intento tragarme su aliento para tenerlo siempre para mí.

Me posee, mueve las caderas de forma incesante, penetrándome en lo más profundo mientras me aprieta entre sus brazos y me repite una y otra vez que jamás me

161

soltará. Y, cuando empiezo a gemir y cierro los ojos, su lengua me reclama, me gobierna. Él toma y toma, y yo doy. Lo doy todo.

El corazón me da un vuelco cuando me succiona la lengua y se zambulle en mis entrañas, y yo me contoneo al compás de sus caderas, con la espalda arqueada como una ola del mar. Me columpio sobre su regazo para darle placer, para darle lo que necesita. Para hacerle feliz.

Y, cuando él sale de mi cuerpo y derrama su semilla sobre mi vientre con un profundo gruñido, suspiro y me acurruco sobre su pecho sudoroso con una sonrisa.

Pero esa lágrima traicionera que resbala por mi mejilla hasta la comisura de mis labios narra una historia distinta. Me amarga ese instante de felicidad plena y me borra la sonrisa, dejándome un sabor amargo en la boca.

Midas se marcha antes del alba. Se despide con un beso, pero sus labios no consiguen quitarme ese mal sabor de boca. Y ahí, en la oscuridad y totalmente sola, me echo a llorar.

Y ese llanto secreto que comparto con la almohada revela una verdad, una verdad horrible. Una verdad que todavía no estoy preparada para afrontar.

Así que dejo que el satén se empape de esas lágrimas y después me quedo dormida. Cuando despunta el día, esa franqueza sigue escondida bajo la almohada y enterrada en lo más profundo de mi mente.

15

*O*bservo a los guardias que circulan por mis aposentos y recogen los últimos baúles que, horas antes, me he encargado de llenar hasta los topes.

Mi habitación parece más despejada de lo habitual y en el vestidor se ven varios huecos porque he empacado unos cuantos pares de zapatos y una decena de vestidos y túnicas. Fuera, el crepúsculo ya ha alcanzado el horizonte.

El momento de partir es inminente.

Ahora mismo parece que la ventisca ha amainado, pero aquí uno nunca puede confiarse, ya que en cualquier momento vuelve a nevar. Por eso llevo una túnica de lana bien tupida y calentita con un ribete de piel de algún animal salvaje y unas botas de cuero de oveja forradas por dentro. Todo mi atuendo es dorado y brillante, por supuesto, incluso las manoplas de piel.

Me he trenzado toda la melena y después me he hecho un recogido que he asegurado con incontables horquillas para que el viento no lo alborote. Sin embargo, solo yo puedo verlo, pues queda oculto bajo la capucha de la capa, igual que mi rostro.

—Ha llegado la hora.

Me aparto del ventanal y veo que Digby está al otro lado de la jaula, listo para marcharse. Sigue igual de huraño y callado que siempre. Nadie diría que ese hombre atravesó con su espada el pecho de un rey extranjero. En su rostro no advierto el más mínimo rastro de inquietud o preocupación, como cuando me cargó en volandas y, cubierto de sangre, subió seis pisos, con sus correspondientes seis escalinatas. Reconozco que es algo que admiro de él. Ese carácter sereno, esa resolución, esa seguridad en sí mismo.

De forma inconsciente, levanto la mano y paso los dedos por la cicatriz de la garganta. Hace tres semanas, el rey Fulke estuvo a punto de degollarme. Digby se da cuenta del gesto, desvía la mirada hacia mi cuello y, de inmediato, dejo caer la mano e intento controlar ese nuevo tic nervioso que he desarrollado.

A veces la mente humana puede ser muy retorcida. La mía me obliga a revivir ese momento en terribles pesadillas y me despierto gritando y palpándome la garganta, convencida de que me estoy ahogando con mi propia sangre. Otras veces se le ocurre la brillante idea de dar rienda suelta a mi imaginación y sueño qué habría pasado si el mensajero nunca hubiese aparecido, si Fulke me hubiese arrastrado hasta su alcoba y si Midas no hubiese hecho nada para pararlo.

Esas dos pesadillas me persiguen cada noche y es por eso por lo que últimamente no duermo muy bien. Eso explica las tremendas ojeras que tengo, que parecen dos moretones de bronce.

Ojalá Midas estuviese aquí.

Tres días. Tan solo tres días después del incidente, el rey tuvo que partir de viaje al Quinto Reino. El rey, y todo un regimiento de soldados.

Estuve a su lado en el trono la noche después de que Fulke fuera asesinado. Pude presenciar cómo Midas ponía en marcha su plan, cómo relataba a la corte su versión de lo ocurrido. La gente conoce el poder mágico de Midas: convierte en oro todo lo que toca. Pero ¿y su pico de oro? En mi opinión, ese es su verdadero poder.

—Nos embaucaron.

El salón estaba en completo silencio y los aristócratas allí reunidos escuchaban a Midas embebidos, cautivados por sus palabras. El rey y la reina, sentados en sus correspondientes tronos frente a la nobleza del reino, tenían una expresión lúgubre pero decidida.

—Mi aliado, el rey Fulke, ha muerto.

Una oleada de estupefacción sacudió a los presentes, que se miraban entre ellos boquiabiertos y con los ojos como platos.

Midas esperó un instante a que sus súbditos asimilaran la noticia, pero no les dejó tiempo para que empezaran a cuchichear o a elaborar sus propias teorías.

—El rey Fulke quería frenar la podredumbre para que no sobrepasara nuestras fronteras. Quería asegurarse de que nuestras tierras estaban a salvo… Y le asesinaron por ello.

Yo estaba a su lado, un paso por delante de los guardias, porque mi presencia ahí era de gran importancia. Mostraba un frente unido mientras Midas tejía los entresijos de la historia.

—Envió a sus tropas a los confines del Quinto Reino para cumplir con su deber como rey, pero uno de sus hombres le traicionó. Ese desertor se adentró en terreno enemigo y el regimiento del rey Fulke fue masacrado en una encarnizada batalla contra los soldados del Cuarto Reino, que esperaban armados hasta los dientes. Y, por si la traición no fuese suficiente, ese mismo tránsfuga, ese traidor, voló hasta Alta Campana para entregar un mensaje, matar a su propio rey, que no sospechaba absolutamente nada.

El ambiente de la sala se enturbió un poco, como una marejada, y pasó del horror a la indignación.

Midas hizo un gesto y, de inmediato, uno de los guardias se acercó a él. Sujetaba algo envuelto en un trapo negro. Esperó a que Midas le diera permiso y, después de desenvolverlo, lo levantó para que todo el mundo pudiese verlo.

Gritos ahogados. Ni siquiera me dio tiempo a contarlos. A todos les repelía aquella imagen y, sin embargo, no podían apartar la mirada.

El guardia estaba sosteniendo la cabeza decapitada del mensajero, del pobre soldado que no había cometido ningún crimen. Era una cabeza de oro macizo, con esa expresión espantosa y agonizante grabada para siempre en el metal. Esa cabeza jamás se iba a deteriorar, como sí lo había hecho el resto de su cuerpo.

166   La multitud examinaba estremecida el rostro del mensajero convertido en traidor. Midas contemplaba con gran atención todas y cada una de las reacciones de los presentes.

—Esta —dijo Midas, señalando esa cara, que era la viva imagen de la tortura y la angustia—. Esta es la clase de podredumbre que se está extendiendo desde el Cuarto Reino. Esto era lo que el rey Fulke trataba de contener. Su intención era noble, pues no estaba dispuesto a dejar que esta plaga arrasara nuestras tierras y aniquilara a nuestros hombres. Quería poner punto final a esa deslealtad. A esa desconfianza. A la traición contra su propio reino, contra su monarca.

Se merecía, como mínimo, un aplauso. Se le daba de maravilla hablar en público. Captar la atención del público. Estaba tejiendo una telaraña y, poco a poco, estaba cazando a todos los aristócratas.

El guardia cubrió de nuevo la cabeza del mensajero,

que sin duda clavaría más tarde frente a la puerta principal del castillo, donde se exhibían las calaveras de oro de todos los traidores. Están allí expuestas para que cualquiera que pase por ahí pueda escupirlas, para que el viento gélido del norte las apalee.

—Debo partir al Quinto Reino —prosiguió Midas—. Me siento en la obligación de prestarles mi ayuda en estos momentos de penuria y necesidad. Quiero asegurarme de que nuestros vecinos no sufren las terribles consecuencias de la pérdida de un rey. Ocuparé el lugar del rey Fulke en el trono y, ahora que ha fallecido, uniré nuestras tierras, pues al fin y al cabo siempre fuimos aliados. Me dedicaré a reforzar las fronteras para que sigan siendo seguras y trabajaré día y noche para que la podredumbre de otros reinos no nos afecte. Y lo haré hasta el día en que su heredero cumpla la mayoría de edad y herede la corona de su padre.

La noticia de la muerte del rey Fulke corrió como la pólvora. Llegó a todos los rincones de Orea, igual que llegan los copos de nieve en pleno invierno. Midas se las ingenió para quedar como un verdadero héroe, para señalar a un villano al que sus súbditos pudieran culpar de lo ocurrido, y él, además de irse de rositas, ganó aún más poder. Y todo de la noche a la mañana.

Y ahora me ha pedido que me reúna con él, aunque es un secreto. La inmensa mayoría de la corte cree que ya estoy en el Quinto Reino, que viajé con el rey el día que partió. Sin embargo, Midas se negó en redondo a que lo acompañara hasta cerciorarse de que estaría a salvo, por lo que me quedé en el castillo.

Midas sabía que dejarme sola también suponía un riesgo, así que urdió un plan magistral. En su caravana viajó una mujer a la que maquillaron y pintaron de oro. Parecíamos dos gotas de agua. Durante este tiempo, no he

167

estado sola ni un minuto, los guardias han vigilado mis aposentos día y noche. Ni siquiera el servicio ha subido a cambiarme las sábanas o a traerme comida. Ni siquiera la reina estaba informada de que sigo aquí, en el castillo.

Las únicas personas que he visto durante las últimas semanas son los guardias que, por lo visto, Digby eligió a dedo para custodiar mi habitación.

Pero ahora ha llegado el momento de irse.

Echo un último vistazo a la ventana. Debo confesar que tengo sentimientos encontrados. Me doy la vuelta y me acerco a Digby, que está sujetando la puerta de la jaula. Intento disimular que estoy un pelín atemorizada.

Al atravesar el umbral, me vuelvo para mirar por última vez esa pajarera. Observo todas y cada una de las cosas que me han rodeado a diario desde… desde que recuerdo.

Es extraño, pero me embarga una sensación de pérdida al abandonar mi jaula, mi hogar. Sigo los pasos de Digby, escoltada por los demás guardias. Esos barrotes… me han protegido muchos años. Los he amado, pero también los he odiado. Aun así, esa jaula siempre ha sido mi refugio, mi remanso de paz. Me está costando más de lo que imaginaba despedirme de ella.

Bajamos las escaleras hasta la planta principal. Ninguno de los cinco musitamos palabra, hasta el propio castillo parece haberse quedado mudo. Cuando llegamos a la planta baja, los ojos se me van inevitablemente a la puerta de la habitación del correo.

Me pregunto qué criados tuvieron que limpiar aquel baño de sangre y si siguen con vida o se llevaron todos esos trapos ensangrentados a la tumba porque… «No. No pienses en eso ahora. Leal. Soy leal.»

Despego la mirada de esa sala y veo que los portones de la entrada principal están abiertos de par en par. Detrás de ellos se extiende una oscuridad tenebrosa y el airecillo que se cuela es helador. Más allá de los peldaños de piedra y el patio, advierto una procesión de carruajes y caballos, esperando llevar a toda nuestra comitiva al Quinto Reino.

Noto un hormigueo en la nuca y me doy la vuelta. La reina Malina. Con las manos apoyadas en la barandilla de la escalera, asoma la cabeza desde la segunda planta para no perder detalle de mi partida. No soy capaz de leer su expresión. Lleva su melena blanca recogida alrededor de la cabeza, como si fuese una corona, y me observa con tal intensidad que se me hace un nudo en la garganta.

Odio. Un odio profundo. Eso es lo que desprende esa mirada blanquecina y pálida. Acaba de descubrir que su esposo le ha mentido, que he estado viviendo bajo su mismo techo durante todas estas semanas y que ahora parto de viaje para reunirme con él porque así lo ha querido y ordenado.

Si fuese ella, creo que también me odiaría.

—¿Mi señora?

Me giro y veo que los guardias están esperándome en la puerta principal. Uno de ellos está sosteniendo un abrigo de pieles.

—Gracias —murmuro. Acepto el abrigo y lo deslizo sobre mis hombros. Siento la mirada de la reina clavada en la espalda y sé que me sigue hasta que me pierde en la negrura nocturna.

Me arropo con ese manto de pieles.

Pesa como un muerto, pero es muy suave al tacto. El forro del abrigo es de cuero y pieles, perfecto para las noches gélidas que me esperan. Antes de descender los escalones, me cubro la cabeza con la capucha. Atrás dejo el calor del castillo, pero también la tensión, los nervios, la desazón.

Alzo la barbilla en cuanto atravieso el umbral y no puedo evitar mirar al cielo.

Diez años.

169

Hacía una década que no ponía un pie fuera de estos muros.

Las ráfagas de viento me acarician el rostro, y me lo tomo como una amable acogida, un gesto de bienvenida. Los guardias intercambian una mirada y empiezan a caminar de un lado a otro. Se inquietan porque no me muevo, pero opto por ignorarlos.

Porque este momento… este momento es para mí.

Cuando tomé la decisión de vivir alejada del mundo, no era más que una cría. Vulnerable. Maltratada. Asustada. Hastiada y decepcionada con el mundo entero.

Elegí esconderme en una jaula, recluirme en ella. Y lo hice de buen grado. Después de todo lo que había sufrido y soportado, era lo que deseaba. Acepté vivir tras unos barrotes e incluso me atrevería a decir que agradecí que estuvieran ahí. No porque quisiera vivir encerrada, sino porque esos barrotes me aseguraban que nadie volvería a invadir mi espacio.

Pero reconozco que lo he echado de menos. El aire fresco. El olor de la brisa nocturna. El frío en las mejillas. La suavidad de la tierra bajo mis pies.

Maldita sea, lo he echado muchísimo de menos.

—Mi señora —llama uno de los guardias, hecho un flan—. Deberíamos irnos.

Contemplo el cielo nocturno unos segundos más. Aunque los nubarrones eclipsan la luna, distingo su inconfundible resplandor plateado. Juro que, durante un breve instante, veo el destello de una estrella solitaria que titila en el cielo. Me guiña el ojo.

Y yo hago lo mismo.

16

El asiento del carruaje es de terciopelo, los paneles de madera que forran el interior tienen un ribete de cuero y sobre el suelo se ha extendido una alfombra de lana tejida a mano. Toda la calesa es lujosa y está revestida en oro, aunque estoy convencida de que, después de pasarme ahí encerrada los días que va a durar el viaje, ya no me resultará tan fastuosa, sino más bien pequeña y discreta.

Por ahora, me conformo con poder mirar por la ventana y sentir el aire fresco que se cuela por un diminuto agujerillo en el marco mientras la comitiva se va alejando del castillo de Alta Campana.

También han emprendido el viaje otras doce monturas, que están en carruajes separados. Nos han convocado a todas para reunirnos con Midas en el Quinto Reino. Los guardias, montados a caballo, nos escoltan por la sinuosa carretera que bordea la montaña helada. Nos movemos a paso de tortuga, pero tampoco me importa demasiado. Disfruto de la paz y la serenidad de la noche, del trote constante y seguro de los caballos, que tiran del carruaje para trasladarme a un lugar nuevo, un lugar lejos de mi jaula del palacio.

A medida que nos vamos alejando, las nubes empiezan a amontonarse en el cielo y tengo la impresión de que la tregua que nos había concedido el tiempo está a

171

punto de llegar a su fin. Y no ando desencaminada, porque poco después empieza a llover, pero hace tanto frío que esas líneas iridiscentes se congelan y se convierten en témpanos de hielo. Sin embargo, las condiciones climatológicas no amilanan al grupo, que sigue con la travesía como si nada. Los guardias se ponen la capucha y, puesto que los caballos ya se han adaptado al frío que azota al Sexto Reino, no rehúyen, ni tampoco se resisten, cuando tienen que cabalgar por una pendiente resbaladiza y cubierta de nieve en mitad de la noche.

Cada vez que el carruaje patina porque pasa por encima de un bloque de hielo o da una tremenda sacudida porque se tropieza con una roca, el corazón me da un vuelco. Pero los escoltas siguen avanzando mientras yo intento dejar de pensar que un paso en falso, un mero desliz, puede llevarme a despeñarme por el margen de la montaña.

Por suerte, los guardias y los caballos se abren camino entre la nieve con destreza. Viajaremos durante la noche, tal y como ordenó Midas, y descansaremos durante el día. De esta manera, los exploradores podrán hacer guardia desde una posición privilegiada y a plena luz del día.

No hace falta ser adivino para saber que el viaje va a ser largo, y lento. Dos semanas, una y media siendo optimistas, si el tiempo aguanta. Y el tiempo nunca aguanta. Al menos, no aquí. Avanzamos a un paso más lento que Midas y sus hombres porque nuestra comitiva no está acostumbrada a viajar o a estar tan expuesta a los elementos de la naturaleza. El periplo hasta el Quinto Reino será más lento, más cauto.

Contemplo con el corazón encogido el meticuloso descenso por la ladera de la montaña, pero el cristal de la ventanilla se empaña cada dos por tres por culpa de mi aliento. Limpio la condensación con la mano o, para ser más exactos, con el guante de cuero. Intuyo que no voy a quitarme esos guantes en mucho tiempo, hasta que me instale en el castillo del Quinto Reino. Un pequeño privilegio en este mundo tan frío, tan expuesto, tan solitario.

Cuando por fin la caravana termina de bajar el serpenteante camino de montaña, ya ha anochecido. Ni rastro de la luna o de las estrellas tras ese espeso dosel de nubarrones. La única luz que nos guía el camino proviene de los farolillos que cuelgan de los carruajes.

Atravesamos el puente de Alta Campana, construido con la lutita que extrajeron de la montaña que acabamos de dejar atrás. Los cascos de los caballos hacen «tacatac, tacatac» al pasar sobre los robustos ladrillos de lutita. Ese puente es la única forma de cruzar el inmenso abismo entre la montaña y el valle.

En la otra punta del puente se encuentra la ciudad de Alta Campana. La ciudad está delante del bosque de Pinos Lanzadores, unos árboles tan altos que es imposible divisar las copas y tan grandes que se necesitarían varios hombres con los brazos extendidos para medir la anchura del tronco. Los árboles se alzan con orgullo, casi con majestuosidad. De sus ramas cuelgan unas agujas de pino de color azul y blanco que más bien parecen colmillos de hielo, pues las gotas de salvia se van acumulando en la punta, que cada vez es más fina, más larga, más afilada.

Pero esos árboles centenarios, quizá incluso milenarios, son como un escudo que protege a la ciudad del viento polar que sopla desde las montañas. Las ramas frenan el primer impacto de las ventiscas invernales y amortiguan las tormentas de nieve, aislando así a los edificios que se erigen tras ellos.

A su lado, la ciudad parece de miniatura. La visión es incluso cómica. Advierto las lucecitas que alumbran los hogares de los edificios más altos y, de repente, caigo en la cuenta de que estoy demasiado lejos, demasiado aislada. Es

173

curioso, pero hasta ahora mi mente no había asimilado que estoy fuera de mi jaula. No es un sueño, sino la realidad. Ni Midas, ni expectativas, ni papeles que interpretar. Por fin he salido de esas cuatro paredes, de esa montaña helada, y lo único que quiero es ver mundo. Y no quiero desde detrás de una hoja de cristal, como siempre, sino desde la libertad más absoluta, inspirando aire puro y rodeada de naturaleza. Porque ella forma parte de mí y yo de ella.

En cuanto el carruaje empieza a rodar sin dar trompicones ni bandazos, sospecho que ya hemos llegado a la carretera pavimentada que lleva a la ciudad. Doy unos golpecitos con los nudillos en la ventana. Digby cabalga a mi lado, por supuesto, y al oír esos toques enseguida gira la cabeza. Sin embargo, no le concedo ni un solo segundo porque, de lo contrario, sé que intentaría pararme los pies. Abro la portezuela del carruaje cuando todavía está moviéndose —muy despacio, todo hay que decirlo— y me apeo de un brinco.

Digby grita una serie de barbaridades y el carruaje frena en seco, pero ya es demasiado tarde. He aterrizado sobre el suelo y siento que tengo muelles en la suela de las botas. Digby arrastra su caballo hasta quedar delante de mí. En su rostro curtido y avejentado advierto un ceño fruncido. Y esa expresión me despierta una sonrisa.

—Ya estamos con las miraditas fulminantes. ¿Tan pronto, Dig? —bromeo—. No es un buen presagio para el viaje, ¿no crees?

—Vuelve ahí dentro, señorita.

A Digby no parece hacerle gracia. Ni una pizca de gracia. Y eso hace que yo sonría todavía más, por supuesto.

—Está bien, aceptamos las miraditas fulminantes —digo, y asiento con la cabeza—. Te guste o no, necesito estirar las piernas. Las tengo entumecidas porque llevo demasiado tiempo ahí enclaustrada.

Él entrecierra la mirada, como diciendo: «¿Hablas en

serio? Has vivido en una jaula los últimos diez años de tu vida ¿y ahora te sientes enclaustrada?».

Es un desafío tácito, y encojo los hombros.

—¿Puedo seguir a caballo, al menos un rato?

Digby niega con la cabeza.

—Están cayendo perdigones de nieve.

Hago un gesto con el brazo, como restándole importancia.

—Está empezando a escampar. Además, el tiempo aquí es impredecible. No tengo frío y puedo cubrirme la cabeza con la capucha —aseguro—. Quiero sentir el aire en la cara. Solo un ratito.

En lugar de relajar esas cejas grises y espesas, continúa mirándome fijamente desde lo alto de su caballo. No pienso rendirme, y señalo los edificios de la ciudad por la que pasean decenas de transeúntes.

—Alta Campana es una ciudad segura, ¿verdad? —le pregunto.

Por supuesto que lo es, por eso lo he preguntado.

—Está bien —dice al final Digby—, pero si el tiempo empeora, o si la temperatura desciende un solo grado más, tendrás que regresar al carruaje.

Acepto el trato y me esfuerzo por no regodearme demasiado.

—¿Sabes montar a caballo? —insiste él, que no parece del todo convencido.

Digo que sí con la cabeza.

—Desde luego que sí. Soy una jinete excelente.

Digby me conoce demasiado bien y, aunque sé que no he conseguido despejar sus dudas, no continúa el interrogatorio. En honor a la verdad, no estoy tan segura de saber montar a caballo, pues hace años que no lo hago. Pero supongo que estamos a punto de descubrirlo.

Digby silba y, al momento, aparece uno de los guardias

sujetando las riendas de un caballo blanco como la nieve. Me acerco y contemplo a la criatura. Me llama la atención el pelaje largo y greñudo que recubre todo su cuerpo.

Los caballos del Sexto Reino se criaron específicamente para soportar el frío. Por eso tienen ese pelaje tan grueso y tan tupido, un pelín más largo en el pecho y encima de las pezuñas. Aun así, los equipan con pesadas mantas de lana que les cubren el lomo, justo debajo de la montura, y unos calentadores en las patas.

Le murmuro un cariñoso saludo y él me guiña un ojo. Sin quitarme el guante, le acaricio la nariz con sumo cuidado y veo que da un capirotazo con la cola, que lleva atada en una trenza. El emblema de Alta Campana decora el centro del arnés de cuero que el caballo lleva colgado en el cuello. El oro reluce incluso en la oscuridad.

El caballo me da un suave empujoncito en la mano al darse cuenta de que ya no le acaricio con tanto mimo. Sonrío y sigo frotándole la nariz con sumo cariño y afecto.

—¿Cómo se llama?

—Crisp, que significa «fresco» —me responde el otro guardia, que no se ha retirado la capucha en ningún momento. No puedo evitar fijarme en que lleva la capa a juego con los guantes.

Titubeo y miro al caballo directamente a los ojos.

—Voy a necesitar que me eches una mano, ¿vale, Crisp? —susurro, y luego dibujo un círculo para colocarme frente a la montura.

La suerte está de mi lado; no es demasiado alto, por lo que deslizo el pie en el estribo, me impulso y me levanto, mientras rezo en silencio por no hacer el mayor de los ridículos y caerme de culo.

Aprieto los dientes, balanceo la pierna hacia el otro costado del caballo y, aunque se me resbala un pelín la mano, consigo mantener el equilibrio y subirme al caballo. Dibujo una sonrisa de oreja a oreja mientras me acomodo sobre Crisp y le lanzo una mirada de orgullo a Digby. Y es en ese preciso instante cuando me doy cuenta de que todos los guardias me observan con los ojos como platos y con una expresión que solo puedo definir como horrorizada. Mi sonrisa se desvanece.

—¿Qué?

Digby mira a sus subordinados con cara de pocos amigos.

—¡Apartaos!

Acatan la orden sin rechistar. Los guardias vuelven a sus puestos y los jinetes clavan la mirada al frente. Un segundo después, la procesión empieza a moverse de nuevo.

Me cubro la cabeza con la capucha para resguardarme de la aguanieve que está cayendo y aprovecho el momento para mirar de reojo a Digby.

Mi guardia personal le da un golpecito con el talón al caballo para que avance un poco y se coloca a mi derecha. Es evidente que no piensa contarme qué acaba de pasar. Echo un vistazo a mi alrededor y, por casualidad, cruzo la mirada con otro guardia que nos alcanza para escoltarme por la izquierda.

—¿Por qué me miraban así? —le pregunto.

El joven me observa con cierta timidez y sus mejillas paliduchas se sonrojan.

—Bueno…, es que las damas no suelen sentarse a horcajadas sobre un caballo.

—Oh.

Lo había olvidado. Siempre monté así a caballo, pero en aquella época no me preocupaba el decoro, ni los buenos modales.

A mis espaldas, en uno de los carruajes que transporta a las demás monturas, escucho unas risitas femeninas. No hace falta ser un genio para saber que se están burlando de mí.

—Después de todo, parece que sí le gusta abrirse de piernas —oigo decir a una.

Polly. Es la voz de Polly.

Me siento abochornada.

—¿Debería…?

Pero el guardia niega con la cabeza.

—Es más seguro así, y es mejor para recorrer distancias largas. No les hagas ni caso —dice, y señala con la barbilla al carruaje.

Tiro ligeramente de las riendas de mi derecha y, al mismo tiempo, presiono mi pierna izquierda sobre el costado de Crisp para que gire un poquito y avance unos metros. No quiero seguir escuchando las burlas y provocaciones de las monturas.

El caballo está domesticado, pues me obedece a la primera, y suelto un suspiro de alivio. Avanzamos a trote por las calles de la ciudad y, poco a poco, voy relajándome hasta tal punto que ya no me importa lo que cuchicheen las otras monturas sobre mí.

Desde lo alto de ese caballo blanco, saboreo la agradable sensación de estar al aire libre. Sé que ha sido temerario saltar del carruaje aún en marcha, pero ha merecido la pena. No ha dejado de lloviznar y el frío es insoportable, pero estoy tan emocionada y tan contenta que me da absolutamente igual.

Crisp da pasos firmes, lo cual me hace sentir aún más segura. De no ser por ese pelaje tan tupido y calentito que le cubre el lomo, creo que se me congelarían las piernas. En silencio, agradezco llevar esas calcetas de lana gruesa bajo el vestido. Y me considero afortunada por tener unas botas tan bien aisladas.

La ciudad de Alta Campana es preciosa, incluso de noche. El paisaje, aunque urbano, me distrae de las bajas temperaturas. La mayoría de los edificios son de tres

178

plantas y todos están hechos de la misma roca grisácea que las montañas nevadas.

Las calles están empedradas y advierto algún que otro socavón, pero nada grave. Me gusta el sonido que hacen los cascos de los caballos al pasar por encima de los adoquines. Las farolas dibujan un camino parpadeante a lo largo de esa carretera sinuosa, y allá donde mire todo me parece tan pintoresco que no puedo contener la sonrisa.

Los vecinos se apresuran en salir de sus casas para ver el desfile real de cerca. Nos contemplan con ávido interés, pero no puedo dejar que me descubran, así que ajusto la capucha para que me tape la mayor parte del rostro y toda mi melena dorada. Incluso las monturas del burdel se asoman a las ventanas y zarandean los brazos —con los senos al aire— para llamar la atención de los guardias y lanzarles besos al aire.

El guardia de mi izquierda se aclara la garganta y clava la mirada al frente cuando una de las mujeres le murmura al oído una proposición generosa a la par que indecente. No la culpo. Además de ser apuesto, tiene cara de simpático y buena gente. Sí, tiene esa clase de cara risueña de quien, incluso enfadado, parece amable. Tiene el pelo rubio ceniza y unos ojos azules que me recuerdan a las profundidades marinas. Advierto una barba poco poblada alrededor de la mandíbula, por lo que intuyo que no debe de ser muy mayor.

—¿Cómo te llamas?

Me mira de reojo y es en ese momento cuando caigo en la cuenta de lo joven que es. Ha de rondar los veinte años, más o menos.

—Me llamo Sail, señorita, que significa «vela».

—Pues deja que te diga, Sail, que tienes mucho éxito con las mujeres —apunto, y señalo las monturas que, desde las ventanas, siguen haciendo señas para captar su atención.

Ese tono rosado de las mejillas se intensifica, y sé que no es por el frío.

—Mi madre me daría una buena tunda si se enterara de que le he faltado al respeto a una mujer ofreciéndole un puñado de monedas a cambio de que se acueste conmigo.

No hace falta que Sail diga nada más. Es un buen tipo y me cae de maravilla.

—Ya, pero hay quien argumentaría que es una de las pocas profesiones que podemos ejercer las mujeres para ganarnos un sueldo digno que nos permita ser independientes —comento.

Sail empalidece de repente, como si se hubiese percatado de lo que acaba de decir, y de quién soy.

—Yo no… No… No pretendía desmerecer el trabajo de una montura. Estoy seguro de que muchas monturas son mujeres respetables. Oh, quiero decir, es solo que…

—Tranquilo —le digo, en un intento de calmarle. Mira nervioso, por encima del hombro, hacia los carruajes de las monturas reales, como si temiera que le hubieran podido oír—. Lo único que te pido es que no menosprecies a ninguna montura. Si cumples con eso, nos llevaremos bien.

—Jamás haría tal cosa —insiste él—. Las monturas de esta ciudad son más fuertes y trabajadoras que los soldados de un ejército. Tienen una capacidad de aguante que ya le gustaría a más de un capitán o general.

Echo un fugaz vistazo a la gente que se ha agolpado en la calle para no perder detalle del desfile. Hay quien nos mira con desdén, pero también hay quien aprovecha la ocasión para observar el burdel y las monturas que trabajan allí. En sus rostros no solo advierto lujuria, sino también un hambre carnal y violenta con una pizca de envidia. Asiento, y luego aparto la mirada.

—En eso no podemos estar más de acuerdo.

17

*N*uestra presencia en la ciudad no pasa desapercibida y los vecinos hacen correr la voz. La muchedumbre empieza a llenar las calles, ocupando la mayor parte de las aceras. Nos saludan con las manos y nos vitorean, emocionados, deseosos por saber quién viaja en el grupo, qué importante personalidad tienen a escasos metros de distancia. Mantengo la cabeza agachada y sujeto las riendas con firmeza. No me atrevo a levantar la vista porque temo que la capucha pueda resbalarse y dejarme al descubierto.

Los guardias que trotan delante de mí se encargan de despejar el camino, aunque ralentizamos el paso porque cada dos por tres tienen que bajarse de los caballos y apartar a la gente para que los carruajes puedan pasar.

En un momento dado, doblamos una esquina y nos alejamos del gentío para adentrarnos en el corazón de Alta Campana. Me invade una sensación de tranquilidad cuando por fin dejamos atrás el escrutinio de decenas de personas y relajo un pelín las manos, aunque la serenidad dura bien poco.

A medida que vamos avanzando por ese laberinto de callejuelas, empezamos a ver más pobreza, más hambruna. En un abrir y cerrar de ojos, Alta Campana pasa de ser una ciudad hermosa y prístina a ser una pocilga lúgubre y oscura.

El cambio es radical, e incluso los ruidos parecen más apagados y funestos en estos barrios de la ciudad, y la jovialidad con que el pueblo nos ha recibido ha desaparecido por completo. Aquí solo se oyen bebés llorando desconsolados, hombres gritando improperios, portazos.

—En condiciones normales, habríamos seguido avanzando por la calle principal, pero nos dirigimos hacia el Quinto Reino y la vía más rápida para salir de la ciudad es la calle sur —murmura Sail, que trota pegado a mí como una lapa, igual que Digby, pues la calle es muy muy estrecha.

Los edificios que se erigen a ambos lados de la calle ya no son de piedra maciza, sino de madera. Las estructuras son más enclenques, algunas incluso están torcidas y a punto de desmoronarse, otras se han hundido, como si no hubiesen podido soportar más el peso de la nieve, como si la naturaleza le hubiese ganado la batalla al hombre.

Incluso los Pinos Lanzadores parecen más toscos y vulgares; la corteza de los árboles es más rugosa y está incluso astillada, y la mitad de las ramas no contienen agujas. Cada vez hay menos farolas alumbrando y, en cierto momento, desaparecen. Las calles ya no están adoquinadas, sino que se han convertido en lodazales de mugre y hielo. Los cascos de los caballos acaban totalmente manchados de lodo.

Y el hedor… El aire que se cuela en mis pulmones ya no es fresco, ya no huele a libertad. Aunque parezca contradictorio, esas calles apestan a aire cerrado, a aire estancado, un tufo que parece impregnar las fachadas de los edificios. El olor a pis y a sudor es tan abrumador, tan apabullante, que incluso se me humedecen los ojos.

—¿Qué es esto? —pregunto mientras pasamos por esa zona de la ciudad tan deprimente, tan derruida.

—Es un barrio de chabolas —responde Sail.

Más llantos de bebés, más discusiones subidas de tono, sombras que riñen en la oscuridad de los callejones y perros callejeros que olisquean las esquinas, con las costillas marcadas y un pelaje que más bien parece una colección de carámbanos de hielo en miniatura.

Alta Campana ya no parece un lugar tan pintoresco.

—¿Y desde cuándo está así? —insisto, incapaz de apartar la mirada de esa miseria tan absoluta.

—Desde siempre —contesta Sail, y encoge los hombros—. Aquí donde me ves, nací y me crie en la zona este. Es un poco más espaciosa, pero... bastante parecida a esta —admite.

Sacudo la cabeza y me fijo en la infinidad de charcos que hay en el suelo. No son charcos de agua de lluvia, sino del agua mugrienta que la gente arroja en cubos desde las ventanas.

—Pero... Midas tiene muchísimo oro —farfullo, confundida.

Llamadme ingenua, pero el día de la coronación de Midas, el mismo día en que convirtió el austero palacio de piedra en un ostentoso palacio de oro macizo, di por sentado que habría obsequiado a los vecinos de Alta Campana con grandes riquezas. Ni se me había pasado por la cabeza que los súbditos de Midas pudieran vivir sumidos en la pobreza, y menos aquí, en la capital. ¿Por qué iban a hacerlo? Él dispone de todos los recursos para pagarles un sueldo más que generoso, sea cual sea su profesión.

No tiene que extraer el oro de una mina, tan solo tiene que chasquear los dedos. Entonces, ¿por qué permite que su pueblo viva en la miseria?

—Estoy seguro de que utiliza el oro para otras cosas, mi señora —justifica Sail, aunque no consigue engañarme; se mira la armadura de oro que le protege el pecho, y su mirada azul se llena de culpabilidad, de remordimientos.

Está en estado de alerta, igual que los demás guardias, como si tuviera el presentimiento de que en cualquier momento van a aparecer unos bandidos para atacarnos. Viendo el panorama, yo tampoco descartaría esa posibilidad. Estoy convencida de que aquí viven familias desesperadas por llevarse un bocado a la boca.

Pero cuando algunos de los guardias desenvainan la espada en una clara amenaza a los indigentes zarrapastrosos que se cruzan en nuestro camino... siento una fuerte opresión en el pecho que me asfixia el corazón.

Y cuando distingo varias cabecitas de críos asomándose de entre las cajas vacías de la basura o mirándonos con los ojos como platos y con esos harapos andrajosos, con esos rostros cadavéricos y famélicos, con las mejillas manchadas de mugre helada... la presión se vuelve intolerable y el dolor, insoportable.

Doy un fuerte latigazo con las riendas y guío a Crisp para que le barre el paso a Sail y se detenga justo enfrente del carruaje.

—¡Mi señora! —llama Sail, y sé que Digby está murmurando alguna grosería.

Me bajo del caballo de un salto, aunque aterrizo con menos elegancia de la que me habría gustado. Me resbalo al poner un pie sobre el lodo helado, pero, por suerte, el carruaje impide que me caiga de bruces. Todavía está rodando, pero me da lo mismo. Abro la portezuela y frena de golpe.

—¡Mi señora, no podemos quedarnos aquí! —me advierte Sail, pero le ignoro. Levanto el asiento de terciopelo y empiezo a hurgar entre mis cosas.

—Súbete al caballo —gruñe Digby mientras yo sigo escarbando en el arcón, apartando bufandas y mitones, buscando, buscando...

—Lo tengo.

Me apeo del carruaje y, al volverme, caigo en la cuenta de que esa parada en mitad de la calle ha atraído toda clase de miradas y esas siluetas cadavéricas se han amontonado a nuestro alrededor.

—Súbete al caballo —me ordena Digby de nuevo.

—Un segundo —ruego, pero sin mirarle a los ojos porque estoy demasiado ocupada escaneando la callejuela, buscando.

Ahí, ahí están. Al otro lado de la calle, varios niños están arrodillados junto a un pozo, con cuerdas deshilachadas y cubos rotos tirados alrededor de esa triste fuente de agua.

Me encamino hacia el grupo de niños y a mis espaldas escucho a los guardias refunfuñar y a varias de las monturas preguntando por qué hemos parado de repente. Un segundo después escucho el distintivo sonido de alguien bajándose del caballo y acercándose a mí con paso seguro, firme, decidido.

No pienso amedrentarme ahora y sigo andando, directa hacia esos críos. Están inquietos, asustados. En cuanto me ven llegar, o quizá cuando distinguen la enorme silueta de Digby pisándome los talones, dos de ellos salen disparados y se camuflan entre las sombras. Pero una niña, la más chiquitina y menuda del grupito, que no debe de tener más de cuatro años, no sale huyendo. Se queda ahí quieta, expectante. Me arrodillo delante de ella.

Son doce criaturas, sin contar a los que han huido despavoridos, y todos son un saco de huesos, un saco de huesos sucio. Y sus miradas, sus miradas son la de un anciano que ha vivido penurias y no las de críos llenos de sueños e ilusiones. Tienen los hombros caídos, como si estuvieran agotados, fatigados.

—¿Cómo te llamas?

La pequeña no abre la boca, pero siento que me observa atentamente, como si hubiera advertido el resplandor dorado de mi piel bajo la capucha de mi capa.

—¿Eres una princesa? —pregunta otra niña, un pelín mayor. Sonrío y niego con la cabeza.

—No, no lo soy. ¿Y tú?

Todos los niños se ríen por lo bajo e intercambian miradas divertidas.

—¿Crees que las princesas son mendigas que viven en chabolas?

Deslizo la capucha unos centímetros y esbozo una sonrisita cómplice.

—Quizá las princesas escondidas sí.

Varios de ellos me miran embobados.

—¡Eres la mujer de oro! La joya de la corona del rey.

Abro la boca para contestar, pero Digby se planta frente a mí. Está tenso, nervioso.

—Hora de irse.

Acato la orden y me levanto, pero antes hurgo en la bolsita de terciopelo que guardo en el bolsillo.

—Bueno, princesas y príncipes encubiertos. Enseñadme esas manitas.

Intuyen lo que voy a hacer y, con cierta impaciencia y mucho entusiasmo, extienden las palmas de las manos y se empujan entre ellos para ser los primeros.

—Nada de empujones —les riño.

Coloco una moneda de oro en todas y cada una de sus manos embarradas. En cuanto notan el frío del metal, cierran el puño y se marchan corriendo. No me ofendo, ni tampoco me sorprendo. Cuando vives en las calles de los bajos fondos, no puedes permitirte el lujo de despistarte, sobre todo si tienes dinero o comida entre las manos. En cuestión de segundos, alguien corpulento y miserable puede aparecer de la nada y arrebatártelo sin ninguna clase de miramientos.

Uno a uno, se van escabullendo. Solo queda la niña que no ha musitado palabra. Le entrego la bolsita de terciopelo, con tres monedas de oro dentro. La cría abre tanto los ojos que parece que se le vayan a salir de las órbitas. Su cuerpo debe de haber intuido lo que eso significa porque, de repente, le empiezan a rugir las tripas, como si se hubiera tragado un león.

Me llevo un dedo a los labios.

—Utiliza una, esconde otra y regala la última —le susurro. Soy consciente de que es arriesgado entregarle esa cantidad de oro. Diablos, ya ha sido temerario regalarles una moneda a cada uno, pero quiero confiar en que es una niña lista y perspicaz que sabrá mantenerse a salvo. La criatura asiente con solemnidad, se da media vuelta y sale disparada. Corre tan rápido como puede. Buena chica.

—Al carruaje. Ahora mismo.

187

Me pongo derecha y me vuelvo hacia mi guardia. Digby está que echa humo por las orejas. Su rostro se ha transformado en una máscara de ira y rabia. Abro la boca, dispuesta a hacerle una broma o soltar algún comentario ingenioso, pero la cierro enseguida al darme cuenta de que todos los guardias han desenvainado la espada para enfrentarse a los mendigos que han salido de sus guaridas. Mendigos que han sido testigos de cómo regalaba monedas de oro ahí mismo. Es un dinero por el que merece la pena luchar. O incluso matar.

Esos hombres y mujeres, todos harapientos, famélicos y desesperados por llevarse un bocado a la boca, se van acercando poco a poco con la mirada fija en los acabados dorados de los carruajes, en las armaduras de oro de los guardias. Probablemente estén calculando todo lo que podrían comprar con tan solo un pedacito de oro.

Pero entonces todas sus miradas se posan en mí. En

mi melena. En mi rostro. Caigo en la cuenta de que no he vuelto a ponerme la capucha, y ya es demasiado tarde.

—La preferida del rey.

—Es la mujer que el rey convirtió en oro.

—¡Es la mascota dorada de Midas!

Las advertencias de los guardias no bastan para acobardarles y siguen avanzando hacia la comitiva. Siento una mezcla de culpa y preocupación en el estómago. Qué insensata. Qué estúpida he sido.

La tensión se palpa en el ambiente y tengo la impresión de que ese grupo de indigentes está a un tris de jugarse el pellejo, de atacar a soldados armados hasta los dientes porque tienen ante ellos la oportunidad de hacerse con un trocito del oro de Midas.

Digby me agarra por el brazo y me zarandea.

—Vete.

Obedezco la orden de inmediato y salgo escopeteada hacia el carruaje. La muchedumbre está desatada, y cada vez más cerca. Y entonces, justo antes de que pueda poner un pie en el peldaño del carruaje, uno de ellos toma la iniciativa y se abalanza sobre mí. Se me escapa un chillido cuando lo tengo encima, y grita algo sobre arrancarme ese pelo dorado mientras extiende los dedos, como un halcón extiende sus garras para cazar a su presa.

Digby aparece de la nada y se planta entre ese tipo enloquecido y yo. Le da un tremendo codazo en la boca del estómago y el hombre termina tendido en el suelo, sobre un charco medio congelado.

—¡Atrás! —gruñe Digby, sujetando en alto la espada, apuntando a la muchedumbre, advirtiéndolos del destino que les espera. Digby impone, desde luego, porque de inmediato la multitud que se ha agolpado en ese estrecho callejón se detiene, aunque no retrocede ni parece dispuesta a disolverse.

Consigo arrastrarme hasta el interior del carruaje y Digby, siempre pendiente de mí, cierra la portezuela de golpe. Un instante después, el carruaje empieza a avanzar y, de fondo, oigo las órdenes y amenazas de los guardias.

Me sobresalto cuando pasamos junto a una pelea y distingo el sonido de puñetazos y bofetadas. La gente nos dedica toda clase de insultos, escupe a los carruajes y maldice al rey.

Estoy tan asustada que ni siquiera me atrevo a mirar por la ventana. Permanezco sentada en la banqueta y me reprendo por haber sido tan estúpida y no haber sopesado las consecuencias de mi temeridad.

Ha sido un tremendo error ponerme a repartir monedas de oro a diestro y siniestro en el barrio más pobre de la ciudad. Pero cuando he visto a esas pobres criaturas... ha sido como un viaje al pasado. No he pensado con claridad, ni con sensatez.

189

Cada vez que nos ultrajan o nos vilipendian, los carruajes aceleran, y los caballos galopan lo más rápido que pueden sobre esas callejuelas enlodadas. Rezo por que nadie nos ataque y suplico a las diosas que habitan las estrellas que nos amparen, que nos protejan.

No es que tema por mi vida, y desde luego tampoco por los objetos que podrían robarnos, pero no quiero que los guardias se vean obligados a hacerles daño. Esta pobre gente ya ha sufrido demasiado.

La pobreza es como una herida abierta. Una herida que el rey Midas ha dejado que supure, que se infecte. Están desesperados, y no los culpo. Entiendo que se planteen atacar a la comitiva si, a cambio, pueden hacerse con un mendrugo de pan, o una manta, o un medicamento. Eso tiene un nombre: supervivencia. Y todos nosotros, sin excepción, haríamos lo mismo en su situación. Todos nos dejaríamos vencer por el famoso «y si».

Por suerte, nadie nos ataca. Los guardias enfundan la espada. Aun así, no siento alivio. Solo culpabilidad. Por haber sacado esa llamativa zanahoria delante de los hambrientos y por restregársela delante de las narices para después esconderla y dejarlos con la miel en los labios.

A lo lejos, sobre la cima de la montaña, diviso el castillo de oro. Para las gentes que habitan estos barrios, ese castillo representa la vida que jamás podrán tener y les recuerda, día tras día, que están condenados a vivir en la miseria.

Ojalá amaneciese antes. Ojalá hubiese metido más monedas en la bolsita de terciopelo. Así habría bañado la callejuela en oro. Bajo el frío manto de la noche, me invade la impotencia y me siento decaída. La comitiva sigue avanzando sin incidentes y, al fin, nos alejamos de aquellas edificaciones decrépitas y de los rostros famélicos.

Entonces caigo en la cuenta de algo que me entristece profundamente.

190

Si la ciudad gobernada por el rey que convierte en oro todo lo que toca está tan empobrecida, ¿qué esperanza puede albergar el resto de los habitantes de Orea?

18

*P*ensaba que, después de haber pasado por aquel barrio de chabolas desvencijadas, las vistas no podían ser más deprimentes.

Me equivocaba.

A medida que vamos avanzando hacia los lindes de la ciudad, entrecierro los ojos e intento distinguir lo que hay más allá de las antorchas que iluminan los puestos de avanzada.

—¿Qué...?

Esa pregunta inacabada queda suspendida en el aire y, de repente, el carruaje para en seco y empiezo a oír gritos a lo lejos.

Veo que Digby se baja del caballo y recorre el resto del camino a pie. Sin pensármelo dos veces, abro la portezuela del carruaje y me apeo; no consigo identificar lo que se esconde allí atrás, y siento una curiosidad tremenda.

Paso junto a los carruajes de las monturas reales de Midas y veo que la atractiva montura masculina —Rosh— saca la cabeza por la ventana y arruga la nariz.

—¿Lo hueles? —le pregunta a alguno de sus acompañantes, pero no oigo la respuesta.

Sail me alcanza en un santiamén. A escasos metros de mí veo a un montón de guardias charlando con los soldados que vigilan los puestos de avanzada. El puesto en sí consiste en una torre de vigilancia de piedra, bastante austera, y una muralla de la misma piedra que bordea las montañas que se alzan a nuestras espaldas. En resumen, es un control fronterizo para aquellos que quieren entrar en la ciudad.

Intento acercarme, pero Sail me lo impide.

—Es mejor que esperemos aquí.

—¿Qué…? ¿Qué es eso? —pregunto, y estiro el cuello en un intento de descubrir qué hay más allá de los soldados, justo detrás de las antorchas. No consigo distinguirlo porque estoy demasiado lejos, pero, sea lo que sea, necesito saber de qué se trata.

Bordeo la ristra de caballos para acercarme un poco más. Sail no se separa de mí en ningún momento; lo tengo pegado como una lapa. Y aunque sé que está rezando porque me eche atrás y regrese al carruaje, no puedo, ni siquiera cuando se me revuelven las tripas, como si fuese una premonición.

Estoy a seis metros del puesto de vigilancia y, en ese instante, el olor me golpea en la nariz. Y también golpea a Sail, porque de repente se tambalea y empieza a tener arcadas.

Me muerdo la lengua, contengo la respiración y acelero el paso. Por fin alcanzo a los soldados y por fin puedo ver con mis propios ojos lo que está pasando. Ato cabos enseguida.

Ahí, justo delante de la muralla de Alta Campana, cuelgan doce cuerpos sin vida, doce cadáveres que han muerto ahorcados y que se balancean desde unas ramas nudosas y deterioradas por las inclemencias del tiempo.

Los cuerpos son… deformes. Una aberración.

No son cadáveres sin más. No son cabezas de oro clavadas en picas que pretenden advertir a los súbditos de las consecuencias de saltarse las normas. No, esos despojos humanos están… están…

—Podridos —murmura de repente Sail con voz triste, como si me hubiese leído los pensamientos—. A eso huele, a podredumbre. El Rey Podrido se ha pasado toda la semana enviándonos estos regalitos.

Siento la boca reseca. La imagen es perturbadora. La piel se ha descompuesto. Y se distinguen varios parches de moho, como si el rey Ravinger hubiese utilizado su poder para deteriorar los cuerpos cual fruta. Los cúmulos de moho son bastante tupidos y en algunas partes son verdes, en otras, blancos y en otras, negros. Debajo esconden heridas mortales, semejantes a un plumaje macabro. Otras partes, en cambio, están arrugadas y marchitas, y recuerdan a la piel de un fruto que ha pasado largas horas bajo el sol. Y el resto del cuerpo…, en fin, digamos que ha desaparecido. Seguramente se fueron despellejando y esos fragmentos de piel, junto con los huesos pulverizados, se han podrido por completo hasta desintegrarse en el aire.

193

Siento el desagradable sabor de la bilis en la boca del estómago y me tapo la boca y la nariz con la mano. No le pregunto a Sail quiénes son porque no hace falta. Enseguida diviso los emblemas púrpuras en su armadura, que todavía no se ha evaporado. Son soldados del rey Fulke.

—Los ha enviado aquí, y también al Quinto Reino —me explica Sail con ademán taciturno mientras Digby y los demás siguen enzarzados en la conversación con los soldados, a apenas un par de metros de esos cuerpos putrefactos.

—¿Por qué?

Sail se encoge de hombros.

—Supongo que quiere enviarnos un mensaje. Con esta clase de obsequios, el Rey Podrido nos demuestra que está enfadado. Y que los hombres de Fulke no aguantaron ni el primer asalto, que los derrotaron sin despeinarse.

—Pero ¿por qué los envía aquí? —insisto—. No los

atacó el ejército del rey Midas —puntualizo. Fue una trai-ción con todas las letras, pero la verdad es que sus tropas nunca invadieron las fronteras del reino de Ravinger.

Sail vuelve a encoger los hombros.

—Imagino que sabe que el rey Midas era un aliado de Fulke, y a estas alturas ya se habrá enterado de que ha ocupado el trono del Quinto Reino. No creo que al Rey Podrido le haya alegrado la noticia.

Empiezo a inquietarme. No me atrevo a preguntar qué les ocurre a los súbditos que osan contradecir una orden del rey Ravinger. Si se ha ofendido y ha enviado esta colección de cadáveres podridos aquí, aun sabien-do que el ejército del Sexto Reino no fue quien atacó sus fronteras..., no quiero ni imaginarme cuál sería su reacción si descubriera que quien ideó esa maquiavélica conspiración fue Midas.

194   Digby parece dar una orden y, acto seguido, varios de los soldados se dispersan, un grupo se acerca a los difuntos y los vigilantes regresan a sus puestos.

Sail y yo nos quedamos ahí quietos, como dos pasma-rotes, y vemos que los guardias bajan los cuerpos podri-dos y se cubren el rostro con tiras de cuero para intentar soportar el hedor. Un grupo más numeroso empieza a ca-var un agujero en la nieve y, uno a uno, van arrastrando los cadáveres de los soldados de Fulke, como si estuviesen plantando semillas en un huerto siniestro y macabro.

Los guardias van echando nieve sobre los restos mar-chitos hasta cubrir por completo el agujero. Lo único que queda de esa fosa común es un montículo helado.

Y poco a poco el hedor que impregnaba el aire se va di-fuminando hasta desaparecer. Siento un escalofrío por la espalda y me ajusto el abrigo. En ese momento, Digby se gira y me pilla *in fraganti*. Viene hacia mí como un miura, y me pongo tensa.

—Agárrate, que vienen curvas —le murmuro a Sail entre dientes.

Digby se para justo delante de mí. A pesar de que el frío es helador, tiene la frente empapada en sudor. Me observa durante un buen rato sin decir nada, lo cual me pone aún más nerviosa. Sé que me va a caer un buen sermón.

Sé que he puesto en peligro a toda la comitiva. Sé que ha sido una imprudencia, una temeridad que podría haber acarreado consecuencias nefastas. Sé que la decisión, impulsiva e irreflexiva, de repartir monedas de oro podría haber desencadenado una batalla campal, pero en ese momento no pensé en nada de eso. Tan solo quería ayudar. Tan solo quería mejorar la desoladora vida de esas pobres criaturas, aunque fuese solo durante un instante.

Digby por fin pestañea, relaja la expresión y suelta un suspiro.

—La próxima vez quédate en el carruaje.

Eso es todo lo que dice. Después se da media vuelta y se reúne de nuevo con sus hombres. Empieza a ladrar órdenes y a indicar a todo el mundo que hay que ponerse de nuevo en marcha.

Dejo escapar todo el aire que estaba conteniendo en los pulmones, formando así una nube de vaho. Sail me da un empujoncito.

—No ha sido para tanto, ¿no crees?

Me río mientras niego con la cabeza y regresamos al carruaje.

—La verdad es que no. Esperaba una reprimenda de las que hacen historia.

Midas se habría puesto hecho un basilisco si hubiese estado ahí. Él no tolera el desacato, y menos si implica correr un peligro.

Al llegar al carruaje, Sail me abre la puerta y se hace a un lado.

195

—Si te sirve de consuelo, a mí sí me ha parecido bien lo que has hecho.

Le miro un tanto sorprendida y él, con timidez, se encoge de hombros. No sé si está cohibido por sus propias palabras o por mi súbita atención.

—Ha sido una decisión arriesgada e imprudente, desde luego, pero has demostrado que te preocupas por los demás. Que no miras hacia otro lado cuando te topas con una calamidad. Nadie se habría parado para ofrecerles ni una migaja de pan, créeme —comenta. Con el simple tono de su voz, entiendo quién es y de dónde proviene.

Me invade una profunda tristeza, pero aun así me esfuerzo por sonreír.

—Tú lo habrías hecho, Sail —le contesto—. Tú también te habrías parado.

Aunque acabo de conocerle, pondría la mano en el fuego por él y sé que no me quemaría. Porque este soldado de los bajos fondos de la ciudad no es tan distinto a mí.

Sail agacha la cabeza y le regalo otra sonrisa antes de entrar en el carruaje. Él cierra la puerta con suavidad. Ahora al menos sé que, por cada Rey Podrido que exista, habrá alguien como Sail en algún rincón del mundo para equilibrar la balanza.

Viajamos un par de horas más, hasta que Digby manda parar a toda la comitiva. Falta una hora para el ocaso. Nos hemos alejado de los muros de la ciudad y a nuestro alrededor se extiende un lienzo blanco prístino. Advierto la cordillera detrás de nosotros, pero me es imposible divisar el castillo dorado.

Bien cerquita de la hoguera montan una tienda de campaña de cuero y lona gruesa y con varias alfombras de pelo animal en el suelo. Sail me guiña un ojo desde su puesto de guardia, justo en la entrada de mi tienda, y entro sin más dilación. Me han dejado mi ración correspondiente de comida, que engullo en un santiamén antes de acurrucarme bajo el saco de dormir.

La oscuridad nocturna empieza a disiparse y los primeros rayos de luz asoman por el horizonte. Estoy hecha un ovillo debajo de esas mantas doradas y los cordones envuelven todo mi cuerpo. Tengo agujetas en las piernas y en la espalda por el trote a caballo de ayer, aunque no es nada comparado con el dolor que sentí al ver aquellos cadáveres ahorcados o la miseria tan indigna de Alta Campana.

Pero... estoy fuera de mi jaula. Y, aunque a paso de tortuga coja, estoy viajando. Estoy viendo mundo, ya no me escondo de él, y la experiencia me está pareciendo una delicia. Algo es algo.

No sé qué voy a hacer cuando lleguemos al Quinto Reino. No sé qué esperar. En un solo día ya he tenido que enfrentarme a una indigencia desoladora y a una crueldad pestilente. Pero estoy bien. A pesar de no gozar de la seguridad de mi jaula, el mundo no está aplastándome. No está rompiéndome.

Por ahora, estoy bien.

197

19

—Joder, ya podrían irse todos al infierno del Divino —farfullo entre dientes mientras agarro fuerte las riendas e intento acomodarme sobre la montura.

La verdad es que no llevo mucho tiempo a lomos del caballo, media hora como máximo. Es noche cerrada y la niebla es tan densa que no nos permite ver más allá de nuestras narices. Avanzamos por aquel paisaje congelado con esos nubarrones de bruma pegados al cuerpo.

He dormido como un tronco durante todo el día, por lo que debería estar descansada y lista para emprender la expedición, pero en lugar de eso me despierto agotada y sin fuerzas, como si fuese una toalla que alguien ha escurrido hasta la última gota.

Aprieto los dientes cuando los muslos empiezan a temblequearme. El dolor de las piernas es insoportable y me da la impresión de que tengo un moretón gigante dentro de los músculos. Por fuera, están llenas de cardenales. Cada vez que Crisp da un paso, veo las estrellas. Tengo todo el cuerpo dolorido.

Los últimos siete días han sido extenuantes. Aunque el tiempo nos ha concedido una tregua, viajar de noche no es fácil, y menos en ese frío polar que azota el Sexto Reino.

Cada noche he sudado sangre para perfeccionar la

técnica y aprender a montar como una amazona, y mis músculos están sufriendo las consecuencias. No aguanto más que un par de horas o tres a trote. Después, cuando ya no me noto las piernas, me bajo del caballo y, cojeando o a gatas, me arrastro hasta el carruaje.

No me gusta viajar ahí encerrada, así que cada noche intento aguantar un poquito más. Me obligo a encontrar la postura sobre el caballo, a montar con la espalda erguida, a soportar el dolor. Y lo hago porque la recompensa es impagable; solo así puedo disfrutar del aire fresco, de la libertad. De vez en cuando entablo una conversación con Sail, que siempre está dispuesto a montar a mi lado, con una sonrisa amable y alguna anécdota que explicar.

Me gusta. Me gusta tener un amigo, vivir sin ataduras, sin los barrotes de una jaula. Aunque se me congele el culo, me gusta.

200 Esta noche, sin embargo, los muslos y la espalda me duelen más de lo habitual, y amenazan con rebelarse. Y, para colmo, tengo un hambre voraz. La carne seca que he comido nada más levantarme no me ha saciado y las tripas ya han empezado a rugirme. Presiento que esta noche va a ser muy larga.

—¿Todo bien por aquí? —pregunta Sail, y me dedica una sonrisita.

Ahora que llevamos más de una semana de viaje, veo que le ha crecido la barba, aunque sigue siendo rala, poco poblada. Aun así, no parece un joven imberbe. Esa pelusa le otorga cierto encanto.

—Bien —miento rechinando los dientes, e intento por enésima vez revolverme en la montura para aliviar el dolor de la espalda y las piernas. Pero con ese movimiento solo consigo molestar e incomodar a Crisp. Me inclino y le acaricio el pelaje blanco con ambas manos—. Lo siento, chico.

—Tardé varios meses en acostumbrarme a la montura —dice Sail, que trota pegadito a mí. Su caballo es hermoso, una yegua tranquila, y entre su pelaje blanco se mezclan mechones castaños.

—¿Ah, sí? Seguro que tus sargentos estaban la mar de contentos —bromeo.

Él esboza una sonrisa pícara.

—Cada vez que me caía de esa maldita montura, me obligaban a limpiar los establos. Y recoger estiércol de caballo de un establo congelado es mucho peor de lo que imaginas.

—Te tocó el premio, vaya.

—En las chabolas no teníamos caballos —añade, pero no lo dice con rencor. Tan solo explica las cosas tal y como eran.

—Me lo imagino.

—Cuando perdí el miedo a esas dichosas sillas de montar, dejé de ponerme tan nervioso y empecé a pillarle el truquillo —dice, y acaricia el cuello de su yegua, un gesto cariñoso que esta agradece, desde luego—. Ahora ya he aprendido a montar a un caballo como es debido, ¿verdad que sí, bonita? —le canturrea al oído.

Se me escapa una carcajada.

—Si tus sargentos te viesen ahora, alucinarían.

Sail sonríe de oreja a oreja y recupera la postura.

—¿Y qué me dices de ti? —pregunta, y ladea la cabeza—. ¿Alguna vez te ha dado una coz un caballo? ¿O has tenido que limpiar un establo?

—Por suerte, no. Pero nunca digas nunca.

—Dudo mucho que la favorita del rey tenga que coger una pala y ponerse a sacar estiércol de un establo —bromea Sail con una sonrisa.

Se sorprendería si se enterase de las cosas que he hecho en mi vida, de las cosas que he tenido que hacer. Pero prefiero no decir nada por el mismo motivo por el que no le he revelado cómo aprendí a montar a caballo cuando era jovencita. O quién me enseñó.

A medida que avanzamos, voy mirando a Sail con el rabillo del ojo cuando sé que está distraído.

Me resulta extraño tener un amigo.

Más que las ansias de salir al exterior y respirar aire puro, más que las ganas de que mi monótona vida cambiara, lo que realmente me apetecía y necesitaba era justo esto, poder conectar con otra persona. Y no me refiero a forjar una alianza con un objetivo común, ni tampoco una relación motivada por la política, o la aristocracia, o incluso por la lujuria. Una amistad sincera, solo eso. Dos personas que disfrutan charlando, que comparten historietas, que tienen el mismo sentido del humor, que conspiran solo para divertir al otro.

202 Me pregunto cómo sería enamorarse de alguien como Sail. Supongo que sería fácil prendarse de ese carisma. Es un joven honesto y con un corazón que no le cabe en el pecho, y eso embelesa a cualquiera. En otra vida, quizá. En otro cuerpo.

—Esta noche parece que ha refrescado —dice, tomándome el pelo.

El comentario me devuelve a la realidad, ese paisaje blanco.

—Toda la razón —respondo, y siento un escalofrío.

A estas alturas ya nos hemos acostumbrado a viajar de noche. Al principio, cualquier silueta que se movía a lo lejos me parecía espeluznante, una aparición fantasmal, pero he aprendido a centrar la atención en la hilera de guardias que marcan el camino, en los farolillos de los carruajes que se balancean al compás del trote de los caballos.

Las vistas no han cambiado mucho desde que salimos

de Alta Campana. Allá donde mire, solo veo colinas nevadas y rocas que sobresalen de entre ese manto blanco. Hace días que dejamos atrás las aldeas más alejadas de la ciudad y, en general, el tiempo nos ha respetado bastante. No han caído grandes nevadas y, sin contar alguna granizada puntual, no podemos quejarnos.

Crisp rodea una roca y, sin querer, me desliza un pelín hacia la derecha. Aprieto los muslos para mantener el equilibrio sobre la montura y no resbalarme, y siento una punzada de dolor terrible. Magullados. Tengo los músculos magullados. Joder, el dolor es insufrible.

—Al carruaje.

Me vuelvo hacia esa voz huraña, propia de un cascarrabias. Ahí, justo a mi lado, está Digby. Se pasa la noche galopando de un lado a otro; a veces se une a la avanzadilla, otras prefiere mantenerse en la retaguardia. Se muestra atento con todo el mundo y se va moviendo a lo largo de la procesión para asegurarse de que no haya problemas, de que avancemos sin prisa, pero sin pausa, de que el rumbo sea el adecuado, de que los guardias estén en plenas facultades para cumplir con su cometido.

—Todavía no —protesto, e intento sonreír para ocultar el dolor.

Él sacude la cabeza y murmura algo entre dientes.

—Se avecina una tormenta —me informa Sail, captando así mi atención.

—¿Eso crees? —pregunto, y observo el cielo, aunque lo único que diviso son nubes que reptan por un cielo sin estrellas. Parece que la luna intenta abrirse paso entre esos nubarrones, pero no logra colarse. Para ser sincera, no veo la diferencia con las noches pasadas.

Sail se da unos golpecitos en la punta de la nariz.

—Huelo las tormentas, sobre todo si prometen ser fuertes o intensas. Es un don.

203

Asiento.

—¿Y a qué huele una tormenta fuerte o intensa?

—A un infierno congelado.

Suelto un bufido.

—Suena un poco fatídico, ¿no te parece? Además, las nubes siempre tienen ese aspecto.

Pero Sail no parece convencido.

—Tú espera. Presiento que va a ser una tormenta de las buenas.

—¿Nos apostamos algo?

Sail dice que sí, entusiasmado, pero entonces intercede Digby.

—No.

Inclino la cabeza para poder mirarlo a los ojos.

—¿Qué? ¿Por qué no?

—Prohibido apostar con la favorita del rey —explica Digby, con la mirada clavada en Sail.

Hago pucheros.

—Adiós a la diversión.

Digby se encoge de hombros.

—Prohibido divertirse con la favorita del rey.

Entrecierro los ojos.

—Bueno, ahí te has pasado. No hace falta ponerse tan serio.

Me mira sin pestañear durante un buen rato, como si estuviese retándome con la mirada, hasta que al final chasquea la lengua, azuza el caballo y se marcha a galope.

—No te preocupes, mi señora —dice Sail—. En este caso, el comandante te ha hecho un favor porque habrías perdido la apuesta.

Me río y echo la cabeza hacia atrás, hacia ese cielo encapotado y taciturno.

—Tanto fanfarronear y ahora te echas atrás.

Sail arquea las cejas.

—Oh, ¿entonces la apuesta sigue en pie?

Y justo cuando estoy a punto de responderle, una voz femenina mete baza en la conversación.

—¿No sois un poco mayorcitos para hacer apuestas infantiles?

Me pongo tensa al oír la voz de Polly. El carruaje de las monturas se antepone en nuestro camino. Polly, que ha sacado el brazo por la ventanilla y tiene la cabeza apoyada sobre el recodo del brazo, me mira con desdén.

Cuando emprendí la travesía pensé que viajar con el resto de las monturas me serviría para ganarme su confianza, para limar asperezas del pasado y para tender puentes hacia un futuro con menos rivalidades y envidias absurdas. No podía andar más desencaminada. La mayor parte del tiempo estamos separadas y, a decir verdad, las he visto en contadas ocasiones. Prefieren quedarse en el carruaje, o en la tienda de campaña que comparten. Y ninguna de ellas ha intentado entablar conversación conmigo.

Salvo Polly.

Aunque más que una conversación, lo que ha intentado es dejar bien claro a toda la comitiva que me desprecia.

—Pondría la mano en el fuego que apostar es la segunda afición favorita de los hombres de este reino, y seguro que ellos no la tildarían de infantil —replico.

—¿La segunda? —repite Sail—. ¿Y cuál es la primera?

Dibujo una sonrisa maliciosa.

—Pagar por pasar tiempo con una montura.

Sail se ríe con timidez, pero Polly arruina el momento al soltar un bufido de exasperación.

—¿Y qué sabrás tú de eso? El rey nunca te monta cuando nos convoca. Tú no eres una montura real de verdad porque solo te permite mirar. Entre tú y yo, tu situación es bastante triste. No eres más que un trofeo. A los

205

hombres de sangre caliente no les gusta compartir lecho con zorras frías y metálicas como tú.

Me siento abochornada. En mi interior se ha encendido una llama que carboniza cualquier rastro del ambiente distendido y divertido del que estaba disfrutando junto a Sail. Una cosa es tener que soportar que Midas se acueste con otras delante de mis narices y otra muy distinta es que Polly me lo eche en cara, delante de Sail y de los demás guardias que nos escoltan.

Polly esboza una sonrisa. No puede estar más satisfecha.

—Oh, pero no te preocupes. Me encargaré personalmente de que el rey Midas esté satisfecho.

Sail me lanza una mirada compasiva que, en lugar de consolarme, empeora todavía más las cosas. Golpeo los talones en los costados de Crisp para que salga disparado hacia delante. Ni siquiera me molesto en inventarme una excusa que justifique esa repentina huida.

Paso trotando por delante del carruaje de Polly, pero no le dedico ni una mirada. Rechino los dientes y siento que me arden las mejillas. Sujeto las riendas con fuerza y le guío para que pase entre los guardias que tenemos delante. El espacio es estrecho, pero logramos inmiscuirnos y seguir avanzando.

Distancia. Solo necesito distancia.

Voy esquivando caballo tras caballo, sin mirar atrás. Cuando avisto la avanzadilla de la caravana, empiezo a reducir el paso porque sé que ya estoy lejos de Polly y de esa lengua viperina. Quiero pensar que así puedo huir de mis propias decepciones y sortear el dolor, la vergüenza y los pensamientos oscuros que me acechan cada vez que cierro los ojos e intento conciliar el sueño.

Sospecho que llegará el día en que esas ideas siniestras me instarán a hacerles frente, y ya no podré seguir ignorándolas. Me asaltarán cuando menos me lo espere. Me acosarán, se negarán a seguir enterradas bajo una almohada empapada de lágrimas o entre las grietas de un espejo.

Tarde o temprano, cada pensamiento turbulento saldrá a la superficie y cada herida sin cicatrizar empezará a supurar. Y entonces ya no tendré más remedio que enfrentarme a ellos.

Pero esta noche no.

Todavía no.

207

20

*C*risp empieza a ralentizar el paso hasta ir a medio galope. La luz de esperanza que tenía por forjar una amistad con las monturas se ha apagado por completo, como la mecha mojada de una vela.

Tengo que aceptarlo, y punto. Al menos me alegra saber que puedo contar con el apoyo y la complicidad de un amigo en este viaje. Un amigo, y un guardia gruñón y protector que mató a un rey para salvarme. Y eso ya es mucho más de lo que jamás habría esperado.

Después de unos minutos rumiando a solas y en silencio, oigo el trote de un caballo. Es Sail. Sabía que, en algún momento, aparecería.

—Ignora a Polly. Está celosa, eso es todo.

Le miro con cierta ironía y hago ver que no me afecta en lo más mínimo, que me da lo mismo.

—Que la ignore. ¿Igual que tú ignoraste a Frilly anoche?

Veo que se le sonrojan las mejillas y que clava la mirada en algún punto del horizonte.

—¿Qué? Ah, no, no…, pero si no pasó nada. Es que necesitaba otra manta.

—Tranquilo. Te estaba tomando el pelo.

Sail echa un fugaz vistazo a su alrededor, como si le preocupara que alguien nos hubiera oído y pudiese malinterpretar la verdad. Entiendo que esté inquieto, pues las monturas reales son solo para la realeza. No se les permite compartir lecho con nadie más. Un rumor infundado y absurdo podría destruir el futuro de Frilly, y también el de Sail. Y no voy a dejar que algo así ocurra.

—Supongo que alguna chica te estará echando de menos en casa —tanteo. Siento curiosidad por averiguar qué clase de vida lleva fuera del ejército, cuando se desprende de esa armadura dorada y de su espada.

Sail se inclina hacia mí y me mira con esos ojos aniñados e inocentes.

—Oh, muy pocas —bromea—. Tres o cuatro, pero no me añoran tanto como me gustaría.

Me río por lo bajo.

—¿De veras? Bien, espero que las trates con respeto y cariño.

—Las trato con muchísimo respeto y muchísimo cariño —recalca—. Aquí donde me ves, además de ser un joven criado entre chabolas, siempre guardo un as debajo de la manga.

No puedo contenerme y me echo a reír.

—¿Te importaría darme más detalles?

Sail parece animado por la conversación. Abre la boca para contestar, pero Digby aparece de la nada —otra vez— y con cara de pocos amigos.

—Prohibido compartir detalles con la favorita del rey —espeta, exasperado—. ¿Acaso quieres que el rey Midas te corte la cabeza y la chape en oro, muchacho?

Sail empalidece y niega con la cabeza.

—No, señor.

Suspiro y miro a mi guardia personal, siempre tan estoico, siempre tan rezongón.

—No seas aguafiestas, Dig.

—Al carruaje —contesta con voz ronca.

—No, gracias —respondo con voz tan dulce que resulta empalagosa.

Deja escapar un bufido ante tal tozudez y yo, por mi lado, sonrío ante su desesperación. No estamos jugando para emborracharnos, pero aun así creo que es la charla más divertida que he mantenido con Digby. A decir verdad, nunca habíamos hablado tanto como ahora. Y eso ya es, en sí mismo, una gran victoria.

Mientras el grupo marcha por ese paraje inhóspito en fila india, Sail me entretiene con historietas sobre su vida, sobre crecer con cuatro hermanos mayores, y esa amena distracción me hace olvidar el dolor de las piernas.

Las nubes se arremolinan sobre nosotros como el oleaje de un mar bravo y agitado, y una repentina neblina ártica enturbia el aire. Los caballos de la avanzadilla son los encargados de abrir camino entre la nieve para que el resto podamos pasar sin problemas, pero crear ese sendero en la nieve es una tarea ardua y agotadora, incluso para unos caballos tan robustos como los nuestros, así que tienen que irse turnando para poder seguir avanzando.

A medida que la noche va cayendo, la temperatura desciende en picado. El frío me entumece los muslos. Y, cuando empieza a soplar el viento polar, la sensación es tan brutal que a Sail ni siquiera le apetece fanfarronear sobre haber dado en el clavo con la predicción de la tormenta.

En cuestión de segundos, todos se preparan para resistir la ventisca. Los jinetes se encorvan hacia delante, pegando su cuerpo al cuello de los caballos, y se cubren la cabeza y la cara con turbantes para protegerse del terrible frío que nos asola.

Advierto la silueta de Digby a lo lejos. Se acerca a galope, con la capa ondeando a su espalda.

—Al carruaje —gruñe, y esta vez es una orden.

No me rebelo ni me indigno porque sé que sería una

211

idiota si desaprovechara la oportunidad de resguardarme de ese viento gélido y del frío glacial. El cielo nos está lanzando una advertencia y nos está dando tiempo para que nos preparemos antes de que los nubarrones desaten toda su ira sobre nosotros y, a pesar de que me encanta montar a caballo y sentirme libre, prefiero no hacerlo en mitad de una tormenta de nieve.

Con Sail pisándome los talones, tiro de las riendas y dirijo a Crisp hacia mi carruaje. Me bajo de un salto y le doy una palmadita en la grupa a modo de despedida.

Miro a Sail y no puedo evitar sentirme un poco culpable, así que señalo el carruaje.

—Estás seguro de que no puedes...

Él enseguida niega con la cabeza.

—Estoy bien. Los soldados del Sexto Reino somos duros como el acero. Somos inmunes al frío —miente, y me guiña el ojo. Las nubecitas que expele al hablar son como columnas de humo apelmazado, casi compacto—. Entra antes de que pilles un resfriado.

El cochero se detiene una milésima de segundo para que pueda subir al carruaje y, cuando cierra la puerta, veo que está tiritando de frío. Reanuda la marcha y me recuesto en el asiento. Me masajeo las piernas y meneo las manos para aliviar el dolor, desentumecer los músculos y para tratar de recuperar la sensibilidad en las piernas.

Me asomo por la ventanilla. La tormenta no deja de empeorar. El único resplandor que ilumina el paisaje proviene de los farolillos de los carruajes y de la luna, que sigue oculta tras las nubes.

Al cabo de menos de una hora ya tenemos la tormenta encima. El viento aúlla y las ráfagas se vuelven tan fuertes que incluso los cristales repiquetean y los carruajes se bambolean. Temo que, en un momento dado, pueda incluso derribarlos. Me deslizo hacia el centro de la banqueta para intentar equilibrar el peso y evitar que el carruaje salga volando por los aires.

Y entonces empieza a granizar, empiezan a caer pelotas de hielo que se estrellan contra el techo del carruaje, provocando un ruido ensordecedor. Solo se oye el tremendo golpeteo del granizo, que ha amortiguado por completo el sonido de los cascos de los caballos y de las ruedas pisoteando la nieve. Es un diluvio de perdigones helados y el sonido es atronador.

Me muerdo las uñas, nerviosa. Pienso en los caballos y en los guardias, y se me encoge el corazón. Deben de estar sufriendo un verdadero calvario. Les está cayendo encima una lluvia de granizo y no quiero imaginarme el dolor que están soportando.

Por suerte, veo que nos desviamos del camino y nos dirigimos hacia un bosquecillo solitario. Los árboles no son los Pinos Lanzadores, pero al menos nos proporcionarán cobijo durante la tormenta. Gracias al Divino.

Si antes me daba la sensación de que nos movíamos a paso de caracol, ahora es diez veces peor. Entre el granizo y las ráfagas de viento, tardamos casi una hora en llegar a esa pequeña arboleda.

Los guardias que lideran nuestro grupo están cruzando la linde del bosque cuando, de pronto, mi carruaje se tropieza con algo y da un tremendo bandazo. Salgo propulsada de mi asiento, mi cuerpo se choca contra la banqueta de enfrente y me golpeo la parte trasera de la cabeza en la pared.

—Mierda —mascullo mientras me palpo la cabeza e intento regresar al asiento. El carruaje da otro tumbo violento que a punto está de arrojarme de nuevo al suelo, pero esta vez me sujeto a las paredes y consigo mantenerme de pie.

Se mueve a trompicones pero, después de un par de metros, se detiene, aunque no sé si a propósito o porque la

213

nieve es demasiado gruesa para las ruedas. Entonces aparece Digby, que abre la puerta y me mira de arriba abajo para comprobar que estoy ilesa.

—Estoy bien —le aseguro.

—El carruaje se ha atascado —explica. Sujeta la puerta para que salga y, en cuanto pongo un pie en la nieve, me hundo hasta las rodillas.

—¿Todo en orden? —vocea Sail, que viene acompañado de Crisp.

Lo único que puedo hacer es asentir porque el aullido del viento amortiguaría mi voz. Utilizo el estribo para impulsarme y subirme al caballo, y, en cuanto me acomodo en la montura, Sail coge las riendas y guía a nuestros caballos por esa alfombra blanca para que se abran camino entre la nieve.

Entrecierro los ojos y miro hacia atrás. Varios carruajes se han quedado atorados porque hay, al menos, un metro de nieve, un obstáculo imposible de superar para esas ruedas de madera.

Los guardias van de un lado a otro y, entre gritos, tratan de liberar a los caballos y ayudar a las monturas para que todos puedan refugiarse bajo la arboleda y sobrevivir a la tormenta.

Las copas de los árboles son el cobijo perfecto del granizo y, aunque alguno que otro de esos perdigones helados logra colarse entre las ramas, es más que soportable.

Varios guardias se han puesto a partir leña para hacer una hoguera, pero cuando intentan encenderla, los troncos chisporrotean y humean. Los leños, húmedos y tozudos, se niegan a prenderse. Hasta que Digby acude a su rescate, más serio y más huraño de lo habitual. Rasca el pedernal con el filo de su espada y saltan decenas de chispas. Un segundo después, la fajina se enciende, como si no se atreviera a desobedecerle.

Sail me acompaña hacia donde han reunido a los caballos. En un santiamén, han apartado la nieve para que tengan un claro en ese bosquecillo donde descansar y ya han dispuesto una bala de heno para que se alimenten.

Me bajo de un brinco para ayudar a Crisp, pero Sail insiste en que me siente junto a la hoguera y entre en calor mientras él se ocupa de los caballos. Me señala uno de los troncos que han colocado frente al fuego y tomo asiento; estoy al borde de la extenuación y me tiembla todo el cuerpo porque el frío me ha calado hasta los huesos. Las otras monturas van llegando poco a poco y se van acomodando en el resto de los troncos que rodean las llamas. Me fijo en que se sientan bien juntitas, imagino que para calentarse antes.

Observo a los guardias con atención: apilan la madera, montan las tiendas de campaña, arrastran baúles y arcones y apartan la nieve a palas para después construir un muro que nos proteja del viento. Todos se están dejando la piel en su correspondiente tarea mientras yo sigo tiritando de frío junto a la hoguera. Extiendo las manos, que, aun enfundadas en guantes, no dejan de temblar, y las acerco al fuego.

Algunos guardias amontonan pequeños ladrillos cerca de las llamas y sé que, en cuanto se caldeen, los meterán dentro de los sacos de dormir para que nos calentemos los pies.

Me asombra la eficiencia y la rapidez con que trabajan los guardias. Lo han resuelto todo en un periquete. En cuestión de minutos, toda la comitiva está apiñada alrededor del fuego y las tiendas instaladas en los pequeños claros del bosque.

Sigue lloviendo granizo. Es como una metralla de guijarros de hielo que rebotan en las cortezas y en las ramas por igual, dejando un rastro de astillas a su paso. Repiquetean contra los árboles como minúsculas explosiones y, mientras tanto, las ramas que ocupan la copa de los árboles crujen por culpa de la borrasca.

Era cuestión de tiempo que, un día u otro, nos vapuleara una tormenta.

De hecho, nos podemos considerar afortunados por haber podido disfrutar de tantísimas noches suaves, templadas, tranquilas.

Veo que Sail se escabulle hacia la izquierda y empieza a plantar mi tienda. Está clavando las estacas en el suelo para después poder tensar bien la lona.

—¿Quieres que te ayude? —le pregunto, y alzo un poco el tono de voz para que pueda escucharme.

Digby, tan oportuno como siempre, aparece de la nada con mis mantas enrolladas.

—No. Tú no ayudas.

—Estamos a tu servicio, señorita Auren. Y no al revés —añade Sail.

—Y no sabes cuánto me alegro porque no tengo ni la más mínima idea de montar una tienda —bromeo, y le saco una sonrisa a Sail.

Cuando por fin termina de instalar la tienda, él y Digby disponen todo ese montón de colchas y mantas de pieles y enciende un farolillo que, además de proporcionarme luz, también emana calor, aunque mi tienda es la más cercana a la hoguera.

Me siento un pelín culpable por recibir tantas atenciones, sobre todo porque sé que los guardias y el resto de las monturas tienen que compartir una tienda con cinco o seis personas. Yo, en cambio, tengo una para mí solita. Aunque reconozco que los envidio porque al menos podrán compartir el calor corporal.

Prácticamente engullo mi porción de comida y agua hervida, y me retiro a mi tienda temprano. Todavía queda noche por delante, pero no parece que vaya a escampar, así que, de momento, no podremos retomar nuestra peregrinación hacia el Quinto Reino. Al ver que me acerco, Sail se levanta del tocón que hay junto a mi tienda. Sé que hará guardia mientras duermo. Retira la solapa que hace las veces de puerta para que entre.

—Creo que alguien ha perdido una apuesta, ¿eh?

—Ah, pero si no me falla la memoria, no hice ninguna apuesta, ¿o me equivoco?

Sail se echa a reír y sacude la cabeza. El hecho de que siempre esté de buen humor, a pesar de lo que pueda estar ocurriendo a su alrededor, demuestra que su carácter es excepcional.

—Te has librado por los pelos. La próxima vez no pienso dejar que te vayas de rositas.

—Gracias por la advertencia. Buenas noches.

—Buenas noches, mi señora.

Me agacho, entro en la tienda y ato las cuerdas para sellar la solapa. Me desnudo, me pongo un camisón de lana gruesa y me acurruco debajo de las mantas mientras las botas se secan junto a la llama del farolillo.

Noto el calor del ladrillo a mis pies y siento que estoy en el cielo, pero sé que esa agradable sensación no durará mucho. No mientras el granizo siga bombardeando la tienda, no mientras la ventisca consiga colarse por cada agujerito de la lona.

El tiempo ha aguantado durante siete días, pero ahora se ha roto en mil pedazos y por eso están lloviendo esquirlas del cielo.

Fuera de la tienda, la tormenta se enfurece y tengo la impresión de que nos está lanzando una advertencia.

Debería haberle hecho caso, pero ahora ya es demasiado tarde.

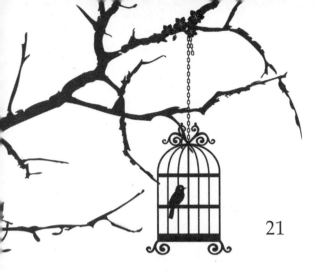

21

La tormenta sigue desatando su furia sobre nosotros.

No puede compararse con la Viuda de la Tempestad, cuyo lamento desesperado transforma en ventiscas. Es la furia de una mujer despechada, una furia que solo puede compararse con un infierno congelado de venganza, tal y como Sail pronosticó.

Tres largos días y tres eternas noches. Granizo, nieve y, para rematar, un chaparrón terrible. No es una lluvia cualquiera, sino un auténtico aguacero que empapa todo el campamento y congela todo lo que toca.

Todo el mundo, incluido el bonachón de Sail, está triste, abatido. Incluso el pobre Crisp parece aburrido. El fuego se apaga cada dos por tres y, por muchos cobertizos de madera que construyan los guardias para proteger las llamas de la incesante lluvia, sus esfuerzos son en vano.

Al final no les queda más remedio que remendar varias lonas y atarlas a las ramas de los árboles, creando así un toldo protector. Con ese invento evitan que la lluvia siga extinguiendo el fuego y, aunque ofrece un refugio casi perfecto, es un fastidio para los hombres que han cedido sus tiendas y ahora tienen que dormir hacinados en tiendas de compañeros.

Nadie puede cazar, y en estas condiciones ningún animal osaría salir de su guarida, lo que significa que lo único que podemos llevarnos a la boca es carne desecada y frutos secos. Nada caliente y nada fresco, aparte de la nieve que hemos hervido para no deshidratarnos. La mayoría de nosotros no salimos de nuestras tiendas. Estamos aburridos, muertos de frío y enfadados con ese cielo que se muestra indiferente al martirio al que nos está sometiendo.

Hasta que, por fin, al cuarto día, la tormenta nos da un respiro.

Me despierta el familiar crujido del fuego, y no el viento o el granizo o la lluvia. He perdido la cuenta de las horas que llevo encerrada en mi tienda. Saco la cabeza y veo que el lodazal ha desaparecido y, en su lugar, se han acumulado varios centímetros de nieve, una nieve que reluce bajo una claridad grisácea. Los copos de nieve caen del cielo en un baile aletargado, tranquilo, apaciguador.

220 —Gracias al gran Divino.

A juzgar por la posición del sol, me atrevería a decir que queda una hora de luz.

Miro a mi alrededor y veo que la mayoría de los hombres han salido a explorar los alrededores o se están ocupando de los carruajes que se quedaron atascados durante la tormenta. El resto está afilando su espada, o comiendo. El ambiente ha cambiado y todos parecen de mejor humor. Varios soldados están bromeando y charlan con ademán relajado.

Ahora que llevamos varios días seguidos viajando juntos, la mayoría ya se ha acostumbrado a mi presencia, aunque de vez en cuando los pillo mirándome con el rabillo del ojo, curiosos. Sin embargo, ninguno se atreve a hablar conmigo o a acercarse a mi tienda, aparte de Digby y de Sail. Midas debió de advertirles que mantuvieran las distancias. O tal vez fuese Digby.

Probablemente los dos.

Me aseo en la tienda y espero a que caiga la noche, a sabiendas de que nos pondremos en marcha en cuanto levantemos el campamento.

Un cántaro y un trapo frío y húmedo, eso es todo lo que tengo para adecentarme por las mañanas. La vida de un nómada no es en absoluto glamurosa y echo muchísimo de menos las comodidades de palacio, como mi cama, mis almohadas, mi baño.

Me imagino poniendo un pie en una bañera llena de agua caliente, sumergiendo todo el cuerpo... y me entran ganas de gritar. Pero sé que no me queda otra que conformarme, así que cojo esa minúscula toalla andrajosa y me aseo lo más rápido que puedo. Hace tanto frío que tengo la piel de gallina y me castañetean los dientes.

Se necesitan agallas para verter esa jarra de agua helada por la cabeza y, cuando lo hago, ahogo un chillido y me froto bien el cuero cabelludo antes de que los dedos se me entumezcan y pierdan sensibilidad.

Con la piel todavía un poquito húmeda, me visto y, con la inestimable ayuda de mis cordones, me trenzo el pelo. Luego los envuelvo alrededor de mi cuerpo porque conforman otra capa que me abriga y aísla de ese frío polar.

Me enfundo unos leotardos forrados de vellón y, en ese instante, alguien abre la portezuela de lona y deja una bandeja de comida en el suelo. Supongo que ha sido Digby; quiere asegurarse de que coma algo antes de reemprender de nuevo el viaje.

Recojo la bandeja, me siento sobre el petate y me cubro el regazo con varias mantas. Me han servido un muslo asado entero y, aunque no le han echado sal ni especies para sazonarlo, lo devoro en un santiamén. Es el primer bocado caliente y fresco que pruebo en días y la carne es jugosa y tierna, nada que ver con la carne desecada y dura de las últimas semanas.

No queda ni un solo hilo de carne en el hueso y dejo el plato limpio como una patena. Recojo mis cosas y ayudo a desmontar la tienda; enrollo las mantas, meto toda la ropa en el baúl y extingo la llama de la linterna.

Cuando salgo de la tienda veo que ya han desmantelado el campamento. Los soldados se están poniendo la armadura y, antes de partir, apagan la hoguera con nieve. Los caballos también están listos para marchar y resoplan delante de los carruajes, ya reparados y en perfectas condiciones. La sombra de la noche empieza a bañar el horizonte y, en cuestión de segundos, cubrirá todo el paisaje con su manto oscuro.

—¿Preparada, señorita Auren? —pregunta Sail, que aparece de la nada.

Doy un capirotazo a un copo de nieve que aterriza sobre mi mejilla.

—Más que preparada. Pensé que esa tormenta no acabaría nunca.

—Hemos perdido varios días y el suelo se ha convertido en una pista de hielo. Por suerte, la nieve que está cayendo nos vendrá de maravilla. Y no estamos tan lejos del Quinto Reino.

—Bien —digo, y le sigo por el caminito que han creado desde la arboleda hasta los caballos.

Digby me barra el paso. Y tiene el ceño fruncido.

—Tienes el cabello húmedo.

—Qué gran observador eres, Digby —bromeo, y me cubro la cabeza con la capucha.

Ahora Sail también me mira con mala cara.

—Tiene razón. Vas a pillar un buen resfriado.

—No es problema, en serio.

—No saldrás del carruaje hasta que esté seco —sentencia Digby.

Y esta vez soy yo quien arruga el ceño. No quiero enclaustrarme en el carruaje después de haberme pasado tres días encerrada en una tienda de campaña.

—Preferiría montar a caballo —replico, pero Digby no parece dispuesto a dar su brazo a torcer—. Me pondré la capucha —insisto.

Él no contesta, simplemente me escolta hasta el carruaje y abre la puerta. Intuyo que no va a negociar y, además, no veo a Crisp por ninguna parte.

Me doy por vencida y suspiro.

—Está bien —gruño—, pero, en cuanto se me seque el pelo, voy a subirme a Crisp, voy a pegarme a ti como una garrapata y voy a parlotear como un loro durante horas —le advierto.

No estoy del todo segura, pero creo que estira un poquitín las comisuras de los labios. Le señalo con el dedo.

—¡Ajá! Has estado a punto de sonreír —le digo con aire triunfante, y después me vuelvo hacia Sail—. Tú también lo has visto, ¿a que sí?

Él asiente con una amplia sonrisa.

—Claro que sí.

Digby pone los ojos en blanco y señala el interior del carruaje con el pulgar.

—Entra.

—Ya voy, ya voy —refunfuño antes de subirme al carruaje.

Sail me lanza una sonrisa antes de cerrar la portezuela. Pego la espalda en el respaldo y me revuelvo en el asiento. La comitiva se pone en marcha. Al menos he podido descansar las piernas y la espalda, y las agujetas han desaparecido.

Me deshago las trenzas con la esperanza de que así el pelo se seque más rápido. Me aburro como una ostra, y eso que solo llevo aquí unos minutos. Apoyo la cabeza en la pared del carruaje, cierro los ojos y en ese momento me asalta una duda. Me pregunto cuántos días de travesía nos quedan hasta llegar al Quinto Reino. Sé que la tormenta nos ha retrasado, pero no sé cuánto.

El constante balanceo del carruaje tiene un efecto anestesiante. Debo de haberme quedado dormida porque, cuando vuelvo a abrir los ojos, el farolillo que ilumina el interior del carruaje se ha apagado.

Mis cordones están enrollados alrededor de mi torso, debajo del abrigo, y me ofrecen una capa de abrigo extra y ya no tengo el cabello húmedo. Los mechones dorados me rozan los hombros y los noto secos.

Estoy desorientada. Miro a mi alrededor, pero la oscuridad es tan opaca que no consigo ubicarme. Intento recordar qué me ha despertado y es en ese instante cuando caigo en la cuenta de que el carruaje se ha detenido.

Fuera todavía es de noche, por lo que intuyo que no han pasado muchas horas. Tal vez el carruaje se haya quedado atascado de nuevo en la nieve y lo que me ha despertado ha sido la sacudida. El cristal se ha empañado, así que paso una mano para limpiarlo y echo un vistazo al exterior, pero la oscuridad es tan opaca que no distingo nada.

Doy unos golpecitos con los nudillos en la ventana.

—¿Digby? ¿Sail?

No obtengo respuesta. Afino el oído, pero no se oye absolutamente nada. Una oleada corrosiva de pánico amenaza con ahogarme y, de forma inconsciente, me acaricio la cicatriz de la garganta, algo que no hacía desde que salimos de palacio.

Me deslizo hacia la portezuela y pego la cara en el cristal para tratar de divisar algo, cualquier cosa, más allá de la ventana, pero lo único que avisto es el brillo apagado de la nieve que cubre el suelo. Todo lo demás está sumido en una negrura opaca.

Agarro el picaporte, dispuesta a salir e investigar, pero en ese instante la portezuela se abre de golpe y doy un respingo. Sail asoma la cabeza.

—Por el gran Divino, me has dado un susto de muerte. ¿Qué ocurre?

—Lo siento, señorita Auren —dice, y veo que se fija en que estoy acariciándome la herida. Enseguida aparto la mano y él se aclara la garganta—. Digby nos ha mandado parar. Los guardias que van a la cabeza vieron un alboroto en la nieve, así que el comandante ha mandado a varios de sus hombres a reconocer el terreno.

—¿Qué clase de alboroto?

—No lo sabemos todavía.

Me levanto para apearme del carruaje, pero Sail no se hace a un lado y me mira un tanto avergonzado.

—Digby quiere que te quedes en el carruaje.

«Qué extraño», pienso para mis adentros. Pero no soporto estar un minuto más aquí dentro.

Tengo la sensación de estar atrapada…

En cuanto puse un pie fuera del castillo de Alta Campana, algo cambió. En cierto modo, es como si alguien hubiera quitado el tapón de un desagüe y el agua que durante una década ha estado amenazándome con ahogarme, con sepultarme, hubiese empezado a bajar. Ya no tengo que estirar el cuello para mantenerme a flote. Ya no recuerdo la última vez que contuve el aliento por miedo a quedarme sin aire, por miedo a que el agua se desbordara y me inundara por completo.

No puedo volver a eso. La mera idea de vivir así me provoca escalofríos, y sé que no lo soportaría ni física, ni mental, ni emocionalmente.

Y por eso, aunque me han ordenado que permanezca en el carruaje y aunque sé que fuera puede merodear algo peligroso, no puedo quedarme aquí. Es un espacio dema-

225

siado reducido que me recuerda a esa perpetua lucha por mantenerme a flote, por no hundirme.

Así que aparto a Sail de un empujón y salgo a la oscuridad.

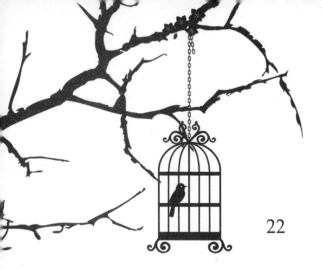

22

Bajo de un brinco del carruaje y aterrizo sobre la nieve con agilidad y elegancia. Sail masculla algún improperio entre dientes, pero no se enzarza en una discusión conmigo, ni tampoco intenta disuadirme. Eso es algo que me gusta de él.

—¿Dónde están los demás guardias?

Señala un punto vago e impreciso en el paisaje.

—Han subido a lo alto de la colina para tener un punto de observación estratégico.

Asiento y empezamos a caminar sobre esa alfombra de nieve. Al pasar junto a los carruajes de las monturas, varias de ellas sacan la cabeza por la ventana y estiran el cuello en un intento de averiguar qué está pasando. Los conductores no se han movido de sus banquetas y esperan pacientes a recibir órdenes. Calman a los caballos, que no dejan de golpear la nieve con las patas.

Rissa tiene medio cuerpo fuera de la ventanilla y debo reconocer que me sorprende cuando oigo que grita mi nombre. No me ha dirigido una sola palabra desde que la vi en el salón del trono aquella noche, la misma en que el rey Fulke exigió nuestra presencia.

—¿Qué está pasando?

—Todavía no lo sé —le digo.

Echa un vistazo al paisaje lúgubre que nos rodea con

esos ojos azules, aunque los farolillos que alumbran el interior de su carruaje siguen encendidos.

—Si te enteras de algo, infórmanos, por favor —dice. Ni siquiera me da tiempo a responder porque, de inmediato, se une a la conversación de Rosh y Polly, que comentan la jugada entre murmullos.

Me quedo mirando el cristal de la ventanilla unos segundos, confundida. Rissa se ha dignado a hablarme, y todavía no sé si tomármelo como un cumplido o como una ofensa. Me alegra que haya enterrado el hacha de guerra, aunque ese tonito insolente que ha utilizado no me ha gustado un pelo.

Sail me mira con el rabillo del ojo y dibuja una sonrisa traviesa, pero no dice nada.

—¿Qué? —pregunto.

Él encoge los hombros.

—Nada. Me sorprende que no hayas pedido un libro, eso es todo.

Ahora sí estoy confundida.

—¿Un libro?

—Sí, para arrojárselo a la cabeza —explica, y suelta una risotada escandalosa.

Abro la boca, decidida a explicarle lo que ocurrió, pero se me escapa una risita cohibida.

—¡Solo estaba intentando ayudarla!

Al oír mi explicación se echa a reír a carcajadas. Por un momento se queda incluso sin aliento.

—Recuérdame que nunca te pida ayuda, señorita Auren.

Sonrío con cierta timidez.

—Eres un papanatas.

—De todas las historias que he oído de ti, esa es mi favorita.

Gruño y me tapo la cara con las manos, abochornada.

—Los guardias sois una panda de cotillas. ¿Lo sabe todo el mundo?

Sail esboza una sonrisa de oreja a oreja.

—Pues sí.

Sacudo la cabeza.

—Por el gran Divino, qué bochorno —murmuro.

Debo reconocer que la risa de Sail es contagiosa, y le quita hierro al asunto o, al menos, un poco.

—No te avergüences. Esa una anécdota buenísima.

Le fulmino con la mirada y él levanta las dos manos en señal de rendición.

—No solo por las razones que estás pensando —se apresura en explicar—. Para ser sincero, no estaba seguro de si quería este puesto, de si quería formar parte del escuadrón que iba a escoltarte hasta el Quinto Reino. Antes me dedicaba a vigilar los muros de palacio día y noche y, entre tú y yo, me aburría como una ostra. Por no hablar del frío que pasaba, es que se me congelaban hasta las pe…, eh, quiero decir… que hacía mucho frío, vaya —corrige enseguida, y veo que se le sonrojan las mejillas.

—A ver, puedes decir «pelotas» —bromeo—. No quiero que te andes con eufemismos, y mucho menos que te censures. Después de todo, no soy más que una montura.

Pero Sail niega con la cabeza.

—Eres muchísimo más que eso, mi señora. Y no deberías permitir que nadie te menosprecie.

Las palabras de Sail me dejan desconcertada, pasmada. Han sonado contundentes y, sobre todo, convincentes. Siempre charlamos en tono jovial y desenfadado, y esa seriedad tan repentina me ha pillado por sorpresa.

—Tal y como iba diciendo —prosigue, y rompe ese silencio incómodo que se había formado—, no sabía si aceptar el puesto, a pesar de que iba a suponer un gran avance para mi rango. Pero entonces conocí a los elegidos de

229

Digby y empezamos a charlar. A intercambiar anécdotas. Y así fue como me enteré de que habías tirado un libro directo a la cara de la pobre señorita Rissa —dice, aunque sé que se está riendo por lo bajo—. Algunos de los guardias opinaron que te habías comportado como una…

—¿Zorra? —ofrezco.

Se ruboriza, otra vez.

—Exacto. Pero otros enseguida adivinamos qué pretendías en realidad. La señorita Rissa estaba agotada, al borde del desmayo. Tu intención no fue romperle la nariz, sino echarle una mano. Dimos en el clavo, ¿verdad?

—Verdad verdadera. ¿Satisfecho?

—Uf, ni te lo imaginas. Pues fue entonces cuando supe que había tomado la decisión correcta. Menos mal que acepté el puesto. No eres lo que algunos se empeñan en contar. No eres una montura arrogante, estirada y engreída que vive entre algodones en su torreón de oro y que mira al resto de los mortales por encima del hombro mientras saca brillo a su piel de oro.

El retrato que acaba de describir es patético, desde luego.

—No, tú te preocupaste por la señorita Rissa y te las ingeniaste para sacarla de ese terrible aprieto, a pesar de que corrías el riesgo de quedar como la bruja del cuento. No te quedaste de brazos cruzados. En confianza, te pasaste tres pueblos y ahora, a toro pasado, podríamos decir que no fue un plan magistral, pero lo importante es que decidiste actuar.

—Le rompí la nariz —respondo, inexpresiva.

Sail se encoge de hombros.

—Pero conseguiste que el rey la enviara a sus aposentos el resto de la noche y pudiese descansar.

Miro hacia otro lado.

—Ese era el objetivo. Aunque, como bien has dicho, se me fue un poquito la mano.

230

—¿Lo ves? —dice él, como si acabara de demostrar algo—. Eres distinta a las demás. Y no te mereces que te vean como a una niña vanidosa y soberbia.

Lo miro con el rabillo del ojo mientras seguimos avanzando por ese manto de nieve. Retiro un mechón rebelde detrás de la oreja. Me ha conmovido, la verdad. Me emocionan las cosas que dice, la manera en que me ve. Pero no sé cómo responder. No se me da bien abrirme a la gente, sincerarme y confesar mis sueños, mis anhelos o mis miedos. ¿Cómo se me va a dar bien si llevo toda la vida esforzándome por sofocar todos mis sentimientos, por aplastar mis deseos?

Sail enseguida se da cuenta de mi desazón y congoja, e intuye que el peso de sus comentarios y observaciones amenaza con derrumbarme, así que hace lo que tanto me gusta de él. Relaja el ambiente una vez más y consigue sacarme una sonrisa. En un abrir y cerrar de ojos, siento que vuelvo a caminar por terreno conocido, un terreno firme y sin baches.

—¿Me aceptas un consejo? Quizá lo mejor sea que dejes esa fea costumbre de arrojar libros.

Estiro los labios.

—Lo tendré en cuenta.

Al fin alcanzamos la cima de la pequeña colina, donde se ha reunido el resto de los jinetes. Avisto sus siluetas en la oscuridad gracias a los farolillos que todos sujetan en la mano. El viento que sopla ahí arriba me alborota el cabello, que intenta escabullirse de la capucha; en un visto y no visto me recojo la melena y la escondo bien bajo la capa.

La mayoría de los guardias siguen montados sobre el caballo, aunque diviso algunos en el suelo, charlando. Todos, sin excepción, tienen los ojos puestos en el horizonte. Reconozco la fornida silueta de Digby, junto a un puñado de guardias, delante del pelotón.

—¿Qué estáis mirando? —le pregunto, y me coloco a su lado.

Digby suelta un suspiro profundo y exasperado, y se vuelve hacia Sail.

—¿Qué está haciendo la preferida del rey fuera de su carruaje?

Sail se rasca la nuca, nervioso.

—Bueno, verás, lo que ha ocurrido es que…, ejem, ella…

Decido intervenir porque no quiero que se meta en problemas.

—No es culpa suya. Insistí, y ya sabes lo pesada que puedo llegar a ser. ¿Qué está pasando?

Digby resopla de nuevo, pero, para mi sorpresa, responde.

—Los exploradores nos han informado de un alboroto en la nieve.

—¿Alboroto? ¿Huellas?

Él niega con la cabeza.

—Movimiento, a lo lejos. La nieve se estaba revolviendo.

—¿Y qué puede provocar eso?

Los hombres intercambian una mirada, y uno de ellos dice:

—Una avalancha.

Abro los ojos como platos.

—Esa montaña de ahí —explica otro guardia de barba muy espesa color caramelo. Levanta la mano y señala la montaña a la que se está refiriendo—. Llevamos un buen rato observándola, pero no hemos visto nada. Otro explorador se ha aventurado a salir y se dirige al punto donde se percibió el movimiento para ver si puede oír algo o encontrar alguna pista o señal que indique que la montaña está a punto de derrumbarse.

Entorno los ojos hacia el punto indicado, pero lo único que veo son las crestas oscuras de las montañas que se alzan majestuosas ante nosotros. Y, a nuestro alrededor, las Tierras Áridas. Un páramo helado que separa el Quinto y el Sexto Reino, un desierto blanco que se extiende decenas de kilómetros.

—¿Una avalancha podría engullirnos?

—Sí —responde Digby con tristeza.

Y Barba de Caramelo prosigue.

—La tormenta nos ha dejado un buen cúmulo de nieve. Una avalancha de esa montaña atravesaría las Tierras Áridas porque el terreno es resbaladizo y no hay nada que pueda barrarle el paso o frenarla. De hecho, ganaría más velocidad gracias a esta inmensa pista de hielo, así que nos alcanzaría en un periquete.

Trago saliva y noto un nudo gélido en el estómago.

—¿Y si esperamos aquí y así podemos controlar su evolución? —propone Sail.

—Si plantamos el culo aquí, estamos más expuestos al enemigo y agotamos víveres y provisiones —empieza Digby—. Si nos quedamos aquí, nos hará papilla.

Barba de Caramelo habla de nuevo.

—Y tenemos que cruzar ese valle. Es la única forma de llegar al Quinto Reino.

Allí, en lo alto de esa colina, estamos totalmente expuestos a las inclemencias del tiempo. El frío me está calando hasta los huesos y me froto los brazos con las manos en un intento de entrar en calor.

—¿Cuándo debería regresar el explorador?

Los guardias se miran entre sí, preocupados.

—Ese es el problema. Que ya debería haber regresado.

233

23

*L*as expresiones de los guardias son indescifrables. Pero, a juzgar por su postura corporal, intuyo que están inquietos. Todos se han ofrecido como centinelas y hacen guardia desde lo alto de la colina. Noto esa incertidumbre en sus hombros, un pelín demasiado rígidos, y en sus andares nerviosos.

Ahí, en la cima de la colina sin nombre con vistas a la última llanura del Sexto Reino, me siento desnuda, expuesta, como un árbol al que le han arrancado la corteza.

Durante unos instantes, nadie abre la boca. Todas las miradas están puestas en esa montaña que se avista a lo lejos, el lugar donde perdieron la pista al explorador que se aventuró a indagar lo que había ocurrido. Se puede seguir el rastro de sus huellas solitarias por la planicie, aunque no por mucho tiempo porque la nieve empieza a cubrirlas.

La espera se hace eterna y, aunque no perdemos la esperanza y seguimos con los ojos bien abiertos, el explorador sigue sin dar señales de vida. A mi lado, Digby aprieta los labios, como si estuviera cavilando varias opciones, y, al final, toma una decisión. Mira de reojo a un puñado de hombres.

—Vosotros tres, acompañadme a buscar al explorador. El resto, quedaos cerca de los carruajes. Y estad preparados para moveros en cualquier momento.

Los tres hombres bajan la barbilla en señal de obedien-
cia y se alejan en busca de sus caballos. Digby, en cambio,
se vuelve hacia Sail.

—Vigílala —le ordena con voz ronca.

Sail le dedica un saludo militar; se golpea su hombro
izquierdo con el puño derecho y entona:

—Sí, señor.

Digby me lanza una mirada que claramente dice:
«Compórtate».

No quiero que Digby se marche intranquilo, así que
intento imitar el saludo que le ha dedicado Sail, pero me
falla la puntería y acabo atestándome un puñetazo en el
brazo con más fuerza e ímpetu de lo que pretendía.

—Ay —murmuro mientras me acaricio el brazo para
aliviar el dolor.

Digby suspira y se dirige de nuevo a Sail.

—Vigílala muy de cerca.

—¡Oye! —exclamo, indignada.

Sail no es capaz de disimular y se echa a reír.

—Lo haré, señor.

El comandante coloca el pie en el estribo de su caballo
y se impulsa hasta acomodarse en la montura. Observo
la escena en silencio y me ajusto el abrigo a mi alrededor.

Con un silbido agudo, él y los tres elegidos parten a
galope colina abajo, siguiendo el rastro del explorador
perdido. Uno de ellos sujeta una antorcha para marcar el
camino.

Por el infierno del gran Divino, no tengo ni la más remota idea de si van a encontrar algo que los conduzca al
paradero del explorador, pero rezo porque den con él lo
antes posible y regresen rápido. La espera es angustiosa
y siento que, al partir, han dejado una semilla que supura
bajo la tierra sobre la que piso y me llena de inquietud y
desasosiego. Me invade una profunda sensación de impo-

tencia, como si fuese un charco de agua estancada destinado a pudrirse.

—¿Crees que lo encontrarán?

Sail asiente con un convencimiento asombroso.

—Localizarán el rastro enseguida.

—¿Incluso en la oscuridad? —pregunto, incrédula.

—No te preocupes —responde Sail; su mirada me transmite tranquilidad—. Digby es el mejor guardia que jamás he conocido. Es inteligente y astuto, por no hablar de su instinto. Estoy seguro de que el explorador se ha desorientado. Es fácil perderse por estos lares.

Agacho la cabeza e intento tragarme el resto de mis preocupaciones para que no consigan arrastrarse por la garganta y salir por la boca.

—Vamos, señorita Auren, regresemos al carruaje. Al menos ahí estarás protegida de este frío polar —propone Sail.

237

Titubeo durante unos instantes, mientras sigo contemplando la antorcha de la partida de búsqueda. Esa bola de luz parece botar en mitad de la oscuridad y, poco a poco, se va haciendo más y más pequeña. En cuestión de segundos, esa lucecita es lo único que distingo, pues la noche parece haberse engullido las sombras de los jinetes.

Observo ese punto de luz como si fuese una luciérnaga del sur de Orea, donde se rumorea que revolotean en mitad de la noche, en carreteras solitarias que guían a los perdidos de vuelta a casa con su brillo ultravioleta.

Desde la fatídica noche en que estuvieron a punto de rebanarme el cuello con un cuchillo, he dependido de la inalterable presencia de Digby. Nunca hemos hablado de ello —porque eso iría en contra de sus principios—, pero, siempre que me despertaba una pesadilla, lo veía ahí, detrás de los barrotes de mi jaula, haciendo guardia a pesar de que su turno no empezaba hasta varias horas después.

En cierto modo, era como si supiera que lo necesitaba cerca de mí, como si supiera que seguía viendo el filo de ese cuchillo, esas gotas de sangre, esa fina línea entre la vida y la muerte. Lo sabía y, noche tras noche, venía a protegerme, aunque solo fuera de mis sueños fantasmales.

Sé que es absurdo, pero en cuanto le pierdo de vista siento que me desgarran la espalda y la base de mis cordones se encoge, retrocede.

—No te preocupes —repite Sail, que debe de haberme leído la mente—. Volverán enseguida.

—¿Y si la montaña se derrumba?

Sail empieza a bajar la colina y yo sigo sus pasos.

—Una nimiedad como una avalancha no basta para pararle los pies a ese hombre. Es demasiado tozudo —dice, y dibuja una sonrisa—. Es un soldado brillante, de los mejores, me atrevería a decir.

—¿Ah, sí? Entonces debe de odiar la tarea que el rey le encomendó. Dudo que le guste hacer de niñera todo el día —contesto, y escupo una sonrisa en un intento de disimular mi preocupación.

Sail niega con la cabeza.

—He oído que él solicitó el puesto.

Casi me atraganto.

—¿En serio?

—En serio.

Tengo los labios al borde de la hipotermia, pero aun así consigo sonreír. Sabía que le caía bien.

—Algún día le convenceré de que nos emborrachemos juntos con algún juego de cartas.

Sail se ríe por lo bajo.

—Pues intuyo que vas a sudar la gota gorda. Nunca he visto que el comandante baje la guardia, siempre está alerta. Pero si alguien puede lograrlo, esa eres tú.

—¿Te has enterado de por qué hemos parado?

238

Levanto la vista y veo a Rissa y a las demás monturas, que han salido de sus carruajes y han formado un pequeño corrillo sobre la nieve.

—El explorador se ha perdido. Han salido a buscarlo.

Rissa parece preocupada.

—¿Vamos a pasar la noche aquí?

Sail dice que no con la cabeza y apoya una mano sobre el plomo de su espada.

—No. En cuanto regresen, arrancaremos de nuevo —informa, y luego se dirige a mí—. Vamos, estás temblando como una hoja. Te acompaño al carruaje.

Acato la orden y dejamos a las monturas atrás. Y, justo cuando llegamos a mi carruaje, empieza a tronar. Me giro hacia el cielo y gruño.

—¿Otra tormenta?

La idea de quedarme atrapada en un torrente de viento y lluvia helada otra vez no me resulta en absoluto atractiva.

Sail frunce el ceño, pero en lugar de mirar al cielo, escudriña la montaña que se alza ante nosotros.

—Me temo que no ha sido un trueno.

—Eh, ¿qué es eso? —pregunta de repente una montura, y señala hacia delante.

Todos salen en tropel de sus carruajes y se apiñan a los pies de la colina para contemplar el valle. Sail y yo nos reunimos con ellos y examinamos cada centímetro del paisaje. Me fijo en una lucecita que brilla a lo lejos, como un faro en mitad de ese océano negro.

—¿Eso es... una hoguera? —pregunta Polly.

Ese destello incandescente merodea en la distancia, un resplandor anaranjado que resalta en esa negrura tan absoluta, como una mancha en un cristal.

—¿Tal vez sea el farolillo del explorador? —propone alguien.

239

—No —contesta Sail, negando con la cabeza—. A esta distancia… es demasiado grande para ser un farolillo.

Y, en cuanto pronuncia la última palabra, ese fulgor «demasiado grande» se rompe y se parte en decenas de antorchas más pequeñas. Las lucecitas empiezan a dispersarse, a entrelazarse y a revolverse hasta formar una línea recta que atraviesa esa planicie nevada. La hilera de diminutas antorchas es tan larga que tengo que girar el cuello de izquierda a derecha para poder verlas todas.

—Por el infierno del gran Divino, pero ¿qué…? —empiezo.

No termino la pregunta porque se oye ese terrible estruendo otra vez. Un estallido de truenos, un sonido grave y lejano que apenas se oye, pero que se siente. Con la excepción de que no proviene del cielo.

Detrás de esa extraña hilera de antorchas, justo en la base de la montaña, la nieve se remueve. Un segundo después, se alza una columna de flores blancas que, durante unos instantes, sofoca las llamas de las antorchas, y la nieve que se había acumulado al pie de la montaña se mueve.

—¡Oh, Divino, es una avalancha! —grita una de las mujeres. Otras dos, presas del pánico, chillan a pleno pulmón y huyen despavoridas hacia los carruajes.

Yo, en cambio, me quedo embelesada observando la escena y caigo en la cuenta de que me había confundido; lo que creía que era la base de la montaña es, en realidad, un puñado de sombras que en este preciso momento se están disgregando. Sí, se separan para seguir los puntos de luz. Y esas siluetas oscuras, esas lucecitas, se desplazan a una velocidad supersónica y vienen directas hacia nosotros. El ruido retumba otra vez, y todo mi cuerpo se tensa.

—Eso no es una avalancha —murmura Sail, que sigue a mi lado.

El miedo se va apoderando de mí, como una nube de niebla espesa, y siento que me quedo sin aire en los pulmones.

—¡Por el santo Divino! —exclama un guardia—. ¡Piratas de nieve!

Un parpadeo. Una inhalación. Una milésima de segundo para asimilar las palabras, para digerirlas. Y entonces se desata el caos. Ni siquiera me da tiempo a comprender lo que está ocurriendo. Sail me agarra por el brazo y sale disparado. Me tropiezo con la nieve en varias ocasiones, pero él no me suelta porque no me va a dejar atrás. Vislumbro su rostro. Está tan pálido que parece un fantasma y en su mirada distingo pánico.

—¡Vamos!

Corre a toda velocidad hacia los carruajes mientras tira de mí, arrastrándome con él. Intento seguirle el ritmo, empujo la nieve, que me llega hasta las rodillas, y noto que el bajo de la falda empieza a pesarme porque se ha empapado.

Me da la impresión de que vamos demasiado lentos, pero me estoy moviendo lo más rápido que puedo.

Los hombres ladran órdenes, pero ese constante cruce de palabras me impide concentrarme y no soy capaz de entender nada. Sail sigue tirando de mí mientras el resto de las mujeres corren detrás de nosotros, aunque se tropiezan cada dos por tres y gritan improperios.

Piratas de nieve. Estamos a punto de ser atacados por piratas de nieve.

Había oído hablar de ellos, pero creía que eran una leyenda, personajes míticos que jamás vería en persona. Hasta ahora. Se dedican a vagar por las Tierras Áridas y suelen deambular por el Puerto Rompeolas para saquear importaciones, hostigan las rutas comerciales y roban todo lo que pueden.

Se hacen llamar los Bandidos Rojos porque siempre llevan un pasamontañas rojo que les tapa el rostro. En más de una ocasión he oído a Midas quejarse de que esos bárbaros le han robado cargamentos. Pero nadie me había contado que los piratas de nieve suponían un grave peligro para nosotros. Su objetivo son barcos de carga, grandes botines. No caravanas de nómadas.

Sail y yo corremos tan rápido como nos permiten las piernas y, cuando por fin llegamos a mi carruaje, en el cielo retumban decenas de truenos. Nos detenemos y afinamos el oído. Los dos estamos jadeando, agotados por el esfuerzo.

Es un ruido sordo. Cambiante. Inestable.

—¿Qué es eso? —pregunta una montura. Van llegando a cuentagotas, pero, en un abrir y cerrar de ojos, empiezan a apiñarse en sus carruajes, empujándose las unas a las otras para ser las primeras en entrar.

El ruido no da tregua y, aunque variable, es constante. No es un sonido aislado y solitario, sino más bien una ristra de truenos. Una milésima de segundo después me doy cuenta de que son voces. Cientos de voces que entonan un grito de guerra. Cada vez se oyen más claras, más nítidas, más cercanas.

—¡Tenemos que irnos! ¡Ahora! —grita Sail al resto de los guardias, que ya están en sus puestos, estirando las riendas o ayudando a las monturas a subir a los carruajes—. ¡Venga, venga! —urge Sail, que prácticamente arranca la portezuela de mi carruaje para que pueda subirme.

Cierra de un portazo y echo el pestillo. El corazón me late al ritmo de los gritos de guerra que retumban en ese páramo.

—¿Dónde está el maldito conductor? —oigo bramar a Sail.

Más alaridos, más monturas que se apresuran en subirse a los carruajes, más guardias azuzando a los caballos para que se pongan en marcha.

—¡Mierda!

A través de la ventanilla veo que Sail se baja del caballo de un brinco y va directo hacia mi carruaje. Le pierdo de vista en cuanto se sube en el asiento del conductor.

—¡Apartaos! ¡Dirigíos hacia el puerto de montaña! ¡Proteged a la favorita del rey!

Un segundo después, el chasquido de las riendas corta el aire, un sonido semejante al crujido del tronco de un árbol cuando se astilla. El carruaje da una brusca sacudida que casi me hace saltar por los aires y después empieza a rodar a toda velocidad por la nieve. Sail hostiga a los caballos para que galopen lo más rápido que puedan.

Doy tumbos dentro del carruaje y mi cuerpo se va golpeando contra una pared y después contra la otra. Lo único que se oye son los cascos de los caballos vapuleando la nieve y el estridente crujido de las ruedas de madera.

Varios guardias a caballo rodean mi carruaje y galopan a ambos lados de él para defenderlo, para defenderme.

Sus capas doradas ondean a su espalda y, puesto que la velocidad a la que trotan les impide ponerse la capucha, puedo verles la cara. Aunque es de noche y apenas distingo sus rasgos, su expresión es de miedo. Por la ventanilla de la izquierda advierto uno de los carruajes que transporta a las monturas, pero los demás se han quedado rezagados.

Estiro el cuello en un intento de atisbar la distancia que nos separa del puerto de montaña. No quiero perder la esperanza, pero necesito saber si tenemos posibilidades de llegar a tiempo. Se me encoge el corazón al darme cuenta de que estamos lejos. Demasiado lejos.

Oigo gritos. Presa de la desesperación, giro la cabeza de un lado a otro, de una ventanilla a otra. Quizá sea mi

243

imaginación, pero juraría que, cada vez que me vuelvo, un guardia desaparece, como si la noche se lo hubiera tragado.

Los copos de nieve se transforman en una cortina blanca que me impide ver con claridad lo que está ocurriendo fuera, pero la cosa empeora cuando, de repente, el carruaje da una tremenda sacudida y el farolillo se estampa contra la pared y, tras un fugaz parpadeo, la llama se extingue.

Sumidos en una oscuridad terrible y galopando a una velocidad vertiginosa, los gritos de guerra se van acercando hasta ahogar los cascos de los caballos, el crujido de las ruedas, el chasquido de las riendas. Los bramidos están más y más cerca, da igual hacia qué dirección nos guíe Sail, da igual lo rápido que troten los caballos.

Vienen a por nosotros. Como si estuvieran esperando nuestra llegada. Como si supieran que íbamos a estar en ese preciso lugar en ese preciso momento.

El miedo me consume. Empiezo a ver en túnel y mi respiración se torna errática.

Me quedo paralizada. Siento que mis cordones se desenroscan de mi cintura y todos ellos, veinticuatro para ser más exacta, se arrastran hasta mi regazo como si fueran culebras. Y empiezan a retorcerse, como si estuviesen a la defensiva. Cuando me tiemblan las manos, se deslizan entre mis dedos, se entrelazan sobre mis palmas y me envuelven los pulgares. Entretejen una trama de seda bien firme alrededor de mi mano y, por un momento, tengo la impresión de que un amigo me está sujetando la mano para tranquilizarme, para consolarme.

Me aferro a los cordones.

Ensordecedor. El ruido es ensordecedor. Y está muy cerca. El carruaje empieza a traquetear por la velocidad, por las ráfagas de viento, por las constantes sacudidas.

Fuera, algo se rompe en mil pedazos. Alguien grita. Un caballo rechina. El viento aúlla.

Las bolas de fuego nos han alcanzado. Las tenemos encima. En un tris. Nos han atrapado en un tris.

Diviso unas sombras descomunales tras ellas, pero no logro distinguir qué son. El resplandor que emiten esas antorchas es de un rojo intenso y abrasador, el rojo de una advertencia, de un mal presagio.

De repente, una de las ruedas del carruaje choca contra algo duro y salgo volando por los aires. Mis cordones reaccionan de inmediato; se enroscan alrededor de mi cuerpo y se sujetan a las cuatro paredes para evitar que me caiga de bruces.

Sail vocifera, pero sus palabras se pierden en el aire. Un segundo después, el carruaje da un brusco viraje hacia la izquierda y durante unos instantes las ruedas de la derecha no rozan el suelo. Se me escapa un chillido agudo cuando golpean de nuevo el suelo. Y entonces empezamos a rodar.

El carruaje se queda suspendido en el aire una milésima de segundo. Una breve pausa en mitad de la caída; en esos momentos la gravedad deja de existir y me quedo flotando, como si pendiera de unos hilos invisibles.

Me da la sensación de que estamos planeando, de que nos ha engullido una nube de algodón. Pero entonces llega el momento del aterrizaje, un aterrizaje violento. El carruaje da una vuelta de campana, y esta vez ni siquiera mis cordones pueden amortiguar el impacto.

Doy varias volteretas, varios bandazos. Ruedo como una bola de nieve por una ladera resbaladiza, cogiendo cada vez más peso, cada vez más velocidad. Sé que la frenada no va a ser suave, ni delicada. He perdido el control y estoy a merced de las garras de este tremendo batacazo. Mi única esperanza para que acabe esta pesadilla es estrellarnos contra algo.

Me he convertido en una muñeca de trapo y no hay parte de mi cuerpo que no me haya golpeado. Me angustia que las vueltas de campana no cesen nunca, que me quede atrapada para siempre en esa caída en espiral, que ruede y ruede en la oscuridad y que el descenso no tenga fin.

En el interior del carruaje vuelan añicos de cristal, astillas de madera, pedazos de oro. Y entonces, tras una última vuelta de campana, el carruaje emite un profundo gruñido, se estrella contra un montón de nieve y me doy un tremendo cabezazo contra la pared.

Siento una explosión de dolor y noto el ardor de ese fuego escarlata detrás de los ojos. Un instante después, todo a mi alrededor empieza a oscurecerse y pierdo el conocimiento. Pero el sonido de esas voces sigue ahí, como una presencia turbia que infecta el aire y me sepulta por completo.

24

$\mathcal{L}$os rayos de un sol caído en el olvido me bañan los ojos, briznas doradas que me acarician los párpados aún cerrados. Balbuceo todavía adormilada y siento que en mi interior se despereza la alegría mientras la nostalgia me sacude en un intento de despertarme. Giro la cabeza hacia ese cálido resplandor, pero no consigo distinguir esa bola de fuego, ni tampoco notar su calor.

Otra carantoña sedosa en la ceja y, por fin, logro abrir los ojos. Ese ligero movimiento desencadena una explosión de dolor. Parpadeo para intentar mitigar ese dolor punzante que amenaza con atravesarme el cráneo y, de inmediato, dos de mis cordones se deslizan por mi cara y se escabullen hacia mis brazos para acariciarlos, como si pretendieran despertarlos de ese letargo.

Así pues, no eran rayos de sol, sino mis cordones, mis fieles protectores. Esa luz reconfortante estaba en mi cabeza, nada más.

Suelto un gruñido y me incorporo para intentar orientarme y situarme, y es entonces cuando se sucede un alud de imágenes de lo ocurrido. Todo mi cuerpo se tensa al rememorar el macabro accidente. Miro a mi alrededor y caigo en la cuenta de que el carruaje no se mueve, que está destrozado y que, de hecho, está de costado.

La nieve se ha empezado a colar por una de las ven-

247

tanillas rotas, justo debajo de mis piernas, que ya noto entumecidas. Intuyo que después de varios bandazos y volteretas he aterrizado justo ahí. Tras un esfuerzo hercúleo, logro desenterrar los pies y, poco a poco, mi visión se va ajustando a esa negrura absoluta. Trato de ponerme en pie. La portezuela está justo encima de mí, así que me pongo de puntillas, saco la mano por el agujero donde antes había un cristal y, a tientas, busco el picaporte.

Lo sujeto con fuerza y no puedo evitar encogerme de miedo al oír los inconfundibles sonidos de la batalla que supongo que se está librando fuera. Distingo el choque metálico de las espadas, los quejidos guturales de los heridos, los chillidos de las mujeres. Durante un segundo, el miedo me paraliza. Lo único que quiero es hacerme un ovillo y taparme los oídos con las manos para silenciar esos ruidos.

Pero me obligo a permanecer de pie, a pesar de que me tiemblan las rodillas, a pesar de ese martilleo constante en la cabeza. Empujo la portezuela porque no puedo volver a desmayarme. Y no pienso esconderme, ni acobardarme.

Sail está ahí fuera, junto con los demás guardias, las otras monturas… Así que agarro bien el picaporte y me impulso para poder sacar la cabeza por el marco de la ventana. Solo un poquito, lo suficiente para echar un vistazo.

Pero todo lo que veo cuando me asomo es a un hombre tratando de subirse al carruaje. Oigo un tremendo golpe seco y sé que lo ha conseguido. Doy un respingo y, sin querer, me golpeo la cabeza, ya de por sí adolorida, contra la ventana. Me escurro de nuevo hacia el interior del carruaje, como si pudiese ocultarme ahí dentro. Sin embargo, no me da tiempo a meter todo el cuerpo porque, en un abrir y cerrar de ojos, el tipo se planta delante de mí, se agacha, me mira con unos ojos salvajes y hambrientos, me agarra por los brazos y tira de mí.

Grito, me revuelvo, forcejeo, pero él me levanta como si pesara menos que una pluma, como si la resistencia que estoy oponiendo no entorpeciera sus intenciones en lo más mínimo. El desconocido me arranca del carruaje contra mi voluntad y lo hace con una brutalidad casi sádica. Ni se inmuta cuando me rasgo la cintura con las esquirlas afiladas que han quedado alrededor de la ventana rota.

Y, un instante después de sacarme del carruaje, se da la vuelta y, sin ningún tipo de miramiento, me empuja hacia el borde.

Ni siquiera me da tiempo de coger aire. Me tambaleo, pierdo el equilibrio y me caigo sobre un montón de nieve que hay en el suelo. El aterrizaje es gélido y duro, pues había una roca sepultada bajo esa pila. Me golpeo un hombro y el labio contra unos salientes bastante puntiagudos de la roca, percibo el sabor metálico de la sangre en la boca y hago una mueca de dolor.

Un tanto aturdida, oigo que el hombre se baja del carruaje de un salto, justo detrás de mí, y de repente empieza a tirar de mi abrigo para obligarme a levantarme del suelo. Estira de la tela con tanta fuerza que, por un segundo, temo que vaya a ahogarme.

Bajo el etéreo resplandor de una luna eclipsada por las nubes, descubro que uno de los caballos yace muerto sobre la nieve. Aún está atado al carruaje, o a lo que queda de él. El otro ha desaparecido, pero veo que las correas se han partido y no hay rastro de las riendas.

No veo a Sail por ningún lado.

Unos dedos envueltos en vendajes blancos y gruesos me agarran por la barbilla, me giran la cara y me obligan a mirar a ese tipo cara a cara. Lo primero que me llama la atención es que va vestido de pies a cabeza en pelajes blancos. Es el camuflaje perfecto para el paisaje que nos

249

rodea, desde luego. La única pincelada de color proviene del pasamontañas rojo que le cubre el rostro, la seña de identidad de los infames Bandidos Rojos.

—Aaarrr, pero ¿qué tenemos aquí? —pregunta, con una voz amortiguada pero aun así áspera y grave, como si su laringe se hubiera congelado en este mundo frío hace años, como si su garganta estuviera helada, como si sus palabras fueran esquirlas de hielo.

—¡No le pongas ni una mano encima!

Giro la cabeza hacia la izquierda y veo a tres piratas arrastrando a Sail a punta de cuchillo. Ni rastro de su armadura chapada en oro, ni tampoco de su elegante capa. Incluso le han despojado de su uniforme. Le han dejado únicamente los pantalones y esa túnica fina, casi transparente. Tiene la cara hinchada y amoratada y una ceja partida por la que sale sangre a borbotones, aunque no sé si todos esos golpes son consecuencia del accidente con el carruaje o de una pelea cuerpo a cuerpo contra los Bandidos Rojos.

El pirata que me retiene se burla del forcejeo de Sail y se ríe a carcajadas. Dos de los piratas que lo sujetan por los brazos le castigan, le atestan varios puñetazos en el estómago y le obligan a doblegarse. No deja de toser, de jadear. Y es entonces cuando veo un reguero de sangre en la nieve, justo a sus pies.

—A ver, a ver, echemos un vistazo a esta —dice mi captor antes de retirarme la capucha.

En cuanto me quita la capucha, el pirata me vuelve a agarrar por la barbilla y me ladea la cabeza para orientarla hacia ese resplandor blanquecino. Abre los ojos como platos y repasa cada centímetro de mi cabeza. Me mira el pelo, la piel, los ojos. No sé hasta qué punto puede ver porque la oscuridad es casi opaca, pero parece que bastante bien.

—Joder, venid a echar un ojo a esta.

Siento un vacío en el estómago y, presos del miedo, todos mis cordones se agarrotan a mi espalda.

—Tiene pintura por toda la cara.

Pestañeo varias veces, pero no me atrevo a suspirar, ni a tranquilizarme. Ni siquiera me atrevo a hablar.

El bandido que sujeta a Sail se relame los labios.

—Mmm. No está nada, pero nada mal. El capitán Fane querrá verla.

El pirata responde con un gruñido y, por fin, me suelta de la barbilla.

—Vosotros tres, lleváoslos —ordena antes de meterse dos dedos en la boca para emitir un silbido ensordecedor—. Yo me encargaré de poner derecho el carruaje.

Uno de los otros resopla.

—Buena suerte. Esa maldita cosa pesa más que un jodido muerto. ¡Fíjate en todo el oro que tiene!

—¡Sí! Venderemos ese trasto por una buena suma de monedas —responde el pirata.

A mis espaldas oigo pasos firmes y vigorosos, y de reojo veo que se acerca otro grupo de Bandidos Rojos, los primeros en responder al silbido de mi captor. El primer pirata me suelta y me entrega bruscamente a uno de sus compañeros, que no duda en agarrarme por el brazo con una fuerza salvaje. Trato de resistirme, de rebelarme, pero no sirve de nada. Me arrastra como quien arrastra un saco de lana. A Sail y a mí nos llevan hacia lo alto de la colina, lejos del carruaje roto y varado.

Sail no me quita ojo de encima e ignora por completo el trato violento y vejatorio que está recibiendo por parte de los dos piratas. Sé que aguanta los golpes para intentar mantenerse cerca de mí, como si pretendiese defenderme y protegerme de esta banda de saqueadores.

—No te atrevas a mover ni un jodido dedo —le ad-

251

vierte uno de los piratas con displicencia, y acto seguido desenfunda una navaja y le amenaza con clavársela en el costado.

Las lágrimas que se me acumulan en los ojos están frías. Muy muy frías.

—Lo siento en el alma, mi señora —murmura Sail con una mirada que irradia ira y derrota.

Además de la armadura, los piratas también le han quitado el casco. Está muy asustado, y ese miedo crudo y extremo hace que parezca más pálido de lo habitual. Tan solo los moretones y la sangre aportan un toque de color a su rostro. Esa expresión de absoluto terror no tiene nada que ver con la jovialidad que le caracteriza, con la bondad que desprende allá donde va.

—No es culpa tuya, Sail —respondo en voz baja. El pirata me está apretando tanto el brazo que por un momento creo que me ha cortado la circulación. Estoy a punto de sufrir un ataque de pánico y siento que de un momento a otro me voy a poner a temblar, pero intento contener el impulso, como una mano que presiona una herida abierta para frenar la hemorragia. Para controlar el tembleque. Para reprimirlo.

—Sí, sí lo es —balbucea Sail con la voz entrecortada.

Se me parte el corazón al oír esa concesión temblorosa. Y se me parte todavía más cuando veo que se le cierra la garganta, como si estuviese intentando tragarse el miedo para evitar que termine ahogándole.

Solo puedo pensar en las historietas que me ha contado mientras galopábamos juntos durante todas estas largas y entretenidas noches. Anécdotas de sus cuatro hermanos mayores, que corrían descalzos como bestias salvajes por los suburbios de Alta Campana. Pero también de su madre, una mujer estricta a la par que amorosa, capaz de echarlos de casa a golpe de escoba para darles una buena reprimenda pero que no habría dudado en pasearse toda la noche por las callejuelas del barrio en busca de sus hijos si alguno no se hubiese presentado puntual a la hora de la cena.

Él no se merece esto. Es un muchacho hecho a sí mismo. Pasó de vivir en una barriada de chabolas a los barracones reales y, a base de esfuerzo y coraje, logró que le nombraran guardia personal de la preferida del rey. Y todo sin una mísera moneda en el bolsillo. Es la persona más buena y compasiva que jamás he conocido, y no se merece que un pirata de tres al cuarto le empuje por una colina.

Sail no deja de mirarme. El ojo que antes tenía morado ahora ha adoptado una tonalidad más púrpura, más oscura, y con cada segundo que pasa se le va hinchando más y más. Parece atormentado. Pero no por él, sino por mí. Veo que se le cierra la garganta otra vez.

—Se suponía que debía vigilarte. Protegerte…

—Y eso hiciste —le interrumpo. Me niego a que se culpe de lo que ha pasado—. No podías hacer nada más.

—Ya está bien. Vosotros dos, cerrad el pico de una puta vez o tendré que amordazaros —dice el pirata que me sujeta. Para enfatizar un poco más el mensaje, me sacude con fuerza y, pese a mis esfuerzos por mantenerme en pie, me tropiezo.

A Sail se le enciende esa mirada azul al ver que el pirata me trata con tal agresividad. Está rabioso, pero lo último que quiero es que sufra otro golpe más, así que niego con la cabeza para prevenirle, para rogarle que no reaccione, que no se enfrente al pirata.

A empujones, seguimos avanzando colina arriba, pero esta vez en silencio. La cicatriz del cuello palpita y temo que tal vez sea una premonición, una señal de mal augurio, un pesimismo físico. En cierta manera tengo la impresión de que la herida sabe que mi vida vuelve a estar entre el filo de una espada y la pared.

253

Mis cordones ansían envolver la cicatriz porque quieren proteger la vulnerabilidad que esconde, pero prefiero no moverlos y mantenerlos envueltos a mi alrededor.

El puerto de montaña sigue ahí, como telón de fondo. El aullido del viento se cuela por esa grieta entre las crestas y nos aleja todavía más. Me giro y le doy la espalda a ese agujero negro. No soporto ver esa boca socarrona, una boca que me recuerda a la boca de un lobo, una boca abierta que está a punto de echarse a reír.

Demasiado lejos. Está demasiado lejos. Era nuestra única oportunidad de escapar, aunque en realidad jamás habríamos llegado hasta allí. Incluso las montañas lo saben.

El viento burlón sigue soplando.

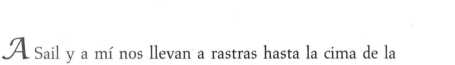

25

$\mathscr{A}$ Sail y a mí nos llevan a rastras hasta la cima de la colina.

Nos cuesta una barbaridad avanzar por esa gruesa alfombra de nieve que amenaza con abatirnos a cada paso que damos y poco a poco vamos formando un caminito sinuoso entre la nieve. Sin embargo, los Bandidos Rojos caminan sin siquiera despeinarse, como si andar por una nieve que les cubre hasta las rodillas no les supusiera ningún esfuerzo.

No he dado más de doce pasos, pero cada uno de ellos ha sido un verdadero martirio, y más teniendo en cuenta que ese maldito pirata se niega a soltarme el brazo. Cuando por fin alcanzamos la cima, estoy jadeando y sudando la gota gorda.

Una vez ahí arriba trato de recuperar el aliento y recomponerme, así que no presto atención a las vistas. Unos instantes más tarde, echo un vistazo a esa llanura blanquecina y me quedo boquiabierta. A mi lado, Sail ahoga un grito.

Ese páramo inerte, ese paisaje llano y vacío que tan solo albergaba un manto de nieve blanca, ese desierto nevado tan propio de las Tierras Áridas ha desaparecido por completo. Ahora está saturado, desbordado de… distintas cosas.

A nuestros pies distingo tres enormes barcos pirata hechos de madera blanca. Están anclados sobre montículos de nieve, como embarcaciones atracadas en el puerto de un océano, solo que no tienen velas. Un barco depende de las olas del mar y de los vientos que soplan para poder navegar, pero estos, en cambio, son más bien trineos gigantescos. Y no los guía el viento, o la marea, o un par de remos, sino una fuerza totalmente distinta.

—Zarpas de fuego —susurra Sail, sorprendido y asombrado por igual.

Contemplo con los ojos como platos esos felinos blancos. Son descomunales. Además de ser unas bestias altísimas —deben de medir tres metros como mínimo—, tienen unos colmillos con forma de anzuelo que sobrepasan la mandíbula inferior. La punta de sus colmillos parece una pala, lo cual les sirve para arañar la nieve y el hielo.

Pero lo más increíble de esos animales, sin contar su extraordinario tamaño, son las llamas que asoman de entre sus garras. Algunas arden, otras no. Algunos de esos inmensos animales tienen las cuatro patas envueltas en llamas y otros solo una, como si tuvieran una garra en el umbral del infierno y las otras fuera de él.

Eso explica las bolas de fuego que veíamos a lo lejos.

Cuando uno de los Bandidos Rojos alza el látigo y azota a esas bestias blancas para que tiren del barco, un gruñido ensordecedor retumba en el paisaje. Todas muestran los dientes y hacen gala de su ferocidad en un gruñido común, un gruñido unificado. El estruendo ensordece cualquier otro ruido y penetra en el suelo hasta tal punto que lo noto vibrar bajos mis pies.

Eso explica los truenos que creíamos oír.

—Pensaba que las zarpas de fuego eran un mito —digo.

El pirata que tengo al lado se ríe entre dientes.

—Son más bien una pesadilla —corrige, y aunque tiene el rostro cubierto estoy segura de que está sonriendo—. Un zarpazo de esas criaturas puede matar a un hombre, o a una mujer.

Le miro y hago un esfuerzo hercúleo para no estremecerme.

—Morirás, ya sea porque te claven las zarpas, más afiladas y letales que una espada, o porque te carbonicen con esas llamas despiadadas. Sea como sea, te espera una muerte lenta y dolorosa.

No quiero ni acercarme a esas cosas, pero, por desgracia para mí, los piratas empiezan a echarnos hacia el otro lado de la colina, empujándonos así hacia las bestias, hacia las embarcaciones y hacia los cientos de piratas que deambulan por la llanura.

Examino cada centímetro de ese paisaje en busca de un rostro familiar. Por un lado, albergo la esperanza de verlo, pero, por otro, rezo por no encontrarlo. A medida que nos vamos acercando a ese erial, empiezo a distinguir las señales inequívocas de una reyerta: caballos moribundos, otro carruaje saqueado y destrozado. Se han llevado hasta el último pedacito de oro y han trasladado todo el botín a las embarcaciones.

La forma de trabajar de los piratas es metódica, ordenada. Arramblan con todo lo que pueden, desde arcones hasta cortinas de terciopelo.

Los caballos que han sobrevivido al ataque también los cargan en barcos más pequeños. Reconozco el sonido de los cascos al pasar por las rampas de madera. Todos miran a las zarpas de fuego con recelo. Les ponen nerviosos. Crisp está entre ellos. Lo reconozco por la cola, porque la trencé con un hilo de oro.

Allá donde miro, veo piratas. Están por todas partes.

257

Esposan a monturas y se las llevan a los barcos. Hurgan en nuestros baúles y roban todo lo que pueden. Se burlan de nuestros guardias y después los apalean porque saben que los superan en número. Cada uno de esos bandidos lleva el mismo atuendo, prendas de pelaje blanco y un pasamontañas rojo que les cubre el rostro y les deja al descubierto únicamente los ojos.

Las llamas que emanan las garras de los felinos iluminan la escena y la envuelven en un resplandor rojo y parpadeante, lo cual la hace parecer aún más siniestra, aún más sangrienta. Desvío la vista hacia una de las embarcaciones y es entonces cuando me doy cuenta de que hay sangre desparramada por la nieve, tan oscura que juraría que es negra. Un instante después me percato de que no es sangre, sino los cadáveres de los guardias, todos esparcidos por el suelo.

258   A mi lado, Sail se queda quieto. En silencio. El miedo se retuerce en mi pecho como humo ácido, un humo que me escuece los ojos y me contamina el corazón.

Allá donde mire, veo cuerpos sin vida de guardias reales, o piratas que, después de capturarlos, los despojan de su armadura y de su túnica, dejándolos casi desnudos en ese clima inhóspito. A los pocos que siguen vivos los han vapuleado, están cubiertos de sangre y tiritan de frío. Además de la ropa y la armadura, también les han robado las botas. Apilan toda su indumentaria para después distribuirla entre los distintos barcos.

Me muerdo la lengua y de inmediato noto un sabor a cobre en la mejilla. Lo saboreo, lo machaco con los dientes, lo mastico y lo vuelvo a masticar.

Ahora que estamos más cerca de las embarcaciones, el calor que emanan las hileras de zarpas de fuego suaviza el frío glacial de la noche, pero no es un calor que me reconforte.

Busco entre los guardias y ese hervidero de piratas blancos, pero no veo el rostro que ansío encontrar. No veo a Digby por ninguna parte.

Al ver que nos acercamos, un saqueador particularmente arisco y huraño se interpone en nuestro camino.

—¿Otra montura? —pregunta, y me mira de arriba abajo—. Llevadla ahí —ordena, y señala hacia la izquierda.

Miro hacia el lugar y veo que todas las monturas están ahí, en fila india, mientras unos piratas las observan con lascivia y las manosean. A Rosh, la montura masculina, le han obligado a ponerse de rodillas y un grupito de bandidos se mofa de él y le escupe con desidia. Rosh baja la cabeza.

Me doy la vuelta.

—Sail —llamo, pero mi voz queda suspendida en el aire porque, de repente, nuestros caminos se separan. A mí me llevan a rastras hacia las monturas y a él, hacia otra dirección.

—Tranquila, saldremos de esta —me promete, pero, incluso en mi estado de *shock*, adivino la mentira que sale de esos labios temblorosos.

—¡Sail! —grito. Me invade el pánico, y la bomba de terror que he estado conteniendo explota—. ¡Sail! —chillo de nuevo, y me revuelvo entre los brazos del tipo que me sujeta.

Nada. El forcejeo no sirve de nada. Y aunque lograra deshacerme de él, tampoco serviría de nada porque estoy rodeada de cien piratas más dispuestos a ponerme sus manazas encima.

—Todo saldrá bien —responde Sail con la voz tensa y una expresión agónica—. Todo saldrá bien, todo saldrá bien.

Esa respuesta repetida suena a súplica.

Y entonces el pirata que se encarga de custodiarme me

empuja hacia las otras monturas y Sail desaparece de mi campo de visión. Me coloco en la fila, justo delante de la embarcación más grande. A nuestras espaldas ronronean docenas de zarpas de fuego. Sus garras ardientes funden la nieve, que desprende una especie de neblina rojiza que parece estar cargada de ira, de rabia.

Al haber llegado más tarde que las demás monturas, me quedo al final de la fila, pero al menos desde ahí puedo ver a Sail. Lo llevan junto con los guardias que han sobrevivido a la trifulca, le asestan un tremendo golpe en la parte trasera de las piernas para obligarlo a arrodillarse.

Pero no satisfecho con eso, ese mismo pirata le arrea una patada demoledora en el costado para asegurarse de que no se levante. Sail tose y se abraza la cintura, pero aun así consigue mantener la cabeza alta. En ningún momento ha dejado de mirarme. Es como si quisiera comprobar que no me ha perdido, o como si quisiera demostrarme que no estoy sola.

Al oír sollozos, me vuelvo hacia la izquierda y me percato de que es Polly, que tiembla a mi lado y está hecha un mar de lágrimas. Está llorando a moco tendido y no deja de gimotear. Le han rasgado el vestido por varias partes y el corpiño está totalmente destrozado. Las manos le tiemblan, pero está tratando de sujetar los pedazos. Sin embargo, está tan roto que le resulta casi imposible cubrirse los senos.

Me asedia la ira, la ira y la indignación. Sin pensármelo dos veces, me quito el abrigo y lo coloco sobre sus hombros para que pueda arroparse y, sobre todo, taparse un poco. Polly se estremece en cuanto nota que la toco y hace el ademán de apartarme el brazo de un manotazo, pero, cuando se da cuenta de que soy yo, se ablanda.

—¿Qué estás haciendo? —pregunta, sin su habitual tonito burlón.

Ignoro la pregunta y, sin mediar más palabra, le cojo con suma delicadeza un brazo y le ayudo a meterlo en la manga del abrigo. Repito el movimiento con el otro brazo y, ya con el abrigo bien puesto, paso a atarle los botones. Me tiemblan bastante las manos, por lo que no lo consigo a la primera. Tengo que probarlo varias veces hasta abotonarle el abrigo por completo.

Una vez arropada, me mira a los ojos. Advierto una línea marcada en su mejilla e intuyo que le han dado una tremenda bofetada.

—Gracias —masculla.

Asiento con la cabeza. Siento el cruel mordisco de esa brisa invernal en mi piel, pero ¿el lado bueno? Al menos aún conservo el vestido de lana tupida y los leotardos. Basta con dar un vistazo a los guardias, que están prácticamente desnudos, para que me apiade de ellos. Si siguen expuestos a ese frío glacial, sufrirán una hipotermia y correrán el riesgo de morir de congelación.

—¿Qué van a hacer con nosotras? —pregunto, refiriéndome a los piratas, que no paran de desvalijar nuestras pertenencias. Un par de ellos nos vigilan muy de cerca para asegurarse de que estamos ahí bien quietas, aunque, aparte de llorar y murmurar, ninguna de las monturas se atrevería a moverse de la fila.

Un poco más adelante distingo a Rissa, que está charlando en voz baja con otra chica. Es una de las monturas más jóvenes, una recién llegada a la corte, y lo cierto es que aún no he averiguado cómo se llama. Es menuda y delgaducha, con una melena azabache y sedosa y unos ojos almendrados. Y en este preciso momento está muerta de miedo, petrificada. Rissa me sorprende observándola y, a pesar del cariño con el que sujeta la mano de su compañera, su expresión es ceñuda y seria, como siempre.

261

A mi lado, Polly suelta una risa cargada de amargura.

—¿Qué crees? —responde—. Son piratas. Los Bandidos Rojos se han ganado a pulso su reputación de hombres salvajes, brutales. Nadie más podría sobrevivir aquí, en las Tierras Áridas. Van a aprovecharse de nosotras y después van a vendernos como si fuésemos ganado, como harán con el resto de lo que saqueen y roben. Y eso si tenemos suerte, claro está.

Me tiembla todo el cuerpo y me acaricio la cicatriz con la mano. Recuerdo que estaba aterrorizada la noche en que creía que el rey Fulke me iba a poseer. Pero ¿esto? El miedo que siento es de otro nivel. Es una forma de cautiverio totalmente distinta.

Estoy convencida de que ninguna de nosotras quiere entrar en una de esas embarcaciones, pues las pintas de esos piratas no auguran nada bueno.

Pero con las feroces zarpas de fuego a nuestra espalda y rodeadas de todos esos viciosos corsarios, no hay agujero en el que esconderse o rincón en el que refugiarse. Una vocecita maliciosa me dice que todo esto es culpa mía. Que nunca debería haber deseado abandonar la seguridad que me proporcionaba mi jaula.

Soy una estúpida.

Empiezo a asumir la cruda y desoladora realidad. La asumo mientras estamos ahí, haciendo fila y temblando de frío. La nieve no nos ha dado una tregua. Y sigue nevando. Los copos de nieve descienden del cielo de forma lenta, pausada y delicada para aterrizar sobre nuestros hombros. Otro peso que debemos cargar.

No sé cuánto tiempo aguantaremos ahí, en plena intemperie.

Los piratas trabajan codo con codo para desvalijar los carruajes y usurpar todos y cada uno de nuestros objetos personales. Distribuyen el botín en distintos montones, seleccionan cada uno de los trofeos y trasladan todo, y cuando digo «todo» me refiero a todo, hasta el último trozo de carne desecada, a las bodegas de las embarcaciones.

Los guardias casi desnudos que siguen arrodillados sobre la nieve están al borde de la extenuación y, de repente, dos de ellos se desploman porque son incapaces de aguantarse derechos un segundo más. Sus compañeros tratan de ayudarlos a incorporarse, intentan animarlos para que no tiren la toalla todavía. Uno lo consigue.

El otro, no.

A Sail le han empezado a castañetear los dientes hace un buen rato y, aunque nos separa una distancia considerable, veo que sus labios se han teñido de azul. Le han obligado a arrodillarse, igual que al resto, por lo que tiene los pantalones empapados.

Una fina capa de escarcha se le ha formado en las cejas y en las sienes, justo donde se le habían acumulado las gotas de sudor por los nervios, por la impotencia. Pese a las olas de calor que emiten las zarpas de fuego, las bajas temperaturas nos minan las fuerzas y debilitan nuestro espíritu.

Pero, a pesar de todo, Sail no se rinde y sigue mirándome con esa expresión inalterable, obstinada. Cuando mi cuerpo sufre un escalofrío, él reprime el suyo. Cuando mis labios tiemblan, él esboza una sonrisa tristona. Cuando una lágrima se desliza por mi mejilla helada, él asiente y, sin articular una sola palabra, me habla.

«Todo saldrá bien, todo saldrá bien.»

Sail me protege y, con esos ojos tan azules y tan bondadosos, me brinda todo su apoyo, todo su respaldo.

Y por todo eso no aparto la mirada cuando otro de nuestros guardias se derrumba sobre el suelo. No aparto la mirada cuando una zarpa de fuego gruñe; oigo el gruñido tan cerca que juraría que está a punto de rasgarme la espalda. No aparto la mirada cuando una de las monturas se echa a llorar y ruega por su vida. Sus lamentos me recuerdan al sonido de un pedazo de hielo frágil y quebradizo al hacerse añicos.

No aparto la mirada.

Y justo entonces aparece alguien. Desde la rampa que han colocado junto a la embarcación más grande se oyen las pisadas firmes de unas botas sobre la madera blanca.

Con cada uno de sus pasos, se me encoge un poco más el corazón. Pero solo cuando lo oigo justo detrás de mí despego la mirada del rostro de Sail.

Todos los Bandidos Rojos han dejado sus quehaceres a un lado, en señal de respeto y veneración. El tipo se detiene a los pies de la rampa. Todos los ojos están puestos en él. Desvío la mirada hacia mi izquierda y examino al recién llegado. Luce ropajes de pieles y cuero de color blanco y oculta su rostro tras un pasamontañas rojo, igual que el resto. Pero hay un detalle que no me pasa desapercibido: el macabro sombrero de pirata que lleva con orgullo encima de la cabeza. Es de un carmesí desgastado y oxidado, como si hubieran sumergido esa piel en un cubo lleno de sangre, y sobre él ondea una única pluma negra, una señal de muerte. Y gracias a esa pluma solitaria, adivino a quién tengo justo enfrente.

Al capitán de los Bandidos Rojos.

26

El capitán de los corsarios se reúne con un tipo a los pies de la rampa.

—¿Cómo nos ha ido, Quarter?

—¡Ah! El mejor saqueo de todos los tiempos, capitán. ¿El oro que había en estos carruajes? Tenías toda la razón, era de Midas —explica. Aunque lleva puesto ese pasamontañas rojo, entiendo con perfecta claridad cada una de sus palabras. Y con esa misma claridad distingo el brillo de emoción en su mirada, en la mirada de Quarter.

—Hmm —responde el capitán, y echa un vistazo a la llanura. Posa la mirada sobre los guardias arrodillados, arquea una ceja poblada y negra, y se acerca a ellos—. ¿Ya los habéis desnudado? ¿Tan pronto?

Quarter se ríe por lo bajo mientras sigue al capitán.

—La armadura estaba chapada en oro. Incluso la puntera de las botas era de oro.

El capitán se frota las manos, aunque intuyo que no lo hace para entrar en calor. Es el gesto de satisfacción de un delincuente, de un ladrón.

—Excelente.

—Los caballos son de buena raza. Ya los hemos cargado en el barco —prosigue Quarter.

El capitán asiente, se da la vuelta y, al fin, se digna a mirarnos.

—¿Y todas estas mujeres?

—Por las pintas que tienen, putas.

La noticia parece despertar el interés del capitán que, un segundo más tarde, se encamina hacia nosotras. Oigo el crujir de la nieve mojada bajo sus botas y, con esa mirada intensa e intimidatoria, nos da un buen repaso de pies a cabeza.

—Hmm, no son putas cualesquiera —murmura, y señala el vestido de una de las mujeres. La pobre está tiritando y tiene los ojos clavados en la nieve—. Van vestidas demasiado elegantes como para ser putas del montón —puntualiza, y se vuelve hacia Quarter. A pesar de que tiene el rostro cubierto, sé que está sonriendo de oreja a oreja—. Son las monturas reales de Midas.

Quarter abre tanto los ojos que parece que vayan a salírsele de las órbitas y suelta un silbido.

—Vaya, vaya. Joder, ¿habéis oído eso, Rojos? —pregunta al resto de piratas ahí reunidos—. ¡Esta noche vamos a follarnos a unas cuantas monturas reales!

Un rugido de celebración resuena en el aire, como si fuesen una manada de lobos aullando a la luna. El regocijo y alborozo se palpan en el ambiente. A mi lado, Polly lloriquea.

El capitán repasa la fila de mujeres. Nos examina minuciosamente una a una y, cuando llega a Polly, la pobre está temblando tanto que temo que vaya a desmayarse ahí mismo. Al ver que lleva un abrigo de pieles, chasquea los dedos con cierta impaciencia.

Quarter se acerca a toda prisa, agarra el abrigo por las solapas y tira con fuerza para quitárselo, partiendo así todos los botones. A Polly se le escapa un chillido agudo e intenta ponérselo de nuevo, pero entonces se acerca otro pirata y le sujeta ambos brazos a la espalda para inmovilizarla.

Ahora que está a merced de los piratas, el capitán aparta los pedazos rotos del vestido para poder contemplar el cuerpo de la montura.

—Un buen par de tetas. Al menos Midas tiene buen gusto —dice, y poco a poco va subiendo la mirada de sus senos a sus ojos—. Mírame, muchacha.

Pero Polly tiene los ojos bien cerrados y dice que no con la cabeza. Se niega a levantar la barbilla y tiene los hombros encogidos.

El capitán entrecierra los ojos, unos ojos de color carbón.

—Hmm, estas monturas reales son un poco estiradas, ¿no crees, Quarter? —se burla.

Quarter, un tipo corpulento que, con toda seguridad, es el segundo de a bordo, asiente.

—Ni que lo digas. Pero podemos darles una lección de buenos modales, capitán.

La mano derecha del capitán da un paso al frente, coge a Polly por esa melena dorada y estira con todas sus fuerzas, obligándola a levantar la cabeza. Asustada, abre los ojos y pega un grito que retumba en ese desierto blanco.

—Ya no eres una montura real, muñeca. Si el capitán Fane quiere echarte un vistazo, pues te lo echa. ¿Me has oído bien?

Polly solloza y, de repente, se le ponen los ojos en blanco y todo su cuerpo languidece. Se ha desmayado. Ninguno de los tres piratas hace el ademán de ayudarla y dejan que su delicado cuerpo se desplome sobre la nieve. Y ninguno se toma la molestia de levantarla.

El capitán Fane chasquea la lengua.

—Débil. Vamos a tener que entrenarlas.

Guardo las manos en los bolsillos. No soy capaz de controlar el tembleque.

El manto nocturno nos engulle a todos en su oscuridad y me siento su rehén. A lo lejos, oigo el suspiro del puerto

267

de montaña, de esa grieta tallada en piedra que nos habría conducido hasta la frontera, que nos habría conducido hasta el Quinto Reino.

Demasiado lejos. Estábamos demasiado lejos.

¿Qué pasará cuando nuestro destacamento nunca aparezca en el Quinto Reino? ¿Cuánto esperará Midas a enviar a sus exploradores en nuestra búsqueda? ¿Conseguirá encontrarme? ¿Será demasiado tarde?

La culpabilidad, esa sensación agria y sarnosa, empieza a cocerse en mi estómago, y cada zarcillo de vapor que emana se siente malicioso. ¿Es acaso un castigo? ¿Los dioses y diosas del Divino me están dando un buen escarmiento por haber deseado abandonar la jaula de Midas? Tal vez esto sea una reprimenda del destino, la prueba irrefutable de que debería haberme conformado con lo que tenía y, es más, haber dado las gracias por ello.

El capitán de los piratas se coloca delante de mí.

Poco a poco, voy levantando la mirada hasta llegar a su rostro. Un rostro cruel, despiadado. Pelajes blancos. Pasamontañas rojo. Ojos castaños.

Me reprendo por haber apartado los ojos de Sail. Debería haberme quedado ahí, en esa mirada azul celeste, donde me sentía segura.

El capitán me examina de pies a cabeza y me valora con expresión de hastío y aburrimiento, igual que ha hecho con las demás. De repente, se queda quieto. Entorna los ojos. Y se fija un poco más.

Se me acelera el corazón.

Vuelve a chasquear los dedos, pero no despega la vista de mi piel.

—Luz.

—¡Luz! ¡El capitán necesita luz! —vocea Quarter, y un estremecimiento recorre mi espalda.

Oigo pasos apresurados y el tintineo del metal y el vidrio. Pero no puedo dejar de mirar al capitán, ni siquiera soy capaz de pestañear. El miedo me ha paralizado y me da la sensación de que una mano invisible me está sujetando por el cuello.

Alguien llega corriendo con un farolillo en la mano; la llama anaranjada sisea al entrar en contacto con los copos de nieve, que siguen cayendo del cielo. El centro de la llama es de color escarlata, el color de la sangre. Parece que hayan encendido el farolillo con las garras de esas bestias infernales a las que denominan zarpas de fuego.

El capitán Fane le arrebata el farolillo y lo acerca a mi cara. Lo acerca tanto que el calor de la llama me abrasa las mejillas, que siento congeladas. Me ilumina el rostro y después, con sumo cuidado, va deslizando el resplandor hacia mis ropajes, tejidos en hilo de oro. Hacia mis botas, con un ribete chapado en oro. Hacia mi cabellera, tan dorada que puedes reflejarte en ella.

En su mirada ya no advierto el desinterés ni la apatía anteriores.

Advierto asombro, asombro y después triunfo.

Y es precisamente cuando distingo ese ademán triunfante y exultante cuando mi barbilla comienza a temblar.

Le ofrece el farolillo a Quarter para que lo aguante y este lo coge al instante. Entonces el capitán alarga el brazo, me palpa la trenza desaliñada y acerca los mechones a la luz. Segundos después, deja caer la trenza y me agarra la mano. Me quita el guante y estudia cada uno de mis dedos, mi palma, mis uñas. Mi piel dorada reluce bajo la luz parpadeante de la llama.

—No puede ser —murmura antes de bajarse el pasamontañas que le cubría la mitad del rostro. El retal de tela roja le queda a la altura del cuello, como si fuese una bufanda. Es más joven de lo que había imaginado. Debe de rondar los treinta.

269

Sin previo aviso, el capitán se acerca mi mano a la boca y me lame el pulgar. El gesto no puede parecerme más repugnante. Pongo cara de asco e intento zafarme, pero él me sujeta con fuerza y después frota la zona que él mismo ha baboseado, como si quisiera comprobar si mi piel es de oro o no.

Pintura. El otro pirata asumió que se trataba de pintura. Pero el capitán acaba de caer en la cuenta de que no.

Esboza una sonrisa espantosa. Se ha retirado el pasamontañas para que pueda verle el rostro. Le faltan varios dientes que, con torpeza, ha reemplazado con piezas de la misma madera blanca que el barco. Lleva la barba afeitada, salvo en la zona de la barbilla; luce una perilla de un rubio oscuro y, en los extremos, cuelgan varios abalorios rojos. En el lóbulo de la oreja izquierda lleva un pendiente que consiste en un pedazo de madera teñida de rojo. No quiero ni pensar si lo ha teñido con sangre humana.

270

Al ver esa sonrisa atemorizante, se me seca la boca. Y esa mirada… es la clase de mirada que revela toda la información que una mujer necesita saber para saber qué tipo de hombre tiene delante. Si tuviera aire en los pulmones, gritaría. Pero me he vaciado, no me queda ni una brizna de oxígeno. Lo único que se revuelve en mi pecho es esa culpabilidad hirviente y el gélido mordisco del terror.

De golpe y porrazo, el capitán me agarra de la muñeca y me obliga a dar un paso al frente. Me tambaleo porque no esperaba que hiciera tal cosa, pero entonces él se da media vuelta y levanta mi mano por encima de mi cabeza en señal de victoria, como si fuese un premio del que presumir.

—¡Rojos! ¡Mirad el tesoro que hemos desenterrado!

Su voz retumba en las Tierras Áridas como un tambor.

—¡Tenemos a la puta de oro de Midas!

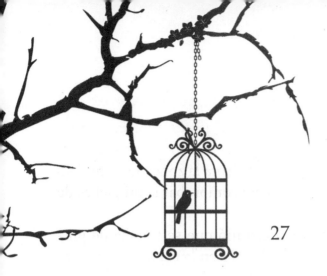

27

*T*odos los piratas se quedan de piedra ante la revelación que acaba de hacer el capitán Fane.

Primero se hace un silencio de asombro, de estupefacción. Siento que todas las miradas están puestas en mí; me observan, me analizan de pies a cabeza y un instante más tarde ese estupor inicial se transforma en otra cosa. En otra cosa mucho peor.

Los piratas estallan en alaridos y bramidos, un clamor aún más ensordecedor que el gruñido de las zarpas de fuego. Doy un respingo y pruebo, otra vez, a apartar la mano, pero es evidente que el capitán no piensa soltarme. Mi rebeldía solo ha servido para que me oprima la muñeca aún más fuerte.

Se gira hacia mí. Está eufórico.

—Miradla bien. Hasta su vestido es de oro. Y su pelo, también —anuncia. Deja caer mi brazo y, acto seguido, me coge un mechón de pelo y cierra el puño—. La mascota dorada de Alta Campana.

El capitán, que está demostrando ser un hombre implacable y rudo, me da la espalda para dirigirse de nuevo a sus hombres.

—¡Hemos capturado a la favorita de Midas! —exclama, y todos los piratas se ríen a carcajadas. Están orgullosos, orgullosos y satisfechos de su gran hazaña.

—Te pagará —susurro con un finísimo hilo de voz; por fin he recuperado el habla. Él me suelta el mechón de pelo, lo cual agradezco porque el cuero cabelludo me palpitaba al ritmo de mi corazón—. Sus guardias, sus monturas… yo… Midas te ofrecerá una buena recompensa a cambio de todos nosotros. Pídele la suma que se te antoje, pero, por favor, no nos hagas daño.

El capitán Fane dibuja una sonrisita de suficiencia.

—Ah, no pensaba pedir ningún rescate a Midas. Prefiero buscar a alguien que pague un precio mucho, pero mucho más alto.

Sus palabras me sientan como un jarro de agua fría y, de repente, noto un vacío oscuro y profundo en la boca del estómago.

—Esta se quedará conmigo hasta que la vendamos al mejor postor. Empezad a correr la voz.

—Sí, capitán —responde Quarter, y asiente—. ¿La favorita del rey Midas? Se pelearán por hacerse con ese trofeo.

—Reparte al resto entre nuestros hombres, que se entretengan un poco. Han hecho un buen trabajo y se lo merecen —le dice a su segundo de a bordo.

Los piratas que se agolpan alrededor de Fane y Quarter escuchan la noticia y saltan y gritan de alegría.

Las monturas, por su parte, lloran.

El capitán Fane echa un vistazo a Polly, que sigue tendida e inconsciente sobre un montículo de nieve.

—Y ponedlas a trabajar también, que aprendan que tienen que ganarse el pan. Necesitan curtirse, están hechas una panda de blandengues.

Quarter inclina la cabeza.

—Dalo por hecho, cap.

El capitán asiente y me mira. El brillo malvado y retorcido que percibo en sus ojos me asusta.

272

—Qué gozada tener a la prisionera de oro de Midas encerrada en mi camarote.

Mi cuerpo, que hasta ahora tiritaba, empieza a sacudirse. Me imagino el dolor y sufrimiento que pretende infligirme, la brutalidad con la que pretender agredirme. Está ahí, en sus ojos.

Me manosea los senos, me pellizca los pezones. Me soba con tal lujuria y avaricia que se me revuelven las tripas. Intento apartarle la mano, pero él suelta una ruidosa carcajada y me estruja los pechos con más fuerza.

—Ah, sí. A ti te voy a domar. Voy a follarme a la favorita de Midas —dice entre risas, como si no pudiera creerse el golpe de suerte que ha tenido—. Ojalá pudiera ver la cara que se le va a poner a ese cabrón cuando se entere de que la he poseído, la he utilizado a mi antojo y después la he vendido.

Se me llenan los ojos de lágrimas, lágrimas que amenazan con ahogarme, que enturbian el mundo que me rodea. No puedo respirar. Ni siquiera me siento las piernas. Esto no está ocurriendo. Es una pesadilla. Voy a despertarme. Solo tengo que despertarme.

El capitán Fane me retuerce los pezones y se me escapa un grito de dolor.

—Mmm, de las que gritan. Me gusta.

Empieza a tirar del cuello de mi vestido, como si quisiera arrancármelo de cuajo, pero entonces se oye una voz que grita entre la multitud.

—¡Ni la toques, pirata de mierda!

El capitán Fane se queda inmóvil. Aparta sus manazas de mi vestido y, casi a cámara lenta, se da la vuelta.

—¿Quién ha dicho eso?

Uno de los piratas se acerca a Sail, que sigue arrodillado junto al resto de los guardias.

—Este, capitán.

273

Mis ojos revolotean alrededor de Sail, que, de sopetón, recibe una brutal patada en la espalda.

Mi guardia personal queda extendido en el suelo y se golpea la cara contra la nieve. El capitán Fane se acerca a Sail con aires déspotas y me entra miedo, un miedo implacable y salvaje, un miedo que me carcome por dentro al instante.

—¿Cómo te llamas? —pregunta el capitán, que se detiene justo delante de él.

Sail tiene que hacer un esfuerzo sobrehumano para volver a colocarse de rodillas. Al levantar la mirada, una mirada desafiante y amoratada, veo que aprieta la mandíbula.

—Sail.

Al oír la respuesta, el capitán Fane echa la cabeza hacia atrás y se desternilla de risa.

—Significa «vela», ¿verdad? Rojos, ¿lo habéis oído? ¡Por fin tenemos una vela para nuestros barcos! —grita, y esa burla mezquina y miserable se oye en todos los rincones de la llanura helada.

Varias llamas carmesí parpadean en aquella negrura casi opaca.

—Está bien, Sail. ¿Tienes algo que decir? Supongo que sí, porque has maullado como una gata en celo —prosigue, y el comentario desata las risotadas de los piratas. Las mejillas paliduchas de Sail se habrían sonrojado de no ser porque ya están muy coloradas por el frío.

Pero el capitán no consigue acobardar a mi guardia personal. Él le aguanta la mirada con una expresión de odio y profundo desprecio. Las Tierras Áridas quedan sumidas en un súbito silencio, pues todos observan la escena con gran atención.

«No digas nada. No digas nada, Sail.»

Sin embargo, Sail no se queda callado.

—He dicho que no la toques —repite, furioso.

Una mano fantasmal me atraviesa el pecho y me aplasta el corazón.

El capitán Fane se ríe, como si la situación le divirtiera.

—Mirad, Rojos. Hemos capturado a un guardia real valiente. Algo que, según tengo entendido, escasea en el ejército de Midas —dice.

Los piratas se tronchan de risa. Los demás guardias, que siguen arrodillados, agachan la cabeza. No sé si podrán soportar mucho más el peso de tal humillación y crueldad. Sail, que no ha pestañeado ni una sola vez, cierra los puños.

—Es la favorita del rey. Te pagará una verdadera fortuna por ella, mucho más de lo que otros estarían dispuestos a pagar. Es el hombre más rico de Orea, el único que puede ofrecerte una más que jugosa suma de dinero.

—Sí, el rey que convierte en oro todo lo que toca —recita el capitán Fane, y, al pronunciar el nombre de Midas, lo hace con un tonito burlón, cargado de amargura.

Odio. Su voz destila odio. Y, tal vez, envidia.

—Quizá haya llegado el momento de que el rey aprenda una lección —se mofa el capitán—. Tal vez Midas deba aprender que no puede comprar todo lo que se le antoje. De hecho, pensándolo bien, a lo mejor me la quedo para mí, para asegurarme de que jamás pueda volver a tenerla.

Sail empieza a entreabrir los labios, pero enmudece en cuanto el capitán se agacha para poderle mirar directamente a los ojos. Marrón contra azul. Crueldad contra afabilidad. El corsario roza la nieve con los dedos y, de forma distraída, va poniendo algunos copos de nieve en la palma de su mano desnuda; después va dándoles forma con movimientos aburridos.

—Abre bien los oídos y presta atención —empieza el capitán Fane. No alza la voz, pero todos oímos lo que dice—. Voy a follármela. Cuando me apetezca y donde me apetezca —prosigue, como si estuviera charlando con un amigo sobre un tema tan trivial como el tiempo—. Voy a hacer con ella lo que me venga en gana. Voy a destrozarla, a despedazarla —continúa el capitán Fane, sin mostrar ni una pizca de sensibilidad, o humanidad, cuando Sail empieza a temblar de ira, de impotencia.

Los sollozos se me apiñan en la garganta, en los labios.

—Voy a cortarle mechones de esa preciosa melena y se los voy a enviar a Midas en una cajita. Oh, cómo voy a disfrutar provocándole. Tal vez incluso le arranque varios pelos de ese coño dorado.

El capitán Fane se pone de pie, con toda la nieve que ha recogido y acumulado sobre la palma de su mano. La deja caer sobre la cabeza desnuda de Sail y luego le da una bofetada que le gira la cara. Mi guardia hace una mueca, seguramente por el frío. Los copos de nieve se van resbalando por sus mejillas y aterrizan sobre sus pantalones, ya de por sí empapados.

El capitán se agacha de nuevo para coger otro puñado de nieve.

—Y cuando me aburra de ella, que no sé cuándo será, voy a venderla a quien me ofrezca el precio más alto. Será una subasta memorable, pero para eso aún quedan semanas. Quizá incluso meses.

Arroja la bola de nieve directa a la cabeza de Sail.

Algunos copos se le quedan enredados en el pelo, otros se deslizan por la espalda de su camisa. El capitán Fane se regodea de la expresión de Sail, como un gato que juguetea con un ratoncito asustado, y los Bandidos Rojos contemplan el macabro espectáculo con una amplia y sangrienta sonrisa que esconden bajo su pasamontañas carmesí.

—Lo único que quedará de esta zorra cuando acabe con ella será un cuerpo de oro lleno de semen, porque pienso correrme dentro de ella día tras día, noche tras noche.

Sail se estremece y le tiembla tanto el cuerpo que ni siquiera puede controlar el violento castañeo de los dientes. El corazón me martilla el pecho, como si quisiera escarbar un túnel en mi interior y esconderse en las profundidades de mi ser.

El capitán acumula otro montón de nieve sobre su palma. Es un tipo metódico y, a simple vista, imperturbable.

—Pero no tienes que preocuparte por nada de eso. ¿Y sabes por qué? —pregunta, y acto seguido le lanza la bola de nieve a mi guarda, a mi amigo.

Sail baja la cabeza. Intuyo que ya no puede soportar más el peso de esa humillación gélida.

Muy poco a poco, como si esto —una rendición forzada— fuese lo que estaba esperando, el capitán se pone en pie. Se sacude los copos de nieve que le han quedado en la mano. Mi corazón continúa latiendo con fuerza. Me golpea las costillas, suplicante.

—No te preocupes porque no te vas a enterar —continúa el capitán Fane, mirándolo por encima del hombro—. ¿Y sabes por qué? Porque estarás muerto.

Siento que me abren el pecho con un ariete. Queda al descubierto durante un solo instante, un mero suspiro, tiempo suficiente para echar una ojeada.

De repente, los ojos de Sail se posan en mí y aprecio las profundidades azules de un océano que sé que él jamás ha visto. Y, con esa mirada, me habla. Empieza a asentir con la cabeza, un intento absurdo de recordarme su promesa.

«Todo saldrá bien, todo saldrá bien.»

Pero se equivoca. Todo no saldrá bien. Porque, antes de que termine de asentir, el capitán ya ha desenfundado el puñal que llevaba atado en la cadera y se lo ha clavado en el pecho.

Le ha atravesado el corazón.

277

—¡No!

Salgo disparada hacia el cuerpo inerte de mi amigo aunque, a decir verdad, no soy consciente de haberlo pensado. Ha debido de ser un impulso animal. Pero, antes de que pueda dar tres pasos, alguien me engancha y noto un par de brazos rollizos alrededor de la cintura.

Grito, desato toda esa rabia contenida por la boca, aúllo a la noche, maldigo al puerto de montaña, reniego de las estrellas que, cobardes, se esconden tras las nubes.

Ese chillido enerva a los caballos, que se ponen a relinchar, pero también a las zarpas de fuego, que bufan como gatos enajenados. El alarido ahoga los lamentos de la Viuda de la Tempestad y culpa al caprichoso destino de lo ocurrido. Incluso cuando la mano de un desconocido me abofetea la boca para intentar silenciarme, el bramido suena aún más desgarrador, como si pudiese abrir una grieta en el mundo o quebrar los cielos.

Borbotones de sangre afloran en el pecho de Sail, empapándole la túnica de algodón con esos pétalos escarlata. No soy capaz de contener las lágrimas, que brotan calientes de mis ojos y, al deslizarse por mis mejillas, se congelan como témpanos de hielo.

Me zafo de la mano que trataba de asfixiar mi grito al tirarme al suelo y, sin pensármelo dos veces, me arrastro hacia él. No noto el gélido mordisco del hielo mientras repto como una serpiente por la nieve. Mis labios articulan su nombre una y otra vez y tengo la impresión de que el tiempo se detiene.

Su mirada azul sigue clavada en mí. Parpadea, parpadea.

Echa una ojeada al mango del puñal. A esa flor carmesí que acaba de abrir sus pétalos sobre su pecho.

Lo alcanzo justo cuando su cuerpo se inclina hacia delante, un segundo antes de derrumbarse.

A pesar de que consigo agarrarlo por los hombros, Sail se viene abajo. Lo único que puedo hacer es darle la vuelta, de manera que se queda mirando al cielo.

De su boca gotean hilos rojos. No puede respirar y temo que, de un momento a otro, vaya a ahogarse con su propia sangre. Tiene los labios azules, a juego con sus ojos.

Mi corazón toma impulso, se precipita hacia mis costillas y se parte en mil pedazos. Me mira. Mis lágrimas caen sobre su frente. Sollozo. Sail se estremece.

—Todo saldrá bien, todo saldrá bien —murmuro entre sollozos. Miento por él, igual que él lo hizo por mí.

Y, tras su último aliento, asiente.

28

*M*i corazón empieza a calmarse. Deja de darme martillazos en el pecho. Está derrotado y sus latidos se vuelven débiles, frágiles. Sé que es inconcebible pero siento que, durante unos instantes, deja de palpitar, igual que el corazón de Sail.

Un hilo de sangre dibuja una línea desde la comisura de sus labios hasta el lóbulo de la oreja y después salpica la nieve. A mi alrededor, los Bandidos Rojos retoman sus quehaceres, conversan, se ríen. Los ignoro y paso una mano por la cara fría de Sail.

—Subidla a bordo.

Le estoy acariciando la mejilla y, de pronto, uno de esos infames piratas me levanta del suelo en contra de mi voluntad. Intento seguir mirando a Sail, pero me apartan de un empujón. Los ojos de Sail no me siguen. Se han quedado petrificados y ya no parpadean. Los copos de nieve se van acumulando sobre sus pestañas rubias.

Esta vez, cuando el paisaje ensordece con los bramidos de los truenos, son truenos de verdad. Mientras me llevan a rastras hacia las embarcaciones, alzo la mirada y veo ese inconfundible temblor en las nubes que anuncia una tormenta. Me conducen hasta la rampa del barco más grande y, en ese preciso instante, el viento empieza a azotar con fuerza, el cielo comienza a descargar relámpagos y, tras un tremendo gruñido, se desata una tormenta.

La suave nevada que se cernía sobre nosotros se transforma en un diluvio gélido e inclemente. Las gotas de lluvia descienden en picado, cortando el aire como si fuesen flechas de hielo. El cielo descarga sobre nosotros ese chaparrón como si estuviese furioso, como si estuviese llorando lágrimas de venganza por lo que ha ocurrido en la llanura.

Pero ni siquiera las agujas glaciales que caen del cielo me afectan, pues no hay nada que ahora mismo pueda dolerme más que el corazón. Porque mi amigo, mi bondadoso y divertido guardia, que no me dejaba sola ni a sol ni a sombra, está muerto.

Sail está muerto.

Y todo porque intentaba protegerme a capa y espada. Defenderme. Brindarme su apoyo.

282   Mordaz. El dolor que siento es mordaz. No tengo palabras para definir esta maldita tristeza.

Cuando veo que un grupito de piratas empiezan a patear brutalmente el cuerpo sin vida de Sail, me llevan los demonios. Empiezo a forcejar, a soltar patadas, a gritar. Quarter se acerca pisoteando la nieve, me coge de la mandíbula con una fuerza bárbara y la estruja.

—Ya basta.

El pirata que me ha arrastrado hasta ahí me sujeta más fuerte, para evitar que me mueva. Suelto un gruñido encolerizado, un sonido que no suena ni remotamente humano, y observo a Quarter con odio y desprecio, porque eso es lo que siento por él, por los Bandidos Rojos y, sobre todo, por el capitán Fane.

Quarter me mira con los ojos entornados y después escarba en el bolsillo, buscando algo. Un segundo después, me amordaza con un pañuelo mugriento para impedirme hablar. No me da tiempo ni a morderle los dedos.

—Silencio —espeta, y me mete el dichoso pañuelo hasta la campanilla. Me atraganto y creo que voy a vomitar.

Me empujan hasta el final de la rampa y, una vez arriba, me arrojan a la cubierta de la embarcación. Mi cuerpo, ya de por sí adolorido, se golpea contra esos tablones de madera y casi me ahogo por el dichoso pañuelo que ese rufián me ha embutido en la boca.

Lo primero que hago es sacarme esa mordaza repugnante. Me echo a toser y a escupir para tratar de deshacerme de ese asqueroso sabor. Antes de que pueda levantarme, llegan las demás monturas, a las que también han trasladado a empujones, y las amontonan a todas sobre la cubierta, como si fueran otro de los expolios de los piratas.

Alguien me ofrece la mano, y al levantar la vista descubro que es Rissa. Con cierto recelo y desconfianza, le miro la palma.

—¿Y bien? —dice, claramente impaciente.

Acepto su mano y ella enseguida me ayuda a levantarme. Una vez de pie, me suelta. Empiezo a murmurar un «muchas gracias», pero entonces alguien me da un codazo en las costillas.

Me doy la vuelta y veo que una de las monturas, Mist, me está mirando con desdén. Tiene su melena azabache despeinada y los ojos rojos e hinchados.

—Vigila por dónde vas —masculla mientras se sacude la manga de la túnica, claramente molesta y ofendida por haberla rozado al ponerme en pie.

Quizá sea porque acabo de ver con mis propios ojos cómo asesinaban a mi amigo, quizá sea porque tengo los nervios a flor de piel, o quizá sea porque acabamos de convertirnos en las prisioneras de unos piratas desalmados. Sea por lo que sea, me invade una rabia que no puedo controlar.

Todos los cordones de mi espalda, veinticuatro, ni uno más ni uno menos, se desenmarañan. Rissa parece confundida, pero ese desconcierto inicial se convierte en asombro cuando ve que los cordones se abalanzan sobre ella y la empujan.

Sale volando por los aires y, por el camino, derriba a otras monturas, e incluso a algún que otro pirata que deambulaba por ahí. Berrea como una bestia salvaje cuando aterriza sobre la cubierta helada, pero no se amedrenta. En un abrir y cerrar de ojos, vuelve a estar en pie. Sin embargo, no se levanta para interrogarme sobre mis cordones o para averiguar cómo diablos los he movido, sino para atacarme.

Dobla los dedos de manera que parecen garras y me preparo para el asalto. Por suerte, Rissa se interpone entre nosotras un segundo antes de que Mist arremeta contra mí.

284

—Nada de riñas —ordena Rissa, y nos lanza una miradita intimidatoria a las dos—. ¿O es que ya habéis olvidado dónde demonios estamos?

Al oír esas palabras, resoplo y mis cordones se relajan y recuperan su flacidez habitual. Aunque Rissa no consigue disuadir a Mist con tanta facilidad. Me mira fijamente por encima del hombro de Rissa; la intensidad de su mirada, una mirada cargada de odio y de rencor, me perturba.

Pensaba que había sido un arrebato momentáneo, que esa irascibilidad por haberla rozado era consecuencia del huracán de emociones que estábamos viviendo, un mero efecto del estrés. Pero la expresión con la que me mira va mucho más allá de eso. No ha sido la angustia de la situación que estamos viviendo lo que ha provocado ese ataque de ira. Su mirada destila un odio profundo, venenoso y, sobre todo, personal.

—¡Estamos aquí por su culpa! —protesta Mist.

Frunzo el ceño, exasperada.

—Pero ¿qué diablos estás diciendo? ¿Cómo va a ser culpa mía?

Mist mira al resto de las monturas, que nos observan con los ojos como platos.

—Vosotras también lo oísteis. «Proteged a la favorita del rey» —dice con voz burlona.

Me quedo de piedra. Esas palabras, las palabras de Sail, resonaban en las Tierras Áridas mientras los piratas de nieve nos tendían una emboscada. No lo había pensado. Debo reconocer que ni se me había pasado por la cabeza cómo habría sentado esa orden al resto de las monturas.

—Cuando llegó la hora de la verdad, los guardias no nos protegieron. Solo tenían ojos para ella, solo ella. Midas siempre la mantiene a salvo porque la considera especial. Incluso en este condenado viaje, ha recibido un trato especial, ¿o acaso me equivoco? No viajamos muchas horas por la noche porque no queremos que la favorita del rey se canse. No repartimos más raciones porque tenemos que asegurarnos de que la favorita del rey tenga comida de sobra. No iremos muy rápido porque a la favorita del rey se le ha antojado montar a caballo. Joder, ¡solo existe ella! ¡Es ella, ella y ella, todo el tiempo!

Siento las miradas de las demás monturas balanceándose sobre mí, como un anzuelo sobre un hilo de pescar.

—Y después, cuando todo se fue a la mierda, ¿qué hicieron? Protegerla. Se dejaron la piel para que ella pudiera estar a salvo, porque nosotras les importamos un pimiento. Somos prescindibles. Reemplazables.

Mist no es capaz de contener las lágrimas, y solloza. Sus hombros menudos y esqueléticos temblequean.

—Nos han capturado a todos. ¿Y qué creéis que nos va a pasar?

Rosh, en un gesto de cariño, intenta cogerla del brazo para calmarla, pero ella se aparta enseguida, indicándole así que ni se atreva a tocarla. Y entonces me fulmina con esa mirada de fuego y de odio, y me abrasa con ella.

—Nos van a destrozar. Eso es lo que nos va a pasar. Nos van a moler a palos, nos van a hacer sufrir. Hasta que no quede nada de nosotras. Nos van a usar como a esclavas y después nos van a vender como al ganado. Oh, pero el rey vendrá a por ella. Negociará por ella. Salvará a su favorita. Pero ¿a nosotras? A nosotras no —dice Mist, y sacude la cabeza mientras dos lagrimones se deslizan por su mejilla—. A nosotras no.

Antes, sentía la culpabilidad como una especie de vapor hirviente, pero ahora… Ahora es como una herida abierta, como si me hubieran desgarrado las tripas.

Las demás monturas siguen mirándome con desconfianza, quizá con cierto mosqueo, mientras las palabras de Mist van calando en lo más profundo de su mente. Yo, en cambio, me quedo ahí como un pasmarote, en silencio, con la boca seca y la herida supurando.

¿Qué voy a decir? Me pongo en el lugar de Mist, y en el del resto de las monturas, y veo que tiene razón. Tal vez sea un pelín exagerado culparme de todos sus males, pero aun así todo lo que dice, por crudo y feo que suene, es verdad.

¿Cómo me habría sentido al oír esa orden, «proteged a la favorita del rey», si fuese una de ellas?

—Está bien, tranquilízate —comenta Rissa, que vuelve a interceder para intentar, por segunda vez, poner paz y templar los nervios—. En cualquier caso, nuestra situación ya es bastante penosa de por sí. Por favor, no lo empeoremos más.

Sus labios, que siempre han sido carnosos y seductores, se han vuelto resecos, ajados y finos. Y sus tirabuzones dorados caen en cascada sobre una túnica manchada de sangre que, por suerte, no es la suya.

Rissa mira a las monturas, sus compañeras, sus amigas.

—Somos profesionales. No somos putas que se venden en los bajos fondos de la ciudad, sino monturas exclusivas elegidas por el mismísimo rey Midas. Si queremos sobrevivir al calvario que nos espera, vamos a tener que emplearnos a fondo, sacar lo mejor de nosotras. Y nosotras sabemos cómo hacerlo, vaya si sabemos. De hecho, somos expertas en eso.

Las monturas se apiñan, formando un círculo en mitad de la cubierta, dándome la espalda. Porque para ellas sigo siendo la forastera. No me ven como una igual. Se separan de mí, incluso ahora que estamos viviendo la misma aterradora situación. Si tengo que ser sincera, entiendo que siempre me hayan odiado, que siempre hayan preferido mantener las distancias. ¿Acaso no es comprensible?

287

Me doy la vuelta y me aparto de ellas, de esa evidente exclusión. Mis pies me llevan hasta el borde de la embarcación y me aferro a la barandilla metálica. Tengo los nudillos blancos.

Ahora mismo, la única persona con la que me apetece hablar, la única persona que sé que podría hacerme sentir mejor, está muerta sobre la nieve, con un puñal clavado en el corazón. Mi único amigo. Muerto, y por mi culpa.

Contemplo la planicie que se extiende bajo nuestros pies y examino los cuerpos sin vida que los piratas han dejado atrás. Los han abandonado en las Tierras Áridas sin ningún tipo de contemplación para que el viento y la nieve los engullan.

A mi lado, un grupo de Bandidos Rojos recogen la rampa de abordaje y la devuelven a su lugar, junto a la pared de la embarcación, y en ese momento se oye el soplido de un cuerno, que indica que zarpamos. Las zarpas de fuego gruñen y sisean. Los rugidos son tan graves que incluso hacen vibrar los tablones de madera de la cubierta.

No consigo despegar los ojos del paisaje que nos envuelve. Rastreo cada centímetro, escudriño cada cuerpo, busco, busco. ¿Dónde está, dónde está…?

Empiezo a arrugar las cejas, preocupada, porque no logro encontrarlo. Veo a otros guardias caídos en combate, pero no a él.

Cuando la embarcación empieza a moverse, a deslizarse lentamente a través de esa superficie de hielo resbaladizo, empiezo a inquietarme, a ponerme aún más nerviosa. Ahí. Su cuerpo debería estar ahí.

Veo un charco de sangre, reconozco el lugar donde le han asesinado, donde le han desangrado el corazón. Pero no hay ni rastro de Sail.

Me agarro bien fuerte a la barandilla y continúo buscándolo, pero no lo encuentro. Es como si se hubiese levantado y se hubiese marchado. Ya sé que eso es imposible. Pero no consigo localizarle, no está ahí y yo…

Las escandalosas risotadas de los piratas hacen que me gire hacia la popa del barco, iluminada por varios farolillos oscilantes que emiten una luz roja. Me arrepiento de inmediato. No debería haberme girado. Ha sido un gran error. Ahogo un grito y me llevo una mano a la boca. Los piratas que se han congregado allí se ríen a carcajadas y, a pesar de llevar su dichoso pasamontañas rojo puesto, la crueldad con la que se mofan traspasa ese retal de tela.

Y Sail… Ahora entiendo por qué no lo encontraba, no porque anduviera desorientada y no supiese localizar su paradero, o porque hubiese ocurrido un milagro y hubiese sobrevivido, sino porque lo habían subido a bordo. Observo horrorizada el lugar donde han colgado su cadáver. Han amarrado su cuerpo sin vida a la parte delantera del barco, a un mástil de madera manchada y podrida.

Para fijarlo al mástil, han utilizado varios cabos harapientos que han atado alrededor de su tronco. Los ojos vacíos de Sail siguen abiertos, observando la nada. Esa mirada estaba dedicada a mí, una mirada que me regaló antes de dar su último aliento.

Alguien grita:

—¡Por fin nuestro barco tiene una vela!

No tengo ni idea de quién lo ha dicho. Tal vez el capitán. Tal vez uno de sus hombres. No lo sé porque mis oídos rugen y no consigo oír, porque la visión se me ha enturbiado y lo veo todo borroso.

—¿Creéis que ondeará con el viento? —bromea alguien más.

Las risotadas de burla y mofa que se oyen a continuación resuenan como el rugido de un trueno, como los latigazos que están azotando a las bestias que arrastran los barcos pirata.

La embarcación se desliza hacia delante, abriéndose camino entre las mareas que fluyen por los ventisqueros, dejando atrás los guardias de Alta Campana fallecidos en combate.

El cuerpo de Sail sigue ahí colgado, maltrecho y despreciado, como si fuese un mascarón que han tallado en el mástil de proa. La sangre que brotaba de su pecho se ha congelado, pero su mirada, de color del océano, sigue sin cerrarse. Nunca volverá a ver nada.

Me doy la vuelta y vomito sobre esos tablones de madera blanca.

29

$\mathcal{N}$os dejan en paz.

Durante una hora, o puede que dos, todos los piratas vuelven a sus puestos de trabajo. Utilizan un sistema de navegación aparentemente invisible que les indica cómo timonear el barco para atravesar este reino gélido y siniestro.

No dejan de moverse de un lado al otro del barco, gritando a pleno pulmón. Gracias a la fuerza salvaje de las zarpas de fuego, surcamos las aguas de ese mar de nieve. Nuestro navío va a la delantera y guía a las otras dos embarcaciones.

En cuestión de segundos, empezamos a volar.

Los tres barcos planean por encima de ese páramo de hielo en cuanto cogen un poco de velocidad. Aprovechando el vigor y la fuerza bruta de esas bestias, a las que azuzan con látigos para tirar de las embarcaciones como lobos de un trineo, nos deslizamos cada vez más y más rápido, hasta que llega un punto en que lo único que necesitan los barcos es una superficie resbaladiza para mantener esa velocidad.

Las tres embarcaciones de los piratas de nieve escoran esa extensión de blancura infinita mientras siguen cayendo perdigones gélidos del cielo que, con la ventisca que se ha levantado, nos fustigan la cara. El casco de los navíos, de una madera que han pulido para que parezca suave como la seda, patina por la llanura con una fuerza imparable, apartando la nieve hacia un lado, como si fuesen las olas de un océano.

A pesar de que ese viento huracanado me revuelve el pelo y la lluvia me esté calando hasta los huesos, me quedo ahí de pie, aferrada a la barandilla metálica, contemplando el cuerpo de Sail.

Y esa rabia, esa primera chispa de ira que se prendió cuando mis cordones se desenroscaron para atacar a Mist, vuelve a encenderse.

La tristeza que me invadió cuando vi perecer a Sail entre mis brazos fue fría. Pero esto… Esto es ardiente y rojo, tan rojo como el pasamontañas que lleva el capitán Fane.

Desvío la mirada hacia el capitán; está en la proa del barco, ladrando órdenes e indicaciones a los piratas que están en la cubierta inferior. Las ráfagas de aire han tumbado abajo la pluma negra que adorna su sombrero, y advierto algo brillante en su cadera. El puñal.

Pongo los cinco sentidos en ese puñal. No le quito el ojo de encima, ni siquiera cuando por fin me suelto de la barandilla. Siento calambres en los dedos y me falta un guante, el mismo que el capitán me quitó para examinarme la mano.

Me da igual que la noche sea cerrada, que el paisaje esté cargado de sombras que amenazan con asfixiarme el alma. Me da igual que las nubes estén descargando un aguacero gélido. Me da igual que el navío esté atestado de hombres. Me da igual ser vulnerable, me da igual enfrentarme al capitán sola.

Porque Sail era mi amigo.

Y es injusto.

Desenvuelvo los cordones a medida que mis pasos se vuelven más firmes, más seguros. Camino con la espalda bien recta y los hombros cuadrados. Recuerdo la última mirada de Sail y un mantra se repite en mi cabeza.

«Es injusto, es injusto.»

Nadie se interpone en mi camino; de hecho, nadie se da cuenta de que estoy cruzando la cubierta. Para esa panda de ladrones, soy intrascendente, igual que el resto de las monturas. Y así lo han demostrado cuando nos han dejado ahí solas, sin ningún tipo de vigilancia. Porque asumen que estamos asustadas y que lo único que vamos a hacer es lamentarnos y acobardarnos.

Pero yo no pienso quedarme de brazos cruzados. No con el cuerpo de Sail amarrado a un mástil. Supongo que todas las personas tenemos un límite; pues bien, este es el mío.

Me resulta fácil, quizá demasiado fácil, llegar a la otra punta de la embarcación. He atravesado la cubierta y nadie se ha molestado en preguntarme dónde iba o qué pretendía hacer. Es la arrogancia típica de los hombres. Creen que las mujeres no les llegamos a la suela de los zapatos y cometen el error de subestimarnos. Y esa arrogancia va a ser su ruina.

Espadas con forma de anzuelo, cabos enroscados, piratas hurgando en botines… Paso de largo de todo eso hasta llegar a proa. Y me paro justo detrás del capitán.

Mis veinticuatro cordones se mueven como tentáculos. A lo largo de mi médula espinal y con una simetría que roza la perfección, brotan esas tiras de satén de unos dos centímetros y medio de grosor, desde la nuca hasta el hoyuelo que tengo justo encima del culo.

Esas cuerdas largas parecen serpientes que se preparan para atacar. Pero mi objetivo no es el capitán, sino Sail y los cabos que le mantienen anclado al mástil.

Algunas de las monturas que están apiñadas en mitad de la cubierta me ven y empiezan a mirar nerviosas a su alrededor; un par de ellas se atreven a acercarse un poquito para no perderse detalle de lo que va a ocurrir.

293

Me coloco justo debajo del mástil de madera, alzo la vista y empiezo a dirigir a cada uno de mis cordones como si fuese un maestro de orquesta. Aunque la lluvia los haya empapado y parezcan menos ágiles, consiguen deshacer los nudos con una destreza impresionante. Si un nudo se les resiste, los extremos se transforman. Ya no son suaves y delicados como el satén, sino afilados y letales como el filo de una espada.

Seda dorada contra cabos de algodón. Mis cordones rasgan y despedazan los cabos como si fuesen de papel.

—¡Aaaarrr!

Hago caso omiso del grito, aunque no pasa desapercibido a oídos de los piratas, que, por fin, me ven y descubren lo que me traigo entre manos. Mis cordones siguen rompiendo los cabos, haciéndolos trizas.

De repente, un pirata se abalanza sobre mí y me agarra del brazo, pero uno de mis cordones ya está preparado para interceptarlo. Le ataca y, como si fuese un látigo, le azota el brazo. Atraviesa ese abrigo de pieles blancas como si estuviese hecho de pétalos de flor.

Se le escapa un aullido de sorpresa y se tambalea. Enseguida me suelta el brazo para cubrirse la herida, pero no quiero perder ni un solo segundo con ese pirata. Mi mirada sigue clavada en el cuerpo de Sail.

Bajarlo. Quiero bajarlo de ahí.

Mis cordones trabajan sin descanso, aunque la lluvia los ha calado y pesan una barbaridad. No es mi cerebro quien los guía, sino esa ira desatada, esa furia tan roja y ardiente como las llamas de las zarpas de fuego. Uno tras otro, los cabos que ataban a Sail se van aflojando, hasta que alguien me coge por los hombros y me da la vuelta.

Ahí estamos otra vez, el capitán Fane y yo cara a cara. Está furioso y no lleva el pasamontañas rojo.

—¿Qué coño crees que estás haciendo? —ruge.

Me agarra por los brazos y me aprieta tan fuerte que incluso me pellizca la piel, a pesar de que llevo varias mangas. Me revuelvo y forcejeo, pero no sirve de nada. Creo que tampoco se percata de que intento zafarme de él porque está absorto mirando lo que está ocurriendo un poco más arriba.

Observa mis cordones, que en ese instante están cortando los últimos cabos. El capitán está estupefacto y no da crédito a lo que ven sus ojos.

—Por las barbas de...

Y antes de que pueda terminar la frase, el cuerpo de Sail se desprende del mástil.

Se desploma encima de nosotros. Esa masa de carne fría y músculos rígidos se nos cae encima y me arranca de las manazas implacables del capitán.

Pierdo el equilibrio y me caigo de bruces. Las piernas de Sail terminan despatarradas encima de mi torso. Oigo unos pisotones que se aproximan, gritos, alaridos y, cómo no, el bufido del viento.

Aparto las piernas de Sail, extiendo de nuevo los cordones y empiezo a envolverlos alrededor de su cuerpo, hasta que lo tengo bien sujeto, desde el cuello hasta la cadera. Y entonces empiezo a tirar de él.

El chaparrón que está cayendo nos ha calado la ropa y el cuerpo de Sail pesa tanto que parece ser de plomo, pero mis cordones se niegan a soltarlo y tiran con fuerza. Milímetro a milímetro, arrastran a Sail por esa cubierta encharcada.

Noto una fuerte tensión en la columna vertebral y, con cada tirón, siento que los músculos de mi espalda se desgarran un poquito más, fruto del agotamiento. Pero no puedo bajar el ritmo, ni tampoco me puedo permitir tomarme un descanso, porque los Bandidos Rojos vienen a por mí. El capitán no deja de vociferar y, con esa expresión de villano, de canalla sin sentimientos, observa cómo arrastro el cadáver de Sail hacia el borde de la embarcación.

—¡Basta! —grita el capitán Fane, pero la orden no va dirigida a mí, sino a sus hombres—. ¡Abrid paso, cojones! Voy a encargarme personalmente de ella.

El miedo empieza a revolotear a mi alrededor, pero no dejo que me invada y me consuma. Mantengo la expresión firme y sigo avanzando, porque no voy a permitir que el temor me impida hacer esto.

Y porque no me importa.

No me importa que el capitán esté viniendo hacia mí como una bestia y con la promesa de un castigo ejemplar grabada en la cara. No me importa lo que su mente retorcida y maquiavélica esté tramando para hacerme pagar por esto. Porque él ha asesinado a mi amigo. Lo ha asesinado, y no pude hacer nada para detenerlo.

Esta barbarie, en cambio, sí puedo detenerla. Puedo evitar que los Bandidos Rojos deshonren el cuerpo de Sail. Y voy a hacerlo.

Rechino los dientes, las gotas de sudor me empapan las sienes, respiro entre jadeos, pero sigo tirando de él. Desato dos cordones del cuerpo de Sail; se ponen a la defensiva, listos para actuar en el caso de que alguien se acerque demasiado o intente pararme.

Sin embargo, la orden del capitán Fane ha ahuyentado a todos los piratas, así que estoy sola. Continúo arrastrando los despojos de Sail poco a poco, quizá demasiado poco a poco, mientras el capitán pisotea la cubierta y viene directo a mí, con los puños cerrados y los ojos inyectados en sangre.

Mi espalda se topa con la barandilla del barco. No hay tiempo que perder, así que me agacho y cojo a Sail por debajo de los brazos. Trato de levantarlo con la inestimable ayuda de mis cordones, que están al borde de la extenuación.

Pesa mucho. Demasiado.

Apoyo la espalda en la barandilla, pero el esfuerzo me provoca una opresión en el pecho que me impide llenar los pulmones de oxígeno. Ese viento huracanado y ese intenso chaparrón tampoco me dejan respirar. Estoy muerta de frío y todo mi cuerpo es un carámbano de hielo. Los dedos me resbalan y he empezado a perder sensibilidad.

Estoy exhausta y siento que ya no me quedan fuerzas para seguir tirando. Eso es porque soy una holgazana, una perezosa. Me pasé muchísimos años encerrada en una jaula, sin hacer nada de provecho, llevando una vida pasiva y sedentaria. Mis cordones se resbalan del cuerpo de Sail.

Débil. Maldita sea, soy muy débil.

Mis ojos dorados buscan a las monturas, que están al otro lado de la cubierta, apiñadas en un círculo, como si así pudieran aislarse de esta tempestad, del mundo entero.

—Ayudadme —les ruego.

Miro a Polly, que se las ha ingeniado para recuperar mi abrigo dorado; esas pieles teñidas en oro la cobijan del frío y, además, repelen la lluvia. Pero ella se queda quieta, inmóvil. No piensa mover un dedo por mí.

—Por favor —suplico, y esta vez miro a Rissa, aunque tampoco reacciona. Tal vez Rosh… Pero, en cuanto se da cuenta de que mis ojos van a posarse en él, mira hacia otro lado.

Forastera. Incluso cuando estoy tratando de ayudar a uno de nuestros guardias, un muchacho que se mostró amable y bondadoso con todas y cada una de ellas, sigo siendo la forastera. No puedo contar con nadie. Estoy sola.

El capitán Fane escupe una carcajada.

—Ni siquiera tus amiguitas putas están dispuestas a echarte una mano —dice, y no puede estar más satisfecho.

297

Inspiro hondo y me obligo a no derrumbarme, a no rendirme.

Sail no se rindió, en ningún momento desfalleció. Es lo mínimo que puedo hacer por él.

No voy a tirar la toalla, voy a hacerlo. Tengo que hacerlo.

Tiro de nuevo del cuerpo sin vida de Sail, mis cordones se tensan tanto que parece que vayan a partirse. Noto la tirantez en la piel de la espalda, como si me estuviesen clavando decenas de agujas en los músculos. El capitán Fane, con aire burlón, da un paso al frente. Está cerca, pero no lo suficiente como para darle un latigazo con los cordones. Con el rabillo del ojo veo que los estudia con detenimiento, que examina el modo en que se enroscan, el modo en que estiran de Sail.

Dibuja una sonrisa torcida, dejando al descubierto varios de sus dientes de madera.

—Mirad, Rojos. Una puta marioneta de carne y hueso. Pero si hasta tiene sus propios hilos.

Los piratas estallan en risas de júbilo y mofa. Las risotadas son horribles, pero sus palabras son aún peores.

Me aíslo de todos esos sonidos. Aprieto tanto la mandíbula que incluso oigo rechinar los dientes. Y en mitad de ese escarnio público, tras un buen tirón, al fin consigo levantar el cuerpo inerte de Sail.

Mi columna vertebral arde y aúlla de dolor mientras gotas de lluvia y sudor recorren y bañan mi espalda, pero ya casi está…, estoy a punto de lograrlo…

El capitán retuerce los labios mientras observa, con esa mirada de cruel diversión, cómo lucho y sufro para intentar levantar al guardia real. Imagino que la imagen debe de ser patética, si no lamentable. Una joven enclenque tratando de alzar a un guardia que pesa cincuenta kilos más que ella mientras cae el diluvio universal.

—¿Qué pretendes? ¿Saltar por la borda y escapar junto con tu difunto guardia en un trineo? —pregunta el capitán, y algunos de los piratas se ríen por lo bajo.

Extiende los brazos y dibuja un círculo sobre la cubierta para mostrar el paisaje desolador que nos rodea.

—Lamento decirte que estamos en mitad de las Tierras Áridas, perra estúpida. No vas a ir a ningún sitio.

Mi cuerpo tiembla, mis cordones se agarrotan. Pero no me doy por vencida. No sucumbo al cansancio.

El capitán da otro paso más al frente para tantear el terreno, para provocarme, para buscar una brecha.

Tomo una decisión impulsiva y ato los dos cordones alrededor de Sail, quedándome así indefensa ante el temerario avance del capitán. Sé que es irracional, pero es el empujoncito que necesito. De no hacerlo, todo esto no habría servido para nada.

Y no andaba equivocada porque gracias a esos dos cordones reúno la fuerza necesaria para conseguir mi cometido.

El capitán Fane arremete contra mí, pero no llega a tiempo porque, cuando me alcanza, ya he levantado el cadáver de Sail por encima de la barandilla. Un segundo después, desenrollo los cordones de su cuerpo y lo dejo en manos de la gravedad, de manera que cae por la borda.

Su cuerpo rueda por el aire hasta aterrizar sobre un montoncito de nieve que, desde las alturas, parece hecho de algodones.

Me inclino sobre la barandilla y, todavía entre jadeos, me despido de él. Mis lágrimas se mezclan con las gotas de lluvia helada y, unos instantes después, su cadáver se pierde en la lejanía.

Pestañeo y, de repente, me doy cuenta de que tengo al capitán Fane a escasos centímetros. Con un movimiento diestro y ágil, agarra los veinticuatro cordones, los aplasta en su puño y estira con fuerza, arqueándome la espalda e infligiéndome un dolor insufrible.

—Además de puta, imbécil. Has montado todo este alboroto para nada. No sirves ni para saltar por la borda.

Me zarandea para apartarme de la barandilla y después, aprovechándose de su posición ventajosa, me menea por la cubierta a su antojo. Pero está equivocado. No pretendía escapar de la embarcación. Mi intención no era saltar. No habría sobrevivido a la caída y, de haberlo hecho, me habrían vuelto a atrapar.

No, he conseguido exactamente lo que me había propuesto. He sacado a Sail de aquí. Lo he alejado de estos piratas infames, de esta embarcación. Ahora puede descansar en paz y, aunque sea en un montículo de nieve en mitad de las Tierras Áridas, siempre será mejor que la alternativa. No podía permitir que siguiera colgado de ese mástil ni un segundo más.

Me sacude con dureza por la cubierta y me guía hacia el camarote del capitán, hacia el castigo que sus ojos han prometido.

—Ya no puedes vilipendiar su cuerpo —digo con osadía.

Ese es el lado bueno. De hecho, es el único lado bueno al que puedo aferrarme ahora mismo, por muy desolador que parezca.

Mis palabras enfurecen aún más al capitán Fane y aprieta mis cordones con fuerza. Además de estar cansados, mojados y flácidos por el tremendo esfuerzo al que acabo de someterlos, están aprisionados en el puño de ese desalmado, igual que yo.

—Está bien —responde, aunque no puedo verle porque camina detrás de mí—. Entonces supongo que tendré que vilipendiar el tuyo.

30

*S*i mis pobres cordones no estuviesen aplastados y estrujados como un pergamino mojado entre los puños del capitán Fane, si no estuvieran tan extenuados y anegados, tal vez podría arrancárselos de las manazas y defenderme. Tal vez sería capaz de plantarle cara y enfrentarme a él.

Por desgracia, los tiene muy bien amarrados y tira de ellos con tal brusquedad y rudeza que los músculos y la piel me arden con cada movimiento. Cada vez que lo hace siento que va a arrancármelos de cuajo, como un torturador que corta un dedo o saca los ojos a su víctima.

Pruebo de librarlos de esos puños de acero, pero es imposible. Están demasiado destrozados, demasiado mojados, demasiado cansados. He consumido todas mis fuerzas al sacar el cuerpo sin vida de Sail de esta condenada embarcación.

Lo único que me consuela es haberlo logrado.

Me hago una promesa, aquí y ahora. Si ocurre un milagro y consigo salir de esta, si los Bandidos Rojos no me muelen a palos y no me destrozan por completo, pienso cambiar mi estilo de vida. No puedo permitirme el lujo de pasarme las horas tumbada sin hacer nada. No puedo seguir siendo una chica débil e inepta.

Después de la infancia que me tocó vivir, después de las penurias y calamidades que sufrí en mis propias carnes, debería haber aprendido la lección. No entiendo cómo llegué a convertirme en una joven tan perezosa, tan lánguida y tan autocomplaciente.

Si pudiera retroceder en el tiempo, me agarraría por los hombros y me sacudiría. Me convertí en una holgazana y fácilmente podrían haberme confundido con Lingote, ese pájaro de oro macizo que descansaba en su nido. Yo misma me encargué de cortarme las alas, de balancearme en la percha de mi jaula con apatía e indiferencia.

Así que, si salgo viva de esta, juro por lo más sagrado que no dejaré que vuelva a ocurrir. No voy a pasarme los días ganduleando en mis aposentos, ni voy a dejar que los hombres me machaquen entre sus puños.

La cicatriz que tengo en la garganta me servirá como recordatorio, pues es la prueba irrefutable que debo cambiar. Sí, estoy decidida.

302   En ese instante siento un hormigueo en la cicatriz y, de inmediato, pienso en Digby.

¿Los Bandidos Rojos mataron al explorador que advirtió algo extraño moviéndose entre la nieve? ¿Digby y los demás siguieron al explorador y, sin saberlo, se metieron en la boca del lobo?

No lo sé, y no me atrevo a preguntarlo. En parte porque, si Digby y los demás siguen sanos y salvos, no quiero revelar tal información al capitán. Otra razón, esta más aterradora que la anterior, es que creo que no podría soportar saber que los piratas los han asesinado. Todavía no. Ahora mismo no podría afrontarlo.

Por ahora, mi mente necesita creer que Digby sigue ahí fuera, que está vivito y coleando. Quizá encuentre a Sail en esa tumba de nieve blanda y deje alguna clase de tributo junto a su cadáver, algo que le haga compañía en ese lugar desolador mientras su espíritu viaja hacia la gran Posteridad.

Sea como sea, prefiero pensar eso porque me da paz.

El capitán Fane, que sigue sujetándome por los cordones con toda su fuerza bruta, me empuja hasta el fondo de la embarcación. Me obliga a subir una escalerita de cinco peldaños que conduce a sus aposentos. La pared exterior es blanca, sin adornos, salvo por una barra roja que hay encima de la puerta, un alero corto que sobresale del gablete.

Me aplasta la cara contra la puerta, que está cerrada, de forma que la mejilla me queda pegada a esa madera blanca y erosionada. Advierto varias astillas que amenazan con rasgarme la piel.

El capitán Fane apoya el antebrazo sobre mi espalda para inmovilizarme, pero no me suelta los cordones. Para él, son como la correa de un perro. Con la mano que le queda libre, se hurga el bolsillo, saca una llave y la introduce en la cerradura de la puerta.

Empiezo a resistirme, aunque mis esfuerzos son en vano. Lo último que quiero ahora mismo es entrar en su camarote, porque estoy convencida de que en cuanto ponga un pie ahí dentro ocurrirán cosas... Cosas horribles.

—No te muevas, o empeorarás las cosas, créeme —espeta.

Al oír esa aterradora advertencia, me entran aún más ganas de huir, pero el capitán es un depredador y ahora que me tiene entre sus garras no va a dejarme escapar. Apoya las caderas sobre mí y utiliza las piernas para inmovilizarme contra esa puerta, de manera que no tengo dónde ir. Siento tanta impotencia y tanta indefensión que me echaría a llorar ahí mismo, pero me trago las lágrimas porque no es momento de desmoronarse y venirse abajo.

Se oye un chasquido metálico y se guarda la llave de nuevo en el bolsillo. Pero antes de girar el pomo, Quarter aparece por sorpresa.

—¡Capitán! ¡Acaba de llegar un halcón!

Al oír la voz de su segundo de a bordo, el capitán Fane se da media vuelta, pero sigue presionándome contra la puerta de su camarote. No puedo verle, pero oigo a Quarter subiendo los peldaños a toda prisa.

—Lo acabamos de recibir, cap —dice Quarter, y se coloca junto al capitán.

Con el rabillo del ojo logro distinguir un inmenso halcón de color leonado con el pico negro. Está posado sobre el antebrazo de Quarter y clava sus garras en el pelaje blanco de su abrigo.

El capitán coge un diminuto vial metálico de la pata del pájaro, desenrolla el pergamino que guarda en su interior y lo acerca al alero para que la lluvia helada no lo arruine. A primera vista parece un pergamino pequeño, pero lo cierto es que es bastante largo. Lo único que consigo ver son unos garabatos negros, pero, al leerlo, el capitán frunce el ceño, tal vez de preocupación, mientras las gotas de lluvia se van deslizando por su barba.

El capitán Fane murmura algo que no logro entender y después guarda el pergamino y el vial metálico en la pechera de Quarter.

—¿Tenemos que enviar una respuesta? —pregunta Quarter.

—No. Estarán aquí antes de que el halcón les entregue el mensaje, así que es absurdo.

Quarter arruga la frente y después devuelve el vial vacío a la pata del halcón. En cuanto lo tiene bien amarrado, el pájaro alza el vuelo y atraviesa esa cortina de lluvia antes de desaparecer de nuestra vista sin emitir un solo gorjeo.

—¿Quién está en camino? —pregunta Quarter.

En lugar de contestar, el capitán Fane extiende una mano.

—Entrégame tu ceñidor.

Quarter pestañea, desconcertado, pero obedece sin rechistar. Hurga bajo sus pieles y empieza a aflojar el ceñidor blanco que llevaba atado alrededor del torso.

El capitán Fane centra su atención en mí, otra vez. Sin mediar una sola palabra, empieza a envolverme los cordones alrededor del tronco. Los tensa tanto que tengo que morderme la mejilla para no gritar de dolor. Los enrolla una y otra vez, cubriéndome la cintura, el vientre, el pecho, y después ata los extremos con un nudo tan apretado que no puedo moverlos ni un solo centímetro.

—Manda a todas las monturas a las cocinas y ponlas a trabajar. El cocinero debe tener la cena lista para servir dentro de menos de una hora. Tenemos invitados.

Extiende la mano de nuevo y Quarter se apresura en entregarle el ceñidor. El capitán ajusta ese fajín alrededor de mi torso y lo tensa igual, o más, que mis cordones. Otra medida disuasoria para evitar que pueda moverlos.

El capitán me da media vuelta y se agacha un poquito para poder mirarme a los ojos. Su expresión es seria y denota enfado.

—Si alguna de las monturas intenta algo o se rebela de alguna manera…, quiero que la desnudéis, la fustiguéis y la tiréis por la borda.

Quarter asiente, aunque el capitán tiene la mirada clavada en la mía.

A pesar de que lleva el pasamontañas rojo puesto, sé que está sonriendo.

—Sí, capitán.

Y, tras dedicarme una última mirada intimidatoria, el capitán Fane me empuja hacia Quarter y se marcha echando humo por las orejas hacia la proa de la embarcación, vociferando órdenes a diestro y siniestro para cambiar el rumbo.

305

—De acuerdo. Tú, tira para adelante. Ah, y ni se te ocurra utilizar esas putas cuerdas de marioneta que tienes en la espalda o te juro que te las arrancaré de cuajo.

Se me eriza la piel que me recubre la columna vertical, como si los cordones hubiesen oído la amenaza.

Quarter me agarra del brazo y me lleva hasta la cubierta principal, donde las monturas siguen amontonadas.

—¡Está bien, perras! ¡Seguidme!

La segunda mano del capitán no espera a comprobar si las monturas le han oído; se gira, todavía sujetándome del brazo, y me dirige hacia una escalinata que hay en mitad del barco que lleva a la cubierta inferior. Oigo pasos a nuestras espaldas, por lo que intuyo que las monturas han acatado la orden. Bajamos los peldaños, que crujen bajo nuestros pies.

Cruzamos un pasillo muy estrecho y después nos adentramos en las profundidades de la popa del barco pirata hasta llegar a una cocina angosta y alargada que apesta a patatas y a humo.

Al menos estamos resguardadas de la tormenta, y además no hace frío. Hay un horno de hierro forjado en cuyas entrañas arden unas llamas enormes. Las paredes y los suelos están revestidos de la misma madera blanca que el resto del barco, ennegrecidos por el hollín en ciertos lugares y con manchas de comida en otros.

Frente al horno de hierro está el cocinero, el único pirata que he visto hasta el momento que no va vestido de pies a cabeza con pelajes blancos. Lleva un chaleco de cuero blanco muy sencillo y unos pantalones del mismo color. Tiene unos brazos bastante rollizos y repletos de tatuajes bastante chapuceros. Es un tipo bajito y regordete, con la mandíbula torcida y unas cejas tan pegadas a los ojos que dudo que pueda ver más allá de la olla que no deja de remover.

Al percatarse de nuestra presencia en la cocina, su cara

rechoncha y colorada se retuerce en una mueca de sorpresa y confusión.

—¡Aaarr! ¿Qué cojones hacen todas esas mujeres en mi cocina?

—Órdenes del capitán, Fogones —explica Quarter—. Por lo visto, tenemos invitados para cenar. Y serviremos la cena en la cubierta —añade, y después nos señala con la barbilla. Todas nos hemos quedado apiñadas cerca de la puerta—. Estas van a ser tus pinches esta noche.

Fogones suelta una sarta de injurias y blasfemias, pero Quarter no le hace ni caso.

—El capitán quiere que la cena esté lista dentro de una hora.

El cocinero le dedica un gesto bastante grosero, pero enseguida empieza a sacar ollas y cazuelas de hojalata de los armarios. En ese instante aparece otro pirata, que apoya la espalda en la pared. Con un puñal en la mano, nos mira a todas con detenimiento. Un perro guardián para vigilarnos y, si es necesario, atacarnos.

Quarter se vuelve y nos mira.

—Os lo advierto, Fogones es el más cabrón de todos. Si la pifiáis en su cocina, que os fustiguen o que os tiren por la borda será la menor de vuestras preocupaciones.

Y con esas bonitas palabras de despedida, Quarter se abre paso entre nosotras y se marcha.

Fogones nos mira con los ojos entrecerrados y, con un trapo mugriento, se seca el sudor de la cara.

—¿Y bien? ¿A qué coño estáis esperando? Os meteré las putas manos en agua hirviendo si no os ponéis a trabajar ahora mismito. La cena no va a prepararse sola.

Me pongo tensa, igual que las demás, pero de repente Rissa da un paso al frente y, una vez más, nos marca el camino. Todas la siguen.

Prefiero quedarme en la retaguardia del grupo e intento no sobresaltarme cada vez que el cocinero nos grita o nos arroja comida. Seguimos las indicaciones que nos ladra al pie de la letra, aunque nos castañeteen los dientes y tengamos la ropa y el pelo totalmente empapados. Cuando una de las monturas forma un charco a sus pies, Fogones le da una patada y la obliga a limpiarlo con un trapo diminuto.

Mientras corto verduras y remuevo sartenes y seco pequeños charcos de agua, y mientras Fogones vocifera y gruñe y ese pirata guardián nos vigila, intento desatarme los cordones, intento deshacer los nudos poco a poco, sin que nadie se dé cuenta.

No tengo ni idea de quién envió ese halcón mensajero al capitán, ni quién nos va a honrar con su presencia esta noche, pero sé que no debo hacerme ilusiones. Ninguna persona honrada, bondadosa o en su sano juicio querría cenar con los Bandidos Rojos.

Pero da igual quién venga, agradezco la interrupción. De no ser por esa carta ahora mismo estaría encerrada con el capitán. La simple idea hace que se me ponga la piel de gallina.

Aun así, soy consciente de que este indulto no es permanente, sino temporal. Efímero. Después de esta noche, que se avecina larga y terrible, volveré a estar atrapada entre las garras del capitán. Así que lo único que puedo hacer es probar de recuperar mis cordones y rezar por que no me pillen.

31

*Q*uarter no exageraba cuando decía que Fogones era un cabrón. Si considera que vamos demasiado lentas o si tenemos la osadía de consultarle una duda, nos lanza una sartén directa a la cabeza.

Todas corremos por esa cocina estrecha como pollos sin cabeza, mezclando ingredientes mientras nos grita indicaciones muy poco precisas, del estilo: «Ponte a hacer la puta masa de las galletas», cuando ninguna de nosotras ha trabajado jamás en una cocina y, por lo tanto, no conoce los pasos de ninguna receta.

En ese reducido espacio cada vez hace más calor y humedad por el vapor y el humo. Las gotas de sudor se mezclan con el agua de lluvia y nos calan aún más el cuerpo, la ropa. La sensación es bastante incómoda, pero Fogones no nos da tregua. No nos deja ni respirar, y ninguna se atreve a descansar, o a bajar el ritmo.

Trabajamos vertiginosamente y durante toda esa hora no tenemos ni un segundo para respirar. Me da la impresión de que hemos preparado comida para dos regimientos enteros. De repente, la embarcación se balancea y frena en seco, siendo los resonantes gruñidos de las zarpas de fuego el único aviso.

Todo el mundo da un traspié después de aquel súbito derrape, pero apenas nos da tiempo de recomponernos porque Fogones enseguida se pone a gritarnos para que nos espabilemos y empecemos a poner la mesa en la cubierta superior.

Con bandejas de hojalata y jarras metálicas en mano, vamos desfilando por aquella cocina, siguiendo a nuestro perro guardián, que se encarga de marcarnos el camino. Cuando por fin salimos, me doy cuenta de que la tormenta ha amainado y lo único que queda de ella es una tozuda ventolera.

Seguimos al pirata por la cubierta, que está repleta de charcos, hasta llegar a una puerta ubicada a estribor, más allá del camarote privado del capitán. Detrás de esa puerta se esconde un pequeño comedor abarrotado de mesas de madera con bancos integrados. El espacio que queda entre banco y banco es mínimo, por lo que para pasar por esos angostos pasadizos no tenemos más remedio que hacerlo de lado. Ponemos la mesa en un santiamén.

Por casualidades de la vida, acabo al lado de Mist. La joven me lanza una mirada afilada que me pone los pelos de punta. Cada vez que pone un plato, lo tira con indiferencia sobre la mesa. Lo hace a toda prisa, seguramente porque detesta tenerme tan cerca y quiere acabar lo antes posible.

Al pasar por mi lado, me atesta un buen codazo en las costillas. Las demás monturas me lanzan miraditas mientras Mist se marcha echa una furia. Suspiro y, resignada, recojo la pila de platos que ha dejado sin servir y empiezo a distribuirlos por la mesa. Soy la última en terminar. Las demás ya están de camino a la cocina para seguir con la comida. Me apresuro en alcanzarlas, aunque nos separan varios metros. El pirata que nos vigila sonríe con suficiencia al verme.

Todavía no he podido desatar ni un solo nudo de mis cordones. Además de estar bien tensos y apretados, siguen húmedos, lo cual me dificulta mucho más la tarea. Me siento frustrada y aprieto los labios en una fina línea; sin embargo, la frustración se desvanece en cuanto llego a la cubierta principal y me percato de que todas las monturas han frenado en seco. Además, hay algo... distinto.

Tardo unos instantes en caer en la cuenta de que es el silencio. El constante ruido de gritos y bramidos y el sonido de las embarcaciones surcando las Tierras Áridas junto con esa lluvia tenaz y helada y los azotes del viento han desaparecido. La cubierta está sumida en un silencio absoluto. Rodeo la hilera de monturas y me apretujo entre ellas y la barandilla para poder ver qué ha pasado, qué ha provocado esta quietud muda.

Estiro el cuello y escudriño la escena. Todos los Bandidos Rojos se han reunido en la parte central de la embarcación y todos tienen la mirada puesta en la rampa de desembarco que han colocado.

Un paso por delante del resto de los piratas está el capitán, con el pasamontañas bajado pero con su sombrero pirata puesto. Quarter está a su derecha, aunque un pelín atrás, y descansa la mano sobre la empuñadura de su espada.

La tensión se palpa en el ambiente. La inquietud que suele acompañar a cualquier espera parece haber enmudecido a los piratas, algo que ni siquiera la tempestad más terrible ha sido capaz de conseguir. Así, tan callados y quietos, parecemos estatuas de mármol. Se me acelera el pulso y, aunque no tengo ni idea de qué nos aguarda, siento que tengo los nervios a flor de piel.

Pero algo... algo se acerca.

Echo un vistazo a mi alrededor para asegurarme de que nadie me está prestando la más mínima atención. Los piratas están absortos en lo que sea que están esperando, en quien sea que envió ese halcón mensajero. Incluso el perro guardián que en teoría no debería quitarnos el ojo

311

de encima está en la otra punta de la cubierta, con los ojos pegados en la dichosa rampa. No puedo dejar escapar esta distracción. Es mi oportunidad.

Sigo estrujada entre la barandilla del barco y la espada de las monturas, pero la verdad es que no estoy en el meollo de la acción, lo cual es un punto a favor. Giro un poco el cuerpo. Sigo muerta de frío y todavía tengo la ropa húmeda, pero esa horita en la cocina ha servido para secarme un poco, y el viento que sopla ahora, aunque es gélido, me está agitando el pelo y el vestido, por lo que intuyo que en breve ya estaré del todo seca.

Aprovecho esa misteriosa diversión y me concentro de nuevo en mis cordones. Trato de desenroscarlos, pero están muy bien atados. Los nudos se me resisten y, por mucho que tire de ellos, solo consigo cansarme. El capitán Fane los ha atado tan fuerte que con cada tirón veo las estrellas, como si presionara un cardenal.

Decido correr el riesgo y, con disimulo, me llevo una mano a la espalda y la deslizo por debajo del ceñidor de Quarter. Aunque la tela es firme, también es un poquito elástica, por lo que puedo meter la mano y con los dedos palpo la maraña de nudos.

Echo un fugaz vistazo a los piratas; siguen embobados mirando la rampa, así que inclino un poco más la espalda hacia la barandilla y con mucho cuidado me llevo el otro brazo a la espalda. Debo ir con pies de plomo para pasar inadvertida. Mis dedos se encuentran bajo el ceñidor y buscan el nudo más grande. Me esfuerzo por permanecer inexpresiva y con la cabeza ladeada hacia el mismo punto que los demás, la dichosa rampa. Comienzo a desenmarañar ese tremendo embrollo mientras le rezo al gran Divino que nadie me mire, que nadie se fije en mí.

Pero, en mitad de esa tensa espera, percibo un cambio. Algo rompe el silencio.

El sonido seco de un par de botas subiendo la rampa de madera. Primero un par, después dos y así hasta perder la cuenta. Todos caminan en perfecta simetría por la rampa de desembarco. Las pisadas se oyen cada vez más cerca.

Pisotón, pisotón, pisotón.

Los Bandidos Rojos están tan rígidos que parecen encorsetados y su capitán alarga un poco la espalda. Empiezo a tirar de los cordones, pero esta vez no me ando con tantos miramientos. Esa sensación de peligro inminente me pone histérica y solo puedo pensar en desatarme mis propios cordones.

Además de esas pisadas acompasadas, distingo el ruido de armaduras metálicas, un ruido tintineante que me recuerda a las serpientes del desierto. Sé muy bien que, allí donde hay cotas de malla y pecheras de metal, las espadas y los puñales no pueden andar muy lejos.

Sigo probando de aflojar esos nudos, pero por mucho que lo intente no lo consigo. Mi corazón palpita al compás de esas pisadas. Necesito desatar esos cordones, necesito deshacer los nudos, necesito…

De repente aparecen unos doce soldados sobre la rampa y marchan directos hacia la embarcación, de dos en dos. Se detienen frente al capitán Fane y se distribuyen en una formación formidable que imita la figura de una pirámide.

La imagen es imponente, sin lugar a dudas. La armadura es negra como el carbón y lisa, sin florituras ni ornamentaciones. Llevan unos pantalones de cuero marrón y, sobre la pechera, se entrecruzan varias tiras de cuero del mismo color. De su cintura cuelgan unas vainas de ónice por las que asoman unas empuñaduras hechas de corteza de árbol que han curvado hasta otorgarles formas abominables. Al verlos, con la cabeza cubierta por cascos y con esa pose tan amenazadora, se me seca la boca.

Porque ahí, esculpido en el centro del peto de su armadura negra, entre esas tiras de cuero, advierto el sigilo de su reino. Un árbol retorcido y deforme cuyas raíces se confunden con espinas y cuyas ramas no sustentan ni una sola hoja. En otras palabras, un árbol con cuatro ramas curvadas que más bien parecen las garras del mismísimo diablo.

Son los soldados del Cuarto Reino. Los soldados del Rey Podrido.

Y están lejísimos de sus fronteras.

Me quedo anonadada y todo mi cuerpo se petrifica, incluidas las manos.

El ejército del rey Ravinger es el más temido de los seis reinos. He oído toda clase de historias que relatan su brutalidad y crueldad en el campo de batalla. Mi instinto me empuja a dar un paso atrás, como si así pudiera esconderme entre las sombras, pero mis pies parecen anclados al suelo y no consigo moverme.

Nadie habla. Nadie se mueve. Incluso con los doce soldados en formación, el capitán Fane sigue a la espera, aunque no entiendo por qué.

Arrugo la frente, confundida, impaciente por averiguar qué está pasando. Y entonces reconozco el sonido de unas pisadas. Se acerca alguien y, esta vez, viene solo.

Aparece un decimotercer hombre. Sube la rampa de desembarco y pasa junto a sus hombres, que enseguida se cuadran y lo flanquean como si fuesen armarios empotrados. Es un tipo alto que seguro que no pasa desapercibido allá por donde va. A pesar de que lleva la misma armadura negra y los mismos pantalones de cuero marrón que los demás, el uniforme se ve diferente en él.

—¿Eso son… púas? —susurra una de las monturas a mi derecha.

Se oyen murmullos. Unos aseguran que es un ser malvado, otros que está maldito. Alguien explica que el rey

Ravinger creó a esa criatura a partir de desechos podridos, que convirtió su cuerpo en algo contra natura con un único objetivo: tomar el mando de su ejército.

Pero se equivocan.

El comandante que tiene la espalda y los brazos recubiertos de pinchos no está maldito. El hombre que se planta frente a los piratas, tan alto y espigado que el capitán Fane tiene que levantar la cabeza para verlo, no es una aberración. El rey Ravinger no utilizó sus poderes para pervertir su cuerpo.

No, el hombre que acaba de llegar tiene un aspecto peculiar, intimidatorio tal vez. Y yo sé muy bien lo que es.

Un ser feérico.

$\mathcal{N}$o siempre hubo seis reinos en Orea. Hubo un tiempo en que había siete.

Hace mil años, el Séptimo Reino gobernaba en los confines del mundo. Más allá de los Pinos Lanzadores, más allá de la montaña helada de Alta Campana, más allá de las Tierras Áridas e incluso más allá del mar Ártico.

Un reino en el fin del mundo. Un reino tan remoto que el sol y la luna ni siquiera se atrevían a asomarse, tan solo rozaban el horizonte. Un reino tan lejano que, más allá de él, tan solo había un precipicio al vacío. El Séptimo Reino vivía en un gris perpetuo, sin luz, sin oscuridad. Pero fue ahí donde se halló el puente.

Lemuria. El puente que no llevaba a ningún sitio.

El puente no era más que un camino de tierra grisácea que atravesaba los límites del mundo y cuyo final era invisible al ojo humano. Aquel sendero de tierra parecía interminable. Parecía cernerse en ese vacío oscuro y ciego, porque debajo no había nada y tampoco a su alrededor.

Se rumoreaba que, si te precipitabas al abismo, la caída sería eterna y que ni siquiera los divinos dioses y diosas podrían encontrarte para indultarte con la muerte.

Pero los monarcas del Séptimo Reino eran eruditos. No creían en mitos, ni en lo desconocido. Así que enviaban soldados y exploradores al puente de Lemuria para averiguar qué había más allá, para descubrir dónde terminaba el puente.

Durante años, cientos de ciudadanos de Orea se aventuraron a cruzar el puente, pero jamás regresaron. La mayoría creía que era un esfuerzo inútil, que los monarcas deberían dejar de empeñarse en mandar a inocentes a una muerte segura. Se quejaron de que era una misión suicida y al cabo de poco empezaron a encomendar esa labor a ladrones y morosos, que emprendían una aventura a ninguna parte.

Hasta que un día, una joven atravesó el puente y regresó.

No era una soldado, ni una exploradora, ni una académica, ni una ladrona. No la enviaron los monarcas. Era un polizón. Una niña huérfana que intentaba encontrar a su padre, al que habían mandado cruzar el puente y que, como el resto, nunca volvió.

A los diez años recién cumplidos, se escabulló entre los guardias que custodiaban la entrada al puente y se inmiscuyó en ese vacío en busca de su padre.

Nadie la vio. Y nadie sabía que la cría se había escapado para recuperar a su padre.

Viajó a través del tiempo y del espacio, tuvo que luchar contra la locura, la inanición y la sed. Todos los demás que lo intentaron antes que ella se desmoronaron, se dieron por vencidos y se arrojaron al precipicio. Ella, en cambio, continuó. Todos los hombres de Orea que habían iniciado ese viaje habían fracasado. Sin embargo, una niña de diez años había logrado la hazaña.

Saira Turley hizo algo que los demás no hicieron: cruzó el puente de Lemuria y regresó para contar su historia.

Pero no regresó sola.

Porque el puente, ese camino estrecho en mitad de la nada, llevaba a un mundo nuevo. A un mundo mágico.

Saira no recuperó a su padre, pero encontró Annwyn, el reino que se escondía más allá de los confines de la tierra.

El reino de los seres feéricos.

Saira traspasó el suelo y aterrizó en el cielo de Annwyn.

Creyeron que era un pájaro. Un pájaro con las alas rotas.

Un grupo de seres feéricos la acogieron, la cuidaron y la mimaron, y ella se quedó maravillada al ver que esas criaturas tenían poderes extraordinarios. Encontró una nueva familia en ese paraíso mágico y empezó una nueva vida allí. Pero en su corazón siempre estaría Orea, el lugar donde enterró a su madre, donde compartió momentos inolvidables con su padre.

Cuando cumplió los diecinueve años, Saira se enamoró de un ser feérico, el joven príncipe de Lydia. Se decía que su amor era más profundo que todos los mares de Annwyn, que sus corazones tocaban una música celestial.

Antes de casarse, el príncipe le entregó un regalo de bo-das.

No podía devolverle a su padre, pero sí ayudarla a vol-regresar a casa. Así que el príncipe la llevó al puente de Lemuria una vez más, a los confines de aquel cielo estre-llado, y lo aseguró.

Rebuscó entre el espacio y el tiempo hasta encontrar el hilo que conectaba ambos reinos a través de ese puente desangelado. Gracias a sus poderes mágicos, lo acercó un poco más a Annwyn, al reino de los seres feéricos, y lo amarró bien para que Saira pudiese volver a Orea siempre que quisiera.

Orea y Annwyn se convirtieron en reinos hermana-dos. Cuando los habitantes de Orea y los seres feéricos se unieron, los siete reinos lo celebraron por todo lo alto.

Después de esa elogiada unión, Lemuria dejó de ser una travesía interminable hacia una muerte segura y se convirtió en un puente de verdad entre dos reinos, un puente que se podía cruzar en cuestión de minutos.

Durante cientos de años, coexistimos en perfecta armonía. Convivimos, nos mezclamos. De ahí proviene la magia de Orea, de esa unión con los seres feéricos. Pero año tras año, esa magia se va extinguiendo poco a poco, porque ya no hay seres feéricos que vengan a Orea, ni habitantes de Orea que crucen el puente hasta Annwyn.

Hace tres siglos que nadie usa el puente.

Porque los seres feéricos traicionaron a Orea.

Mucho después de que Saira Turley y su príncipe exhalaran su último aliento, se erigió un nuevo monarca. Un rey que se oponía a convivir con los habitantes de Orea, que se negaba a mezclarse con seres inferiores. Cortó el hilo que el marido de Saira había atado con tanto amor, rompió las ataduras que sujetaban el puente y así, de un plumazo, dividió los reinos.

La fuerza de ese corte mágico se tragó al Séptimo Reino, ya de por sí vulnerable por estar en ese rincón tan aislado y remoto del mundo. Sus tierras y sus gentes cayeron en el olvido, y nunca más volvió a saberse de ellos. El puente de Lemuria se desmoronó y se perdió en ese abismo tenebroso.

Orea está en deuda con los seres feéricos por la magia que aún existe aquí. Es un regalo que deja un sabor agridulce, un sabor a traición.

Porque el Séptimo Reino ya no existe. La alianza de paz se rompió. El puente a Annwyn se destruyó. Y ya no quedan más seres feéricos.

… O eso se cree.

$\mathcal{R}$edoble de tambores.

El latido de mi corazón parece un redoble de tambores y siento que mis venas palpitan a un ritmo desorbitado, demasiado rápido, demasiado seco.

Siempre había pensado que las historias del comandante, historias que había leído en las crónicas de la biblioteca de Alta Campana, eran exageraciones. Estaba segura de que habían añadido una buena dosis de dramatismo para así engrandecer la figura aterradora de su protagonista y justificar el miedo que infundía entre los mortales.

El comandante, al que el pueblo había apodado como el Decapitador por su evidente predisposición a degollar a sus soldados, se convirtió en una leyenda moderna, en un hombre temido por todos, igual que el mismísimo Rey Podrido. Sin embargo, debo reconocer que no esperaba que el comandante Decapitador fuese tan espeluznante.

Por supuesto, corrían rumores de que era un ser feérico y que ostentaba más poderes mágicos que cualquier habitante de Orea. Siempre pensé que eran justo eso, rumores. Habladurías. Florituras para engrandecer esa figura de cuento. Exageraciones que alguien, muy probablemente el rey Ravinger, se había encargado de difundir para que todos temieran a su comandante.

Pero, ahora que lo veo con mis propios ojos, puedo afirmar que no es como cualquier otro habitante de Orea que goza de un linaje mágico y cuyos antiguos ancestros fueron seres feéricos.

El comandante es mucho más que eso.

Y esas púas que recubren sus brazos y espalda son prueba de ello. La mayoría de las crónicas se referían a ellas como parte de su armadura, otra elaboración dramática. Otra falsedad. Esa especie de espinas, esa altura monumental, esa presencia amenazadora…, todo es real.

No sé qué pensar de todo eso.

Soy incapaz de despegar la vista del comandante y, sin darme cuenta, he empezado a contar las púas negras que revisten el largo de su columna. Empiezo por los omóplatos y voy bajando hasta las lumbares. Tiene seis pinchos que, a medida que voy bajando por su espalda, se van acortando. Están ligeramente doblados hacia abajo, de forma que sobresalen un poquito de su armadura. Emiten un brillo perturbador, pues reflejan las llamas rojas e intensas de los farolillos.

Las púas de los antebrazos son mucho más cortas, pero no por ello menos afiladas y letales. Cuento cuatro púas desde debajo de la muñeca hasta la curva del codo.

Estoy tan asustada que no quiero ni imaginarme qué aspecto debe de tener sin el casco. Algunas crónicas aseguraban que tiene cuernos y que su cara está marcada con decenas de cicatrices horripilantes. Otras alegaban que tenía colmillos en lugar de dientes, e incluso hay escrituras que juran que puede matar a una persona con tan solo mirarla porque sus ojos, de un rojo que recuerda al fuego, son capaces de calcinar cualquier cosa.

Prefiero no averiguar si esas historias son ciertas o no.

Sin embargo, sí siento curiosidad por saber por qué está aquí, en las Tierras Áridas, y por qué ha solicitado una reunión con los Bandidos Rojos.

322

—Capitán Fane —saluda una voz grave y profunda.

Las monturas se ponen rígidas al oír esa voz.

—Comandante Decapitador —responde el capitán, y ladea un poco la cabeza a modo de saludo—. Me sorprende verte tan lejos del Cuarto Reino. No esperábamos tu visita. El mensaje nos pilló a todos por sorpresa.

—Hmm.

El intento del capitán de sacarle algo de información no ha servido de nada, pero es un hombre tozudo e insiste.

—Ha llegado a nuestros oídos que habéis tenido serios problemas en vuestras fronteras.

El comandante inclina la cabeza hacia un lado.

—Una trifulca sin importancia. Pero el rey no tolera que ataquen sus tierras.

—Por supuesto. Ningún monarca que se precie lo haría.

Casi me trago mi propia lengua al oír al capitán Fane hacer un comentario tan adulador.

—¿Cómo os va por las Tierras Áridas y el Puerto Rompeolas? Por lo que veo, la piratería aún sale a cuenta.

El capitán sonríe con suficiencia.

—No podemos quejarnos.

—No soléis alejaros tanto de vuestras tierras, y muchos menos aventuraros hacia el norte.

No es una pregunta, desde luego. Le está exigiendo explicaciones.

El capitán Fane mira a su segundo de a bordo de reojo antes de contestar.

—Nos dieron un soplo. Decidimos jugárnosla, viajar hasta este páramo norteño y, por suerte, mereció la pena. No tardaremos en volver a las dársenas.

Bajo las manos, que, hasta ese momento, seguían paralizadas a mi espalda. «Nos dieron un soplo.»

¿Un soplo? ¿Un soplo que les condujo aquí? Frunzo el

323

ceño y observo al capitán fijamente, como si así pudiera obtener alguna clase de respuesta.

—Qué interesante —responde el comandante Decapitador. Se cruza de brazos y el resplandor escarlata de los farolillos nos deslumbra al reflejarse en esos garfios metálicos, un detalle que al capitán tampoco le ha pasado desapercibido, desde luego—. ¿Y ese soplo tiene que ver con la docena de halcones mensajeros que has enviado hace un par de horas?

El capitán pirata se pone tenso, rígido.

—¿Cómo te has enterado?

En lugar de responder, el comandante alza un puño y, al abrirlo, un pergamino enrollado se desliza hasta el suelo de la cubierta. Un instante más tarde, sus soldados hacen lo mismo y dejan caer once pergaminos más.

La expresión del capitán se convierte en una mueca de rabia y furia. Abre la boca pero enseguida la cierra sin decir nada, como un pez recién sacado del agua.

—¿Qué...? ¿Cómo has...?

El comandante lanza una bolsita de cuero al aire y Quarter la coge por los pelos.

—Una pequeña compensación. Por los halcones.

Quarter y el capitán Fane observan al comandante sin pestañear, atónitos. Los ha pillado totalmente desprevenidos.

—¿Has interceptado todos mis mensajes? —pregunta el capitán, enfurecido.

El comandante ladea la cabeza.

—Sí.

Fane aprieta la mandíbula y esa dentadura de madera blanca rechina.

—¿Y puede saberse por qué? Lo que has hecho es un acto de hostilidad, de enemistad me atrevería a decir, comandante. Mis Rojos han asesinado a rehenes por mucho menos que eso.

La amenaza no afecta ni amilana en lo más mínimo al comandante, ni tampoco a sus soldados. Los Bandidos Rojos, en cambio, están inquietos y no dejan de intercambiar miraditas nerviosas, como si temieran tener que librar una batalla con los soldados del Cuarto Reino.

—No vengo buscando guerra y no veo la necesidad de provocar un baño de sangre —contesta el comandante, que parece tranquilo e inalterable—. De hecho, he venido a ayudarte.

—¿Ah, sí? ¿Y cómo piensas hacerlo? —espeta el capitán.

El comandante Decapitador da un solo paso al frente. Un paso puede parecer algo insignificante, nimio, y, sin embargo, el hecho de que haya recortado la distancia que los separa hace que el capitán se lleve la mano a la empuñadura de su puñal, el mismo que utilizó para atravesar el corazón de Sail.

325

—Estabas demasiado impaciente por escribir a potenciales compradores y no has tardado ni un día en fanfarronear del botín que has robado y saqueado. Pues bien, voy a ponértelo muy fácil, Fane —dice, y aunque no ha alzado la voz, por alguna extraña razón, el tono que utiliza me inquieta y me muerdo el labio inferior, preocupada—. Te has hecho con la expedición de Midas. Te la compro.

El capitán Fane le mira boquiabierto.

—¿Tú? ¿Por qué?

Aunque todavía lleva el casco puesto, tengo la impresión de que el comandante está sonriendo.

—Eso es un asunto entre Midas y Ravinger.

Noto un retortijón en el estómago, como si quisiera encogerse y esconderse en las profundidades de mis entrañas. Una de las monturas ahoga un grito, lo cual denota que está muerta de miedo.

Una cosa es que una panda de piratas malvados te secuestre y otra muy distinta es que el comandante del Rey Podrido se ofrezca a comprarte. Ese hombre se ha ganado a pulso la fama que le precede: es un ser desalmado en el campo de batalla. Y el ejército que dirige es tan implacable y cruel que jamás ha perdido una batalla.

Y ahora el comandante quiere comprarnos.

«Eso es un asunto entre Midas y Ravinger.»

Con esa explicación tan vaga y difusa, ha despejado todas mis dudas. Ahora ya sé por qué el comandante Decapitador está aquí, en las Tierras Áridas, y por qué está tratando de llegar a un acuerdo con los piratas. El rey Ravinger ha enviado a su ejército tras la pista de Midas. Y este botín le ha caído del cielo.

El capitán Fane se gira hacia Quarter y, sin musitar palabra, valoran sus opciones. Cuando el capitán se da la vuelta, retira la mano de la empuñadura de su espada.

326

—Tal y como debes de haber leído en todas mis cartas —empieza el capitán, poniendo a prueba al comandante—, tengo en mi poder a las putas reales de Midas, además de a un puñado de los soldados que han sobrevivido. Tenía pensado llevarlos hasta la costa y subastarlos por separado.

Por primera vez, el comandante aparta la mirada del capitán.

Gira la cabeza y me jugaría el pellejo a que me mira directamente a mí. Esa mirada me deja sin aire en los pulmones y, durante unos instantes, me siento como una mosca que se ha quedado atrapada en una gota de salvia. Soy incapaz de moverme, incapaz de escapar. Se me para el corazón. Pero entonces continúa ese barrido visual y repasa a todo el grupo de monturas con esos ojos velados y ademán de aburrimiento. Por fin soy capaz de coger oxígeno y recuperar el aliento. La mosca ha logrado librarse de la trampa que le ha tendido la propia naturaleza.

—Ya te he dicho que voy a ahorrarte muchas molestias —dice el comandante Decapitador, clavando la mirada de nuevo en el capitán—. Te lo compro todo. Incluidos los caballos, aunque, si quieres, puedes quedarte con esa armadura de oro tan chabacana. No la van a necesitar.

El capitán Fane entorna los ojos, como si sospechara de la información que el comandante parece conocer.

—Tendrá que ser una suma más que considerable porque pretendía recibir varias ofertas por cada lote.

—Estoy seguro de que podremos llegar a un acuerdo —dice el comandante con una seguridad sorprendente.

El capitán Fane se revuelve, incómodo.

—Mis hombres esperaban ansiosos poder disfrutar de estos trofeos un par de semanas antes de que los pusiera a la venta.

El retortijón de mi estómago parece contorsionarse todavía un poco más.

El capitán Fane no tiene vergüenza, ni sentido de la decencia, dicho sea de paso. Me indigna que se queje de que sus hombres y él no van a poder jugar con nosotras si nos vende tan rápido. La simple idea, que me resulta mezquina a la vez que degradante, hace que la bilis me queme la garganta. Es un ardor tan intenso que sería capaz de escupir fuego por la boca y chamuscarlo ahí mismo.

—Como he dicho, estoy seguro de que podremos llegar a un acuerdo, Fane.

Silencio. El tiempo parece detenerse, pues el silencio se hace eterno. Lo único que se mueve o se oye en esa cubierta es el viento. Todos los demás observan atentos la conversación. Monturas, piratas, soldados. Todos los ojos están puestos en el comandante y el capitán, esperando a ver qué ocurre.

327

Nos sigue acompañando un cielo lúgubre y oscuro. Me pregunto si alguna vez volveré a ver una noche estrellada o si el destino me ha condenado a vivir para siempre en este mundo sombrío y siniestro en el que las circunstancias no dejan de empeorar.

Por fin, el capitán Fane asiente.

—Está bien. Si no me equivoco, la cena está servida. Y, como siempre digo, un trato debe celebrarse como es debido, con un buen banquete y con un buen vino.

El comandante baja la barbilla y levanta un brazo.

—Nunca rechazo una invitación, capitán. Así podrás contarme todo lo que ha sucedido esta noche. Estoy convencido de que ha sido un saqueo apasionante, épico.

El capitán Fane sonríe de oreja a oreja.

—Sí. Cuando Midas se entere de que tu rey tiene a sus hombres y a su harén de putas, se va a volver loco.

Se oye una risita pérfida tras ese casco y siento un escalofrío en el brazo.

—Confío en ello, capitán.

34

*H*e visto lo que ocurre cuando un zorro entra en un corral. Espanta a las pobres gallinas, las acosa y las persigue a pesar de que ellas solo pretenden hacer su trabajo y poner huevos. Los zorros las provocan, se burlan de ellas, las atosigan para hacerlas volar. Una camada de zorros puede destruir un gallinero, transformarlo en una explosión de plumas, cacareos y terror.

La cena es lo más parecido a eso que jamás he visto en mi vida.

329

Los Bandidos Rojos son los zorros, unas bestias burlonas con la mano demasiado larga. Se pasan la cena acechando a las monturas, poniéndolas a prueba por mera diversión. Su único objetivo es llevarlas al límite para ver si, presas del pánico, alzan el vuelo.

Pero a esta cena no solo han acudido zorros. También hay lobos.

Los doce soldados del comandante Decapitador ocupan todo un banco del comedor aunque, a decir verdad, no pueden estar más apretujados. No sé cómo han logrado caber todos juntos ahí, parecen metidos con calzador. Se han quitado el casco para cenar, pero no dicen nada. Observan la escena, como lo haría una manada de lobos mientras los zorros hostigan a las gallinas.

—Tú no.

El perro guardián me impide entrar en el comedor, pese a que llevo una jarra de vino en cada mano.

—¿Qué?

Mira a Rissa, que está justo detrás de mí, y le hace un gesto con la barbilla.

—Tú. Encárgate de ese par de jarras de vino.

Rissa arquea una ceja rubia.

—No tengo más manos. Ya llevo una bandeja —responde ella.

—Me importa una mierda. He dicho que las cojas, y punto.

Rissa tuerce el gesto, pero no vuelve a protestar porque sabe, igual que yo, que es absurdo. Me mira y señala la bandeja que sujeta entre las manos, que está a rebosar de galletas duras como piedras.

—Amontónalas.

330 Y eso hago, junto todas las galletas en un lado de la bandeja y coloco las jarras en el otro. En cuanto lo tiene todo listo, Rissa se escurre entre el perro guardián y yo y entra en el comedor, donde el resto de las monturas ya está sirviendo la cena. Algunas lo hacen desde el regazo de los piratas, en contra de su voluntad, y otras tienen que soportar que las manoseen por debajo de las faldas.

Me quedo en el umbral, extrañada. Miro al pirata con el rabillo del ojo.

—¿Y qué se supone que debo hacer?

El perro guardián reclina la espalda sobre la pared, desenfunda una navaja y se pone a quitarse la mugre de debajo de las uñas con la punta afilada del filo.

—No lo sé. Las órdenes del capitán eran claras. No puedes poner un pie ahí dentro mientras los hombres del Cuarto Reino estén aquí.

Y en ese preciso instante ato cabos.

—El capitán no quiere que el comandante me vea.

El pirata se limita a sonreír con aires de superioridad y sigue limpiándose esas pezuñas mugrientas y asquerosas.

Estiro el cuello y echo un vistazo a la sala. Han colocado farolillos en todos los rincones para iluminar bien el comedor. La embarcación ha dejado de mecerse y apenas se mueve. Desde esa posición privilegiada, diviso a los soldados del Cuarto Reino, apiñados en el banco que está más cerca de la puerta. El capitán Fane y el comandante Decapitador están en la parte frontal de la estancia, sentados detrás de una pequeña mesa para dos desde donde pueden contemplar las hileras de bancos sin problemas, aunque desde la puerta solo les veo la espalda.

El comandante se ha quitado el casco, pero desde este ángulo no puedo verle la cara. Aunque puedo desmentir el rumor de los cuernos. Tiene el pelo corto y de color azabache, pero ni rastro de un par de cuernos.

—Está bien, iré a buscar más bandejas a la cocina —murmuro, y me doy la vuelta.

Por desgracia, el perro guardián no piensa dejarme ni a sol ni a sombra, por lo que no puedo escabullirme, aunque a decir verdad tampoco esperaba que fuese pan comido.

Todavía no he puesto un pie en esa cocina angosta y alargada y ya tengo que agacharme para esquivar un objeto volador que viene directo a mi cara. Se trataba de un trapo sucio que acaba estrellándose contra la pared, justo a la altura donde estaba mi cara.

—Ponte a limpiar —ladra Fogones desde la otra punta de la cocina.

Reprimo un resoplido antes de quitarme el único guante que me queda y guardármelo en el bolsillo del vestido. Recojo ese paño húmedo y empiezo a fregar la larguísima encimera mientras trato de deshacer los cordones.

Por fin, con la espalda encorvada sobre la encimera y el cuello empapado en sudor, consigo desatar un nudo. El co-

331

razón se me acelera ante esa pequeña pero valiosa victoria. Me arriesgo a mirar por encima del hombro y compruebo que ninguno de los dos piratas me está prestando la más mínima atención. Fogones está demasiado ocupado zampándose la cena solo, en una esquina, y mi perro guardián se está quitando los restos de su cena con la misma navaja que ha utilizado para limpiarse las uñas.

Vuelvo a mirar hacia delante y sigo fregando la encimera, sigo deshaciendo los nudos. Persistencia. Es una tarea que exige persistencia, constancia. He dejado la encimera limpia como una patena, solo que me queda un trocito por frotar. En ese instante entra en la cocina Polly, con las mejillas sonrojadas y los ojos vidriosos.

—Quieren más cerveza —dice con voz apagada y abatida, como una masa de bizcocho que, al meterla al horno, no sube.

—¿Por quién me has tomado, por una camarera de pacotilla? —le escupe Fogones—. Joder, busca la maldita cerveza y sírvesela.

Polly no sabe ni por dónde empezar a buscar, así que me pongo derecha y dejo el paño.

—Está allí —le digo, y marco el camino.

Me sigue hasta la bodega y le muestro el barril de cerveza y las jarras que quedan. Siento su mirada clavada en la nuca y sé que se muere de ganas por hacerme alguna que otra pregunta.

—¿Puedes utilizar esos cordones a tu antojo? ¿Crees que podrías hacerles daño? ¿Crees que podríamos escapar? —pregunta con un hilo de voz, casi sin pronunciar las palabras, tan solo articulándolas, como si estuviese revelando un secreto terrible, pero sé perfectamente a qué se refiere.

No me atrevo a girarme para comprobar si los piratas nos están vigilando.

—No. El capitán me los ha atado a la espalda y todavía no he podido deshacer los nudos.

Suelta un suspiro, un pequeño gesto de decepción, como si acabara de perder la única esperanza que le quedaba de escapar de este infierno.

—Necesito llevar más cerveza, con esto no tendrán bastante —dice, esta vez en voz alta, y coge dos jarras de cerveza.

—¿Puedes coger las otras dos?

Nos llevamos las jarras de cerveza que quedaban en la despensa y salimos de la cocina, con Fogones mirándonos con esa expresión de odio y con el perro guardián pisándonos los talones.

Cuando llegamos al comedor, freno en seco.

—No me permiten entrar.

Polly me mira y resopla, cansada y harta de la situación.

—Está bien. Ya encontraré a alguien que venga a recoger las jarras.

Inspira hondo antes de adentrarse en la boca del lobo y trata de mantener la cabeza bien alta y una amable sonrisa en los labios. Apenas da un respingo cuando uno de los piratas le da un tremendo azote en el culo mientras ella se inclina para llenarle el vaso de cerveza. Una actuación. Todo es una mera actuación.

En el comedor ya se ha desatado un ruidoso frenesí; los piratas han vaciado varias veces los vasos y de la comida ya no quedan ni las migas. Polly se acerca a Rissa y, al pasar junto a ella, le murmura algo al oído. Un segundo después, Rissa me mira y viene a toda prisa a coger las dos últimas jarras de cerveza.

—Beben como cosacos —le susurro, y le entrego las dos jarras.

—Mejor para nosotras —responde ella, y me guiña el

333

ojo—. Si conseguimos que se emborrachen, algunos a lo mejor se desmayan. Un cabrón menos que tendremos que aguantar esta noche.

Se da media vuelta con una sonrisa sensual un pelín postiza en los labios y prepara su actuación para amansar a las fieras, para mostrar todos sus talentos y así poder salir indemne de esa jauría.

Tal y como les ha dicho antes a sus compañeras, son profesionales de los pies a la cabeza, y así lo demuestran con cada sonrisa seductora, con cada broma coqueta, con cada contoneo de caderas. Son como cervatillos obligados a satisfacer a sus propios depredadores. Obligados a atraer sus miradas. Obligados a persuadirlos para que no les hagan daño, para que no les muerdan.

Espero que funcione.

De repente, una cara roja de cólera se planta justo delante de mí. La cabellera negra de Mist, que siempre lucía impecable, está repleta de nudos y alborotada, y el corpiño del vestido ha cedido, aunque no sé si por el chaparrón que ha caído antes o porque alguno de los pulpos de ahí dentro ha tratado de arrancárselo.

—Qué típico —dice con un bufido—. A diferencia del resto, la favorita ni siquiera va a mancharse las manos o a servir una bandeja de comida.

—No me per...

—Ahórratelo —me espeta—. ¿Podrías al menos llevar estos platos sucios a la cocina? ¿O se te van a caer los anillos?

Me rechinan los dientes.

—Entiendo que estés enfadada. De verdad, lo entiendo —empiezo—. Pero, en lugar de tratarme con desprecio, te aconsejo que guardes toda esa energía para ellos —digo, y señalo con la barbilla a los soldados, que siguen igual de callados y taciturnos.

—Como si te importara.

Me importa, por supuesto que sí, pero da igual lo que diga. Mist nunca me creerá.

Deja una pila de platos sucios sobre mis brazos y, sin decir nada más, se da media vuelta y se marcha. Llevo los platos a la cocina y no me muevo de allí durante toda una hora, con la única compañía de un cubo lleno de agua helada con un poquito de jabón. Friego todos y cada uno de los platos.

Las monturas van y vienen. La pila de cacharros por fregar no deja de crecer. Siento pinchazos en la espalda y tengo las manos entumecidas y agrietadas. Pero no desaprovecho el tiempo. Descargo toda mi impotencia y frustración en ese montón de platos mientras mis cordones tratan de deshacer los nudos, milímetro a milímetro. El ceñidor de Quarter me va de perlas para disimular todos los movimientos.

No cesar en mi empeño. Eso es todo lo que puedo hacer, seguir, seguir.

Cuando por fin acabo de limpiar los platos, el perro guardián me agarra del brazo y tira de mí.

—Vamos. Quiero subir ahí arriba a ver qué está pasando.

Me seco las manos, que además de mojadas las tengo congeladas, con la parte frontal del vestido. Me tropiezo varias veces por el camino. Está impaciente por llegar y me arrastra por las escaleras a toda prisa. Es evidente que está hasta la coronilla de hacer de canguro.

—Te vas a quedar a mi lado y no vas a abrir ese piquito de oro. ¿Entendido?

Asiento y nos dirigimos a la cubierta principal, donde me encuentro a todas las monturas colocadas en fila india.

No les queda mucho tiempo en este barco pirata. Partirán con los soldados del Cuarto Reino, sin mí. Me quedaré

335

en esta condenada embarcación, encerrada en un camarote y, a pesar de que no es una celda con barrotes, me convertiré en una prisionera.

No sé qué es peor. Lobos o zorros.

Piratas despiadados o soldados enemigos.

Ojalá Midas estuviese aquí.

Con solo pensar en él, se me llenan los ojos de lágrimas. Daría cualquier cosa por verle ahora mismo. Me imagino que desciende en picado del cielo para rescatarnos, para protegerme una vez más. Tal y como hizo cuando me salvó de aquellos saqueadores hace muchos años. Mi mendigo salvador. Mi rey campeador.

Pero Midas no está aquí.

Y no va a venir porque no sabe dónde estoy, ni en qué lío estoy metida. Y, cuando lo descubra, ya será tarde.

Demasiado tarde.

$\mathcal{R}$etuerzo las manos del mismo modo en que Fane me retorció los cordones de mi espalda.

Es una encrucijada que se ha forjado en la cubierta de un barco pirata. No sabría decir qué destino parece más aterrador, ni qué captores parecen más brutales.

Dicen que más vale malo conocido que bueno por conocer, pero ¿qué ocurre cuando solo conoces individuos malvados? ¿Cuando todo desconocido que se te acerca intenta hacerte daño, vapulearte, humillarte?

A menos que ocurra un milagro y Midas acuda a mi rescate, he perdido toda esperanza de escapar de los corsarios o de los soldados. Además, aunque lograra huir, ¿dónde iría? Estamos en mitad de las Tierras Áridas, un páramo congelado al que le rodea una extensión kilométrica de desierto ártico. Seguramente vagaría sola por estas tierras remotas durante días y me desorientaría entre esas dunas blancas. O tal vez me sorprendería una tormenta de nieve y jamás encontraría el camino de vuelta a casa.

Aunque pensándolo bien, quizá eso sea lo mejor que me pueda pasar. Quizá quedarme dormida sobre un montículo de nieve y no volver a despertar jamás sea la mejor de las bendiciones. El abrazo de ese erial blanquecino sería mucho más dulce que lo que tienen todos esos hombres en mente, de eso no me cabe la menor duda.

No sé qué carcelero es peor, pero me aterra que me separen del resto del grupo. A pesar de que las monturas no son mis amigas —algunas me odian, otras me aborrecen, unas pocas me ignoran—, al menos forman parte de lo que considero mi hogar. Estar a su lado me da seguridad.

Uno de los nudos de la espalda está demasiado apretado y, cada vez que intento deshacerlo, siento que me atraviesan el cordón con un puñal. Reprimo cualquier gesto que denote dolor y mantengo la compostura. Estoy en la cubierta, sola. Y el capitán Fane va a hacer conmigo lo que quiera. Si al menos lograra desatar los cordones, tendría una oportunidad. Y quizá así podría ganar algo de tiempo.

Cerca del centro de la embarcación, el capitán y el comandante están enfrascados en una discusión, o eso parece. El comandante ha vuelto a cubrirse la cabeza con ese casco negro.

Uno argumenta, el otro le rebate, y así se pasan un buen rato. Intuyo que están negociando. Hasta que, por fin, el capitán dice que sí con la cabeza. Han llegado a un acuerdo. La escena me recuerda a un pacto que se firmó hace escasas semanas, un pacto entre dos reyes. A juzgar por mi experiencia, siempre que dos hombres llegan a un acuerdo en nombre de mujeres, las únicas que pierden son ellas, las mujeres.

Estiro el cuello y veo que el comandante gira la cabeza y hace un gesto con la barbilla. Uno de los soldados aparece enseguida arrastrando un pesado arcón. El capitán Fane lo abre y, de inmediato, se le ilumina la mirada. Al ver que está a rebosar de monedas de oro, abre tanto la boca que casi se le disloca la mandíbula.

Sonríe y retuerce los labios en una sonrisa de satisfacción plena y absoluta.

—Ha costado, pero tenemos un acuerdo —dice, e intenta coger el arcón, pero el soldado no parece dispuesto a soltarlo.

El capitán Fane mira al comandante.

—¿Algún problema?

—Quiero llevarme mis adquisiciones ahora mismo.

El pirata asiente con la cabeza.

—Por supuesto. Quarter te acompañará a las otras dos embarcaciones. Allí encontrarás a los hombres de Midas, y también a los caballos.

El comandante inclina la cabeza y el soldado por fin suelta el arcón. Tras un gruñido, el capitán agarra el cofre y se lo entrega a dos de sus piratas para que lo guarden a buen recaudo.

—Ha sido una velada muy provechosa, comandante. Disfruta del resto de la noche y dale recuerdos a tu rey —dice el capitán, y se quita el sombrero.

—Un momento, Fane.

El capitán para en seco, se da media vuelta. Los piratas que cargaban el baúl se detienen. Sigo retorciéndome las manos, nerviosa.

—La cantidad que hemos acordado incluye a todos los súbditos de Midas —anuncia el comandante.

El capitán pestañea y frunce el ceño, confundido. No parece comprender a qué se refiere el comandante, pero yo sí. Sé muy bien a quién se refiere, y lo sé incluso antes de que gire esa cabeza enfundada en un casco hacia mi dirección. No se fija en ninguno de los piratas que tengo delante, por lo que intuyo que sabía que merodeaba por la cubierta.

Levanta un guantelete y me señala con el dedo. Se me congela el corazón en el pecho.

—Y, por lo tanto, esa cantidad también la incluye a ella.

El capitán Fane se queda de piedra. En cuanto encaja las piezas, recupera su actitud habitual, la de un villano cruel y desalmado.

—No —empieza, y niega tajantemente con la cabeza. Al hacerlo, la pluma negra de su sombrero ondea—. No está a la venta. Nunca lo ha estado, porque pienso quedármela. El precio que hemos convenido incluía a todo lo demás.

El comandante Decapitador baja el brazo y mira de nuevo al capitán. Nos separa una distancia bastante considerable, pero aun así advierto que está disconforme y bastante molesto.

—He dicho todos, Fane, y hablo muy en serio —insiste con esa voz rasgada, grave y tan penetrante como el frío de las Tierras Áridas—. ¿De veras creías que iba a entregarte un arcón lleno de monedas de oro a cambio de un puñado de monturas, sementales de nieve y soldados moribundos? —pregunta, y sacude la cabeza—. No. La favorita de Midas también se viene con nosotros.

Siento una presión en el pecho que me impide respirar, como si tuviese ese cofre colmado de oro encima y su peso me estuviese ahogando. El corazón me vuelve a palpitar, pero ahora los latidos reverberan en mis oídos.

El capitán Fane cierra los puños. Está tan furioso que creo que podría escupir fuego.

—¿Y si me niego?

El comandante deja escapar una risita cruel, atroz.

Es una risa que pone los pelos de punta, la clase de risa que oirías segundos antes de que un loco te torturase, una risa que solo puede emitir un villano sin sentimientos y sin un ápice de compasión.

—Créeme, no te va a gustar lo que puede ocurrir si te niegas. Pero, de todas maneras, tú decides.

El capitán echa un vistazo a los doce soldados que se han cuadrado tras el comandante con esa postura estoica e inquebrantable y, de repente, le aparece un tic en la mandíbula. Aunque los piratas los superan en número, sospecho que daría lo mismo.

—¿Cómo has sabido que estaba aquí? No la he mencionado en ninguno de los mensajes que he enviado.

—A ti te dieron un soplo, a mí otro.

No tengo ni idea de qué significa esa respuesta tan ambigua, pero las palmas de las manos me empiezan a sudar.

Quarter le comenta algo a su capitán en voz baja, pero este aparta a su segundo de a bordo de un empujón. Está que echa humo por las orejas. Titubea. El pirata y el ser feérico se desafían con la mirada.

Antes creía que la tensión se podía cortar con un cuchillo, pero esa tensión no era nada comparada con esto. Incluso los soldados de Decapitador parecen un pelín más rígidos, como si esperaran que la batalla fuese a estallar de un momento a otro. Miro a unos y a otros con nerviosismo y me muerdo el labio inferior.

Para ser sincera, si me dieran a elegir, no sabría con quién quedarme. ¿Qué preferiría? ¿Que me dejasen con los Bandidos Rojos, una panda de depravados, o que me vendieran al aterrador comandante del ejército de Ravinger?

Me siento entre la espada y la pared, solo que la pared está recubierta de pinchos afilados.

Por fin, el capitán Fane toma una decisión.

—Está bien —murmura, aunque las palabras suenan amargas. Más que una respuesta, parece un reproche.

Y así, en un abrir y cerrar de ojos, me arrojan al otro lado de la encrucijada. Mi destino está sellado.

—Quarter, acompáñalos a que inspeccionen a los soldados y caballos primero y asegúrate de que son del agrado del comandante —dice el capitán Fane con cierto retintín—. Después vuelve a por las monturas, así no tienen que estar aquí esperando, muertas de frío —añade, y mira de reojo al comandante—. No querrás que tus adquisiciones se conviertan en estatuillas de hielo antes de partir de las Tierras Áridas.

El comandante no dice nada.

Quarter se aclara la garganta y da un paso al frente.

341

—De acuerdo. Cuando queráis os acompaño a los otros dos barcos para que echéis un vistazo a la mercancía.

El comandante vacila y, con el rabillo del ojo, mira a las monturas, y a mí.

—Está bien —dice, y asiente sin parecer convencido—. Capitán, mis soldados y yo partiremos dentro de una hora.

Y, dicho esto, se da media vuelta y se dirige hacia la rampa de desembarque, seguido por seis de sus fieles soldados. Los otros seis se quedan en cubierta, de brazos cruzados y con la cabeza mirando hacia delante, haciendo guardia.

Al capitán Fane le hierve la sangre, pero se muerde la lengua y se dirige a sus hombres.

—Guardad el arcón en mi camarote.

Los dos piratas que cargaban con ese baúl abarrotado de oro acatan la orden de inmediato y salen disparados hacia los aposentos del capitán.

Fane repasa a las monturas de arriba abajo, como si fueran ganado, y presta especial atención a aquellas que tienen la mirada clavada en el suelo, o los vestidos rasgados y medio rotos, o que no dejan de tiritar por el frío.

Cuando ha terminado esa inspección tan meticulosa, avisa a dos de sus hombres.

—Llevaos a las putas al comedor, y que no se muevan de ahí hasta que el comandante vuelva a buscarlas. No quiero que tengan tentaciones de saltar por la borda para evitar partir con ese monstruo. El comandante ya ha pagado y no quiero tener que devolverle ni una sola moneda.

No estoy del todo segura, pero creo oír resoplar a uno de los soldados.

—Sí, capitán.

Las monturas se giran y, con aire sumiso y diligente, empiezan a desfilar hacia la cocina, con tres Bandidos Rojos guiándoles el camino. Sigo al rebaño con la cabeza gacha y dándole vueltas a la mente. Y cuando estoy a punto de entrar en el comedor, alguien me agarra por el brazo. A mí, y a Rissa, que caminaba a mi lado.

—Silencio —murmura el capitán, pero la palabra suena como un látigo.

Algunas monturas se percatan de la presencia del capitán y nos miran de reojo, pero al ver esos ojos furibundos y lascivos, prefieren hacer como si nada y apartan la mirada.

Sin hacer ni un solo ruido, tal vez para no levantar sospechas, a Rissa y a mí nos separan del grupo y nos llevan al camarote del capitán. Los soldados no se dan cuenta, o quizá sí y les importa un comino.

Sufro un infarto y, un segundo después, una taquicardia. Es un latido irregular, extremado. Y no dejo de tropezarme con mis propios pies. Empiezo a tener sudores fríos y, con esa brisa gélida que sopla en la cubierta, empiezo a tiritar.

—Decapitador se cree un jodido listillo, pero a mí nadie me toma por necio. No voy a dejaros ir sin haber probado al menos un bocado, es lo mínimo que me he ganado después de lograr una hazaña histórica —musita el capitán Fane.

El pánico me parte en dos y temo no ser lo bastante fuerte para soportar lo que se avecina. A mi lado, Rissa se pone rígida.

—Tuve que sudar la gota gorda para llegar a este maldito desierto helado. Lo menos que merezco es dar un mordisco al botín y saborearlo ni que sea un poco —refunfuña, como si estuviera hablando solo para él.

El terror se entremezcla con el resentimiento. Con la indignación.

Se suponía que el acuerdo me iba a librar, al menos de momento, de ese tormento. A mí, y a las monturas. No es justo. Si nos ha vendido al mismísimo demonio, no deberían consentirle que nos atormentara ni un segundo más.

Pero a medida que nos vamos acercando al camarote del capitán, empiezo a asumir que no nos han condonado el

343

brutal castigo prometido. No hace falta ser un genio para darse cuenta de que no vamos a librarnos de la brutalidad del capitán Fane.

Y todo porque él considera que es lo mínimo que merece.

Como si fuésemos un pedazo de pastel que pudiese masticar, consumir, devorar. ¿Por qué me han sentenciado a padecer la avaricia de los hombres? ¿Es solo porque tengo la piel dorada? ¿O hay algo más, algo más profundo, algo escondido en mi interior que me empuja a sufrir esta vida?

Supongo que la respuesta no importa. Pero la pregunta me martiriza y me abruma. Me quema por dentro, igual que la cicatriz que tengo en la garganta. Intercambio una mirada con Rissa. Su mirada azul parece turbada y, a juzgar por su expresión, también está preocupada. Las dos tratamos de no perder el hilo de nuestro destino, que no deja de cambiar.

El capitán se para frente a la puerta del camarote y se saca la llave del bolsillo mientras los dos piratas que llevan el baúl de monedas esperan pacientemente al lado. Cuando el capitán introduce la llave en la cerradura, deja pasar primero a sus hombres para que guarden el arcón a buen recaudo y aprovecho ese momento para contemplar el cielo.

Sin embargo, como ocurre siempre que me encuentro en una situación pésima y desoladora, no hay ni una sola estrella en el cielo. Ni un puntito de luz. Ningún resplandor suave y centelleante. Ahí solo se acumulan nubes turbias que oscurecen aún más esa noche infinita.

No quiero perder la esperanza. Tal vez, en este preciso instante, venga alguien a salvarnos, o despunte el día en una explosión de luz, o titile una estrella y rompa esa negrura.

Pero no ocurre nada de eso.

Mis esperanzas se desvanecen en el momento en que el capitán me empuja hacia dentro de su camarote, alejándome del cielo. Siento que me apago, como la llama de una vela cuando alguien la sopla.

36

$\mathcal{L}$a cabina del capitán es bastante austera.

En Alta Campana me acostumbré a tener expectativas poco razonables. Supongo que es inevitable cuando has vivido en un castillo de oro macizo durante los últimos años de tu vida.

Pero aun así repaso cada centímetro de ese cuartucho y me fijo en todos los detalles. No solo porque necesito una distracción, sino porque también debo centrarme. Me conformo con cualquier diversión que, por un instante, no me haga pensar en el capitán, que en este momento está cerrando la puerta con llave. Ese sonido metálico resuena en mi cabeza. Ni siquiera la cerradura de mi jaula emitía un chirrido tan espeluznante.

Mantengo la mirada al frente. Observo lo que, a primera vista, parece la mejor parte del camarote. Unos ventanales que abarcan la parte trasera de la embarcación y que ocupan toda la pared, desde el techo hasta el suelo. Las vistas no son gran cosa, un vasto océano nevado. Advierto un débil resplandor en el cielo. Me alegra saber que al fin esta noche eterna esté empezando a llegar a su fin.

A mano izquierda advierto un escritorio lleno de papeles y mapas.

Hay varios barriles y cofres apilados junto a las paredes. Están cerrados a cal y canto, de forma que es imposible adivinar qué esconden en su interior. Algunos los debe de utilizar como soporte o como mesa, porque sobre ellos distingo chorretones de cera que, sin duda, han debido derramar decenas de velas. Reflejan las lágrimas que los cirios han vertido durante semanas, o incluso meses.

A la derecha, una zona que prefiero no mirar, está la cama. Ahí está, esperándonos. Las cortinas rojas que cuelgan de los postes del dosel me tapan parte de la cama, pero aun así veo que está deshecha, que la manta está arrugada a los pies y que varios de los cojines están tirados por el suelo. Espero que la mancha que advierto en las sábanas sea cerveza, y no de otra cosa.

Rissa y yo miramos a nuestro alrededor con cautela. El capitán se acerca al escritorio y se quita el sombrero y el pasamontañas rojo que llevaba al cuello. Después, coge una petaca de plata y se la acerca a los labios.

346

Se toma ese misterioso brebaje a sorbos mientras nos observa. Todo mi cuerpo empieza a temblar, como las agujas de un pino lanzador antes de que el viento las arranque de las ramas y se desplomen sobre el suelo como estacas.

—Actúa —murmura Rissa, pero lo dice tan bajito que casi no consigo oírla. Me está recordando que interprete un personaje. Que me meta en el papel y que mantenga mi esencia, mi verdadero yo, alejada de los horrores. Si consigo encerrarme en lo más profundo de mi ser, no podrá hacerme daño. Tenemos que fingir. Solo así podremos sobrevivir a esto.

Ese susurro de ánimo a media voz era lo que necesitaba para dejar de temblar. Inspiro hondo y me armo de valor. Le agradezco a Rissa esa palabra de aliento, porque me ayuda a anclarme en el aquí y en el ahora y me recuerda que no estoy sola, aunque desearía que el capitán no la hubiese elegido a ella, que la hubiese perdonado, como a las demás.

—Capitán, su camarote es impresionante. Es evidente que ha acumulado un buen… alijo de cosas —comenta Rissa con naturalidad, y con esa voz tan sensual.

Es una estrategia para relajar la tensión, para establecer el tono de este encuentro. Todo lo que hace, desde el tono de voz hasta sus movimientos, está perfectamente calculado. Es deliberado.

El capitán Fane ignora el comentario, arroja todas esas pieles blancas sobre el escritorio y vacía la petaca de un trago.

—Por desgracia, no tengo tiempo para jueguecitos —dice, y le da un buen repaso con la mirada—. Desnúdate y métete en la cama.

Veo que Rissa traga saliva, pero no se resiste.

—Por supuesto, capitán —ronronea.

Tranquila, serena, provocativa. Está bordando el papel porque parece la personificación del deseo.

347

Se acerca a la cama y, poco a poco, se va desnudando con elegancia y sensualidad. El capitán la observa ensimismado. Y yo le observo a él. Distingo esa hambre voraz, ese deseo carnal en su mirada y, en un momento dado, hasta se relame los labios.

Rissa no encaja aquí, no se merece estar en este cuchitril, en esta cama manchada, en este camarote que apesta a alcohol, con mapas que se sujetan a la pared gracias a unos pegotes de cera derretida. Rissa es una joven de piel sedosa, de belleza delicada y con una desenvoltura envidiable. Este lugar, en cambio, es sórdido y hostil. Quienquiera que viva aquí no puede tener ni una pizca de admiración por alguien del nivel de Rissa.

En cuanto sus diestros y hábiles dedos desabrochan el último botón y su vestido se desliza hasta el suelo, se sube a la cama y espera la siguiente orden, con su hermosa cabellera rubia acariciándole la piel.

La he visto desnuda cientos de veces con Midas, por lo que estoy acostumbrada, pero el capitán Fane parece fascinado, hechizado.

De repente, se despierta de ese estado de trance y cruza el camarote con cinco zancadas.

En un abrir y cerrar de ojos está encima de ella, arrinconándola en la cama.

Pero, justo cuando creo que va a besarla, la sujeta por el pelo y le da media vuelta.

Rissa suelta un gañido de sorpresa cuando el capitán la pone de rodillas, pero la brutalidad de ese hombre no conoce límites y para ahogar el grito le aplasta la cara contra el colchón.

Se me acelera el corazón, pero Rissa intenta recuperarse, intenta buscarle en ese campo de batalla y reencauza la actuación. Gira la cabeza, apoyando la mejilla sobre una almohada, arquea la espalda, se manosea las nalgas y se las pellizca hasta que enrojecen.

—Oh, capitán, cómo me gustan los hombres con iniciativa —dice con voz ronca, fingiendo admiración.

—Silencio —espeta.

Ni siquiera se toma la molestia de quitarse la túnica. Se desata el cinturón, se baja esos pantalones de cuero hasta la rodilla y se coloca justo detrás de ella. Y, sin previo aviso, la penetra.

El capitán sigue agarrándola por el pelo y entra y sale de ella sin parar, como si estuviera golpeándola con un martillo. No sé cómo lo hace, pero Rissa mantiene la compostura. No se resiste, ni trata de rehuir los embistes del capitán. Levanta la cabeza de la almohada, apoya las dos manos en la cama y continúa interpretando el papel.

Pero cuando ella empieza a gemir para apaciguar a la bestia, para hacerle creer que está subiendo al séptimo cielo, el capitán Fane tuerce la boca y se le enciende la mirada. Le da un fuerte tirón del pelo y por fin la suelta, pero solo para taparle la boca con la mano y enmudecer ese alarido de placer. Acaba de demostrar que no le interesa que ella disfrute del sexo, que ni siquiera pretende que le guste.

Desliza la mano que tiene libre por su espalda y envuelve sus dedos alrededor del cuello y la mandíbula de Rissa. Está a punto de estrangularla y, cuando a ella se le escapa un quejido, le vuelve a tapar la boca, esta vez con más brusquedad si cabe.

—Te he dicho que te calles, zorra —ladra, sin dejar de empotrarla.

Me quedo petrificada en la entrada, con la espalda pegada en la puerta, como si alguien me hubiera soldado en la madera. Mis cordones se retuercen entre esa amalgama de nudos. Fuera, la oscuridad nocturna empieza a retirarse, pero aquí dentro parece extenderse como una marea negra.

El capitán abusa de ella y convierte una escena de placer en algo sucio y cruel. Al menos cuando veía a Midas montando a otras mujeres, pese a que me consumían los celos, nunca me estremecí, nunca sufrí por ellas.

Ahora, en cambio, sufro por Rissa.

El capitán Fane ya no tiene esa expresión de fascinación, esa mirada de asombro y admiración. Apretando los dientes y sacudiendo ese cuerpo peludo, lo único que Rissa puede hacer es aguantar y tratar de no emitir ningún ruido. Pero él se empeña en llevarla al límite, en tratar de sacarle esos sonidos que no soporta para castigarla, para hacerle más daño.

Cada vez que Rissa rompe el silencio, aunque solo sea con un suspiro trémulo, él empuja las caderas con más brusquedad, más rapidez, más salvajismo. La preciosa mirada azul de Rissa me busca entre la penumbra. Tiene los ojos llenos de lágrimas porque la brutalidad con que Fane la está tratando es insoportable.

Quizá sea una montura, pero es una montura real. Y uno puede decir lo que quiera sobre Midas, pero no es un bruto, ni un bárbaro, ni un tirano. No abusa de sus monturas. Las utiliza para su propio placer, eso es cierto, pero jamás las ha maltratado y no disfruta con la violencia.

Al verla así, sufriendo y hecha un mar de lágrimas, me entran ganas de llorar. No puedo soportarlo ni un segundo más y siento que no puedo quedarme ahí, siendo testigo de tal atrocidad, y no hacer nada al respecto.

—Capitán… —susurro, y doy un paso al frente—. Le estás haciendo daño.

Me lanza una mirada sombría por encima del hombro. Hasta su pelo, un nido de mechones grasientos y rubios, me da asco.

—Sí, y tú eres la siguiente, marioneta de mierda.

El miedo se ha instalado en mi estómago y me da la impresión de que se ha materializado en una piedra, una piedra que me rasguña las tripas mientras rueda, dejándolas en carne viva. Pero cuando el capitán embiste a Rissa con tanta fuerza que se golpea la cabeza contra el cabezal de la cama, todos mis instintos me empujan a dar dos pasos al frente.

—Para.

Ese atrevimiento nos sorprende a los dos. Pero en la cara del capitán Fane veo la promesa de un castigo vejatorio, igual que antes.

De una forma brusca y repentina, se separa de las nalgas de Rissa. Su delicado cuerpo se desploma sobre el colchón como un peso muerto. El capitán viene a por mí, con una expresión oscura y el ceño fruncido.

El telón de fondo que advierto tras esos enormes ventanales cada vez es más claro, más luminoso. El manto negro de esa noche oscura y eterna por fin se está retirando para dejar paso a un amanecer inminente. A contraluz, la silueta del capitán resulta más corpulenta, más siniestra, más pérfida.

Rodea la cama y, dando fuertes zancadas, se va acercando a mí. Siento que mis pies quieren dar un paso atrás, pero no pienso hacerlo. Esta vez no voy a dejarme intimidar. Levanto un poquito la barbilla.

El capitán vilipendió y ultrajó el cadáver de Sail, y ahora está haciendo lo mismo con Rissa. Rissa, una montura que está dispuesta a todo con tal de sobrevivir. Rissa, una montura que habría soportado todas las vejaciones habidas y por haber como una profesional, porque ella es una mujer fuerte.

Sin embargo, si hay algo que me ha enseñado esta travesía es que tengo mis límites.

—He dicho que quería silencio.

El capitán Fane me levanta la mano y, antes de que me dé tiempo a reaccionar, me gira la cara de un bofetón. El mamporro es tan fuerte que salgo volando por los aires y aterrizo en ese suelo de madera.

Noto un dolor tremendo justo detrás de los ojos, como si la bofetada me hubiera fracturado el cráneo, pero el capitán no piensa darme una tregua. No me he recuperado del golpe cuando me atesta una fuerte patada en las costillas.

No puedo evitarlo. Se me escapa un chillido, un grito estrangulado que suena como si me lo hubiesen arrancado de la garganta, como si alguien me lo hubiese sacado a la fuerza. Ese alarido me deja un sabor metálico en la boca, un sabor a cobre.

Tendida en el suelo y aturdida por el dolor, no me doy cuenta de que el capitán se agacha y me desgarra la parte delantera del vestido. Intento defenderme, me hago un ovillo en el suelo y, guiado por el instinto, mi cuerpo trata de protegerse mientras intento aferrarme al corpiño del vestido para no quedarme desnuda delante de ese monstruo.

El capitán se pone derecho y suelta un bufido cruel.

—Midas no tenía ni puta idea de domesticar a sus putas —dice, y se lleva las manos a los pantalones que, por cierto, lleva bajados hasta los tobillos—. Suerte que a mí se me da de maravilla. Ahora, quédate ahí quieta y observa con atención, mascota.

Me lanza una sonrisita malvada, se desabrocha el cinturón de cuero y se dirige de nuevo a la cama, a Rissa. Sin motivo aparente, más que el de ser un desgraciado y malnacido, levanta el cinturón y lo deja caer como si fuese un látigo sobre la espalda de Rissa.

Se oye un aullido, y el muy depravado le gruñe al oído que se esté callada, como si fuera culpa suya. El capitán tuerce la boca, se menea un poco la verga para que se le ponga dura y vuelve a empotrarla, como si la agonía de la montura le excitara, como si el dolor y el sufrimiento le provocasen hasta tal punto que no pudiese reprimir sus instintos masculinos.

Sigo tirada en el suelo, con un dolor muy intenso en el costado, justo donde me ha pateado con esa bota tan robusta. Me palpo la zona con mucho cuidado y exhalo el aire que, sin darme cuenta, había estado conteniendo en los pulmones. Me duele una barbaridad, pero tengo que levantarme. Tengo que hacerlo porque Rissa está llorando, porque tras los cristales diviso la luz del alba y porque el sol por fin empieza a asomarse por el horizonte.

El esfuerzo que tengo que hacer para ponerme en pie es tremebundo, pero no es momento de lamentarse, ni de desfallecer. Con la mejilla aún entumecida y el costado adolorido, consigo levantarme. Para soportar el dolor de las costillas, no me queda otro remedio que encorvar un poco la espalda, pero no pasa nada. Me sujeto el corpiño, el mismo que el capitán me ha roto, para cubrirme un poco el pecho desnudo. Me concentro para detener el tembleque de las manos.

Echo otro vistazo a la cama y veo que el capitán ha atado el cinturón alrededor del cuello de Rissa mientras sigue embistiéndola sin piedad. La pobre Rissa está hecha un mar de lágrimas.

La escena me pone furiosa y siento que en mi interior se despierta una bestia. Cierro los puños y aprieto la mandíbula. En cuanto los primeros rayos de sol iluminan ese océano de nieve, tomo una decisión. Ya no hay marcha atrás.

Siento un cosquilleo en la piel.

Empiezo a avanzar. La luz matutina ilumina el camarote con un resplandor tenue, turbio. Pero incluso bajo esa luz tan débil y nebulosa, me siento un pelín mejor, un pelín más fuerte. Siempre he dicho que soy una chica optimista que intenta ver el lado bueno de las cosas, y esa claridad es el lado bueno de esta situación.

En cuanto me acerco al rayo de luz que se cuela en el camarote, el hormigueo de la piel se intensifica y empiezo a entrar en calor. Las suelas de mis botas se deslizan por los tablones de madera mientras me acerco a la cama con una cojera más que evidente.

Rissa me mira con los ojos llenos de lágrimas. Tiene la cara totalmente desfigurada por el dolor y roja por la presión que el capitán está ejerciendo sobre su tráquea. Estiro y flexiono los dedos varias veces.

El capitán Fane gime de placer. Ese sonido se infiltra en la tierra donde cultivo la ira y el rencor y hace que esos sentimientos florezcan, convirtiéndose en el odio más profundo que jamás he sentido.

Ese miserable se percata de que Rissa me está mirando porque, de repente, gira la cabeza y, cuando ve que me estoy acerando a él, esboza una sonrisa de satisfacción.

—No podías esperar a que te tocara el turno, ¿eh? Está bien. Te follaré ahora. Quiero comprobar de una vez por todas por qué el Coño Dorado de Midas causa tanto revuelo —farfulla, y, un segundo después, suelta el cinturón. Rissa se queda en la cama tosiendo y tratando de recomponerse. El capitán se acerca a mí con ademán acechante y una mirada morbosa—. Oh, cómo voy a disfrutar viéndote sufrir, zorra.

Alza el puño, dispuesto a golpearme, a agarrarme por el pelo, a obligarme a arrodillarme o a arrojarme al suelo. No me da tiempo a saber qué pretende hacer porque enseguida deja caer la mano, pero da lo mismo.

Da lo mismo porque esta vez soy más rápida que él.

Sin titubear y sin pensármelo dos veces, salgo disparada, pero no hacia la puerta, buscando una salida, sino hacia él. Recorto la distancia que nos separa en un movimiento ágil y rápido y después, con la mano abierta, le estampo una bofetada en el cuello.

Y ahí termina todo.

Él no se lo imagina, por supuesto, pero ahí termina todo.

El capitán me mira y parpadea, como si estuviese confundido, como si estuviese preguntándose por qué se le ha quedado la mano petrificada en el aire, por qué no puede bajarla y golpearme con todas sus fuerzas, por qué no está dominándome, sometiéndome.

Tengo la cara del pirata a escasos centímetros de la mía, por lo que me llega ese aliento putrefacto que apesta a alcohol y a algo más que prefiero no saber. Un escalofrío le recorre todo el cuerpo.

Separa los labios e intuyo que quiere preguntar qué diablos está ocurriendo, pero lo único que sale por su boca es una arcada, un espasmo incomprensible. Empieza a tartamudear algo y, un segundo despúes, enmudece.

Se queda quieto como una estatua, pero no aparto la mano de su cuello. A mis espaldas, Rissa ahoga un grito. Y es entonces cuando me percato de que justo ahí, debajo de la palma de mi mano, su piel empieza a cambiar.

Es como una ola del mar, una ola que se va expandiendo desde el cuello, donde tengo la mano, hacia sus hombros, sus brazos, su torso, sus piernas. Noto que esa ola también penetra su piel, ahoga todos sus órganos y empieza a fluir por sus venas.

Su rostro es lo último que el oleaje engulle.

Porque quiero que lo vea con sus propios ojos. Quiero que me mire y sepa que su promesa de castigo se le ha vuelto en contra. Quiero que se dé cuenta de que soy yo quien le estoy haciendo sufrir, y no al revés.

Lo último que el capitán Fane es capaz de hacer es abrir los ojos como platos. Pero no tiene tiempo de pestañear, ni tampoco de respirar. Y no volverá a hacerlo. Jamás.

Su piel se enrojece, su túnica se mancha, su verga se vuelve púrpura y su mirada se tiñe de marrón. Un segundo después, cada centímetro de su cuerpo se queda congelado en el tiempo, desde los abalorios que decoran su barba hasta la punta de sus botas. Todo él se convierte en una efigie brillante, resplandeciente, vengativa.

Porque acabo de convertir a ese maldito hijo de puta en una escultura de oro macizo.

37

*T*odavía tengo la mano apoyada en el cuello del capitán. Su piel se ha vuelto fría y sólida, sin un ápice de flacidez o de calor. En cierto modo, es como tocar un objeto, algo sin vida e insensible, como una piedra que yace en el fondo del mar.

Observo el rostro de Fane, con ese labio un poquito torcido, con restos de comida entre los dientes, con esa mirada asustada. El corazón me amartilla el pecho, pero no siento una pizca de rencor. Palpita porque empiezo a asumir lo que acabo de hacer, el secreto que acabo de revelar.

Separo los dedos de su garganta, uno a uno, hasta apartar la mano de ese caparazón dorado en forma de corsario bárbaro y sanguinario, y bajo el brazo.

—¿Qué…? ¿Qué…? ¿Qué has hecho?

Desvío la mirada hacia Rissa, que está sentada en la cama, boquiabierta y horrorizada. Tiene un ojo puesto en cada lado, uno en mí y el otro en la estatua de oro del capitán Fane, como si no se fiara de ninguno de los dos, como si no supiera quién es más peligroso.

Respira con dificultad, casi con jadeos, pero no sé si es por lo que ha presenciado, por el calvario que el capitán le ha hecho pasar o si porque está en estado de *shock* por todo lo sucedido en los últimos minutos.

—¿Estás bien? —le pregunto.

Ella pestañea, aún con la boca abierta, casi desencajada, el cabello hecho una maraña desaliñada y las lágrimas a punto de secarse sobre sus mejillas.

Mi cabeza empieza a navegar sin rumbo y noto una punzada de dolor en las sienes. Un segundo después me invade una pesadez que amenaza con abatirme. Me masajeo la frente durante unos segundos para intentar aliviar el inminente dolor de cabeza. Me da la impresión de que estoy perdiendo todas mis fuerzas y energías, como un árbol cuando rezuma savia.

Señalo al difunto capitán con la barbilla.

—Está mucho mejor así, ¿no te parece? Ahora ya no podrá hablar, o moverse… —digo, y echo un vistazo a su verga, que se ha quedado petrificada en posición de firmes. Me muerdo el labio, pensativa, y añado—: Apuesto a que, si quisiéramos, podríamos arrancársela con un martillo.

Rissa hace un ruido sofocado, aunque no estoy segura de si quiere gritar, llorar o reír. O quizá una combinación de las tres cosas.

Se desabrocha el cinturón que todavía tiene atado alrededor del cuello y se frota las marcas rojas de la piel. Después, se baja de la cama y, aunque temblorosa, consigue ponerse en pie. Señala con el dedo esa gigantesca talla de oro.

—¿Cómo has hecho eso, Auren?

—Hmm…

Está tan asombrada que ni siquiera se molesta en cubrirse las intimidades. Se acerca totalmente desnuda y dibuja un círculo alrededor del capitán. Levanta la mano, todavía temblorosa, la cierra en un puño y le da unos golpecitos en el pecho, como quien llama a una puerta.

—Por el gran Divino, es de oro macizo —susurra entre dientes.

Después me mira, inquieta.

—Y está… ¿muerto?

—Oh, sí —le aseguro—. Muy, muy muerto.

Deja escapar un suspiro de alivio y todo su cuerpo se estremece.

—Pero el rey Midas…

Sus palabras quedan suspendidas en el aire y, un segundo después, caen al suelo, pero prefiero no recogerlas y dejarlas ahí. Ya le he revelado mucha información, quizá demasiada. No puedo explicarle cómo funcionan las cosas entre Midas y yo. Es un lujo que no me puedo permitir. No debe saber nada más.

Mueve los pies y los tablones de madera crujen, un sonido siniestro que no augura nada bueno. Las dos nos quedamos inmóviles y miramos hacia abajo. El suelo está cediendo por el peso del capitán.

Tuerzo el gesto.

359

—Eso… eso no tiene buena pinta —admito.

Rissa me lanza una mirada asesina. Está enfadada.

—No me digas.

Si esos tablones de madera se parten, el ruido será ensordecedor. Y si eso ocurre, los piratas estarán aquí en menos que canta un gallo. Y no puedo dejar que eso ocurra porque nadie puede enterarse de lo que he hecho. Ya he metido bastante la pata mostrando ese poder delante de Rissa, no puedo meterla más. Si los piratas me descubren… Con solo pensarlo se me pone la piel de gallina.

—Rissa —digo con voz firme. Necesito que deje de mirar esa estatua y que centre toda su atención en mí—. No se lo puedes contar a nadie. Nunca —recalco, con expresión severa y un tono muy, muy serio—. Tienes que guardarme el secreto. Por favor.

Sé que su cabecita no para de darle vueltas a lo sucedido, que todos los engranajes de su cerebro se han puesto en marcha en un intento de comprenderlo. Ojalá supiera lo que está pensando.

—Le dijiste que parara de hacerme daño.

Asiento con la cabeza.

—Sí.

Se queda pensativa durante unos instantes.

—La última vez que intentaste ayudarme, me lanzaste un libro en la cabeza.

Le pongo ojitos para mostrarle mi arrepentimiento.

—Soy un pelín impulsiva.

Desvía la mirada hacia el capitán.

—Ya lo veo.

Y no dice nada más. Su silencio me inquieta y siento que la preocupación me muerde y roe los huesos como si fuese un chucho hambriento. Es cierto que traté de pararle los pies al capitán, aunque quizá lo hice un poquito tarde; cuando por fin me atreví a decirle algo, ella ya había sufrido muchísimo. A pesar de todo lo ocurrido esta noche, no puedo dar por sentado que me haya ganado su lealtad.

Al fin, Rissa asiente.

—De acuerdo.

Por ahora, ese «de acuerdo» me sirve.

Suelto un suspiro y sacudo las manos en un intento de deshacerme del cansancio y la ansiedad; están empezando a hacer mella en mí y no puedo permitírmelo. Al menos, no todavía.

—Está bien. A ver, el comandante no tardará en venir a buscarnos. Y no podemos dejar que alguien vea esto.

Rissa me dispara una mirada de exasperación.

—¿Y se puede saber cómo se supone que vamos a esconderlo?

Me muerdo el labio y rezo a todos los dioses que esos tablones de madera aguanten un poquito más. Echo un vistazo a mi alrededor, pero sé que no va a ser tarea fácil.

No puedo cubrir esa estatua de oro macizo con una manta o esconderla debajo de la cama. Los Bandidos Rojos empezarán a sospechar si ven que su capitán no sale de su camarote.

Me fijo en el arcón a rebosar de monedas de oro que hay junto al escritorio y se me enciende una bombillita.

—Tengo una idea —digo—. Vístete.

Rissa no tarda ni medio segundo en ponerse manos a la obra; se dirige hacia la cama para recoger los cuatro harapos con los que puede vestirse mientras yo abro el armario del capitán de par en par y cojo unos guantes gruesos de cuero blanco que hay tirados en el suelo. En cuanto deslizo las manos en su interior, cambian de color, como si los hubieran sumergido en una tina de oro fundido.

El bruto del capitán me rompió la parte delantera del corpiño, así que, en cuanto veo un abrigo corto de color marrón colgado de un gancho en la pared, me lo apropio. A diferencia de los cueros y pelajes blancos que dominan el resto de su vestuario, este abrigo tiene unas plumas grandes y parduscas cosidas en la espalda y en las mangas.

Es un abrigo bastante fino, pero todo ese plumaje conforma una capa protectora que aísla completamente el frío y la humedad. La medida del largo es perfecta para mis cordones y, cuando me abrocho todos los botones de la parte frontal, me sujeta bien el corpiño desgarrado.

Rissa se viste en un periquete.

—Hecho. ¿Y ahora qué hacemos?

Miro al capitán y después a los ventanales que hay justo detrás de él. Rissa sigue mi mirada y niega con la cabeza.

—Imposible.

—Es lo único que podemos hacer —le rebato—. No pueden encontrarlo así. Bajo ninguna circunstancia.

361

Resopla, como si quisiera seguir discutiendo, pero al final se cruza de brazos y farfulla algo en voz baja que no soy capaz de comprender. A regañadientes, se recoge el pelo en una coleta mientras yo me dirijo a la cama y quito las sábanas.

Si tengo que ser sincera, no le falta razón. Es una locura, pero es la única alternativa que tenemos. Por suerte, ese armatoste de oro está bastante cerca de la ventana y por eso no pierdo la esperanza. De lo contrario, ni siquiera lo intentaría. Aun así, debo reconocer que no las tengo todas conmigo. No estoy segura de poder tirar a ese cabrón por la ventana.

Pero tengo que probarlo.

Con la ayuda de Rissa, nos movemos lo más rápido que podemos, porque somos conscientes de que se nos acaba el tiempo. Atamos dos sábanas alrededor del cuello del capitán con un nudo corredizo, como si fuese una horca, para poder utilizar el resto del largo de la sábana a modo de cuerda.

Aseguro mi sábana y voy corriendo hacia los ventanales. Deslizo los pestillos y doy las gracias a los Divinos que me protegen desde ahí arriba porque los dos portillos se abren sin problema. En el momento en que abro las ventanas, se cuela una ráfaga de aire frío que arrastra minúsculos copos de nieve que quedan esparcidos por el suelo.

Sé que Rissa me lanza miradas clandestinas y sé que le asaltan decenas de dudas y preguntas, pero creo que no soportaría oírlas en voz alta y, además, no podemos perder ni un solo minuto.

Compruebo por última vez que hemos amarrado bien las sábanas a la estatua del capitán y nos colocamos justo detrás, con los ventanales a nuestras espaldas.

—A ver, que yo me aclare... El plan es estirar con todas nuestras fuerzas y rezar porque podamos tirar a este cabrón por la borda, ¿verdad? —pregunta, un poquito dubitativa.

—A grandes rasgos, sí.

Niega con la cabeza, como si no estuviese del todo conforme, y se frota las manos. Las dos agarramos nuestra sábana correspondiente y la sujetamos bien entre las manos.

—A la de tres —digo—. ¡Una, dos, tres!

Estiramos como si nos fuera la vida en ello. Con los puños bien cerrados, los brazos estirados, la espalda en tensión y los pies bien plantados en el suelo, tiramos de la sábana. Rissa gruñe, pero la escultura no se mueve. Ni un solo centímetro. Las dos soltamos la sábana al mismo tiempo, jadeando y renegando.

—Mierda —murmuro, y empieza a invadirme el pánico. No puedo dejarlo aquí así. Imposible. No es una opción—. Mierda, mierda, mierda… —Presa de la frustración, atesto una patada al capitán en la espinilla. No ha sido una reacción muy brillante por mi parte si tenemos en cuenta que es de oro macizo. Vuelvo a blasfemar al notar ese tremendo dolor en los dedos de los pies.

Rissa me mira y arquea una ceja.

—Mejor dejamos de patear estatuas de oro macizo, ¿te parece?

—Tampoco ha sido para tanto —protesto.

Ella ladea la cabeza, como si estuviese cavilando algo. Un segundo después, se acerca a la estatua, levanta el puño y lo deja caer con todas sus fuerzas sobre la verga del capitán. De haber sido un hombre de carne y hueso, se estaría retorciendo de dolor. Pero está muerto y ya ni siente ni padece.

—Au —se queja al ver que ese falo dorado sigue intacto. Se frota la mano para aliviar el dolor y después se dirige a mí—. Hmm. Tenías razón. No era para tanto.

363

—Ya, ya —suspiro.

Rissa y yo echamos un vistazo al camarote mientras rumiamos qué hacer. Los ventanales están muy cerca, pero a la vez demasiado lejos. Me fijo en un par de ganchos que hay atornillados en la pared, justo al lado de las ventanas. En uno de ellos está colgada una de las varias espadas del capitán a modo de exposición. Empiezo a darle vueltas a esos ganchos, hasta que me viene una idea a la cabeza.

Salgo disparada hacia la pared, descuelgo la espada y la arrojo a la cama. Después ato las sábanas alrededor de los ganchos y tiro de ellas para comprobar si es seguro o no.

—¿Qué estás haciendo? —pregunta Rissa.

Para asegurar el tiro, me cuelgo de la sábana de manera que todo mi cuerpo pende de ella y veo que los ganchos siguen clavados en la pared. No se han movido ni un milímetro. Es buena señal. Espero que funcione.

—Coge la silla del capitán y colócala detrás de él. El gancho hará de polea —le explico, y le muestro la sábana que tengo entre las manos y que va desde el cuello de la estatua hasta mí, pasando por el gancho—. Tiraré con todas mis fuerzas para intentar inclinarlo desde aquí delante, y tú, desde atrás, le empujarás la cabeza. Crucemos los dedos. Tal vez eso sea suficiente para derribarlo, y después la fuerza de la gravedad hará el resto.

Rissa asiente y sale disparada hacia el escritorio para coger la silla. Una vez que la tiene colocada junto al capitán, se encarama encima del asiento para tener un poco más de altura.

Ocupo mi lugar estratégico y agarro de nuevo la sábana. Cuatro de mis cordones, los únicos que he conseguido desligar, también se enrollan alrededor de la sábana, aunque están cansados y adoloridos. No sé si podrán ejercer la fuerza que necesito para tumbar ese mamotreto dorado.

Rissa los observa con el rabillo del ojo, con una mezcla de fascinación y recelo.

—¿Preparada? —pregunto, evitando así que articule la pregunta que, sin lugar a dudas, le está rondando por la cabeza.

En lugar de responder con palabras, se abraza a la cabeza del capitán y ancla bien los pies en la silla.

Empiezo a contar.

—Una..., dos..., tres...

Ella empuja. Yo estiro. El suelo de madera cruje. El viento sopla.

La estatua no se mueve ni un mísero milímetro.

Todo mi cuerpo se tensa. No es momento de guardarse las fuerzas, así que lo doy todo. Noto una punzada de dolor en las costillas, pero la ignoro. Siento que mis cordones, que hasta ahora siempre habían sido resistentes e indestructibles, se han vuelto tan frágiles como las alas de una mariposa. Mi columna vertical grita por miedo a partirse y me da la impresión de que se me van a desgarrar los músculos.

—Vamos..., vamos...

O me da un vahído y me desmayo ahí mismo, o consigo volcar a ese desgraciado. No hay más opciones. Contengo la respiración unos segundos y continúo tirando. Me niego a rendirme ahora. Esta vez no pienso aceptar la derrota.

Esto tiene que funcionar. Sí o sí.

Rissa deja escapar un bufido de frustración, pero tampoco se da por vencida. De repente me doy cuenta de que tengo todo el cuerpo empapado en sudor. Empiezo a marearme, como si tuviera un pajarito dando vueltas alrededor de mi cabeza.

Nadie nos podrá reprochar que no le estamos poniendo empeño. Si paramos ahora, no nos quedarán fuerzas

365

para empezar de nuevo. Ahora o nunca. Yo lo sé, y ella también. Incluso ese viento frígido lo sabe.

Pero el capitán sigue inmóvil.

Se me llenan los ojos de lágrimas y noto un vacío en el estómago. No podremos lograrlo. No podré lograrlo.

Empiezo a pensar que cuando tomé la decisión de matar a ese sádico, totalmente impulsiva e irracional, también firmé mi propia condena.

La idea me abruma, me paraliza. No puedo creer que todo esto no haya servido para nada, que no hay manera humana de conseguir tumbar a esa dichosa estatua. Noto el peso del fracaso y del miedo sobre los hombros. Es un peso insoportable y, poco a poco, siento que me voy encorvando, que me voy doblegando.

Suelto un gruñido mientras trato de resistir y aprieto tanto los dientes que, por un segundo, temo romperlos. Todo mi cuerpo tiembla y empiezo a ver borroso, con puntitos de luz. Pero, aun así, sigo tirando. La única respuesta que obtengo es el sonido de la sábana rasgándose y el amenazante crujido de los tablones de madera.

Un sollozo sale despedido de mi boca. Rissa gruñe, pero es un gruñido estrangulado, un gruñido cargado de dolor. Todas mis esperanzas empiezan a desvanecerse mientras la sábana continúa rompiéndose.

Y entonces ocurre una especie de milagro divino: mis cordones empiezan a brillar.

Es un resplandor tenue, como la suave luz matutina que baña un lago, pero está ahí. Es el mismo fulgor sedoso y agradable que me despertó en el carruaje, justo después del ataque y del accidente.

Ahogo un grito al ver que los cuatro cordones de seda cobran vida; no solo se reponen del agotamiento, sino que además lo hacen con un vigor y una fuerza que jamás había visto. De repente, sueltan la sábana y se abalanzan

366

sobre el capitán. Envuelven su torso y oigo un tintineo metálico.

Tiran con tanto ímpetu que por un momento creo que me van a partir la espalda y grito de dolor.

Gracias a esa fuerza sobrehumana, el capitán Fane empieza a inclinarse. Y ese ligero movimiento es todo lo que necesitamos para volcarlo.

Rissa escupe un chillido de sorpresa y se cae de morros mientras la estatua continúa en caída libre hacia la ventana abierta. Se oye un estruendo. Las espinillas de la estatua se han estrellado contra el borde del marco de la ventana. Ahora, su supervivencia depende de la gravedad y no parece dispuesta a perdonarle.

Mis cordones se desenredan en un abrir y cerrar de ojos y el capitán se desploma, como un inmenso árbol al que acaban de talar. Da varias vueltas en el aire, mientras desciende, y me asomo por la ventana para no perder detalle. La estatua cae en picado, con las sábanas aún atadas alrededor de su cuello.

Al aterrizar sobre el suelo, se oye un ruido seco y el peso levanta una nube de nieve, como cuando alguien se lanza al mar.

Rissa y yo contemplamos la escena sin pestañear, en silencio. Lo hemos conseguido.

Echo un fugaz vistazo al paisaje y, por suerte, los otros barcos piratas no han echado el ancla justo detrás de nosotras. Además, el amanecer parece estar haciéndose de rogar y las Tierras Áridas siguen sumergidas en una penumbra casi absoluta.

Tratamos de recuperar el aliento mientras seguimos mirando por la ventana, observando la tumba donde ahora descansan los restos del capitán.

Rissa esboza una sonrisa de satisfacción.

—Un final muy apropiado, la verdad.

Resoplo, cansada.

El cuerpo me está pidiendo a gritos que me tire al suelo y descanse un poco, pero no puedo hacerlo. Me acerco al escritorio, donde está el arcón de monedas. Agarro uno de los tiradores. Pesa más de lo que imaginaba, y todos mis músculos protestan. Rissa viene a toda prisa para ayudarme y entre las dos arrojamos el baúl por la ventana.

No lo perdemos de vista. El arcón rueda hasta quedar a escasos metros del capitán. Los copos de nieve van cubriéndolos como si fuese confeti blanco.

—¿Me puedes explicar por qué acabamos de arrojar todo ese oro por la borda?

—Un móvil —respondo de forma distraída. Mi voz suena débil, cansada.

La nieve empieza a amontonarse sobre los tablones de madera; no podemos dejar pruebas del delito, así que barro el suelo como puedo y cierro los ventanales. Mi única esperanza es que crean a pies juntillas mi historia y que los barcos zarpen antes de que alguien se dé cuenta del pastel.

Echo un último vistazo a la silueta brillante del capitán. Lo he condenado a morir con cara de estupefacción y con los pantalones bajados hasta los tobillos. Gracias a mí, es más rico de lo que jamás habría imaginado, pero está muerto y no puede apreciarlo. El capitán Fane era un hombre que solo se movía por dinero y por placer, por lo que considero que la muerte ha sido justa y merecida.

Me doy la vuelta y suspiro, agotada. Ya no me quedan fuerzas ni para mantener la espalda erguida. Mis cordones cuelgan flácidos tras de mí. El resplandor de hace unos segundos se ha apagado por completo.

Pero lo hemos logrado. El plan ha funcionado.

—¿Estás bien?

Encojo los hombros. Acabamos de librar la mitad de la batalla, y por poco no morimos en el intento.

Lo único que puedo hacer ahora es rezar porque la nieve siga cayendo, porque los piratas se crean mi mentira, porque las embarcaciones retomen su rumbo y porque la verdad, una verdad dorada y reluciente, quede bien oculta bajo un montón de nieve. Sin embargo, aunque mis deseos se hagan realidad, nuestras vidas siguen corriendo un grave peligro.

Tal vez haya matado al capitán de los Bandidos Rojos, pero vamos a pasar de ser las prisioneras de una panda de piratas codiciosos a ser las prisioneras de unos soldados crueles y sanguinarios.

No sé quién es peor.

Pero estoy a punto de descubrirlo.

369

38

Alguien llama a la puerta del capitán. Doy tal respingo que casi pierdo el equilibrio y me caigo de bruces.

—¡Capitán, ya vuelven! —vocea uno de los piratas desde el otro lado de la puerta.

Rissa abre los ojos como platos, preocupada, y articula la pregunta «¿qué hacemos?».

No podemos quedarnos ahí como si fuéramos dos pasmarotes. Señalo la cama y las dos salimos disparadas hacia ella.

—Túmbate —le susurro.

Rissa obedece de inmediato. Le tiro el cinturón de cuero del capitán y añado:

—Átate la muñeca al pilar de la cama.

Me mira un tanto desconcertada.

—¿Hablas en serio?

—Confía en mí. Y desarréglate el vestido.

Resopla, claramente irritada, pero con la mano que le queda libre se desata un poco el corpiño y se sube la falda hasta las ingles y arruga la tela para que no parezca que esté hecho a propósito.

Me siento en el suelo, junto a la cama, y con muchísimo cuidado, enrosco uno de mis cordones alrededor de mi muñeca y después lo anudo al pilar. Cada vuelta que da me provoca un dolor insufrible. Es como si me estuviesen arrancando la piel de la espalda a tiras, pero sé que la escena debe parecer creíble.

Con la otra mano, desabrocho los botones del abrigo de plumas del capitán, pero no me lo quito. Lo abro lo suficiente para que vean que tengo el corpiño totalmente roto y desgarrado debajo. También me remango las faldas hasta los muslos con la esperanza de que toda esa carne les distraiga y no nos sometan a un tercer grado.

Vuelven a llamar a la puerta.

—Capitán, ¿no vas a salir? Están subiendo por la rampa de abordaje.

Levanto la vista para mirar a Rissa.

—Si eres capaz de derramar lágrimas de cocodrilo, ahora es el momento de demostrarlo —murmuro.

Rissa suelta un bufido.

—¿Por quién me tomas? Claro que sé hacerlo.

—¿Capitán? ¿Todo bien por ahí dentro?

Se oyen murmullos detrás de la puerta. Alguien se acerca con paso firme y decidido. Reconozco la voz de Quarter, que también llama al capitán Fane, y en ese preciso instante Rissa chasquea los dedos para llamar mi atención.

—¿Qué pasa? —le pregunto.

En lugar de responder, menea un dedo en dirección al escritorio del capitán.

Frunzo el ceño y echo un vistazo al dichoso escritorio. Ahí siguen el sombrero y el abrigo del capitán.

—Mierda —murmuro.

Valoro la opción de levantarme y arrojar ambas cosas por la ventana, pero sé que es demasiado tarde. Quarter ya ha empezado a aporrear la puerta del camarote.

—¿Cap? ¡Cap! ¡Voy a entrar!

Rissa resopla, nerviosa. Los piratas patean la puerta. Me encojo de dolor con cada golpe y, en un momento dado, el marco de la puerta se desprende de la pared y la puerta se viene abajo.

Entran tres piratas como tres miuras, encabezados por Quarter. Nos localizan enseguida, pero veo que siguen mirando a su alrededor. Están buscando a su capitán.

—¿Cap? —llama Quarter.

Cuando ya ha quedado bastante claro que el capitán no está en su camarote, la expresión de Quarter se torna más sombría, más oscura. Se encamina hacia la cama hecho una furia.

—¿Dónde está? —exige saber.

Rissa se echa a llorar. No lloriquea, sino que llora a moco tendido. Incluso empieza a hipar. O es una actriz extraordinaria o se ha estado conteniendo demasiado tiempo.

Pongo cara de miedo aunque, a decir verdad, no me cuesta mucho porque estoy aterrorizada.

373

Quarter se detiene delante de mí y nos mira con los ojos entornados.

—Os lo volveré a preguntar. ¿Dónde coño está?

—El capitán Fane…, él…, él… —responde Rissa, pero con tanto sollozo se le atragantan las palabras.

Quarter le contesta con un gruñido y después agacha la cabeza para mirarme. Me da una patada en la espinilla y veo las estrellas.

—¡Más os vale que abráis la puta boca y empecéis a hablar!

Me meto en el papel de víctima y hago como que intento zafarme del cordón que me mantiene atada al pilar de la cama.

—Después de… de mancillarnos, nos ató a la cama y nos hizo prometer que no gritaríamos, ni pediríamos ayuda. Y entonces cogió el arcón lleno de monedas y se largó —explico con voz temblorosa y un pelín aguda, como si fuese a romperme a llorar en cualquier momento—. Se marchó a escondidas con toda esa fortuna. Y nos dejó aquí encerradas.

Detrás de Quarter, los otros dos piratas se ponen tensos e intercambian una mirada.

—Conque se marchó a escondidas, ¿eh? —repite Quarter sin alterar la voz.

Asiento con la cabeza y noto el cosquilleo de la ansiedad en los talones.

«Créeme. Créeme, por favor.»

Quarter se da media vuelta y empieza a escudriñar cada rincón de la habitación. Se me dispara el pulso cuando veo que rodea el escritorio donde están el sombrero y el abrigo del capitán. Y el corazón me late aún más rápido cuando veo que se dirige hacia los ventanales.

«No te asomes por la ventana —les rezo a todos los Divinos—. Por favor, os lo suplico. No dejéis que se asome.»

—¿Dónde estaba el arcón? —ladra.

Uno de los piratas señala con el dedo.

—Lo dejamos justo ahí, Quarter.

Quarter blasfema y da una patada a un barril, que sale volando por los aires y termina estrellándose contra la pared.

—¡Joder, el muy cabrón se ha quedado con todo el oro! ¡Y nos ha dejado aquí tirados!

—Pero ¿dónde va a ir sin un barco? —pregunta uno de los piratas.

—Seguro que lo tenía todo planeado —espeta Quarter—. Me jugaría el cuello a que se ha llevado una zarpa de fuego. O quizá sea un traidor y haya conspirado con esos soldaduchos del Cuarto Reino.

De su boca sale otra retahíla de vulgaridades que retumban en el camarote.

—Ese canalla las mataba callando. Si alguna vez vuelvo a verle, pienso partirle las piernas y…

—Quarter —llama desde el umbral de la puerta un pirata distinto—. El comandante está esperando. Y está empezando a perder la paciencia.

—¡Mierda! —grita Quarter, y se tira del pelo, preso de la impotencia y la frustración.

Después se da media vuelta y nos fulmina con la mirada.

No hay parte de mi cuerpo que no esté en tensión. La preocupación y los nervios me amartillan el cerebro y siento que la cabeza me va a explotar.

—¿Qué quieres hacer, Quarter?

Suelta un soplido de desesperación.

—Si les decimos a los Rojos que el capitán se ha largado con nuestro dinero y que el comandante se ha llevado a nuestras putas, van a rebelarse y vamos a tener que lidiar con un jodido motín —dice, y nos lanza una mirada sombría cargada de odio—. Entregádselas al comandante.

El pirata abre la boca para protestar.

—Pero…

—¡Ahora! —vocea Quarter—. No podemos faltar a nuestra palabra. Hemos firmado un trato y debemos cumplirlo. ¿O acaso crees que podríamos sobrevivir a un ataque de los soldados de Decapitador? Él nos pagó lo acordado. Que hayamos perdido las monedas no le incumbe. Y, por las barbas de Neptuno, ese monstruo no se marchará sin estas zorras. Y mucho menos sin la puta dorada.

Los piratas se miran, claramente disconformes con la decisión del segundo al mando, pero no rechistan y vienen directos a por nosotras.

—Vamos, perras —murmura uno de ellos.

Levanto el brazo y simulo desatar el cordón que me mantiene amarrada al poste de la cama porque no quiero

375

que ese bruto intente estirarlo o, mucho peor, cortarlo con su espada.

Me agarra por el brazo y, en ese preciso instante, desanudo el cordón. Me clava los dedazos en la manga y me empuja hacia la puerta. El otro pirata se encarga de Rissa.

Y, justo cuando estamos a punto de salir del camarote, oigo:

—Esperad un momento, ¿ese no es el abrigo del capitán? ¿Por qué iba a irse sin su abrigo?

Rissa se tropieza justo detrás de mí y en mi cabecita se enciende una luz de alarma.

—¡Aaarrr! ¡Parad!

Los piratas que nos escoltan paran en seco y se hacen a un lado. Reconozco los inconfundibles pasos de Quarter acercándose a nosotras. Me doy la vuelta y veo que se acerca hecho una furia. Las piernas me temblequean bajo la falda.

Se detiene justo delante de nosotras y nos muestra el abrigo y el sombrero del capitán.

—¿Me queréis explicar esto? —dice, mirándonos a las dos.

No me atrevo a mirar a Rissa.

Clavo los ojos en el abrigo de pieles blancas que Quarter no deja de sacudir delante de mis narices.

—¿E-el qu-qué? —pregunto, y trato de sonar lo más confundida y lastimera posible.

—¿Pretendéis que me crea que el capitán se ha largado con el arcón, en mitad de una tormenta de nieve, y que ni siquiera se ha molestado en ponerse su puto abrigo? —gruñe.

Me estremezco al oírlo tan enfadado, pero consigo articular una respuesta temblorosa.

—N-no lo sé. ¿Qu-quizá tenía prisa?

Quarter entorna los ojos y se acerca un poco más a mí.

De forma instintiva, me acobardo y doy un paso atrás. Casi me golpeo la espalda contra la pared. Aparto la cara y miro hacia otro lado.

«No me toques, no me toques...»

En sus ojos advierto una crueldad infinita, y eso me aterroriza.

—Joder, estás mintiendo, ¿verdad que sí? Resulta que la mascota es una puta mentirosa.

Las rodillas me tiemblan tanto que temo perder el equilibrio y desmoronarme frente al capitán. Siento una opresión tremenda en el pecho que me impide respirar, pero esta vez no es porque no pueda mover los cordones, sino porque estoy muerta de miedo.

—Yo, yo... —tartamudeo.

No sé qué excusa y patraña estaba intentando articular, pero se me queda atascada en la lengua.

Tengo la boca reseca, la cabeza me va a explotar y estoy tan cansada... y muy muy débil. He agotado todas mis fuerzas, toda mi energía, y siento que voy a desfallecer. Mi cuerpo está al borde del colapso. De hecho, ya me habría derrumbado de no ser por la adrenalina que corre por mis venas.

Quarter se inclina y se pega a mi mejilla. Me quedo petrificada.

—Si no empiezas a hablar ahora mismo, voy a amordazarte. Sí, voy a taparte esa boca de mentirosa y después voy a llenarte con tanto semen que ese coñito dorado va a terminar corroído. ¿Me has entendido? Bien, y ahora responde a la jodida pregunta. ¿Qué demonios le ha ocurrido al capitán Fane? —pregunta con una voz que solo puede pertenecer a un asesino.

Una explosión de puntos negros empieza a nublarme la vista. Exprimo la poca lucidez que me queda y trato de encontrar un modo de arreglar este desaguisado, de apun-

377

talar mi versión, de reafirmar la historia original, pero, después de la noche que he pasado, la cabeza no me da para más.

¿Cómo he podido llegar a creer que podría salirme con la mía? Los hilos que entretejen mis mentiras se están partiendo uno a uno, y lo único que puedo hacer es intentar sujetar esa red.

Quarter, que sigue a escasos milímetros de mi cara, escupe un gruñido y cierro los ojos bien fuerte.

—Está bien. Tendré que sacarte la verdad por la fuerza, y después...

Pero antes de que Quarter pueda terminar la frase o cumplir con su amenaza, una voz fría y grave retumba en el camarote. El sonido es como una explosión, como un volcán cuando entra en erupción y rompe el escrupuloso silencio del amanecer.

—¿Qué crees que estás haciendo?

39

*A*l reconocer la voz del comandante, Quarter da un respingo y se vuelve hacia él. Abro los ojos *ipso facto*, sorprendida.

Ahí está el comandante Decapitador, flanqueado por dos de sus soldados. El aspecto de los tres es siniestro y amenazante; de ser una pesadilla, los confundiría con sombras misteriosas que propagan oscuridad allá donde van. Aunque lleva el casco puesto y no puedo distinguir su rostro, presiento que el comandante está furioso.

—Apártate de la preferida. Ahora.

El tono que utiliza el comandante no da pie a discusión. La orden es clara y directa, sin rodeos. Ni siquiera tiene que alzar la voz para sonar aterrador.

Quarter se pone derecho al oír la orden.

—Está mintiendo y no pienso dejar que te la lleves hasta que aclaremos el asunto.

Para ser sincera, el coraje que acaba de demostrar Quarter me ha dejado tan asombrada, tan pasmada, que ya ni siquiera temo por mi vida. Pero a mi lado, Rissa no deja de lloriquear. Está asustada. Le aterra que pueda verse envuelta en una pelea a vida o muerte, una posibilidad, por cierto, que no descarto porque los tres piratas que están detrás de Quarter ya tienen las manos colocadas sobre la empuñadura de su espada, por lo que pudiera pasar.

Pero los soldados que acompañan al comandante Decapitador se mantienen inmóviles e impasibles. De hecho, ni el mismísimo comandante ha hecho ademán de desenfundar esa curiosa espada con empuñadura de madera retorcida. Tampoco da un paso al frente. Ni tampoco se molesta en rebatir a Quarter.

No, el capitán simplemente se echa a reír.

El sonido que rezuma de ese casco e inunda el ambiente del camarote es espeluznante. Todos los piratas se ponen tensos. Es el sonido de una advertencia. Es la carcajada de un loco, de un perturbado que anhela un baño de sangre.

De pronto, el cuerpo del comandante comienza a emanar un aura intimidatoria tan espesa y densa como el betún. Un escalofrío de otro mundo recorre todo mi cuerpo y noto unas gotas de sudor frío en la espalda. Las púas que recubren los antebrazos del comandante se tiñen de color negro, de un negro tan oscuro como las profundidades de un desfiladero. Parece que vaya a engullirse a Quarter. La imagen es tan aterradora que se me revuelven las tripas.

Este es el monstruo que el rey Ravinger deja que campe a sus anchas por Orea. Este es el ser terrorífico que ha protagonizado tantas leyendas, crónicas y fábulas. Ahora entiendo por qué ningún guerrero quiere enfrentarse a él en el campo de batalla.

Con el rabillo del ojo veo que Quarter empalidece tras su pasamontañas. Abre los ojos como platos, como una presa que ha subestimado, y mucho, al depredador.

—Está bien, llévatela —se apresura en decir Quarter. Su voz suena un pelín ronca. Es por el miedo y por su fallido intento de parecer sereno y seguro de sí mismo—. De todas formas, uno nunca puede fiarse de las palabras de una puta.

—Me alegro de que hayas cambiado de opinión —responde el comandante. Su voz es un siniestro ronroneo.

Quarter rechina los dientes, molesto por ese tonito de condescendencia, pero en lugar de rechistar, da media vuelta y se marcha echando humo por las orejas en dirección al camarote del capitán, como un perro con el rabo entre las piernas. Un tipo listo. Los otros tres piratas lanzan una mirada cargada de rabia y rencor a los soldados y después se giran y siguen al segundo de a bordo sin musitar palabra.

Observo al comandante sin pestañear. Me cuesta respirar con normalidad porque sigo impresionada por la transformación física del comandante. Su amenaza incluso se podía palpar en el aire. Estoy tan sobrecogida que ni siquiera he sentido una pizca de alivio al saber que iba a librarme del implacable interrogatorio al que me quería someter Quarter.

381

—Vamos —ordena el comandante, con voz tranquila pero firme.

Él se gira y se marcha, pero sus dos soldados nos esperan, a Rissa y a mí. Nos apartamos de ese rincón frío del camarote del capitán y empezamos a desfilar por la cubierta con paso rezagado.

Noto las miradas de desdén de los Bandidos Rojos clavadas en la nuca, pero los soldados del Cuarto Reino no les prestan ni la más mínima atención, como si les importara un rábano. Nos acompañan hasta la rampa de desembarco, cubierta por una fina capa de nieve.

Echo un último vistazo a los piratas. Todos, sin excepción, se han cubierto el rostro con ese pasamontañas rojo. No puedo evitar fijarme en el mástil donde ataron a Sail. Me entran ganas de escupirles, pero me contengo.

Miro hacia delante, con la cabeza bien alta. El comandante empieza a descender la rampa. Sus botas dejan la marca de sus pisadas sobre la madera. Rissa y yo le seguimos en silencio, con los dos soldados pisándonos los talones.

El cansancio está ganando la batalla y siento que en cualquier momento voy a desfallecer. Camino con paso agotado y torpe, lo cual puede ser muy peligroso teniendo en cuenta que me dispongo a bajar una rampa de madera empinada y resbaladiza.

Hago un esfuerzo para controlar cada uno de mis pasos. Avanzo despacio y con muchísimo cuidado pero, aun así, me tiemblan las piernas porque ya no me queda ni una gota de energía. Y por eso no me sorprendo cuando, sin darme cuenta, apoyo el pie sobre un pedazo de hielo, patino y pierdo el equilibrio.

Casi me llevo a Rissa por delante, pero por suerte consigo inclinar el cuerpo hacia la izquierda y esquivarla. Como era de esperar, no logro recuperar la estabilidad y termino cayéndome por el borde de la rampa.

¿El lado bueno? Que estaba a punto de llegar a los pies de la rampa.

En esa caída corta y bastante lamentable, estiro los brazos y los cuatro cordones que logré desatar para intentar amortiguar el impacto y no romperme la crisma.

Aun así, el aterrizaje no es en absoluto suave. La nieve está más dura que una piedra, por lo que, cuando apoyo las manos y las rodillas, el dolor es tremebundo. El frío húmedo de la nieve enseguida me empapa la falda y los guantes. El peso de mi cuerpo casi aplasta los cordones, que se estremecen de dolor cuando me desplomo sobre ellos.

¿El lado bueno? Al menos no me he caído de cara.

Durante unos instantes, estoy tan mareada y tan exhausta que empiezo a creer que no voy a ser capaz de levantarme de la nieve, que voy a quedarme ahí tendida para siempre. Pero no puedo dejar que eso ocurra. Aquí, bajo el velo de una mañana nublada, estoy demasiado expuesta, demasiado vulnerable.

Me sobresalto al oír el chasquido de un látigo rompiendo el aire seguido de los atronadores gruñidos y bufidos de innumerables zarpas de fuego.

A mis espaldas, las embarcaciones de los piratas de nieve zarpan y empiezan a navegar por ese océano blanco. Los cascos de madera se deslizan entre las olas de hielo y yo, que sigo postrada en el suelo, siento el temblor del suelo bajo mi cuerpo.

Pero más allá de esos barcos que poco a poco se van alejando y que van ganando velocidad gracias a la fuerza sobrehumana de las bestias que los capitanean, diviso un paisaje blanquecino que está ocupado por cientos, tal vez incluso miles, de soldados del Cuarto Reino.

Se confunden con piedras escarpadas repartidas por un paisaje que, unas horas antes, debía de ser prístino. Están por todas partes. Con un ejército de tales dimensiones, no es de extrañar que los piratas no se atrevieran a desafiar al comandante. No hace falta ser un genio de las matemáticas para saber que los habrían masacrado en menos que canta un gallo.

Se me revuelve el estómago mientras escudriño el horizonte. Intento hacer un cálculo rápido, pero son tantos que es imposible contarlos. Ni siquiera puedo hacer una estimación de cuántos soldados hay ahí reunidos. Esta no es una simple misión de reconocimiento. El comandante no pretende presentarse ante Midas con un grupo de soldados para hacerle entrega de un mensaje real.

No, este es el ejército del rey Ravinger, en toda su grandeza y esplendor, que ha venido a librar una guerra.

He logrado escapar de los Bandidos Rojos para terminar en manos de un enemigo que piensa declararle la gue-

383

rra a mi rey. Y ahora estoy a merced del comandante, pues ahora soy una moneda de cambio.

El miedo que se ha instalado en mi estómago es tan denso, tan espeso, que siento que voy a vomitar ahí mismo. Todavía tendida en el suelo, un par de botas negras aparecen frente a mis ojos. Lo único que soy capaz de hacer es pestañear. Me da la impresión de que la nieve me ha congelado el cuerpo, convirtiéndome así en una estatuilla de hielo. Esto tiene mala pinta. Muy mala pinta.

La voz del comandante me acaricia la espalda, pero me resulta tan fría y afilada como sus púas.

—Vaya, esto es muy… interesante.

Intento tragar saliva, pero tengo la boca totalmente seca. Despego los ojos del suelo y miro hacia arriba. Ahí está el comandante, cerniéndose sobre mí.

384

Detrás de esa silueta imponente y solemne, los soldados empiezan a moverse. Sin embargo, no los miro porque no puedo apartar la mirada del comandante, porque no lleva el casco puesto, sino que lo tiene bajo el brazo. Y ahora, por primera vez, puedo verle la cara.

No tiene cuernos. Ni la mirada despiadada de un asesino. Ni tampoco una tenebrosa cicatriz en la mejilla. No, todos esos detalles escabrosos forman parte de chismes malintencionados, de la obsesión de la gente por inventar personajes demoníacos. Orea no quiere quitarse la venda de los ojos y sigue empeñada en negar la realidad. El pueblo no tiene memoria histórica y vive totalmente ajeno al pasado de sus ancestros, pues les asusta pensar que todavía conviven con personas por cuyas venas aún corre sangre feérica. Utilizan el poder del Rey Podrido como excusa para perpetuar sus leyendas, difunden toda clase de rumores falsos, divulgan mentiras y patrañas y desacreditan cualquier información verídica.

Sin embargo, el comandante Decapitador no es un demonio, ni tampoco un monstruo horripilante que Ravinger ha creado gracias a sus poderes mágicos. Tiene personalidad propia. Sé que le estoy mirando de una manera un pelín obvia y descarada, pero no puedo evitarlo. Me fijo en cada detalle de su rostro.

Sus iris son negros. Negros como la medianoche que ensombrece el mundo con su velo oscuro. Negros como un cielo sin estrellas, sin tan siquiera el tenue resplandor de la luna que trata de asomarse entre la cortina de nubes. Es imposible diferenciar el iris de la pupila.

Encima de esa mirada desoladora, advierto dos cejas espesas y arqueadas que le otorgan una expresión salvaje a la par que seria. Justo sobre los últimos pelos de la ceja diviso una línea de púas diminutas y muy, muy cortas. Son del mismo color que los pinchos que le recubren los brazos y la espalda, aunque estas no tienen la punta curvada y parecen un poquito menos afiladas. Deben de medir un centímetro, más o menos.

Tiene la nariz prominente, pero no aguileña, sino más bien recta, y sus dientes son de un blanco reluciente. Entorno los ojos y advierto unos colmillos bastante largos y afilados. A lo largo de las sienes y los pómulos distingo una fina capa de escamas grises, casi iridiscentes, que me recuerdan a las escamas de los lagartos que viven en las Dunas de Ceniza.

Luce un cabello azabache y muy grueso y una barba del mismo color que parece rugosa y que contrasta con esa tez tan pálida y blanquecina. Tiene la mandíbula cuadrada y muy marcada y, siguiendo la línea de la mandíbula, advierto unas orejas ligeramente puntiagudas.

Y todo esto sobre un cuerpo que fácilmente debe de alcanzar los dos metros de altura. Pero no solo impresiona su altura, sino también su corpulencia. Se le marcan todos y cada uno de los músculos y desprende un aura amenazante.

Es un ser aterrador. Un ser etéreo. Un ser que solo puede ser feérico.

Tal vez el resto de Orea haya olvidado el verdadero aspecto de un ser feérico y prefiera creer que todo lo que queda de nuestros antepasados es la magia que todavía hoy vamos heredando de generación en generación, pero la presencia del comandante demuestra todo lo contrario.

Orea se sintió traicionada por los seres feéricos, pero, en el fondo, el sentimiento que predomina no es la traición, sino el miedo. Por eso, solo aquellos que poseen un talento mágico pueden sentarse en un trono y gobernar un reino. Por eso, la reina Malina tuvo que renunciar a la corona y casarse con Midas, un hombre con poderes mágicos. Porque si algún día los seres feéricos regresaran a Orea para terminar lo que empezaron, necesitaríamos gobernantes que pudiesen proteger los reinos.

Me pregunto si el rey Ravinger es consciente de la clase de bestia que ha puesto al mando de su ejército. Me pregunto si sabe del poder que su comandante esconde bajo esa imagen espeluznante, si también se ha dado cuenta de la atmósfera sofocante que le envuelve.

Aquí, tirada en el suelo y con la mirada del comandante clavada en mis cordones, me siento indefensa y desvalida. Aunque mis cordones están débiles, tratan de ayudarme a ponerme derecha. La mirada penetrante de Decapitador me pone nerviosa y, de inmediato, se me acelera el corazón.

Gracias a un empujoncito mental, consigo reunir fuerzas para levantarme del suelo. En cuanto me pongo de pie, los cuatro cordones que logré desatar se desploman tras de mí. Caen como un peso muerto y las puntas acarician la nieve. Ya no me queda ni una gota de energía, ni siquiera para envolverlos alrededor de mi torso.

El comandante ladea la cabeza como si fuese un animal curioso y desliza esa mirada negra como el carbón por cada centímetro de mi cuerpo, desde los pies hasta la cabeza. Las escamas que recubren sus pómulos, apenas perceptibles para el ojo humano, brillan formando diminutas ondas bajo la luz de ese amanecer grisáceo.

Siento que me está escudriñando y, cuando al fin llega a mi rostro, tengo la sensación de que su intensa y oscura mirada me hipnotiza, como si me hubiera lanzado un hechizo.

Los barcos pirata navegan por las Tierras Áridas, los soldados continúan moviéndose de un lado al otro, pero el comandante y yo seguimos ahí plantados, observándonos.

Ahora que le tengo tan cerca, veo que se le han quedado unos minúsculos copos de nieve atrapados entre las pestañas, igual de negras que su cabello. Me fijo en las diminutas púas que bordean la parte superior de las cejas. Relucen como si alguien las hubiera pulido. No diría que es un tipo atractivo porque su aspecto se aleja bastante de lo humano, pero esa apariencia tan salvaje me resulta magnífica a la vez que alarmante.

Aunque estoy helándome de frío, las palmas de mis manos han empezado a sudar dentro de los guantes y el corazón me palpita tan fuerte que por un segundo temo que vaya a partirme las venas. El viento sopla con fuerza y agita las plumas parduscas del abrigo que he robado al capitán, lo cual hace parecer que esté tiritando.

Impactante. Su presencia es tan impactante que lo primero que se te viene a la cabeza es la palabra «muerte». Incluso su aura parece saber lo destructivo y letal que puede llegar a ser.

Al fin, habla.

—Así que esta es la mascota del rey Midas.

Echa un vistazo a las plumas que decoran las mangas del abrigo y, al ver los cordones dorados que caen sobre la nieve, su mirada oscura se ilumina. Es evidente que he despertado su interés.

—Debo admitir que no esperaba encontrarme un jilguero.

No estoy segura de por qué me ha molestado tanto que se refiera a mí como «mascota», pero al oír esa palabra me agarro las faldas del vestido y cierro los puños.

—Sé lo que eres —digo con tono mordaz.

La acusación sale de mi boca acompañada de una nubecita de vaho que queda suspendida entre los dos.

Él esboza una sonrisa de suficiencia y estira los labios de tal manera que, durante unos segundos, se me para el corazón. Da un paso al frente, un movimiento que, a pesar de ser inofensivo, parece tragarse todo el oxígeno del planeta.

Se inclina ligeramente hacia delante y tengo la impresión de que su aura me empuja, me evalúa, me pone a prueba, me abruma. A pesar del aire gélido que azota las Tierras Áridas, a pesar de los ensordecedores ruidos de los barcos pirata y del inmenso ejército, su voz resuena en mis oídos.

—Qué curioso, iba a decirte exactamente lo mismo.

40

El rey Midas

*H*e estado en todos y cada uno de los reinos de Orea.

El Primer Reino es una jungla que carece de interés, inundada de bufones pretenciosos que se consideran, sin realmente serlo, maestros artísticos. El Segundo Reino es una expansión estéril y desértica de arena y poco más, y quienes lo gobiernan son una panda de puritanos aburridos.

El Tercer Reino es más interesante, pues a lo largo de sus costas hay varias islas privadas que solo pueden visitarse con invitación expresa de los monarcas. El único inconveniente que tiene, siempre según mi parecer, es que comparte frontera, una frontera que más bien parece una ciénaga, con el Cuarto Reino, un reino insulso y anodino que carece de interés.

El Quinto Reino, sin embargo, me gusta mucho. Debo reconocer que incluso le tengo cariño.

Con las manos apoyadas en la barandilla del balcón, contemplo el paisaje que se extiende bajo mis pies. El suelo parece brillar con luz propia, pero lo que más me llama la atención no es ese diseño de baldosas plateadas y doradas, sino las esculturas de hielo que decoran el patio interior. Salta a la vista que las miman, que reciben los mismos cuidados que cualquier otro jardín real. No hay curva que no esté cincelada y cada milímetro de esas estatuas está moldeado a la perfección.

No quiero imaginarme lo maravillosas que se verían si convirtiera todo ese hielo en oro.

En Alta Campana no tengo esculturas de hielo. Las tormentas de nieve y las ventiscas son devastadoras y arrasan con todo aquello que se encuentran a su paso. Pero aquí, en el Quinto Reino, aunque el frío es perpetuo, es mucho más suave y agradable. Apenas nieva y, cuando lo hace, tan solo cubre ese suelo resplandeciente con una finísima alfombra blanca que se deshace en cuestión de horas.

Observo a los escultores que están tallando esas obras de arte durante unos segundos más, y después me doy media vuelta y entro de nuevo en mi habitación. Me aseguro de cerrar bien las puertas del balcón.

Me estoy alojando en los aposentos del ala sur del castillo de Rocablanca. El interior está decorado con elementos blancos y púrpuras, y la estructura principal, que más bien parece una fortificación, es de piedra gris y hierro negro. Es fastuoso y más que respetable para recibir la visita de un monarca.

Lo que ellos ignoran es que no he venido solo de visita.

Me siento frente al escritorio que han dispuesto en un rincón de la habitación. Esta mañana han dejado ahí un jarrón con un ramillete de flores de invierno de color azul cuyos tallos descansan en un agua tan fría que está recubierta en escarcha.

Estoy absorto en una montaña de papeles cuando, de repente, alguien llama a la puerta. Es Odo, uno de mis consejeros, que entra arrastrando los pies.

—Su majestad, ha llegado una carta para usted.

Extiendo la mano. No quiero distraerme, por lo que no aparto los ojos del documento que estoy repasando. Él deja el pergamino enrollado sobre mi palma. Rompo el sello de cera, desenrollo el mensaje y lo leo en diagonal, pues presumo que no es importante. Después de leer un par de líneas, me detengo. Retrocedo. Y vuelvo a empezar.

Leo la carta una vez, y todo mi cuerpo se pone rígido, tenso. Decido leerla una segunda vez, y aprieto fuerte los dientes. Y cuando la leo por tercera vez, estoy ciego de ira.

—¿Señor?

Miro a Odo, que está frente al escritorio, esperando a saber si necesito redactar y enviar una respuesta al mensaje.

No pienso contestar esa carta.

Cierro el puño y arrugo el pergamino en una bola.

—La tienen.

Mi voz suena grave y siniestra y apenas soy capaz de separar la mandíbula para hablar. Estoy furioso. El corazón me amartilla el pecho con tanta fuerza que incluso Odo puede oír mis latidos.

Mi consejero vacila.

—¿Quién tiene a quién, su majestad?

En un abrir y cerrar de ojos, me levanto de la silla. En un ataque de rabia, apoyo un brazo en el escritorio y, sin ninguna clase de miramientos, arrojo todo lo que hay encima al suelo. Varios libros caen al suelo, un sinfín de papeles salen volando por los aires y el jarrón de flores se hace añicos al golpearse contra la pared.

Odo se acobarda y da un paso atrás. Me mira con los ojos como platos mientras yo camino de un lado al otro de la habitación, furibundo y exasperado. Cierro los puños y lo hago con tanto ímpetu que me sorprende no haberme roto los huesos de los dedos.

—¿Rey Midas? —llama Odo, que parece inquieto.

Pero apenas le oigo, ni tampoco a los guardias que, al oír todo ese alboroto, no han dudado en entrar en mis

391

aposentos con las espadas desenfundadas, preparados para atacar a una amenaza que, por desgracia, no está aquí.

La ira me nubla la mente y una fuerte tormenta de suposiciones y sospechas ha empezado a formarse justo detrás de mis sienes. La rabia y la indignación son sentimientos que siempre me han recordado a un chaparrón, pues, en un santiamén, te han calado hasta los huesos.

Sigo dando vueltas alrededor de la habitación, pero nadie se atreve a moverse y mucho menos a hacerme alguna pregunta. Estoy convencido de que les asusta que solidifique sus cabezas y clave sus cráneos dorados en una pica, justo fuera de los muros de este castillo.

De golpe y porrazo, paro en seco y doy un puñetazo a la pared. No siento absolutamente nada, y eso que me he abierto todos los nudillos. No me importa que las gotas de sangre terminen manchando esa alfombra tan prístina y tan blanca.

No siento nada y no me importa nada, porque me han arrebatado lo más preciado que tenía en este mundo.

Mi favorita. Mi montura dorada. Mi preciosa. Me la han robado y ahora está en manos de un enemigo.

Me vuelvo hacia mis guardias, enajenado. Me hierve la sangre de impotencia y cólera, y el vapor de esa rabia me nubla la vista. El plan que urdí para aniquilar al rey Fulke, un plan preciso y sin fisuras, no será nada comparado con el castigo al que pienso someter a aquellos que han tenido la osadía de quitarme a Auren.

Es mía.

Y destruiré a todo aquel que se interponga en mi camino hasta recuperarla.

La vid dorada

PRIMERA PARTE

Érase una vez, un miserable que la adoraba,
a esta vid dorada.
El retoño tanto brillaba
que incluso sus hojitas deslumbraban.
En cuanto la vio al alba,
suspiró, «mía serás», a la vid dorada.

La encontró entre escombros,
junto a la calzada, para su asombro.
La desenterró, se la llevó
y en su bolsillo guardó.

Regresó a casa
y contempló absorto cómo brillaba.
Sus manos esa vid codiciaban
y para siempre quería conservarla.

Qué gran oportunidad,
la oportunidad de tener más variedad.
Y allí la plantó,
justo delante del portón.

Debajo de secretos y escondida sobrevivió,
pero ese viejo miserable la encontró,
y para sí la robó.

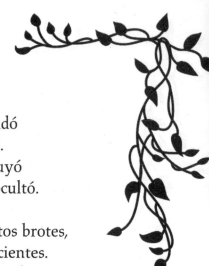

Al patio la trasladó
y allí la plantó.
Una valla construyó
y su brillo dorado ocultó.

Enseguida echó diminutos brotes,
todos dorados y relucientes.
Uno a uno los arrancaba
y en el pueblo los subastaba.

Todas sus deudas saldó
y todo lo que quiso compró.
Pero no se conformaba,
con todo lo que atesoraba.

Pues la avaricia había plantado
junto a las raíces que la vid había echado.
Y esa codicia estaba pudriendo
todos los brotes que iban creciendo.

Y por mucho que la regara,
la vid dorada se marchitaba.
El dorado se fue apagando
y la preocupación, creciendo.

Pues su más preciada posesión
estaba destinada a la desaparición.
La vid dorada se fue consumiendo
y el fatídico final él iba temiendo.

Un ataque de ira sufrió
y su pelo arrancó.
Un mechón castaño cayó
y sobre el esqueleto de la vid terminó.
Su color dorado de repente recuperó
y la vid de sus cenizas resurgió.
Gracias al cuerpo que él purgó,
la vid mucho más creció.

Eufórico se puso al saber qué hacer.
El miserable el pelo se cortaba
para ver la vid dorada florecer.
Alegremente se afeitaba,
porque su vid no quería ver desfallecer.

La vid dorada solo crecería
si un sacrificio se hacía.
Los pedazos del miserable
hacían de la vid una planta admirable.
Y si quería que no dejara de crecer,
ese era el precio que debía ofrecer.

Y así fue como esta vid dorada
se convirtió en la obsesión
de una persona desdichada.

CONTINUARÁ…

Agradecimientos

*P*ensaba que, con el tiempo, escribir nuevas historias y aventuras iba a ser mucho más fácil, pero os aseguro que no es así. Quiero dar las gracias a mi familia y amigos por su amor y por todo el apoyo que me han brindado.

A mi marido, por ser una estrella del rock día tras día. No podría haber hecho esto sin ti, te quiero muchísimo.

A mi hija, por todas las veces que he tenido que trabajar en lugar de jugar. Pero quiero que sepas que te adoro y que te quiero mucho, más que la trucha al trucho.

A mi padre, que has sido testigo de cada lanzamiento de mis libros y, aunque no puedas leerlos, siempre me has animado y has celebrado cada palabra que he escrito. Gracias.

A mi madre, que leíste los esbozos de mis primeras novelas y que, además de felicitarme, me hiciste creer que eran historias buenísimas, aunque estoy segura de que eran malas de narices. Tus palabras de aliento me ayudaron a no rendirme y a seguir escribiendo.

A mi hermana, porque de no ser por ti jamás habría emprendido este viaje literario. Escribir a tu lado me dio seguridad, gracias a ti empecé a confiar en mí misma. Junto a ti, además de aprender muchísimo, me lo pasé en grande.

A Ives, alias Ivy Asher, por ayudarme a mejorar cada uno de mis libros, por ser mi paño de lágrimas cuando el trabajo se me hace cuesta arriba y por protegerme a capa y espada en este complicado mundillo literario. Me siento muy afortunada por tenerte a mi lado.

A Ann Denton y C. R. Jane por ser unas lectoras beta extraordinarias. Gracias por vuestra inestimable ayuda mientras escribía *La prisionera de oro* y por darme ese empujoncito siempre que lo necesitaba. Aunque os advierto de que no os vais a librar de mis *spoilers*.

Gracias, Helayna, por pulir esta obra —¿qué te parece el juego de palabras?—, y gracias a Dom por toda tu ayuda tras bastidores.

Y mi mayor agradecimiento va para ti, mi querido lector. Sé que *La prisionera de oro* es una novela muy distinta a las que he escrito antes, y el hecho de que le hayas dado una oportunidad bien merece un reconocimiento. Gracias por el apoyo, los mensajes, las reseñas y los comentarios que recibo a diario. No te imaginas lo mucho que significan para mí. La ilusión y el entusiasmo de mis lectores son el motor de mi escritura. Muchas gracias de todo corazón.

RAVEN

Este libro utiliza el tipo Aldus, que toma su nombre
del vanguardista impresor del Renacimiento
italiano, Aldus Manutius. Hermann Zapf
diseñó el tipo Aldus para la imprenta
Stempel en 1954, como una réplica
más ligera y elegante del
popular tipo
Palatino

La prisionera de oro
se acabó de imprimir
un día de verano de 2022,
en los talleres gráficos de Egedsa
Roís de Corella 12-16, nave 1
Sabadell (Barcelona)